DER RUBIN DES PUNJAT

Minne, Morde und Mysterien

Elizabeth Peters, Der Fluch des Pharaonengrabes
(TB 25225)

Siegfried Obermeier, Die Hexenwaage
(TB 25228)

Margaret Frazer, Die Magd
(TB 25223)

Barbara von Bellingen, Der Todesreigen
(TB 25226)

Annette und Martin Meyers, Das Kingsbridge-Komplott
(TB 25227)

Zum Buch:

England und Amerika, 1899: Die eigenwillige Abigail Patience Danforth, 17jährige Tochter eines wohlhabenden Amerikaners und zur Erziehung in England, ist begeistert von Sherlock Holmes und fest entschlossen, der erste weibliche Detektiv der Welt zu werden. Als bei einem Dinner der Punjat-Rubin verschwindet, den der Prince of Wales von einem birmesischen Prinzen erhalten sollte, ist Miss Danforth nicht mehr aufzuhalten …

Zur Autorin:

Marian J. A. Jackson lebt als freie Schriftstellerin in New York.

Marian J.A. Jackson

DER RUBIN DES PUNJAT

Ein historischer Kriminalroman

Econ Taschenbuch Verlag

Veröffentlicht im Econ Taschenbuch Verlag

Der Econ Taschenbuch Verlag ist ein Unternehmen
der Econ & List Verlagsgesellschaft

Neuausgabe

First published in the United States of America
Titel des amerikanischen Originals: *The Punjat's Ruby*
Aus dem Amerikanischen übersetzt von: Stefanie Kuhn-Werner
Umschlagkonzept: Büro Meyer & Schmidt, München – Jorge Schmidt
Umschlagrealisation: Init GmbH, Bielefeld
Titelabbildung: Mauritius, Mittenwald
Gesetzt aus der Bodoni
Satz: HEVO GmbH, Dortmund
Druck und Bindearbeiten: Ebner Ulm
Printed in Germany
ISBN 3-612-25224-0

Für J. T. R.

Detektivarbeit ist – oder sie sollte es zumindest sein – eine exakte Wissenschaft, und auf entsprechend sachliche, emotionslose Weise sollte sie dargestellt werden ... Ihr einen romantischen Anstrich zu verleihen, hätte eine ähnliche Wirkung, wie wenn man in den fünften Satz des Euklid eine Liebes- oder Entführungsgeschichte einbauen würde.

Arthur Conan Doyle
Das Zeichen der Vier

Danksagung

Ohne den uneingeschränkten Zugang zu den Zeitungen, Zeitschriften, Fotografien und Büchern der New York Public Library wäre es mir unmöglich gewesen, dieses Buch zu schreiben. Dank allen für ihre Hilfe.

Ebenso bin ich meiner Agentin Elisabeth Backman zu ungeheurem Dank verpflichtet für all die Mühe, die sie um meinetwillen auf sich genommen hat.

Danken möchte ich auch Jon L. Lellenberg, dem Herausgeber von *The Quest for Sir Arthur Conan Doyle* (Southern Illinois University Press, 1987), für seine unschätzbare Unterstützung bei dem Versuch, die Szenen mit Greenough Smith und Dr. Conan Doyle so realistisch wie möglich zu gestalten, auch wenn alles an diesem Buch frei erfunden ist.

DIE HANDELNDEN PERSONEN
(IN DER REIHENFOLGE IHRES AUFTRETENS)

Abigail Patience Danforth	*Eine junge Dame, kurz vor ihrem Debüt*
Herbert Greenough Smith	*Dr. Arthur Conan Doyles Herausgeber*
Dr. Arthur Conan Doyle	*Autor und Schöpfer von Sherlock Holmes*
Jacqueline	*Abigails Kammerzofe*
Rodney Charles Danforth	*Abigails Bruder (zweitgeborener Zwilling)*
Kinkade	*Mr. Danforth' Diener*
Lady Pepper	*Abigails Gastgeberin in London*
Gilda Arrington	*Gast in Hunterswell House*
Die Marquise von Hunterswell	*Lord Fredericks Mutter*
Frederick Stuart Seymour Graf von Hunterswell	*Abigails Verehrer*
Stork	*Lord Fredericks Diener*
Maximilian Driscoll	*Lord Fredericks Freund*
J. C.	*Maximilian Driscolls Diener*
Fergus Buchanan	*Lord Fredericks Freund*
Maurice	*Fergus Buchanans Diener*
Der Marquis von Hunterswell	*Lord Fredericks Vater*

Mark Twain	*Der berühmteste Toastmaster in Europa*
Der Nawab Ahanti Khabir Abdulsamad	*Birmanischer Prinz*
Aref	*Der Neffe des Nawab*
Andrew Benjamin Danforth	*Abigails Vater*
Andrew Benjamin Danforth jun.	*Abigails Bruder (erstgeborener Zwilling)*
Maude Cunningham	*Abigails Anstandsdame in New York*
Molly O'Brien	*Anführerin der Gramercy Park Bande*
William Gilette	*Hauptdarsteller des Stückes Sherlock Holmes*
Diverse Sprechrollen und Statisten	

VORWORT

Eine Gerade ist auf beiden Seiten unbegrenzt. Euklid

Als er aufhören konnte zu schreien, begann der Gefolterte zu stammeln.

Mit einem feinen Lächeln, in dem sich die Gewißheit spiegelte, seinen Feind endlich besiegt zu haben, ordnete der dicke Mann sein safrangelbes Gewand, um seine Leibesfülle bequemer unterzubringen, während er darauf wartete, daß die abgehackten Schluchzer nachließen. Jetzt würde der Rubin des Punjat bald ihm gehören. Er schob eine Gewürznelke in seine Backe und seufzte wohlig, als der scharfe Geschmack seine erregten Nerven besänftigte.

Prolog

Wenn man von Gleichem Gleiches abzieht, sind auch die Reste gleich. Euklid

»Dann ist es also wahr, Mr. Greenough Smith? Sherlock Holmes ist nicht nur tot, er hat auch niemals gelebt?« Abigail Danforth wappnete sich gegen die Antwort, die, wie sie jetzt wußte, unweigerlich kommen würde. »Dr. Watson existiert gar nicht?«

»Genau dies entspricht den Tatsachen, Miss Danforth.« Mr. Herbert Greenough Smith blickte die junge Dame, die vor seinem riesigen, mit Papieren überhäuften Schreibtisch beim *Strand Magazine* saß, durch seinen randlosen Kneifer unbeteiligt an. »Sherlock Holmes war die Schöpfung Dr. Arthur Conan Doyles, auch Dr. Watson.«

»Wie töricht von mir.« Die Zeit hatte von Abigails Wangen, die jetzt vor Verlegenheit brannten, noch nicht die jugendliche Rundung genommen. Trotz der Beschämung reckte sie den Kopf unter dem riesigen, modisch mit Federn besetzten Hut in der gleichen selbstbewußten Haltung wie ein Porträt von Gibson empor. Auch wenn die Spitze ihrer Nase sich nicht nach unten neigte, so wie der Künstler es gemalt haben würde, hätte die klare Linie ihres Kinns aus seiner Feder stammen können. Sie hielt die Hände sittsam im Schoß gefaltet, und die Spitzen ihrer Stiefel, die unter dem Saum des üppigen, pelzbesetzten Mantels hervorlugten, hatten den gleichen Farbton wie ihre hautengen Handschuhe. Die auf Wespentaillen zugeschnittene Mode paßte zu ihrer schlanken Gestalt, aber sie strotzte mehr vor Gesundheit, als es zur Zeit modern war.

»Das braucht Ihnen nicht peinlich zu sein,« sagte Greenough Smith mit einem kleinen, dünnen Lächeln, das sein gepflegter Schnurrbart nicht verbergen konnte. »Sie sind nicht die Erste, meine liebe Miss Danforth, und ich wage zu behaupten, auch nicht die Letzte, die Dr. Conan Doyles Geschöpfen auf den Leim geht.«

»Und ich wage zu behaupten,« Abigail zeigte ein reuevolles Lächeln, als sie seine englische Aussprache nachäffte, ehe sie in ihrem normalen amerikanischen Tonfall fortfuhr, »daß die Nachbarn in Baker Street sich köstlich amüsiert haben, als sie beobachteten, wie ich fast eine Stunde lang auf und ab gelaufen bin und in Hauseingänge gespäht habe, um die Nummer 221 B ausfindig zu machen, während meine Anstandsdame die ganze Zeit wütend auf mich war.« Mit einer Neigung ihres Kopfes wies sie auf die graugekleidete Dame, die mit mißbilligender Miene in einem steiflehnigen Sessel neben dem Bücherschrank gegenüber dem Schreibtisch saß.

Greenough Smith nickte ausdruckslos in Richtung der Anstandsdame, aber die gute Dame beachtete ihn nicht.

»Aber es ist mir nicht nur peinlich, ich muß gestehen, die

Neuigkeit stimmt mich auch traurig.« Abigails dunkle Augen blickten betrübt, als sie fortfuhr: »Ich habe das gleiche Gefühl wie damals, als ich entdeckte, daß es den Weihnachtsmann nicht gibt.«

Ohne sich zu einer Antwort herabzulassen, denn er hatte schon viele ähnliche Gedanken vernommen, stützte Greenough Smith beide Hände auf den Schreibtisch, mit der Absicht aufzustehen und das Gespräch zu beenden.

Die Anstandsdame, die die Andeutung sofort verstand, erhob sich.

Anscheinend ohne etwas von der drohenden Verabschiedung zu bemerken, übersah Abigail seinen Wink und blieb sitzen. Sie räusperte sich, wobei sie ihre behandschuhten Fingerspitzen mit einer zarten Geste an die Lippen führte, und sagte: »Verehrter Mr. Greenough Smith, dürfte ich Sie vielleicht bitten, mich Dr. Conan Doyle vorzustellen?«

»Wozu?« Da die Umgangsformen ihn zwangen, wegen der Anstandsdame stehenzubleiben, starrte Greenough Smith auf Abigail herab. »Wie Sie sich vorstellen können, ist Dr. Conan Doyle ein sehr beschäftigter Mann.« Von seiner Höhe aus merkte Smith plötzlich, wie anmaßend sein Ton und sein Verhalten der offensichtlich aus vornehmem Hause stammenden jungen Dame vorkommen mußten, und er wurde etwas umgänglicher. »Ich meine, warum wollten Sie Dr. Watson aufsuchen? Sind Sie in Schwierigkeiten?«

»Oh, nein, lieber Herr, ich bin nicht in Gefahr.« Abigail lächelte gewinnend, als sie unter ihrer Hutkrempe hervor auf ihre bezauberndste Art zu ihm aufsah und weiterhin entschlossen sitzenblieb. »Auch wenn die Angelegenheit von schwerwiegender Bedeutung für mich ist.« Mit einem fast unmerklichen Nicken und dem Hochziehen einer Augenbraue gab sie ihm zu verstehen, daß die Anstandsdame, die unbeirrt hinter ihr stand, der Grund für ihre folgenden Worte war, und fuhr fort: »Ich würde die Sache lieber vertraulich behandeln, falls das möglich ist.«

Gegen seinen Willen neugierig geworden, bedeutete Greenough Smith der Dame mit einer leicht ungeduldigen Handbewegung, sich zu setzen, und auch er nahm wieder Platz. »Das ist ganz unmöglich, liebe Miss Danforth,« sagte er in verschwörerischem Ton – ein vergeblicher Versuch, die Anstandsdame auszuschließen, während diese sich mit zusammengekniffenen Lippen und einem ärgerlichen Rascheln ihrer Unterröcke niederließ. »Ich müßte schon den Grund erfahren, warum Sie um ein Gespräch bitten.«

»Er würde mich vermutlich nicht empfangen, nur weil ich eine glühende Bewunderin von Sherlock Holmes – und Dr. Watson bin?«

Greenough Smith' kaum merkliches Stirnrunzeln und das leichte Achselzucken, mit dem er sich in seinem Sessel zurücklehnte, war so beredt, als hätte er seine Ablehnung laut ausgesprochen.

»Nun gut.« Mit einem resignierten Blick auf den wachsamen, zurückhaltenden Verleger seufzte Abigail. »Als Mr. Holmes sagte, sein ganzes Leben sei eine einzige Anstrengung, den Banalitäten des Daseins zu entfliehen, spürte ich, daß er mir aus dem Herzen sprach.« Wieder verdüsterte sich ihr Blick, als sie die Hände in ihrem Schoß betrachtete und fortfuhr: »Mich überfällt eine große Melancholie, wenn ich daran denke, was mich nach meiner Rückkehr nach New York erwartet – eine endlose Kette von Einladungen, Abendgesellschaften und Bällen, die alle von den gleichen Leuten besucht werden, die immer über das selbe reden.« Sie seufzte erneut, dieses Mal noch tiefer. »Und dann mein Debüt.« Sie schwieg.

»Und dann Heirat, natürlich?« Greenough Smith ermunterte sie fortzufahren.

Abigail nickte stumm. Sie hatte niemandem von ihrem Traum erzählt. Wenn Dr. Watson und Sherlock Holmes frei erfunden waren, dann mußte sie ihr Geheimnis mit deren Schöpfer und nicht mit diesem Verleger teilen. Außer wenn es gesellschaftliche Gründe unbedingt verlangten, schätzte sie Heuchelei gar nicht. Während sie noch krampfhaft überlegte, womit sie ihn dazu bewegen könnte, ihr ein Gespräch zu vermitteln, ohne daß sie den wahren Grund offenlegen mußte, begann Greenough Smith erneut zu sprechen.

Da er ihr Schweigen irrtümlich für die meistgepriesene aller weiblichen Tugenden, nämlich Bescheidenheit, hielt, klang sein Ton voller Verständnis, als er sagte: »Und deshalb wollen Sie sich ein wenig beschäftigen und es mit dem Schreiben versuchen?«

»Ach, lieber Mr. Greenough Smith.« Mit schüchternem Lächeln sah sie verschämt zu ihm auf. »Wie haben Sie das nur erraten?« Hocherfreut darüber, daß er sich so gewaltig irrte, und erleichtert, daß sie sich die Lüge nicht selbst hatte ausdenken müssen, setzte sie hinzu: »Wie schrecklich gescheit Sie sind.«

Greenough Smith gab seine Freude über das Kompliment durch ein leichtes Zucken seiner Lippen zu erkennen.

Da sie Greenough Smith' Auftreten als vornehmer Engländer sehr wohl bemerkt hatte, vermutete Abigail, er wäre vielleicht eher geneigt, einem Mitglied des Adels zu helfen als einer normalen Bürgerlichen, dazu einer Ausländerin. Deshalb ließ sie, indem sie seine Vermutung bestätigte, nebenbei einfließen – und errötete dabei artig – daß ihr Dilemma mit keinem anderen als einem der begehrtesten

Junggesellen in England zu tun hatte, Frederick, Lord Hunterswell, der sie nach New York begleiten würde, um bei ihrem Vater um ihre Hand anzuhalten. Während sie es unterließ zu erwähnen, daß sie sich noch nicht darüber im klaren war, ob sie den zukünftigen Marquis heiraten sollte, ließ sie keinen Zweifel daran, daß sie ihm für jegliche Unterstützung, die er einer Marquise in spe leisten würde, zu ewigem Dank verpflichtet wäre.

Und so wurde Greenough Smith schließlich dazu verleitet, eine Zusammenkunft zwischen Miss Abigail Patience Danforth und Dr. A. Conan Doyle, dem Meistererzähler, zu arrangieren.

Abigail war von Natur aus nicht schüchtern, aber als der Zug an jenem ungewöhnlich milden Dezembertag des Jahres 1899 Hindhead, Surrey, und ihrem Treffen mit Dr. A. Conan Doyle in Undershaw, seinem Wohnort, entgegenraste, kehrten die Zweifel, die sie fast die ganze Nacht wach gehalten hatten, zurück.

Sie wußte ganz genau, wie die Reaktion ihres Vaters aussehen würde, sollte sie ihm gegenüber ihren Wunschtraum auch nur erwähnen. Zuerst ein Zornesausbruch mit hochrotem Gesicht und Gebrüll, gefolgt von eisigem Schweigen, das sich über Tage erstreckte – vielleicht auch über Wochen, je nachdem, wie gekränkt er sich fühlte – um dafür zu sorgen, daß sie das Thema nie wieder anschnitt. Danach würde immer jemand von der Dienerschaft, belohnt mit einem Extratrinkgeld, hinter ihr herspionieren, um ihm zu bestätigen, daß sie es nicht wagte, ungehorsam zu sein. Und gehorchen mußte sie ihm. Oder heiraten und einem Ehemann gehorchen.

Und was wäre, wenn Dr. Conan Doyle in gleicher Weise

antwortete? Was, wenn er – nur zu ihrem Besten natürlich – ihrem Vater schriebe und ihr Geheimnis verriete? Sollte er diesen Verrat begehen, würde das ihr Schicksal besiegeln.

Während sie aus dem Fenster des fahrenden Zuges blickte, ärgerte sie sich über die Anwesenheit ihrer neuen Zofe, Jacqueline. In dem Bestreben, nach ihrer Rückkehr eine Verbündete im Haus zu haben, hatte sie die junge Französin ohne die offizielle Genehmigung ihre Vaters eingestellt. Unter dem Vorwand, sie müsse in letzter Minute noch etwas einkaufen und Jacqueline solle sie dabei begleiten, war es Abigail gelungen, dem wachsamen Auge ihrer Gastgeberin, Lady Pepper, zu entfliehen. Sie hatte Jacqueline zu strengem Stillschweigen über ihr wahres Ziel verpflichtet, ohne ihr den Grund ihrer Reise zu nennen, doch mit Jacqueline als Zeugin war es nun unmöglich, vor der Unterredung mit Conan Doyle nach London zurückzukehren, wenn sie nicht auf unerträgliche Weise ihr Gesicht verlieren wollte.

Allzu schnell erreichten sie die Bahnstation, und nur mit äußerster Willenskraft gelang es Abigail, von ihren Zweifeln abzulassen und sich an dem klingenden Geschirr und den beiden zügig dahintrabenden Pferden zu erfreuen, derweil Holden, Conan Doyles Chauffeur, sie durch die reizende, hügelige Landschaft nach Undershaw kutschierte. Doch als der Landauer in die lange Auffahrt einbog, die durch einen richtigen Wald aus Bäumen und Büschen auf den Vorplatz des langgestreckten, zweistöckigen Backsteingebäudes mit den roten, ziegelgedeckten Giebeln führte, kehrte ihre Furcht in ganzem Ausmaß zurück. Ihr Mut sank, als sie die große Empfangshalle mit den bunten Glasfenstern betraten, die mit den Doyleschen Familienwappen geschmückt waren, und endlich erkannte sie den eigentlichen Grund ihrer Angst. Sie war eine Betrügerin. Sie hatte sich dieses Treffen unter Vorspiegelung falscher Tatsachen erschlichen. Daß Greenough Smith über ihre Absichten im Irrtum war, war nicht so wichtig, doch wie sollte sie an der Lüge vorbei zur Wahrheit gelangen, ohne daß Conan Doyle sie auf der Stelle wegschickte?

Den Gedanken, ihr Ziel zu erreichen, indem sie vorgab, leidenschaftlich gerne schreiben zu wollen, verwarf sie sofort. Obwohl sie Bücher geradezu verschlang, besaß sie kaum Geduld genug, um Einladungen zu Papier zu bringen oder die unzähligen notwendigen Dankesbriefe für erwiesene Gastfreundschaft zu schreiben. Bei der Korrespondenz mit ihrem Vater und ihren Brüdern war sie ständig im Rückstand und sie hatte nicht das leiseste Verlangen, ein Tagebuch zu führen, geschweige denn einen Roman zu schreiben. Beinahe betäubt vor Angst, als man Jacqueline in die unteren Regionen des Hauses führte, wurde Abigail in den Salon geleitet, um dort auf ihren Gastgeber zu warten.

Der geräumige, holzgetäfelte Raum war ringsum mit Einbauregalen ausgestattet, in denen Gegenstände aus den verschiedensten fernen Ländern, zum Beispiel der Arktis, Ägypten und der Schweiz ausgestellt waren, auch einige, die offensichtlich aus Amerika stammten. Überrascht stellte sie fest, daß der geschmackvoll möblierte, lichtdurchflutete Raum, der zweifellos offiziellen Zwecken dienen sollte, auch ein paar verirrte Rugby- und Cricketbälle beherbergte, die – statt an ihrem eigentlichen Platz – neben einer Gruppe von Stühlen und unter einem Beistelltisch lagen. Im Haus ihres Vaters würde eine solche Unordentlichkeit dazu führen, daß man ohne Abendessen ins Bett geschickt wurde. Während sie überlegte, wie Conan Doyle wohl reagieren würde, wenn er die Bälle entdeckte, ging sie zu einem Alkoven auf der anderen Seite des Zimmers, wo in einem tiefgemauerten Kamin, vor dem zwei Ohrensessel standen, ein lebhaftes Feuer brannte, als die Tür aufflog. Sie wirbelte herum.

Ein kräftiger Mann, so groß wie ihr Vater, kam mit ausgestreckter Hand auf sie zu. »Es tut mir leid, daß Sie warten mußten, Miss Danforth!« sagte er herzlich. Seine Energie erfüllte den Raum.

Doch seine Größe war Conan Doyles einzige Ähnlichkeit mit ihrem Vater. Lässig für das Landleben gekleidet, zeugte sein Tweedanzug mit passender Weste und dezenter Krawatte eher von dem Wunsch nach Bequemlichkeit als von der Liebe zur neuesten Mode. Sein üppiges Haar sah aus, als sei er gerade mit der Hand hindurchgefahren, eine Geste, die ihr Vater niemals machen würde. Abigail zweifelte nicht daran, daß sein großer Schnurrbart, dessen vollendet gewachste Spitzen sichelförmig geschwungen waren, ein Lächeln verbargen, da der Ausdruck in seinen Augen überaus freundlich war.

»Dr. Conan Doyle.« Sie brachte ein unsicheres Lächeln zustande. In der Hoffnung, daß ihm das Zittern ihrer Hand entging, hätte sie um ein Haar einen Knicks gemacht, wie ein Kind, das einen Erwachsenen begrüßt. Sie nickte höflich und verließ sich darauf, daß die riesige Krempe ihres kunstvoll geformten Hutes ihn über ihr Alter im ungewissen ließ. »Wie überaus freundlich von Ihnen, mich zu empfangen.«

Sie hatte bewußt ihr schlichtes Kostüm aus zimtfarbenem Gabardine gewählt, um den Ernst ihres Anliegens zu unterstreichen; die einzige Verzierung waren schneckenförmig aufgerollte Zöpfe an den breiten Aufschlägen, die sich entlang der Mittelnaht und rings um den Saum des modisch weiten Rockes wiederholten. Eine Anstecknadel mit einer Kamee in ihrem Spitzenjabot und Perlen, die an ihren Ohren baumelten, waren der einzige Schmuck, und wie es bei morgendlichen Besuchen ihre Gewohnheit war, trug sie Handschuhe und Stiefel aus passendem Leder. Da sie Muff und Mantel in der Empfangshalle gelassen hatte, hingen nur noch Retikül und Fächer an ihrem Handgelenk.

Conan Doyle gab ihre Hand frei und bedeutete ihr, sich an den Kamin zu begeben, wohin er ihr folgen würde. Er hatte einen Ausschnitt aus der *Times* von Greenough Smith geschickt bekommen, der die Mitteilung enthielt, daß Abigail unter den Gästen sein würde, die am Samstag mit dem Marquis und der Marquise in Hunterswell House dinierten, mit keiner geringeren Persönlichkeit als Seiner Königlichen Hoheit, dem Prinzen von Wales, als Ehrengast. Der meistgefeierte Toastmaster Europas, Mark Twain, würde ebenfalls anwesend sein, wie auch Seine Hoheit, der Nawab Ahanti Khabir Abdulsamad. Erlesene Gesellschaft. Und trotzdem schien sie verwirrt bei der Begegnung mit *ihm*, einem einfachen Schriftsteller, wenn auch einem erfolgreichen, um nicht zu sagen einem berühmten. Angesichts ihrer hochwohlgeborenen Beziehungen schmeichelte ihm ihre bezaubernd weibliche Aufregung. Der Ärger darüber, daß sein Verleger ihm eine untalentierte Erbin aufgehalst und vor allem versäumt hatte, gleichzeitig mit der Nachricht aus der Klatschspalte auch eine Probe ihres Schreibens mitzuschicken, flaute etwas ab.

Er wartete, bis sie in einem der Ohrensessel am Kamin Platz genommen hatte, ehe er sich im Sessel gegenüber niederließ, und bemühte sich dann, Abigail die Befangenheit zu nehmen, indem er sie dazu brachte, von sich zu erzählen; bis zur Teezeit, so hoffte er, würde er sie wieder los sein. »Amerika ist eines meiner Lieblingsländer,« stellte er aufrichtig fest. »Darf ich fragen, was Sie veranlaßt hat, eine so aufregende Heimatstadt wie New York zu verlassen?«

»Meine Mutter starb bei meiner Geburt, und Vater hat nicht wieder geheiratet,« erklärte Abigail mit einem kleinen Lächeln, das besagen sollte, daß sie sich an den Verlust gewöhnt hatte. »Vater hat die Hoffnung aufgegeben, mich im gleichen Haushalt wie meine älteren Zwillingsbrüder zu einer wirklichen Dame erziehen zu können. Da er sie aus geschäftlichen Gründen in der Nähe haben mußte, quartierte er mich für die Zeit, in der meine Erziehung in Europa vollendet werden sollte, bei Lord und Lady Pepper ein.«

Ihren Mangel an Selbstmitleid und die präzise Sprechweise gebührend zur Kenntnis nehmend, fuhr er fort: »Mein werter Verleger hat mir mitgeteilt, daß Sie Schriftstellerin werden wollen.« Obwohl er eine kurze Antwort erwartete, lehnte er sich in seinem Sessel zurück, als wolle er es sich bequem machen, um ihr unbegrenzt zuzuhören. »Und was, liebes Mädchen, haben Sie geschrieben?«

Abigail mochte ihn auf der Stelle, was ihre Gewissensbisse darüber, eine Schwindlerin zu sein, noch erhöhte. Um Zeit zu gewinnen, sagte sie: »Niemand könnte je etwas schreiben, das es mit Ihren Sherlock-Holmes-Geschichten aufnehmen könnte.«

Aufs neue verärgert, daß sie von all den Charakteren, die er geschaffen hatte, ausgerechnet seinen langweiligen Detektiv lobte, schlug er mit der Handfläche auf die weiche Armlehne des Sessels und rief: »Ach, zur Hölle mit Holmes!« Mit düsterem Blick fügte er hinzu: »Ich ließ ihn vor über sechs Jahren sterben, und was mich betrifft, so bleibt er für immer tot.«

»Aber, Sir –« Sie entfaltete ihren Fächer und wedelte nervös damit. »Ich habe gehört, daß William Gillette in New York großen Erfolg mit Ihrem neuen Stück *Sherlock Holmes* hat.«

»Dieses Stück ist eher Gillettes Erfindung als meine,« sagte er schroff. »Ich habe nicht die Absicht, jemals wieder über Holmes zu schreiben.«

Erstaunt über seine heftige Reaktion, beeilte sich Abigail hinzuzufügen: »Oh, Sir, bitte, so dürfen Sie nicht reden.« Sie beugte sich erregt vor. »Sherlock Holmes ist meine Inspiration!«

»Das ist ein schwerwiegender Fehler, liebe Miss Danforth,« sagte er mit einem mißbilligenden Kopfschütteln und mahnend erhobenem Zeigefinger. »Sie müssen über das schreiben, was Sie kennen.«

»Ach, Dr. Conan Doyle, ich fürchte, ich habe Sie irregeführt.« Sie hielt ihren Fächer still. »Ich habe nicht den Wunsch, über einen Detektiv zu schreiben.«

»Sie verwirren mich, Miss Danforth.« Während er sich im Geist eine scharfe Rüge für Greenough Smith betreffs seiner Überprüfungsmethoden zurechtlegte, setzte er geduldig hinzu: »Und worüber *wollen* Sie nun schreiben?«

»Genaugenommen, Sir,« sie räusperte sich und führte dabei die behandschuhten Fingerspitzen zierlich an die Lippen, »habe ich überhaupt nicht den Wunsch, über irgendetwas zu schreiben.«

Er erstarrte. »Haben Sie mich etwa nur aufgesucht, um mir zuzusetzen, damit ich Holmes wiederauferstehen lasse?« Sein Verhalten hatte jede Wärme verloren. »Ich warne Sie, Miss Danforth,« seine Stimme nahm einen drohenden Unterton an, »ich habe es satt, von Damen beschimpft zu werden, die nur Briefe schreiben, um mir mitzuteilen, ich sei ein Scheusal, weil ich ihn ins Jenseits befördert habe.«

»Oh, nein, Sir!« Sie sah ihm direkt in die Augen. »Aber ich bitte Sie inständig, niemandem von unserem Gespräch zu erzählen.« Ihre Stimme zitterte jetzt nicht mehr.

»Miss Danforth, Sie haben doch bestimmt nicht den Weg hierher gemacht, um mir Rätsel aufzugeben. Was wollen Sie mir sagen?«

Ihr Blick blieb fest. »Zuerst das Versprechen.«

Restlos verärgert, mit dem glühenden Wunsch, sie wegzuschicken und unverzüglich zu seinen Studien zurückzukehren, jedoch zu galant, um diesem Wunsch nachzugeben, legte er ungeduldig die Hand aufs Herz. »Ich schwöre, niemandem etwas zu erzählen.«

Sie seufzte erleichtert, und das Kopfnicken, mit dem sie sein Versprechen dankbar quittierte, versetzte ihre Ohrringe unter dem riesigen Hut in heftige Schwingungen. »Also gut.« Sie erhob sich rasch in königlicher Haltung.

Auf der Stelle folgte Conan Doyle ihrem Beispiel.

Mit raschelnden Röcken ging sie bis zur Mitte des Zimmers, blieb dort stehen, wandte sich zu ihm um und erklärte: »Es ist mein Herzenswunsch, den Rest meines Lebens der noch jungen Wissenschaft der Verbrechensaufklärung zu widmen.«

Völlig verblüfft riß Conan Doyle die Augen auf. Er war sprachlos.

Das Feuer knisterte und loderte auf. Rasch fuhr Abigail mit fester Stimme fort: »Aber verstehen Sie bitte, ich habe nicht den Ehrgeiz, Holmes' Methoden oder sein Leben zu imitieren.« Mit einer schwungvollen Bewegung ihres zusammengeklappten Fächers wies sie auf die Erinnerungsstücke, die über den ganzen Raum verteilt waren. »Wie Sie habe ich das Verlangen zu reisen, Sir. Ich könnte es nicht ertragen, meine Zeit eingesperrt in den Räumen der Baker

Street zu verbringen. Noch könnte ich mich je mit Drogen betäuben.« Sie schauderte. »Und Gott sei Dank hat musikalische Begabung wenig mit der Kunst kriminalistischer Ermittlung zu tun.« Ihr Lächeln war schalkhaft, als sie wieder zu ihm trat. »Beim Geigespielen würde ich hoffnungslos versagen. Mein Klavierspiel läßt sich allenfalls als passabel bezeichnen, was *de rigueur* ist, wenn aus mir die Dame werden soll, die meinem Vater vorschwebt.«

Die leidenschaftliche junge Frau mit den dunklen blitzenden Augen, die vor ihm stand, war so anders als das schüchterne Mädchen, das am Kamin gesessen hatte, daß er kaum seinen Augen traute. Während er zugeben mußte, daß sich der Stolz des Autors in ihm regte angesichts des Umstands, daß sie tatsächlich Dr. Watson hatte aufsuchen wollen, weil sie Holmes' Abenteuer für wahr hielt, erschreckte es ihn doch, daß diese ärgerliche, frei erfundene Figur genügend Eigenleben hatte, um ihre Einbildungskraft zu beflügeln und solch unglückselige Folgen heraufzubeschwören. »Und was ist mit Ihrem Vater?« Er fuhr sich mit der Hand durchs Haar. »Was würde er dazu sagen?«

»Er würde mich enterben.« Ihr Blick wurde ernst, als sie mit gedämpfter Stimme fortfuhr: »Das Erbe meiner Mutter steht mir bei meinem Debüt zu.« Sie zuckte gleichmütig die Schultern. »Vater würde mich zweifellos auch noch enterben.«

»Nun, liebe, junge Dame, ist damit der Fall nicht erledigt?« Er erblickte den verirrten Cricketball, ging rasch darauf zu und bückte sich leicht, um ihn zu erreichen. Zu Abigails großem Vergnügen legte er ihn nicht nur geistesabwesend neben die Konfektschale auf einem Beistelltisch – ein schlimmes Vergehen im Haus ihres Vaters – sondern er unterließ auch jede Anspielung auf die bodenlose Unachtsamkeit von Kindern, als er sich wieder zu ihr an den Kamin setzte.

»Nicht ganz, Sir.« Ermutigt durch sein offensichtlich gutmütiges Wesen und den Umstand, daß er sie nicht rundheraus ausgelacht hatte, sagte sie: »Ich bin entschlossen, der erste weibliche Beratende Detektiv der Welt zu werden.«

Verblüfft über ihre Entschlossenheit, runzelte er die Stirn. »Aber Sie haben doch alles, meine Liebe.« Er breitete die Arme aus, sowohl um auf die Außenwelt zu verweisen, als auch um seine Bestürzung zu bekunden. »Alles!« rief er aus. »Warum in aller Welt wollen Sie riskieren, alles zu verlieren?«

Sie saß zierlich auf der Stuhlkante. »Ich bin mir der Vorteile, die Tochter eines reichen Mannes zu sein, sehr wohl bewußt,« sagte sie mit gequältem Lächeln. »Oder die Frau eines Mannes von Adel.« Ihr Blick war durchdringend, als sie zusah, wie der verwirrte Schriftsteller sich im Sessel gegenüber niederließ. »Ich wurde dazu erzogen, charmant zu sein, und ich wurde, man kann sagen, wie ein Pferd gestriegelt, um einen Adelstitel zu ergattern und damit den Stolz meines Vaters zu befriedigen.« Sie beugte sich mit ernstem Gesicht vor. »Ist es selbstsüchtig, mehr vom Leben zu verlangen, als hohlköpfig und üppig geschmückt zu sein und am Arm eines Mannes einherzuschreiten, um seinen Reichtum zur Schau zu stellen?« Sie wandte den Blick ab und sah ins Feuer, um das heftige Verlangen in ihren Augen zu verbergen. »Ich habe solche Sehnsucht nach einem selbständigen Leben.«

Sein Blick war argwöhnisch. »Sie sind doch nicht eine dieser Suffragetten?«

»Ich verstehe Sie nicht, Sir,« sagte sie mit einem Ausdruck von Hochmut. »Was hat das Lösen eines Falles, um den

Schuldigen der Gerechtigkeit zu übergeben, mit dem Wahlrecht zu tun?«

Es erwies sich, daß es heikel war, mit ihr zu streiten, und da er nicht recht wußte, wie er sie am besten überreden könnte, von ihrem gefährlichen Kurs abzuweichen, sagte er schließlich ziemlich aufgebracht: »Wenn Sie so fest entschlossen sind, männliche Bastionen zu stürmen, warum nicht mit einem richtigen Beruf? Warum werden Sie nicht Anwältin?« Er machte eine leichte Handbewegung. »Oder Ärztin.«

»Ich bitte Sie, Dr. Conan Doyle.« Sie entfaltete ihren Fächer mit einem lauten Knall. »Machen Sie sich bitte nicht über mich lustig.« Sie richtete sich gerade auf. »Ärztin?« Ihr Fächer durchschnitt die Luft wie die Flügel eines zornigen Vogels. »Welches Krankenhaus würde mich anstellen, selbst wenn ich eine Hochschule fände, die mich annähme?«

»Es ist nicht meine Absicht, mich über Sie lustig zu machen, Miss Danforth.« Sein Gesichtsausdruck war aufrichtig, sein Ton beschwichtigend. »Auch wenn es nur wenige sind, so ist Frauen der Arztberuf gestattet –«

»Wenn ich offen sein darf, Sir,« unterbrach Abigail ihn, und ihr Fächer war ein beredtes Zeugnis ihrer Ablehnung, »ungewaschene, kranke und sehr wahrscheinlich unbekleidete Körper haben, ehrlich gesagt, nichts Anziehendes für mich. Und was Jura betrifft, selbst wenn eine Universität mich akzeptierte: auf der ganzen Welt gibt es keine Rechtsanwaltsfirma, die mich einstellen würde.«

»Aber Sie könnten eine Privatpraxis eröffnen!«

Abigail schüttelte so heftig den Kopf, wie sie riskieren konnte, ohne ihren Hut zu verlieren. »Ich will nicht unhöflich sein, Sir, aber der Juristenberuf ist trocken und langweilig. Alle Vorgänge finden erst statt, nachdem der Verbrecher gefaßt ist. Ich möchte an der Verfolgung, der Entdeckung und der Festnahme des Schurken teilnehmen, nicht an seiner strafrechtlichen Verfolgung.« Sie klappte ihren Fächer zusammen und legte ihn auf das Retikül in ihrem Schoß. »Verstehen Sie nicht?« Sie beugte sich erregt vor. »Für die junge Wissenschaft der Verbrechensaufklärung muß ich nur solch einen vortrefflichen Gefährten wie Dr. Watson finden, der mich begleitet und meine Abenteuer aufzeichnet.« Sie richtete sich wieder auf und fügte triumphierend hinzu: »Auf diese Weise muß ich nicht in männliche Domänen eindringen.«

Da ihn die ungebrochene Begeisterung für seinen lästigen Detektiv beunruhigte und er sich sicher war, daß das verwöhnte, wohlbehütete Mädchen nicht die leiseste Vorstellung von dem jämmerlichen Schicksal hatte, das eine verlassene, mittellose Frau erwartete, versuchte er auf andere Art, sie von ihrer Besessenheit abzubringen. »Aber Miss Danforth,« sagte er ernst, »jede andere Vertreterin Ihres Geschlechts würde es als ausreichende Beschäftigung ansehen, Marquise zu sein.«

»Ach, das ist aber so entsetzlich langweilig!« rief sie. »Man hat dafür zu sorgen, daß irgendein lächerliches, riesiges, zugiges altes Museum unversehrt der nächsten Generation übergeben wird, während man die Geisel streitender Dienstboten ist, die für den begrenzten Personenkreis, den man unterhalten soll, das Abendessen fertig haben – oder auch nicht –«

»Aber, aber, Miss Danforth,« unterbrach Conan Doyle sie mißbilligend. »Von den häuslichen Pflichten einmal abgesehen, Sie werden mit dem Prinzen von Wales dinieren! Was können Sie mehr verlangen? Bei Gott, die Leute werden Sie für den Rest Ihres Lebens bitten, von diesem Abend zu erzählen, selbst wenn Sie Seine Königliche Hoheit danach nie mehr sehen.«

»Und nachdem ich es einmal erzählt habe, wird es mir wahnsinnig auf die Nerven gehen!« Sie verdrehte die Augen zum Himmel. »Außerdem, Sir, obwohl ich, wie ich nochmals betone, nicht unhöflich sein will: mich in Gegenwart einer Person aufzuhalten, mit der ich erst sprechen darf, nachdem sie mich angesprochen hat, reizt mich nicht übermäßig. Man fühlt sich so, wie sich wohl auch ein Bediensteter vorkommt.« Mit einem schelmischen Lächeln setzte sie hinzu: »Aber ich war entzückt zu hören, daß der Marquis dem Prinzen mit dem Rubin des Punjat ein verspätetes Geburtstagsgeschenk überreichen wird.« Ihre Augen leuchteten vor Erregung. »Ich bin gespannt darauf, die Einzelheiten seiner unheimlichen Geschichte zu erfahren.«

Mit einem resignierten Seufzer zog Conan Doyle seine Uhr aus der Westentasche. Er warf einen Blick darauf und sagte müde: »Ich begreife nicht, warum Sie sich die Mühe gemacht haben, mich aufzusuchen.«

»Sie haben den Beruf geschaffen, Sir.« Sie sprach schnell, bevor er die Unterredung für beendet erklären konnte. »Ich hatte gehofft, Sie könnten mir einen Rat geben.«

»Wie sollte ich Ihnen raten, Miss Danforth? Ich sitze oben in einem Zimmer und schreibe.« Er zeigte mit der Hand unbestimmt in die Richtung seines Arbeitszimmers. »Bis auf das, was ich lese, weiß ich persönlich nichts über die Tätigkeit eines Detektivs.« Sein Blick glitt zurück in die Vergangenheit. »Als ich in Edinburgh die Universität besuchte, hatte ich einen höchst bemerkenswerten Mentor, der eine phantastische Beobachtungsgabe und die Fähigkeit zur Deduktion besaß. Dr. Joseph Bell war mein Vorbild für Holmes.«

»Glauben Sie, es wäre möglich, daß ich –«

»Wie Sie sehr gut wissen, Miss Danforth,« er hob die Hand, um ihrer Frage zuvorzukommen, »liegt die Entscheidung über Ihre Zukunft allein bei Ihrem Vater.«

»Sie werden ihm doch nichts von unserem Gespräch erzählen?« fragte sie besorgt.

Gekränkt rückte er von ihr ab. »Ich habe Ihnen mein Wort gegeben!«

Erleichtert erhob sie sich, zupfte leicht am Vorderteil ihrer Jacke, um ihren tadellosen Sitz wiederherzustellen, und fragte mit schüchternem Lächeln: »Sie würden mir nicht vielleicht ein Empfehlungsschreiben für Mr. Gillette in New York mitgeben?«

Er schüttelte den Kopf, während er aufstand. »Bitten Sie mich nicht, Ihre Verrücktheit noch zu unterstützen, Miss Danforth.«

»Nur ein einziges Wort der Ermutigung?« fragte sie kokett, als sie auf die Tür zugingen.

»Ich versichere Ihnen, ich habe die höchste Achtung vor weiblicher Charakterstärke und weiblichem Talent. Und ich muß zugeben, Kühnheit besitzen Sie mehr als genug. Und Hartnäckigkeit. Aber Ihre krankhafte Abenteuerlust wird Sie noch in Gefahr bringen, was völlig unnötig ist in Anbetracht Ihrer gesellschaftlichen Stellung. Ich würde sagen, es spricht alles entschieden gegen Ihr Vorhaben.«

Zwar reckte sie den Kopf in die Höhe, doch ihre Stimme klang gedämpft, als sie ihn fragte: »Dann gibt es also keine Hoffnung für mich?«

Während er sich auf den Einsatz der stärksten weiblichen Waffe, auf Tränen, gefaßt machte, sagte er mit einer Stimme, die nicht ohne Mitgefühl war: »Das Leben, das vor Ihnen liegt, ist ein Leben in Luxus und Sorglosigkeit. Es wäre höchst leichtsinnig von Ihnen, dies aufs Spiel zu setzen, nur um sich einen überhöhten Wunschtraum zu erfüllen, den ein ganz und gar nicht bewundernswertes Phantasiegeschöpf in Ihnen geweckt hat.« Er legte seine Hand auf die Türklinke, und seine Stimme klang schroff, als er entschieden hinzufügte: »Ich bewundere zwar Ihren Mut und Ihre Begeisterung, aber ich kann – nein, ich *darf* Sie nach allem, was recht und billig ist, nicht ermutigen, Miss Danforth.«

Er hätte keine Angst haben müssen, daß sie weinte. Erst als sie ganz allein war, ließ Abigail ihren Tränen freien Lauf.

1. Kapitel

Eine Linie ist Länge ohne Breite. Euklid

Ach, zum Teufel!« rief Abigail, als sie am nächsten Morgen aus ihrem Schlafzimmerfenster in Lady Peppers Stadthaus blickte. »Wo bleibt mein Bruder nur?« Ungeduldig, aber dennoch darauf bedacht, die fülligen Röcke ihres Morgenkostüms nicht zu zerknittern, raffte sie eine Handvoll des blaugestreiften Stoffes zusammen und ordnete ihn neu, damit er korrekter fiel. »Wenn ich Hosen tragen könnte anstatt zentnerweise Stoff, käme ich nie zu spät!«

Aber nicht das Gewicht ihres Kleides war der Grund für Abigails schlechte Laune. Auch nicht die Verspätung ihres Bruders. Als sie am Abend zuvor nach vielen einsamen Tränen schließlich zu Bett gegangen war, hatte sie noch bis spät in die Nacht wachgelegen. Schließlich hatte Conan Doyles Weigerung, sie zu beraten und zu ermutigen, sie nur in ihrem Entschluß bestärkt, Detektivarbeit zu ihrem Beruf zu machen. Denn war der Weg, einen Fall aufzuklären, nicht letztlich voller Hindernisse? Sie wäre wahrlich eine schlechte Detektivin, wollte sie sich von jedem kleinen Rückschlag entmutigen lassen. Alles, was sie wirklich brauchte, war jemand, der ihre Abenteuer aufzeichnen würde. Und ihre Freiheit. Kaum war sie zu diesem Schluß gekommen, als sich das Problem ihrer Heirat wie ein riesiger, von der Nachttischkerze verursachter Schatten drohend vor ihr auftürmte.

Obwohl Lord Hunterswell keineswegs der erste ernsthafte Anwärter war, würde er aufgrund seines Reichtums und seines Titels ihrem Vater sicher besser gefallen als seine Vorgänger. Und es schien, daß er es ernst meinte. Noch heute sollte sie seine Eltern kennenlernen. Dann würde er nach New York reisen, um ihren Vater zu treffen. Und doch hatte sie sich höchstens ein paar Stunden mit ihm unterhalten, davon kein einziges Wort allein. Ihr oberflächliches Geplauder über das Wetter hatte ihr nicht den geringsten Anhaltspunkt gegeben, ob er jene Art von Ehemann sein würde, der sie ständig um sich haben wollte, oder ob er ihr erlauben würde, ein eigenes Leben zu führen. Auch hatte er sie bis jetzt noch nicht um ihre Hand gebeten, was, wie sie vermutete, zwar nicht besonders romantisch, doch wohl die praktischste, wenn nicht einzig mögliche Vorgehensweise war, denn ihre Zustimmung wäre wiederum ohne die Einwilligung ihrer beiden Eltern völlig bedeutungslos. Was alles dem Zweck diente, sie geschickt in die Falle zu locken. Dies waren vielleicht moderne Zeiten und der Beginn eines neuen Jahrhunderts. Doch obwohl sie entschlossen war, sich keine Heirat aufzwingen zu lassen – wie etwa die arme Herzogin von Marlbrough – wäre ihr möglicher Entschluß,

Lord Hunterswell nicht zu ehelichen, wenig, vielleicht überhaupt nichts wert, wenn ihr Vater die Heirat erst einmal beschlossen hatte. Es war ihr Schicksal. Trotzdem würde sie als Letzte gefragt werden. Soviel zum Thema Unabhängigkeit und Abenteuer.

Und dann diese Demütigung, daß man ihren Bruder nach London geschickt hatte, um sie zurück nach New York zu begleiten, als wäre sie ein törichtes Kind, das sich nicht einmal in einem Zimmer allein zurechtfinden würde. Das war wirklich mehr, als sie ertragen konnte. »Ach, wo bleibt Rodney nur?« rief sie erneut und drehte sich dabei zu Jacqueline um. »*Je ne sais pas, Mlle.* Danforth.«

»Ich bitte dich, sprich Englisch, Jacqueline.« Abigail räusperte sich, bevor sie weitersprach. »Wir sind bald in Amerika, und dort spricht kein Mensch Französisch.« Sie verließ ihren Beobachtungsposten am Fenster, durchquerte den Raum und trat an die Frisierkommode. »Hol mir bitte meinen Hut.« Seufzend nahm sie vor dem Spiegel Platz.

»Ja, Miss.« Jacqueline huschte davon, wobei ihre Schürzenbänder wie der Schwanz eines Drachens flatterten.

»Ich werde Rodney hier sitzenlassen, wenn er nicht rechtzeitig kommt, um in der Kutsche des Marquis mitzufahren,« sagte Abigail bestimmt. »Von mir aus kann er mit dir und Kinkade in einem Wagen fahren.«

Während sie zusah, wie Jacqueline zu dem Berg von Koffern auf der anderen Seite des zur Hälfte mit einem Baldachin überdachten Bettes eilte, seufzte sie erneut. Sie war mehr als zufrieden mit ihrer neuen Zofe und höchst zufrieden mit sich selbst, daß sie es gewagt hatte, sie einzustellen, ohne vorher ihren Vater zu fragen. Doch ihre eigene Meinung zählte gar nichts, wenn Kinkade ihre Wahl nicht guthieß. Ihr Vater schätzte Kinkades Meinung und würde

Jacqueline auf der Stelle entlassen, falls dieser sie nicht mochte. » Du darfst dich von Kinkades streitlustigem Gesichtsausdruck nicht einschüchtern lassen.« Abigail bemühte sich, jede Spur eines Vorwurfs zu vermeiden; Jacqueline könnte dies falsch verstehen und den Vorwurf auf sich beziehen, sich darüber aufregen und einen schlechten Eindruck machen. »Er ist Vaters Diener, solange ich denken kann. Ich bin überrascht, daß Vater ihm erlaubt hat, Rodney zu begleiten, er braucht ihn sonst so dringend.«

Abigail blickte in den Spiegel und bewunderte den modischen Stil, in dem Jacqueline ihr Haar frisiert hatte, während das Mädchen zurückkehrte. »Bestimmt hat er den Auftrag, auf meinen Bruder aufzupassen.« Sie schnitt ihrem Spiegelbild eine Grimasse. »Und auf mich.«

Da Abigail so offen mit ihr gesprochen hatte, beschloß Jacqueline, eine Frage zu riskieren, während sie ehrfürchtig die geschwungene Krempe des Federhuts zurechtbog, der auf der Pompadourfrisur ihrer Herrin thronte. »Bitte, Miss, sind Sie aufregend darüber, den Prinzen von Wales kennenzulernen?« fragte sie kühn.

Begeistert, daß Jacqueline sich ein Herz gefaßt hatte und sprach, ohne vorher angeredet worden zu sein – was ihr im Umgang mit Kinkade sehr zustatten kommen würde – lächelte Abigail und entschied, ihren grammatischen Fehler nicht zu korrigieren. »Ehrlich gesagt, bin ich viel aufgeregter, den Rubin des Punjat zu sehen.«

»Pardon, Miss?«

Da sie entschlossen war, kein Wort Französisch zu sprechen, damit Jacqueline schneller Englisch lernte, jedoch auch nicht wußte, wie sie einen so komplizierten Gegenstand wie den Rubin des Punjat so beschreiben sollte, daß die Zofe es verstand, überhörte Abigail die Frage, wie viele andere zuvor, wenn ihre Zeit oder Geduld nicht zur Beantwortung ausreichten. Statt dessen konzentrierte sie sich darauf, ihre hautengen Handschuhe anzuziehen und fragte: »Ist alles gepackt für die nächsten drei Tage in Hunterswell House?«

»Ja, Miss.« Mehr an ihrem Wortschatz interessiert als an ihrer Fähigkeit zu packen, schloß Jacqueline die Augen und fing an aufzuzählen: »Drei Morgentoiletten, das blaue Leinenkostüm zum Radfahren mit Bändern für den Hut und Halstüchern für zwei Touren, drei Kombinationen zum Tee und vier Kleider für den Abend, eines in Reserve. Die golddurchwirkte Satinrobe, die Halskette aus Topas und die Ohrringe für das Diner mit dem Prinzen. Zwei Reitanzüge, einer davon für die Jagd. Zwei kurze Mäntel, der eine ist der Eichhörnchenpelz, der andere nur auf Pelz getrimmt, und ein langer Tuchmantel.« Sie öffnete die Augen und ergänzte: »Ihre langen Pelzmäntel habe ich nicht eingepackt. Ich glaube, es wird nicht so kalt, daß man sie braucht.«

»Vollkommen richtig.« Abigail winkte ihr fortzufahren.

»Zwei Tweedkostüme und feste Stiefel zum Spazierengehen. Schuhe, eine Schachtel für die Handschuhe, Juwelen im Kästchen und Fächer. Und das nötige Darunter und alles mögliche Drumherum, und Hüte und Sonnenschirme. Und das zweitbeste graue Reisekleid für die Überfahrt.«

Abigails Unterröcke raschelten, als sie aufstand und anerkennend nickte. »Dein Englisch hat sich in den letzten Wochen enorm verbessert. Dein Akzent ist allerdings furchtbar. Aber so klingt meiner auch für englische Ohren. Ich nehme an, zu Hause wird man mir vorwerfen, ich spräche mit einem britischen Unterton.«

»Danke, Miss.« Obwohl Jacqueline nicht alles verstand, was sie sagte, war doch aus Abigails Ton herauszuhören, daß ihre Herrin zufrieden war, und sie errötete vor Freude. »Wenn ich darf sagen, Miss, Seine Lordschaft verliert ganz bestimmt sein Herz.«

Ihrerseits errötend, überhörte Abigail das Kompliment. »Falls Rodney wütend ist, wenn er merkt, daß Lady Pepper und ich ihn zurückgelassen haben, laß dich nicht von ihm einschüchtern.«

»Ja, Miss.«

»Ich wünschte mir so, Benjamin hätte sich genügend erholt, um anstelle von Rodney die Reise zu machen und mich abzuholen. Du wirst überrascht sein, wenn du ihn kennenlernst, daß er und Rodney Zwillinge sind.«

»Miss?«

Mit nachdenklichem Blick wandte Abigail ihr Gesicht wieder dem Spiegel zu. »Benjamin ist der Erstgeborene, das Original, wenn man so will.« Ihre Ohrringe aus Mondstein schaukelten leicht hin und her, als sie ihr Spitzenjabot betastete und zum hundertsten Mal das reich bestickte Oberteil ihres Kleides zurechtzupfte. »Wenn Rodney nicht so eifersüchtig wäre, hätten Vater und er sich vielleicht besser verstanden.«

Jacqueline nickte, als hätte sie Abigail genau verstanden.

Abigail streckte die Hand aus.

Jacqueline wußte sofort, was ihre Herrin wollte und reichte ihr mit einem kleinen Knicks den Sonnenschirm aus schillernder Seide.

»Aber es muß wohl schwer sein, wenn man nur aufgrund von Minuten der zweite Sohn ist.« Abigail zeigte mit dem Sonnenschirm auf den kleinen Nerzmuff auf dem Nachtschrank und fügte hinzu: »Und ich rede zuviel. Laß meine Bemerkungen geheim bleiben, genau wie meinen gestrigen Ausflug.«

»Ja, Miss.« Jacqueline knickste und gab ihr den Muff.

»Ich bitte dich, knickse nicht andauernd.« Abigail sah sie mißbilligend an. »Ich bin keine königliche Hoheit.« Sie sah Jacqueline fest an. »Du darfst unter keinen Umständen jemandem, auch nicht Kinkade – niemandem – von unserem Besuch bei Dr. Conan Doyle erzählen.«

»Oh, nein, Miss,« erwiderte Jacqueline ernst. »Ich verstehe das Geheimnis. Kein durchgehendes Pferd kann mich dazu bringen.«

Abigail drehte sich rasch zur Seite, um ihre Belustigung zu verbergen und sagte: »Man sagt 'keine zehn Pferde', Jacqueline. Keine zehn Pferde bringen mich dazu –« Sie wurde von einem leisen Klopfen an der Tür unterbrochen und wandte sich dem Lakaien zu, der in der Tür stand.

Er sagte, den Blick auf einen unbestimmten Punkt über Abigails Kopf gerichtet, in monotonem Tonfall: »Die Kutsche des Marquis steht Miss Danforth zu Diensten.«

»Sagen Sie Lady Pepper, daß ich gleich unten bin.« Abigails Haltung war königlich, als sie vor dem Spiegel stehenblieb, um einen letzten prüfenden Blick hineinzuwerfen. »Auch wenn Kinkade hierbleibt, um auf Rodney zu warten, ich möchte, daß du so schnell kommst, wie geplant. Ich werde dich brauchen.«

»Ja, Miss.« Jacqueline strahlte, als ihre Herrin aus dem Zimmer rauschte und zwinkerte erstaunt, als Abigail postwendend wieder erschien.

»Noch ein Geheimnis,« flüsterte Abigail. »Es bereitet mir nicht so viel Sorgen, dem Grafen Hunterswell zu gefallen, wie seine furchterregende Mutter, die Marquise, kennenzulernen.«

Als Abigail endgültig verschwunden war, gratulierte Jacqueline sich selbst zu ihrem Glück, eine so freundliche

Herrin gefunden zu haben. Sie vergaß, daß sie noch nicht gefrühstückt hatte, und musterte prüfend den Raum. Es gefiel ihr, Ordnung in das Chaos zu bringen, und ihrer grenzenlosen Energie war es zuzuschreiben, daß ihre zierliche Gestalt fast kindliche Proportionen hatte. Eine halbe Stunde später war sie, fröhlich vor sich hinsummend, mit dem Packen nahezu fertig. Sie beugte sich gerade über eine Truhe und verschwand beinahe darin, als sie eilige Schritte in der Halle und einen gellenden Schrei vernahm: »Aaabbiiie!«

Jacqueline fuhr zusammen und ließ ein Stück Unterwäsche auf den Boden fallen, als der Deckel der Truhe zufiel.

»Abigail?« Rodney schlug mit dem schweren Silberknauf seines Spazierstocks gegen den Türrahmen. »Wo ist Abigail?« *»Mon Dieu, Monsieur!«* stammelte sie gelähmt vor Schreck und unfähig, etwas anderes zu sagen.

»Also! Wo ist sie? Haben Sie sie in eine dieser Truhen gepackt?« Er drohte ihr mit dem Stock, während er ins Zimmer trat.

Als Jacqueline ihn weiterhin wortlos mit aufgerissenen Augen anstarrte, sprach er lauter: »Sie wollen doch nicht etwa sagen – falls Sie überhaupt sprechen können – daß sie ohne mich abgefahren ist?«

Jacqueline nickte stumm.

Rodney schleuderte seinen Hut auf die Frisierkommode und ließ sich auf den Stuhl fallen. »Allerdings, *mon Dieu!* Damit bin ich erledigt.« Mit seinen großen braunen Augen und den gutgeschnittenen Gesichtszügen hätte er als hübsch gelten können, wäre seine Miene nicht so verdrießlich gewesen, als er in den Spiegel sah, um den Sitz seines perfekt geknoteten Halstuchs zu überprüfen. Doch ein unsichtbares Gewicht schien seine Schultern herabzuziehen und verdarb den hervorragenden Schnitt seines Mantels. »Ich höre Vater jetzt schon,« murmelte er, während er beide Hände über dem Knauf seines Spazierstocks faltete. Mit einer tieferen Stimme sagte er: »Sie ist dir mal wieder entwischt, was? Kannst nicht einmal so einem dummen Ding auf den Fersen bleiben! Bah!« Er stach mit dem Stock in den Teppich, drehte sich plötzlich herum und sah Jacqueline an: »Was tun Sie hier überhaupt?«

Sich Rodneys Zwiegespräch mit dem Spiegel zunutze machend, hatte sie sich gebückt, um das Unterkleid wiederzufinden, doch wegen der Stoffülle ihrer Röcke hatte sie es nicht gesehen. Während sie sich aufrichtete, um ihm zu antworten, lag es noch immer auf dem Boden. Ihr Gesicht glühte. »Miss Danforth will Sie nicht entwischen, Sir,« sagte sie so deutlich sie konnte, obwohl sie sich gezwungen fühlte, schnell zu sprechen. »Sie können mit Kinkade und mir fahren.«

»Ich?« Er erhob sich. »Ich soll mit Dienstboten zusammen fahren?«

Jacqueline nickte wortlos.

»Seien Sie nicht albern!« Er trat auf sie zu. »Der jahrelange Aufenthalt in Europa ist meiner Schwester wohl schlecht bekommen. Verrückt, anzunehmen, ich führe mit Dienstboten!« Während er sich drohend vor ihr aufbaute, befahl er: »Reden Sie, da sich ja herausgestellt hat, daß Sie sprechen können. Was verbergen Sie?«

»Nichts, Sir.« Sie schob das Kleidungsstück mit der Fußspitze unter das Bett, trat zurück und legte ihre zitternde Hand auf den Deckel der Truhe. »Ich besorge das Packen für Miss Danforth.«

»Meine Schwester und Sie waren gestern die meiste Zeit außer Haus.« Er sah sie finster an. »Wo waren Sie?«

»Einkaufen, *Monsieur.*« Jacqueline errötete noch tiefer bei der Schwindelei.

»Oh, aber Sie hatten keine Pakete dabei, als Sie zurückkehrten.« Da er ihr Unbehagen bemerkte, drängte Rodney sie, ihm den Grund zu sagen, da immerhin die Möglichkeit bestand, daß sie etwas zu verheimlichen versuchte.

Da sie zuviel Angst hatte, ihre Lüge mit der Feststellung zu untermauern, sie hätten einen Zustelldienst beauftragt, war Jacqueline nur noch dazu fähig, ihn stumm anzustarren.

Er wirbelte seinen Stock herum, fing das Ende hinter seinem Rücken auf und blickte auf sie herab wie ein Offizier, der einen neuen Rekruten inspiziert. »Wo genau haben Sie eingekauft?«

»Oh, *Monsieur, s'il vous plaît,* das ist das Geheimnis.«

»Selbst vor ihrem Bruder?«

»Ich verspreche, nicht zu erzählen.«

»Meine Schwester trifft sich also mit einem heimlichen Liebhaber, wie?« fragte Rodney drohend und zog eine Augenbraue hoch.

»Nein, nein, *Monsieur*! Keine Verleumdung!«

»Ich werde unserem Vater davon erzählen müssen.« Rodneys Lächeln zog seinen Mundwinkel nach unten. »Wenn ich die Wahrheit wüßte, könnte ich vielleicht entscheiden, ob ich ihm etwas sage oder nicht.«

Jacqueline starrte auf den Teppich, den Mund in eisernem Schweigen zusammengepreßt.

»Wenn Sie mich das Schlimmste befürchten lassen, Mädchen, werde ich ihm erzählen, Abigail hätte einen Liebhaber, der hinter ihrem Geld her ist.«

»Oh, nein, *Monsieur!*«

»Es hängt alles von Ihnen ab.«

Jacqueline wich bis zu der Truhe zurück.

Rodney kam näher, hob mit dem Silberknauf seines Spazierstocks ihr Kinn und zwang sie, ihm in die Augen zu sehen. »Abigail braucht nichts davon zu erfahren.« Seine Stimme hüllte sie ein wie eine Rauchwolke. »Wenn Sie mir alles sagen, dann ist das, was ich weiß, *unser* Geheimnis.«

»Oh, *Monsieur!* Sie versprechen? Sie erzählen nichts Miss Danforth?«

»Abgemacht ist abgemacht.«

Jacqueline sah ihn unverwandt an, während sie sich freimachte. »Miss Danforth fährt nach Surrey, Sir.«

»Wohin?«

»Nach Hindeshead, Surrey, Sir.«

»Wozu?«

»Um Dr. Conan Doyle aufzusuchen, *Monsieur*.«

»Den Schriftsteller?« Er runzelte die Stirn. »Aber warum?«

»*Je ne sais pas, Monsieur.*« Rodney konnte sein Glück kaum fassen, seine vollkommene Schwester so bald bei einer Unbedachtheit ertappt zu haben. Ihre Lüge, um es geheim zu halten, bedeutete sicher, daß es um eine Angelegenheit ging, die ernst genug war, den Zorn ihres Vaters zu erregen. Außerstande, seine Freude zu verbergen, hob er Jacqueline in die Höhe und drehte sie einmal um sich selbst. Dann stellte er sie am Fußende des Bettes auf den Boden, nahm sie bei den Schultern und sagte: »Es ist abgemacht! Verstehen Sie? Wenn Ihnen Ihre Stellung etwas bedeutet, erzählen Sie meiner Schwester nicht, was Sie mir gesagt haben. Das ist unser Geheimnis.« Er küßte sie fest auf die Stirn.

Ihr Gesicht strahlte vor Glück. »Oh, *merci, Monsieur. Merci! Merci!*«

Kinkade hüstelte von der Türschwelle her. Als keiner der beiden reagierte, hüstelte er erneut, diesmal etwas lauter.

»Ach, da sind Sie ja endlich, Kinkade.« Rodney gab Jacqueline frei und ging zur Frisierkommode. »Besorgen Sie mir einen Hansom. Achten Sie darauf, daß er mit guten Pferden versehen ist. Ich habe es eilig.«

»Ja, Sir. Sofort, Master Rodney,« sagte Kinkade. »Wenn Sie mir noch gestatten, Miss Bordeaux mitzuteilen, daß der Butler auf dem Weg nach oben ist, um die Abholung von Miss Danforth' Gepäck zu beaufsichtigen.«

»Ja, ja, gut, jetzt haben Sie es ihr ja gesagt.« Rodney angelte seinen Hut vom Frisiertisch und stülpte ihn auf sein rotblondes Haar. »Hinfort! Jacqueline ist bereit für den Butler, nicht wahr, meine Liebe?«

Sobald Rodney sie losgelassen hatte, hatte Jacqueline eiligst das Unterkleid hervorgeholt. Als sie den letzten Riemen festgezogen hatte, blickte sie auf, um Kinkade zu versichern, das Gepäck sei fertig. Er war verschwunden.

In der Tür schwenkte Rodney drohend seinen Spazierstock. »Denken Sie daran! Es ist unser Geheimnis!«

Der Lakai war mit der letzten Kiste verschwunden, und Jacqueline überprüfte die Schubladen der Frisierkommode, als sie bemerkte, daß ihr Häubchen schief saß und aus ihrer Frisur einzelne Strähnen unordentlich heraushingen. »Was müssen die Diener von mir gedacht haben,« jammerte sie auf Französisch. Mit vor Verlegenheit hochroten Wangen brachte sie ihr Haar rasch wieder in die gewohnte Ordnung.

»Miss Bordeaux!« Jacqueline wirbelte herum, die Hand auf dem Herzen. »*Mon Dieu, Monsieur* Kinkade! Wie haben Sie mich erschreckt!«

»Sich aufzuputzen steht nur den Damen des Hauses zu.«

»*Oui,* aber ich –«

»Und vor allem putzt man sich nicht vor den großen Spiegeln der Herrschaft. In den Räumen für das Personal gibt es genügend Spiegel.«

»Aber ich –«

»Ich wäre Ihnen sehr dankbar, wenn sie mir nicht widersprechen wollten.« Kinkades deformierte Nase, die er als Kind bei einem Unfall gebrochen hatte, verlieh seiner Stimme etwas Nasales und ihm selbst das Aussehen eines Boxers, was seinem friedlichen Naturell zutiefst unrecht tat. Er hatte die Lippen widerwillig zusammengekniffen. »Ich will offen zu Ihnen sein, Miss Bordeaux. Das, was ich gerade gesehen habe, billige ich nicht im geringsten.«

»*Monsieur?*« Jacqueline lächelte, so bezaubernd sie konnte. »Verzeihen Sie, daß ich mir das Haar gerichtet –«

»Sie brauchen nicht so zu tun, als hätten Sie mich falsch verstanden!« rief er. »Daß eine Dirne vorgibt, die anständige Zofe einer Dame zu sein, und den jungen Herrn des Hauses verführt, ist ja wohl ein ganz alltäglicher Vorgang. Ich muß Sie nur darauf aufmerksam machen, daß Sie mit Ihrem Plan im Haus Danforth nicht durchkommen werden.«

»Ich bin nicht die Dirne!« Jacqueline war entsetzt.

»Ich habe gesehen, wie Sie Master Rodney geküßt haben,« antwortete er steif. »Ich streite mich nicht mit Ihresgleichen. Holen Sie jetzt Ihren Mantel. Wir haben viel zu tun.«

Außerstande, genügend Englisch zusammenzubekommen, um ihr Dilemma zu erklären, folgte Jacqueline ihm schweigend die Hintertreppe herunter. In Anbetracht des schlechten Lichts, in dem sie stand, traute sie sich nicht, um etwas zu essen zu bitten, damit sie ihren Hunger stillen konnte.

Nachdem sie das Gewühl des Londoner Verkehrs hinter sich gelassen hatten, brauchten die beiden temperamentvollen, aufeinander eingestellten Grauen keine Aufforderung des Kutschers, um ihren Schritt zu beschleunigen. Da sie spürten, daß es zurück in den Stall ging, beförderten sie den Brougham des Marquis rasch nach Hunterswell House. Während sie Lady Pepper gegenüber saß, stellte Abigail einigermaßen überrascht fest, daß sie ihre Gastgeberin vermissen würde. Die gute Seele war so rund wie ein Waldhuhn und genauso launisch. Da sie sich ihr Leben lang in ein Korsett gezwängt hatte, litt sie nun ständig unter Atemnot. Sie war sich zwar vage der Tatsache bewußt, daß Tee aus China oder auch aus Indien kam. Wie er jedoch zur Teezeit fertig zubereitet ihren Anrichteraum verließ, war ihr ein Rätsel. Es war ihr nie in den Sinn gekommen, das Rätsel zu ergründen; es bestand auch keine Notwendigkeit dazu, denn es würden immer Dienstboten da sein, die man bitten konnte, die Teekanne wieder zu füllen. Es gab noch vieles andere in der Welt außerhalb ihrer exklusiven Kreise, das ebenso rätselhaft für sie war. Sie war genau die Art Frau, die Abigail keinesfalls werden wollte. Doch sie besaß ein großzügiges Herz. Und sie wußte, was man wissen mußte.

Mit großem Ernst versuchte Lady Pepper dem neben ihr sitzenden zerbrechlichen Mädchen etwas von ihrer Kenntnis über die Feinheiten beim Gebrauch des Fächers nahezubringen. Miss Gilda Arrington war eine viel jüngere, schlankere Ausgabe von Lady Pepper. Ohne deren Freundlichkeit.

»Sie besitzen eine natürliche Anmut beim Umgang mit dem Fächer, Miss Arrington.« Lady Pepper warf Abigail einen schnellen Blick zu und lächelte. »Sie natürlich auch, meine Liebe.« Sie wandte sich wieder an Miss Arrington. »Mit etwas Übung klappt es wie von selbst. Sie müssen nur üben.«

»Ja, Milady,« seufzte Miss Arrington mit kläglichem Blick. »Aber das Üben ist so langweilig.«

»Sich zu langweilen, ist der natürliche Zustand einer Frau.« Lady Pepper war gefährlich nahe daran, die Geduld zu verlieren. »Übrigens findet der Prinz von Wales ganz besonderen Gefallen daran, wenn jemand anmutig mit dem Fächer umgeht –«

Mehr brauchte Miss Arrington nicht zu hören; bereitwillig, ja begierig, folgte sie Lady Peppers Anweisungen, den Fächer bereitzuhalten, zu entfalten, zusammenzuklappen, niederzulegen und wiederaufzunehmen.

Während sie Miss Arrington beobachtete, konnte Abigail zum erstenmal Disraelis Bemerkung nachvollziehen, Frauen seien mit Fächern bewaffnet wie Männer mit Degen und richteten manchmal mit ihnen größere Verheerungen an. Miss Arrington hatte gewiß genügend Zeit hinter einem Fächer verbracht, um mit diesem Freund von Lord Hunterswell, Mr. Buchanan zu flirten. Ihn geradezu verführt zu haben, dem funkelnden Blick nach zu urteilen, mit dem er ihr nachsah, wenn sie davonstolzierte. Abigail mochte die Art nicht, in der Miss Arrington mit Mr. Buchanans Gefühlen gespielt hatte. Seitdem man darüber redete, sie habe die Aufmerksamkeit des Prinzen erregt, war das Mädchen unglaublich hochmütig geworden. Ihr Schmollmund, der so anziehend gewirkt hatte, als sie mit Mr. Buchanan flirtete, hatte einen habgierigen Zug angenommen. Jedenfalls schien es Abigail so.

»Ich glaube, Sie sind soweit, einen Versuch mit Wales zu wagen.« Lady Pepper lächelte ihren Schützling strahlend an. »Und schauen Sie, wie rasch die Zeit vergeht, während man ein wenig übt. Wir sind da.«

Wolken zogen eilig an dem schmutziggrauen Himmel vorbei. Ein letzter Rest kalten Lichts erhellte die plumpe, mit Schnörkeln verzierte steinerne Masse vor ihnen: Hunterswell House.

Noch während der Kutscher den Wagen zum Stehen brachte, sprangen livrierte Diener herbei, um den Damen aus der Kutsche zu helfen, als wären sie zerbrechliches Kristall.

Wie ein Zwerg vor dem höhlenartigen Eingang, hieß der Butler sie mit düsterer Miene willkommen. Er führte sie durch die überwölbte Innenhalle am Rauchzimmer vorbei und sagte dann: »Die Marquise wünscht, Miss Danforth sofort in ihrem Wohnzimmer zu empfangen. Die Marquise wird Lady Pepper und Miss Arrington beim Mittagessen empfangen.« Als sie die Marmortreppe hinaufstiegen, wies er auf den ersten Absatz. »Mrs. Budge wird Euer Ladyschaft und Miss Arrington zu Ihren Zimmern geleiten.«

So regungslos, daß man sie mit einer der Rüstungen hätte verwechseln können, die in den zahllosen Nischen Wache hielten, erwartete Mrs. Budge die Gäste. Mit einem steifen Nicken bedeutete sie Lady Pepper und Miss Arrington, ihr in den linken Flügel des Treppenhauses vorauszugehen. Ein Schlüsselbund, Zeichen ihrer gehobenen Stellung als Haushälterin, klimperte an ihrem Rockbund, als sie Lady Pepper folgte.

Da sie verweilt hatte, um sich von Lady Pepper zu verabschieden, mußte Abigail sich sputen, um den Butler wieder einzuholen, und war außer Atem, als sie am oberen Ende der Treppe ankam. Er stand neben einem Eckpfosten des Geländers, auf dem eine Urne aus grünem Marmor postiert war, die größer war als er selbst, und blickte auf seine Uhr, als hätte er die Zeit ihres Aufstiegs gestoppt. Belustigt fragte sie sich, ob sie nun wegen ungebührlicher Eile oder wegen Langsamkeit gerügt würde.

Er klappte die Uhr zu und verstaute sie wieder in der Westentasche. »Die Marquise wird hocherfreut sein, daß sie rechtzeitig gekommen sind, um die – äh – Kinder zu begrüßen.«

Fort war er und lief im Abstand von drei Schritten vor ihr her. In ihrer Hast mitzukommen, wäre sie beinahe ausgeglitten, und der Mut verließ sie bei dem Gedanken, daß eines Tages vielleicht sie die Herrin dieses unvernünftig großen Hauses mit seinen gähnenden, schwach erleuchteten Korridoren und den kilometerlangen Gängen sein würde. Als sie schließlich vor einer reichverzierten Flügeltür stehenblieben, hatte Abigail allmählich die Orientierung verloren. »Ist dies hier Süden?« fragte sie.

Das leichte Zögern, ehe er anklopfte, zeugte von dem Erstaunen des Butlers. Der windungsreiche Weg von der Haupttreppe zu den Räumen der Marquise ließ selbst regelmäßige Besucher die Orientierung verlieren. »Ja, Miss.« Seine Stimme war so kalt wie der Korridor. »Die Marquise bevorzugt den Südflügel wegen der Aussicht auf den See.«

Die Tür flog auf, und über das plötzliche schrille Mißgetöne von unaufhörlich bellenden Hunden hinweg hallte in verschiedenen Männerstimmen Abigails Name in voller Länge.

Eine weibliche Stimme, die selbst den Neid eines Hauptfeldwebels erweckt hätte, schrie: »Zum Donnerwetter! Seid still! Ich kann sie sehen! Und schließt die Türen, zum Donnerwetter! Wenn einer meiner Lieblinge weg ist, setze ich euch alle an die Luft!«

Tiefe Kratzer auf dem hochglänzenden Boden hinterlassend, versuchte eine Unzahl manikürter Nägel verzweifelt, Halt zu finden. Eine Meute bellender, keuchender Möpse, die alle mit dem Hintern wackelten, damit ihre Stummelschwänze wedeln konnten, purzelte durcheinander. Einige trugen Servietten um den Hals, andere hatten sie bei dem Versuch verloren, Abigail als erster zu erreichen.

»Fagan, Bumble, Vilkins und Oliver liegen vorn!« Die Stimme der Marquise übertönte mühelos den Lärm. »Sowerbelly, wach auf! Unwin! Limbkins, beweg deinen Hintern!«

»Lieben Ihre Ladyschaft Dickens?« rief Abigail über den ohrenbetäubenden Lärm hinweg. Zwei der Möpse begannen, um die Wette an ihrem Rocksaum zu zerren und hinderten sie daran, sich der Marquise zu nähern, die auf einer Chaiselongue neben dem Kamin lag.

Tiefe Falten zeichneten Halbkreise unter die riesigen grünen Augen der Marquise und verliefen nach unten, um ihren sinnlichen Mund noch mehr hervortreten zu lassen. Ihre Stimme schraubte sich wieder in die Höhe. »Ach, du liebe Güte, nein, nein, nein,« lachte sie. »Meine lästige, pharisäerhafte Schwester bittet mich ständig um Geld für ihre scheußlichen Waisen. Darum quäle ich sie, indem ich meine kleinen Lieblinge besser ernähre als sie ihre Obdachlosen.« Sie klatschte in die Hände. »Manieren, Kinder! Manieren! Ihr dort!« Sie zeigte auf die Lakaien. »Wer hat den Kindern erlaubt, vom Tisch aufzustehen? Aber, aber! Holt sie sofort zurück!« Sie senkte die Stimme, als sie Abigail direkt ansah.

»Lesen Sie gern?« Die gepuderten Perücken schief auf dem Kopf, bemühten die Diener sich, goldene Leinen an den sich windenden goldenen Kettenhalsbändern zu befestigen, die die Möpse trugen. Ihre Namen standen in Diamantbuchstaben auf goldenen Marken. Mit Satinkissen ausgelegte Körbe aus Rohrgeflecht waren an Armstühlen befestigt, so daß die damastbedeckte Brust jedes Hundes, wenn er aufrecht saß, in Tischhöhe war. Die Männer hatten Schwierigkeiten, die verlorenen Servietten wieder zu befestigen, da die Hunde den Duft des gebratenen Fasans in die Nase bekommen hatten, der gerade auf einer Anrichte zerlegt wurde.

Als sie näher an das Sofa herantrat, stellte Abigail überrascht fest, daß es eine winzige Frau war, nicht größer als Jacqueline, die diese kräftige Stimme besaß. Voll Bewunderung für das Geschick, mit dem die Diener ihre Pflichten erledigten, antwortete sie: »Ja, Ma'am. Ich lese gern.«

»Schade,« sagte die Marquise und musterte Abigail durch ihr Lorgnon. »Nun, wenigstens sind Sie hübsch. Drehen Sie sich um, Mädchen.«

Abigail gehorchte.

»Und gut angezogen. Hmmmmm. Schmeichelhafter Hut. Sieht teuer aus. Mein Sohn sollte gut auf Bertie aufpassen. Wenn Sie in London blieben, könnten Sie sich um den Rang der Schönheit des Jahres bewerben.«

»Vielen Dank, m'Lady,« erwiderte Abigail und ärgerte sich gewaltig über ihr Erröten.

»Sie sehen selbst, daß der künftige Marquis von Hunterswell keiner Dollarprinzessin bedarf.«

»Ja, m'Lady.«

Die Marquise wies auf die Unruhe am Tisch. »Ich sage immer: erst die Erziehung, dann das Fressen.« Sie stand abrupt auf. »Reiten Sie?«

»Ja, m'Lady.«

»Gut! Immerhin etwas. Dann lassen Sie uns gehen, bevor es regnet.«

Abigail zögerte. »Aber meine Kleider, m'Lady. Mein Reitkleid ist noch nicht hier.«

»Kommen Sie, Mädchen,« winkte ihr die Marquise. »Ich habe das Passende für Sie.« Während sie am Tisch entlangging, flüsterte sie Abigail ins Ohr, als wollte sie vermeiden, daß die Hunde es hörten: »Hören Sie, wie meine kleinen Lieblinge all diese Luft schlucken?« Sie kicherte. »Die Folgen sind leider vorauszusehen.«

Sie betraten ein riesiges Vorzimmer, das ausschließlich der Aufbewahrung von Kleidungsstücken diente, und die Marquise läutete nach ihrer Zofe. Sie folgte ihnen in das Ankleidezimmer, in dem ein Reitkleid hing. Ein offensichtlich neu eingestelltes Mädchen brachte das übliche Zubehör.

Abigail bemerkte, daß ihr Rock geteilt war, doch das Mädchen schien dies für normal zu halten, deshalb sagte sie nichts. Sie hatte einmal von einer berüchtigten Französin gehört, die im Herrensitz und mit geteilten Röcken ritt, doch noch nie hatte sie gehört, daß sich eine Engländerin so skandalös benahm.

Nachdem die Zofe ein paar flinke Änderungen vorgenommen hatte, paßte Abigail das Kostüm wie angegossen. Die Stoffülle verbarg beim Gehen die Teilung des Rocks. Sie hatte ihr Haar nicht umfrisieren müssen, um den Reiterhut mit der Feder zu tragen. Erst als sie einige Schritte hinter der Marquise die Treppe im Südflügel hinablief, meinte sie zu erkennen, daß auch der Rock der Marquise geteilt war.

Plötzlich packte Abigail die Wut, und sie achtete nicht mehr auf das unaufhörliche Geplapper der Marquise. Es war unweiblich, im Herrensitz zu reiten, und man konnte leicht einen Unfall riskieren. Ihre Gastgeberin hätte ihr zumindest die Möglichkeit geben sollen, höflich abzulehnen.

Statt dessen hatte die unmögliche Frau ihr ein Reitkostüm geliehen, so, als wolle sie ihr verwerfliches Tun nicht nur gutheißen, sondern sich auch bereitwillig daran beteiligen. Bis sie die düstere Halle im Erdgeschoß erreicht hatten, erkannte Abigail, daß sie in der Falle saß; hier ihr gekränktes Feingefühl, dort die unumstößliche Regel, die ihr untersagte, Kritik an ihrer vornehmen Gastgeberin auch nur in Betracht zu ziehen.

Auf dem Kopfsteinpflaster im Hof standen, von Stallburschen gehalten, drei prachtvolle englische Vollblüter, die vor Temperament schäumten. Zwei trugen Herrensättel, einer einen Damensattel.

»Ich muß Ihnen ein Geständnis machen,« sagte die Marquise, ohne auch nur im geringsten beschämt zu klingen. »Als ich ungefähr so alt war wie Sie und zum erstenmal mit meiner ekelhaften Schwester in Indien war, hat man mir beigebracht, im Herrensitz zu reiten, und zwar ohne Sattel und nach der Fall-runter-Methode. Wollen Sie es auch lernen?«

Abigail ließ sich nicht gern herausfordern. Sie fühlte sich dann wieder wie als Kind, wenn sie von ihren Brüdern zu irgendeinem Unfug angesteckt worden war.

Ohne von Abigails Schweigen Notiz zu nehmen, tätschelte die Marquise liebevoll ihr Pferd. »Mit dem richtigen Sattel sollte es bei Ihnen nicht so lange dauern oder so schmerzhaft sein wie bei mir damals. Meine Schwester ist übrigens in Ohnmacht gefallen, als ich ihr das Kostüm zeigte, das Sie jetzt tragen. Sie hat sich geweigert, das Reiten im Herrensitz auch nur auszuprobieren, nachdem sie meinen ersten Sturz mitangesehen hatte. Sie haben es wenigstens ohne Kommentar angezogen, obwohl Sie, wie ich feststellen muß, seitdem sehr still sind.« Sie lachte. »Vermutlich habe ich Ihnen auch nicht viel Gelegenheit zum Reden gegeben, stimmt's?«

So schnell, wie er gekommen war, verschwand Abigails Zorn auch wieder, denn plötzlich erkannte sie ihre eigene Heuchelei. Wie engstirnig war es doch, die Marquise zu verurteilen. Hatte sie nicht erst gestern den Wunsch geäußert, eine beratende Detektivin zu werden?

»Na, los, Mädchen!« riß die Stimme der Marquise sie aus ihren Gedanken. »Was ist nun?«

»Ja, m'Lady.« Abigail unterdrückte ein Kichern. »Es wäre mir eine Ehre, wenn m'Lady mir beibringen wollten, im Herrensitz zu reiten.«

»Genug der Worte. Steigen Sie auf!«

Abigail hatte Reiten gelernt, noch ehe sie laufen konnte und verstand, mit Pferden umzugehen. Ihr Pferd war vorzüglich zugeritten. Nachdem sie eine halbe Stunde lang die gebellten Befehle der Marquise befolgt hatte, fühlte sie sich bereits sicher in ihrem ungewöhnlichen Sitz.

Die Marquise beherrschte ihr eigenes Pferd, als hätte sie von seinem Wesen Besitz ergriffen. Sobald sie eine leichte Änderung in Abigails Verhalten bemerkte, die ihre Sicherheit erkennen ließ, rief sie: »Zum See!«

Mit dem Schlachtruf der Rebellen, den sie von einem Cousin gelernt hatte, der im Krieg gekämpft hatte, ließ Abigail ihrem Pferd freien Lauf und setzte der Marquise nach. Sie rasten an einer Unzahl von mächtigen Bäumen im Park vorbei und umrundeten den mit Schwänen übersäten See. Die Marquise konnte ihre Führung nicht behaupten. Sie zügelte ihr Pferd und fiel in Trab und bedeutete Abigail, die Geschwindigkeit zu verringern und ihrem Beispiel zu folgen, damit sie nebeneinander am Ufer des Sees entlang reiten konnten. »Wie gefällt es Ihnen? Im Herrensitz zu reiten?« fragte sie.

»Ich bin für immer in Ihrer Schuld, m'Lady,« sagte Abigail atemlos vor Entzücken. »Wenn ich daran denke, die Fußspitzen höher zu halten als die Fersen, komme ich mir vor wie ein Zentaur.«

»Obwohl es verwerflich ist? Oder *weil* es verwerflich ist?« Die Marquise lachte. »Verstehen Sie?« Sie fuhr fort, bevor Abigail etwas sagen konnte. »Sie dürfen alles, wenn Sie genug Geld haben. Die Glieder werden Ihnen morgen ein bißchen wehtun. Das beste Mittel dagegen ist ein heißes Bad und ein kurzer Ritt. Gefällt Ihnen Crosspatches?«

»Ja, m'Lady. Er ist wirklich ein prächtiger Bursche.«

»Ich werde im Stall Bescheid geben, daß Sie ihn jederzeit zur Verfügung haben. Einer der Stallburschen steht immer zu Ihrer Begleitung bereit, wenn ich keine Zeit habe.«

»M'Lady sind sehr großzügig.«

»Wußten Sie, daß mein Sohn nach New York reist, nur um in Ihrer Nähe zu sein?«

Von der Offenheit der Marquise überrumpelt, verstellte sich Abigail. »Nein, Madam.«

»Das ist das erstemal in seinen zweiunddreißig Jahren, daß er sich richtig verknallt hat. Bisher waren die Mädchen oder auch ihre ehrgeizigen Eltern immer hinter ihm her. Und nicht immer sehr geschickt, sollte ich hinzufügen. Vor zwei Jahren mußte der Marquis ihn bei einem Prozeß um ein gebrochenes Verlöbnis herauspauken. Hat eine schöne Stange Geld gekostet, aber das war auch das einzige, was das Mädchen wirklich gewollt hatte. Geld. Wenn man reich und adlig ist, ist man derlei Dingen ausgesetzt, aber ich sage es noch einmal, ich weiß nicht, wie ich ohne eine Menge Geld auskommen sollte.« Sie tat einen tiefen Seufzer. »Alles muß bezahlt werden.«

»Auch Menschen?«

»Gerade die Menschen.«

Abigail wagte zu widersprechen. »Natürlich bezahlt man sein Personal, Milady, aber doch sicher nicht alle Leute. Bestimmt nicht den Prinzen von Wales, oder?«

»Bertie ganz besonders!« rief die Marquise mit ihrem heiseren Lachen aus. »Man braucht eine ganze Menge Geld, um in seinen Kreisen zu verkehren, Kind. Allein für die Kleider! Und der Marquis hat dem Nawab Abdulsamad eine Riesensumme für den Rubin des Punjat bezahlt, den er dem Prinzen zum Geburtstag schenken will.«

»Ich brenne darauf, ihn zu sehen, m'Lady.«

»Und wer weiß, was der arme Poopsie Mark Twain bezahlen mußte, um ihn zu überreden, uns heute abend mit der Geschichte des Rubins zu unterhalten!«

»Wie lustig, ihn wieder einmal zu sehen!« Abigail lächelte. »Die Reisen zu dem wunderbaren Haus der Clemens' in Hartford gehören zu meinen liebsten Erinnerungen. Doch während der gesamten Dauer meines Aufenthaltes in Europa haben sich unsere Wege noch nicht gekreuzt.«

»Nun, liebes Mädchen, dieser Rubin, überreicht vom berühmtesten Toastmaster Europas, kostet ein Vermögen. Alles nur, um Seine Majestät einen Abend lang zu amüsieren.«

»Es wird sicher ein spannender Abend werden, m'Lady.«

»Liebe Güte, ja, das hoffe ich.« Die Marquise seufzte tief und zügelte ihr Pferd. Als es vollkommen ruhig war, zog sie eine kleine, mit Smaragden besetzte Dose aus den Falten ihres Reitkleides. »Dieses kleine Privatgespräch wollte ich vor dem Eintreffen der anderen Gäste mit Ihnen führen. Und nicht unter den Augen von geschwätzigen Dienstboten.«

Abigail brachte Crosspatches neben ihr zum Stehen. »Ist das Kokain, m'Lady?«

»Ach so, ja.« Sie hielt Abigail das Döschen hin. »Mögen Sie?«

»Oh, nein.« Abigail wich zurück. »Vielen Dank.« Sie verbarg ihren Widerwillen hinter einem Lächeln. »Ich habe nur gerade etwas über jemanden gelesen, der es sich spritzt. Er sagt, es mache die Langeweile erträglich.«

»Nadeln? Pff!« Während sie sich ein Nasenloch zuhielt, inhalierte sie das weiße Pulver aus einem winzigen Fach der Dose. »Es ist viel zivilisierter zu schnupfen.« Sie steckte das Döschen wieder weg. »Aber mit der Langeweile hat er recht.« Sie ließ ihr Pferd langsam einhertrotten. »Und glauben Sie, Sie könnten meinen Sohn lieben, Miss Danforth?«

Die Kühnheit der Frage bestürzte Abigail und sie wünschte, Crosspatches ginge durch, jedoch wollte sie ihn auch nicht bloßstellen, indem sie ein solches Verhalten vortäuschte. Bei all ihrem Grübeln über das Heiraten letzte Nacht hatte sie nie die Möglichkeit in Betracht gezogen, sich zu verlieben. In der Hoffnung, daß ihre Stimme nichts von dem Aufruhr verriet, in dem sie sich befand, erwiderte sie verschämt: »Ich weiß nicht, m'Lady.«

»Sie haben doch gewiß kein Interesse an diesen neuen Gefährten meines Sohnes, Mr. Buchanan oder Driscoll? Sie haben meinem Sohn vielleicht das Leben gerettet, aber keiner von ihnen besitzt einen Titel oder Vermögen.« Mit durchdringendem Blick sah sie Abigail forschend an. »Das hat aber diese Miss Arrington nicht gestört, bevor der Prinz auf sie aufmerksam wurde, wie?«

Abigail blieb eine Antwort erspart, da ein Reitknecht auf sie zu galoppierte. Der Marquis wünschte die Marquise dringend zu sprechen.

»Sie brauchen Ihren Ritt noch nicht zu beenden,« sagte die Marquise verträumt. »Wenn Sie fertig sind, wird der

Stallbursche Sie zu meinem Privateingang begleiten. Ein Lakai wird Ihre Ankunft erwarten und Sie zu Ihren Räumen bringen.«

Sie wendete ihr Pferd und befahl dem Reitknecht: »Sorgen Sie dafür, daß Miss Danforth Crosspatches und eine Begleitung zur Verfügung hat, wann immer sie Wert darauf legt.«

Erleichtert, daß ihre Qual vorbei war und zufrieden, daß sie ihre Sache gut gemacht hatte, schwor sich Abigail, niemals mehr mit der Marquise allein zu bleiben. Sie schüttelte sich, und Crosspatches tänzelte als Antwort. Von der endlosen Weite des Geländes, das sich vor ihr ausdehnte, verlockt, berührte sie ihn leicht mit ihrer Reitpeitsche und stachelte ihn zu einem unglaublich schnellen Galopp an. Da er nicht so gut beritten war, begnügte der Reitknecht sich damit, sie nicht aus den Augen zu verlieren.

Als sie sich dem Park näherte, tauchte ein Hansom zwischen den Bäumen auf und fuhr das letzte Stück der Auffahrt hinauf, die zum offiziellen Eingang führte. »Rodney!« schrie sie, obwohl sie wußte, daß er sie unmöglich hören konnte. Voll Übermut gab sie Crosspatches die Sporen, um ihm den Weg abzuschneiden. Mit dem Kriegsgeheul einer Rothaut schwang sie ihre Reitpeitsche wie einen Tomahawk und umkreiste den verblüfften Kutscher. Dann ritt sie seitlich an das Fenster der Kutsche heran und rief: »Schau mal, was ich kann!«

Rodneys Zylinder saß bedenklich schief, und sein Mund schnappte nach Luft wie das Maul eines verwundeten Fisches.

Sie ritt in Richtung des südlichen Hofes davon, der Hansom raste hinter ihr her.

Noch ehe der Kutscher ganz zum Stehen gekommen war,

sprang Rodney aus dem Gefährt und schritt steif auf Abigail zu, den Spazierstock drohend in der Hand. »Abigail Patience Danforth! Du schamloses, hohlköpfiges Mädchen!« schrie er. »Komm sofort von diesem Pferd herunter!«

Der Reitknecht, der versucht hatte, sie zu begleiten, hielt Crosspatches fest, während ein anderer Knecht und ein Stallbursche herbeistürzten und ihr beim Absteigen halfen.

Abigail strahlte. »Aber Rodney, ich habe einen phantastischen Ritt hinter mir. Zum erstenmal –«

»Wie kannst du es wagen!« zischte er. »Du hättest eine bleibende Verletzung davontragen können. Wer würde dich dann noch heiraten? Ich bin um die halbe Welt gereist, um dafür zu sorgen, daß du heil nach Hause kommst. Erst läufst du mir in London davon. Und jetzt dies! Was würde Vater sagen, falls er herausbekäme, daß du im Herrensitz geritten bist? Er würde mir das Fell über die Ohren ziehen! Kannst du immer nur an dich selbst denken?«

Da sie sehr wohl die Probleme kannte, die Rodney mit ihrem Vater hatte, zeigte sie auf der Stelle Reue. »Ach, Rodney, es tut mir leid. Wie rücksichtslos von mir.« Alle Freude war aus ihrem Gesicht verschwunden. »Ich wollte dir nicht mit Absicht Ärger machen.«

»Warum hast du dann nicht auf mich gewartet?«

»Entschuldige bitte, Rodney. Aber du wußtest, wann die Kutsche des Marquis erwartet wurde. Ich konnte Lady Pepper nicht warten lassen.«

Alle Dienstboten, die begierig zugehört hatten, ohne es sich anmerken zu lassen, wurden plötzlich geschäftig. Diejenigen, die im Hof nichts zu erledigen hatten, verschwanden. Der Kutscher setzte seinen Hut wieder auf. Die Marquise, die im Herrensitz auf ihrem tänzelnden Vollblüter näherkam, war ein furchteinflößender Anblick.

Rodney stöhnte auf, in der verzweifelten Hoffnung, daß sie seine Worte nicht gehört hatte.

»Was geht hier vor? Wer ist das?« fragte sie mit ihrer Feldwebelstimme.

»Mein Bruder, m'Lady,« antwortete Abigail und biß sich auf die Innenseite ihrer Wange, um ihr Vergnügen an Rodneys Unbehagen zu unterdrücken. »Rodney Charles Danforth.«

»Ach, du meine Güte, seiner Familie kann man nicht entgehen, wie?« Die Marquise ging langsam um Rodney herum, während er sich seinerseits, den Hut in der Hand, langsam im Kreis drehte, um sie im Auge zu behalten. »Mir scheint, Ihr Bruder ist genau so abscheulich wie meine Schwester.« Mit ihrer Peitsche auf Rodney zeigend, sagte sie mit vernichtender Stimme: »Was haben Sie mit dieser Kaufmannschaise in meinem privaten Hof zu suchen?«

Mit offenem Mund starrte Rodney sie an. Als Abigail merkte, daß er unfähig war zu sprechen, sagte sie: »Er ist mir hierher gefolgt, Eure Ladyschaft. Es ist –«

»Es macht Ihnen also Spaß, Ihre Schwester auszuschimpfen, ja?« Die Marquise nahm nicht die geringste Notiz von Abigails Fürsprache und erwartete auch keine Antwort von Rodney. »Das kann man wohl kaum als angemessene Einführung auffassen, junger Mann.«

»Ich bitte um Vergebung, Euer Ladyschaft,« flehte Rodney, der fürchtete, zurück nach London verbannt zu werden. »Begeben Sie sich in die Eingangshalle, wie es Ihnen zukommt, die Diener wissen, was mit Ihnen zu geschehen hat. Auf der Stelle!«

Gedemütigt wandte sich Rodney zum Gehen. Als er an Abigail vorbeiging, war sein Mund zusammengepreßt, so daß nur sie hörte, wie er sagte: »Das wirst du mir büßen.«

2. Kapitel

Ein Punkt hat keine Teile.
Euklid

Frederick Stuart Seymour, Graf von Hunterswell, war nicht groß, aber er war so schlank und beweglich wie eine Gerte. Obwohl sein Kopf meist mit Helm, Hut oder Kappe bedeckt wurde, war sein Haar so oft der Sonne ausgesetzt gewesen, daß es die ausgebleichte Farbe trockenen Sandes hatte. Die Pockenkrankheit, an der sein älterer Bruder und beinahe auch er gestorben war, hatte sein Gesicht entstellt: es war von Narben übersät, die auch die stärkste Bräune nicht verbergen konnte. Auch konnten weder Bart noch Schnurrbart richtig gedeihen. Er hatte die vorspringende Nase seiner Vorfahren väterlicherseits geerbt, die zwar nicht vernarbt, dafür jedoch von der Sonne in vielen Schattierungen verbrannt war. Im Vergleich zu seiner dunklen Hautfarbe wirkte das Grün seiner Augen blasser als das seiner Mutter. Seine zerfurchten Gesichtszüge, die Narben und ein Profil, das einer schroffen Küstenlinie glich, trugen dazu bei, ihn heillos scheu und für Frauen unwiderstehlich zu machen.

Auf dem Rücken eines Elefanten durch ein Dickicht voller Schlangen zu reiten oder im Sattel eines in Panik geratenen Kamels durch die Wüste geschaukelt zu werden, war etwas durchaus Alltägliches für ihn. Er hätte über jede Andeutung gespottet, daß er bei dem Nervenkitzel, den er bei der Jagd oder einer gefährlichen Hatz suchte, auch nur einen Anflug von Angst verspürt hätte. Der Gedanke hingegen, sich im Salon einen Weg durch die Wirren des Protokolls bahnen zu müssen, erfüllte ihn mit Schrecken.

Er kannte sein ausgedehntes Zuhause bis ins kleinste und fühlte sich in manch einer fernen Stadt ebenso wohl. Doch als er jetzt an seinem Schlafzimmerfenster stand und beobachtete, wie Abigail mit Crosspatches auf den südlichen Hof zujagte, versetzten ihn neuartige Gefühle in ein bisher unbekanntes Territorium. Nie zuvor war er einem solch außergewöhnlichen, verwegenen Mädchen begegnet.

»Stork?« rief er seinen Diener. »Wo ist Miss Danforth untergebracht?«

Stork trat ein, den Kleiderbesen in der Hand. »Neben Lord und Lady Pepper, m'Lord. Im Grünen Gemach.«

»Reitet genauso gut wie Mutter.« Fredericks Stimme nahm einen stolzen Unterton an. »Wie schön wäre es, wenn sie auch Spaß an der Jagd hätte.«

»Ja, m'Lord.« Stork tat so, als bemerke er die Erregung seines Herrn nicht und bürstete ein letztes Mal überflüssigerweise über Fredericks erstklassig geschnittenes Jackett.

»Wie strahlend gelaunt sie ist.« Fredericks Lächeln verwandelte sein Gesicht. »Das muß ihr Bruder sein, der da aus dem Hansom klettert. Welch herrlicher Spaß!«

Stork sah ebenfalls aus dem Fenster, als Frederick murmelte: »Was, glauben Sie, hat Mutter jetzt vor?«

Da er von dem Auftritt nichts hören konnte, wunderte er sich, daß Rodney in Richtung des Haupteingangs davonging, anstatt zusammen mit seiner Schwester den Südeingang zu benutzen. Einer plötzlichen Eingebung folgend, sagte er beiläufig: »Vielleicht könnte ich Miss Danforth im Gobelinsaal abfangen, bevor ich ihren Bruder im Blauen Salon begrüße.« Er ging zur Tür. »Vom südlichen Hof aus kommt man automatisch dort vorbei.«

Storks Miene war unverbindlich. »M'Lord werden Miss Danforth beim Mittagessen sehen.«

»Ja, aber nicht allein. Sag Mr. Driscoll, ich würde ihn und Mr. Buchanan nicht in seinen Räumen, sondern im Blauen Salon treffen,« rief er über die Schulter zurück.

»Ja, m'Lord.« Stork starrte hinter seinem Herrn her, als dieser den Korridor entlangeilte, und entfernte sich, um seinen Auftrag auszuführen.

Fredericks Herz klopfte so heftig, als würde er eine Beute jagen, und er hatte sein Ziel fast erreicht, als ihm plötzlich sehr zu seiner Beunruhigung einfiel, daß der Prinz möglicherweise Gefallen an Miss Danforth finden würde. Vielleicht würde sie besser nicht an der morgigen Jagd teilnehmen. Aber dann würde sie ihn vielleicht verachten, wenn sie erfuhr, daß er ihr die Gelegenheit versagt hatte, die sich jede Frau im Königreich sehnlichst wünschte. Doch was würde aus ihm, wenn sie die Gesellschaft von Wales vorzöge? Oder auch den blonden, hübschen Maximilian Driscoll? Oder den hochaufgeschossenen Schotten Fergus Buchanan? Seine verzwickte Lage war beunruhigend, und während er kaum darauf achtete, wo er sich befand, bog er auch schon um die letzte Ecke und betrat den Gobelinsaal.

Sich der Mitte des höhlenartigen Raumes aus entgegengesetzter Richtung nähernd, wobei sich die Entfernung zwischen ihnen rasch verringerte, schritt Abigail zielstrebig vor einem Lakaien her.

Frederick verschlug es die Sprache. Ihre Wangen waren von der Begegnung mit Rodney noch immer gerötet, und als sie so dicht vor ihm stand, nahm ihre Schönheit ihm den Atem. »Oh, Miss Danforth,« stammelte er und sein Bemühen, Überraschung zu heucheln, scheiterte kläglich. »Oh, Sie hier?«

Erstaunt, ihn hier so unvermutet anzutreffen, hätte Abigail am liebsten auf der Stelle ihren Fächer parat gehabt. Die unverblümte Frage der Marquise nach ihrer Liebe hatte ihre Gefühle für ihn durcheinandergebracht, und sie hatte nicht das Bedürfnis, ihre Verwirrung zu zeigen. Doch als sie näherkam, konnte es Abigail beim besten Willen nicht entgehen, wie verschüchtert er tatsächlich war. Sie empfand Mitleid mit ihm, als sie stehenblieb und taktvoll sagte: »Ich habe Ihr Haus bewundert, Eure Lordschaft. Diese Gobelins sind prachtvoll.« Darauf bedacht, den muffigen Geruch, der in der Luft lag, nicht zu erwähnen, wies sie auf den Wandteppich, der ihr am nächsten hing. »Jeder von ihnen muß eine faszinierende Geschichte haben. Nicht nur der Gobelin selbst, interessant ist auch, wie er in den Besitz Ihrer Vorfahren gelangte.« Obwohl sie ihm in erster Linie ein Gesprächsthema liefern wollte, war ihr Interesse echt.

Dankbarkeit klang aus seiner Stimme, daß sie ihm mit ihrem Geplauder einen Rettungsanker zugeworfen hatte, als er erwiderte: »Danke, Miss Danforth. Einige davon gehen auf das zwölfte Jahrhundert zurück. Ich würde mich mehr als glücklich schätzen, Ihnen davon zu erzählen – natürlich in Anwesenheit Ihres Bruders oder Lady Peppers.«

Der Lakai mit der Puderperücke zog sich unauffällig in den Hintergrund zurück, achtete jedoch sorgsam darauf, in Hörweite zu bleiben.

Da er wußte, daß er nicht verweilen und ihren guten Ruf gefährden durfte, wechselte Frederick abrupt das Thema und kam auf den Grund zu sprechen, aus dem er sie hier hatte treffen wollen. »Was ich sagen wollte, Miss Danforth, ich habe von meinem Fenster aus Ihren Überfall auf den Hansom beobachtet.«

»Tatsächlich?« Abigail erstarrte. Zutiefst verlegen fragte sie sich, ob er auch gehört hatte, daß Rodney sie wie ein törichtes Kind ausgezankt hatte.

Respekt sprach aus seiner Stimme, als er fortfuhr: »Sie sind geritten, als hätten Sie keine Angst vor Verletzungen.«

Da sie meinte, aus seinen Worten einen strafenden Unterton herauszuhören, errötete Abigail plötzlich vor Zorn. Sie hatte genug davon, wegen ihres Benehmens gerügt zu werden, das, wie sie sehr wohl wußte, unziemlich war, auch wenn seine Mutter sie dazu angestiftet hatte. »Wenn Euer Lordschaft mich bitte entschuldigen wollen.« Ihre Stimme klang eisig. »Ich muß mich zum Mittagessen umkleiden.« Sie rauschte an ihm vorbei, den Mund fest zusammengepreßt, damit ihr nicht herausrutschte, daß jede Verletzung, die sie vielleicht davongetragen und die sie heiratsunfähig gemacht hätte, ihn absolut nichts anginge.

Frederick war niedergeschmettert. Er hatte Abigail gerade die höchste Anerkennung für ihren Mut ausgesprochen. Doch anstatt ihr eine Freude zu machen, war es ihm irgendwie gelungen, sie zu kränken. Da er nicht wußte, was er sonst tun sollte, schnippte er mit den Fingern, um den Lakai herbeizuordern. Unglücklich sah er ihr nach, bis sie um die Ecke bog, dann schlug er den Weg zu Maximilians Räumen ein.

Wenn, wie es heißt, die Not einen zu seltsamen Schlafgesellen bringt*, dann ist es die Habgier, die sie zusammenhält. Vier Männer, die gesellschaftlich ein gutes Stück vorwärts gekommen waren im Vergleich zu der erbärmlichen Lage, in der sie sich in Rangun kennengelernt hatten, waren vor dem Kamin in Maximilian Driscolls Zimmer versammelt.

Maximilian Driscoll, der sich seine Kehrseite wärmte, richtete das Wort an die anderen, die vor ihm standen. »Fergus sagt, Miss Arrington drohe damit, dem Prinzen gegenüber zu plaudern.« Obwohl sehr muskulös, was jedoch nur Lord Hunterswells Schneider wußte, war Max tadellos gekleidet. Das Blond seines gelockten Haares paßte ganz offensichtlich nicht zu seinem dunklen, vollen, sauber gestutzten Bart.

Auch Fergus Buchanans schlaksige Gestalt war, dank der Freundlichkeit Lord Fredericks, perfekt für das Essen gekleidet. »Wir können nicht zulassen, daß sie dem Prinzen von unserer Verbindung zum Rubin des Punjat erzählt.« Er verbarg seine rasende Eifersucht gekonnt hinter einer unbekümmerten Miene und ließ sich auf dem Sofa nieder. »Aber was sollen wir mit ihr anfangen?«

Die beiden anderen Männer, J.C. und Maurice, trugen die übliche Uniform von Dienern. Mit großen Augen sahen sie einander an und zuckten die Achseln.

Fergus' beiläufiges Verhalten nachahmend, nahm Max neben ihm auf dem Sofa Platz. »Ich bin der Ansicht, sie muß verschwinden.«

»Wie meinst du das – muß verschwinden?« fragte Maurice, während er Max' freigewordenen Platz an der Kamineinfassung einnahm und J.C. seinem Beispiel folgte.

---

* William Shakespeare, *Der Sturm*, II, 2, 42.
»Misery acquaints a man with strange bed-fellows.«

Max und Fergus starrten ihre unechten Diener wortlos an.

Allmählich dämmerte Maurice die Bedeutung ihres Schweigens. Er holte tief Luft. »Mord?«

Mit herabhängendem Unterkiefer schüttelte J.C. ungläubig den Kopf.

»Wir können es doch wie einen Unfall aussehen lassen.« Max nickte Fergus einvernehmlich zu. »Und ihr beide müßt gar nichts damit zu tun haben.«

»Sie ist nicht übermäßig geschickt beim Radfahren.« Fergus' Mund verzog sich vor Ärger. »Wir sind wirklich schon zu weit, um zuzulassen, daß so ein dummes Ding alles durch eine achtlose Bemerkung zerstört.«

»Ihr meint also doch Mord!« rief J.C. mit erhobener Stimme. »Seid ihr verrückt?«

Max legte den Finger an die Lippen und bedeutete J.C., leiser zu sprechen.

»Das war Stork!« rief J.C. »Lord Hunterswell kommt nicht hierher!«

»Pscht!« sagte Maurice. »Besser auf Nummer Sicher gehen.«

J.C. kam ihrem Wunsch nach, indem er sarkastisch flüsterte. »Wie konnte sie überhaupt etwas herausbekommen?« Er drohte Fergus mit der Faust. »Hast du ihr etwas erzählt?«

»Sie hat es erraten,« sagte Fergus und betrachtete seine Fingernägel.

»Und du willst sie ermorden, weil sie es erraten hat?« rief J.C.

»Was spielt es für eine Rolle, *wie* sie es herausbekommen hat?« Fergus zuckte die Achseln. »Wenn wir sie nicht aus dem Weg räumen, würde sie trotzdem den Prinzen auf unsere Spur bringen, sobald wir den Rubin gestohlen haben.«

»Da mache ich nicht mit.« J.C. wandte sich an Maurice: »Es war schön und gut, daß wir eure Diener gemimt haben, um Zutritt zu diesem piekfeinen Hotel in Rangun zu erhalten und die Masche mit dem Rubin des Punjat abzuziehen. Aber bei Mord mache ich nicht mit!«

»Du wirst absolut nichts damit zu tun haben.« Max' Stimme klang betont überzeugend. »Fergus und ich werden uns um alles kümmern.«

»Ja, von wegen!« Maurice sah die beiden Männer an, die es sich auf dem Sofa bequem gemacht hatten. »So wie ihr beiden euch um J.C. und mich gekümmert habt? Ihr lebt wie die Herzöge in diesen feinen Räumen hier. Wir schlafen unter dem Dach und essen unten mit dem Personal!«

»Bezichtigt ihr uns des Betrugs?« fragte Fergus aufbrausend. »Ihr habt eben die kurzen Strohhalme gezogen!« Er ballte die Fäuste und wollte aufspringen.

Max packte Fergus am Arm, um ihn zu besänftigen. »Wie konnten wir ahnen, daß wir es so gut treffen würden, Jungs?« Seine Stimme klang beschwichtigend.

Mit viel Mühe beruhigte sich Fergus. »Nur noch ein paar Tage,« redete er ihnen zu. »In Amerika sind wir sicher.«

»Ich habe mich nie verpflichtet, mit nach Amerika zu gehen,« murrte Maurice.

»Aber wir können nicht in Europa bleiben.« Fergus hatte seine Fassung jetzt völlig wiedergewonnen. Er stand auf und ging langsam auf Maurice zu.

»Und übermorgen können wir behaupten, mit dem Prinzen von Wales auf der Jagd gewesen zu sein,« ergänzte Max vom Sofa aus. »Dann ist unser guter Ruf perfekt!«

»Euer guter Ruf! Ihr seid diejenigen, die die Herren spielen!« Maurice schlug sich gegen die Brust. »Was ist mit uns? Wir dürfen weiterhin nur die Diener sein!«

»Ach, nun komm, alter Junge.« Fergus streckte den Arm aus und legte ihn Maurice um die Schulter. »Du bist mein bester Kumpel. Du weißt doch, die Hälfte von allem, was mir gehört, gehört auch –«

Ehe er seinen Satz beenden konnte, flog die Zimmertür auf, und ein äußerst erregter Lord Hunterswell stürmte herein.

Völlig verblüfft nahm Fergus seinen Arm von Maurices Schulter.

J.C. und Maurice strauchelten und wären beinahe gestürzt, als sie sich in ihrer Eile, das Zimmer zu verlassen, in die Quere kamen. Als sie draußen waren, blieb J.C. in der Nähe der Tür, um zu lauschen, während Maurice den Korridor bewachte.

Max erhob sich hastig vom Sofa und eilte auf Lord Hunterswell zu, eilig eine Erklärung suchend, falls dieser etwas gehört haben sollte.

Da er jedoch Diener als eine Art Möbelstück betrachtete, hatte Frederick die Anwesenheit von J.C. und Maurice gar nicht bemerkt. Noch hatte er das leiseste Interesse für ihren hektischen Abgang bekundet.

Max zwang sich, belustigt zu klingen. »Wir haben Sie nicht erwartet, Euer Lordschaft.«

Mit weichen Knien begab sich Fergus wieder zum Sofa und ließ sich erleichtert darauf fallen, und diesmal brauchte er nicht nur so tun, als sei er entspannt. »Wir waren gerade im Begriff aufzubrechen, um Sie im Blauen Salon zu treffen.«

»Das hier konnte nicht warten.« Frederick schritt vor dem Kamin auf und ab. »Ich mußte euch sehen –«

»Was ist los?« Max setzte sich neben Fergus auf das Sofa.

»Ihr habt mir einmal das Leben gerettet.« Frederick blieb

stehen und sah sie an. »Nun müßt ihr mir helfen, dieses Leben lebenswert zu machen.«

»Wie melodramatisch, Eure Lordschaft.« Max' Lächeln war so breit, daß es eine Reihe leicht ungleichmäßiger Zähne entblößte, die seinem bärtigen Gesicht einen Ausdruck naiver Ehrlichkeit verliehen.

»Spotte nicht,« sagte Frederick drohend. »Ich fürchte, mir widerfährt etwas Schreckliches.«

Auf das Schlimmste gefaßt, hielt Max den Atem an. »Was in aller Welt meinen Sie, Euer Lordschaft?«

»Ich glaube, ich bin dabei, mich zu verlieben.«

Fergus erstickte fast vor Lachen, so erleichtert war er.

Max dagegen verbarg ein Lächeln hinter seiner Hand, als er fragte: »Was ist so schrecklich daran?«

»Es ist aussichtslos.« Frederick begann wieder, auf und ab zu gehen. »Ich bin gewöhnt, vor Frauen davonzulaufen. Wie bringe ich nun das Gegenteil fertig, nämlich, eine Frau zu erobern?« Wieder blieb er stehen und sah sie an. »Ich habe schon jetzt, gerade im Moment, ein Malheur angerichtet.« Er wies mit der Hand in Richtung Gobelinsaal. »Miss Danforth lief weg, als sei ihr mein bloßer Anblick widerwärtig. Ich habe keine Ahnung, was ich gesagt habe, um solch eine Reaktion auszulösen.« Er spreizte die Hände und blickte auf der Suche nach einer Antwort forschend zur Decke. »Ich war der Ansicht, ihr ein Kompliment gemacht zu haben.«

»Frauen sind von Natur aus hinterlistige Geschöpfe, Euer Lordschaft,« sagte Fergus.

»Miss Danforth ist eine Ausnahme.« Fredericks Ton ließ keinen Widerspruch zu. »Noch nie habe ich ein so aufrichtiges Mädchen kennengelernt. Deshalb finde ich sie auch so bezaubernd.«

Fergus und Max tauschten einen Blick, als Frederick niedergeschlagen in einem Sessel ihnen gegenüber Platz nahm und fortfuhr: »Meine Eltern verloren meinen älteren Bruder, den eigentlichen Erben, durch die Pockenkrankheit. Ich, als der Überlebende, habe in meinem ganzen Leben nie etwas begehrt, was ich nicht schon bekam, noch ehe ich es ausgesprochen hatte. Und nun weiß ich nicht, wie ich es anstellen soll, das zu bekommen, was ich mir wünsche.« Er warf ihnen einen scheuen Blick zu. »Ich bitte euch dringend um Hilfe.«

Max sagte besänftigend: »Natürlich werden wir helfen.« Er sah zu Fergus hinüber, der zustimmend nickte. »Das bedarf keiner Bitte.«

Frederick starrte auf den Teppich. »Ihr habt ja wahrscheinlich bemerkt, daß auch ich als Kind schwer krank war.«

Max und Fergus nickten stumm, während Frederick fortfuhr: »Selbst während meiner Genesung mußte ich aufgrund der Quarantäne die meiste Zeit in Einsamkeit verbringen. Danach wagten es nicht allzu viele Leute, mit mir zu verkehren. Die Quarantäne verfolgte mich. Um ehrlich zu sein, ich vermute, die Ärzte hatten Angst, ich könnte mich mit etwas anderem anstecken, wenn ich mit anderen Menschen in Berührung käme.« Er seufzte. »Die Jagd in der frischen Luft gilt als gesund. Ich bin sehr viel zur Jagd gegangen. Eine einsame Angelegenheit, nur in der Begleitung von Dienern. Bis ihr aufgetaucht seid.« Er beugte sich vor und sagte ernst: »Ihr beiden geht so unbeschwert mit anderen Leuten um.« Sein Lächeln war bitter. »Ich hingegen weiß nie, was ich sagen soll.«

»Jetzt weiß ich nicht, was *ich* sagen soll, Euer Lordschaft.« Max lächelte. »Ich bin in Ihrer Schuld. Ohne Ihre Fürsprache hätte ich große Schwierigkeiten mit meinen Gläubigern bekommen.«

»Und meine gestohlene Garderobe zu ersetzen –« Fergus fingerte am Aufschlag seines Jacketts.

»Das ist doch nur Geld!« protestierte Frederick.

Max zuckte die Achseln. »Wer weiß, wie lange es noch dauert, bis Großvaters Nachlaß geregelt ist.«

»Ich will kein Wort mehr von Geld hören, ihr beiden. Eure Freundschaft ist unbezahlbar.«

»Aber Sie müssen zugeben, Eure Lordschaft, daß es sehr großzügig von Ihnen ist, die Überfahrt nach Amerika für uns und unsere Diener zu bezahlen, damit wir Sie dorthin begleiten können.«

»Unsinn! Sie können doch nicht ohne Diener reisen,« erwiderte Frederick. »Und jetzt wißt ihr, daß ich noch ein weiteres Motiv hatte, als ich euch bat, mir zu folgen.« Er seufzte. »Ich hatte gar nicht vor, so offen mit euch zu reden.«

»Was können wir tun?« fragte Max.

»Es ist mir nicht entgangen, Fergus, daß Miss Arrington sich trotz deiner unsicheren Vermögensverhältnisse zu dir hingezogen fühlt.« Frederick erhob sich, machte ein paar Schritte, drehte sich um und sah ihn an. »Vielleicht könntest du mir zeigen, wie man die Zuneigung eines Mädchens gewinnt?«

Nicht mit dem Zucken eines Augenlids verriet Fergus, daß er gerade den Tod dieser jungen Dame plante, als er sich reckte und dann ebenfalls aufstand. Er richtete überflüssigerweise seine Krawatte und sagte: »Vielleicht indem Sie so tun, als sei Miss Danforth ein Tiger?« Er zögerte und gestattete sich dann ein Lächeln.

Frederick nickte.

»Ja.« Max erhob sich. »Als erstes müssen wir Ihnen die Befangenheit nehmen.«

Frederick zog seine Uhr aus der Tasche. Als er sah, wie spät es war, eilte er zur Tür. »Ich habe Mr. Danforth warten lassen.«

J.C. verließ überstürzt seinen Horchposten und lief, dicht gefolgt von Maurice, in Richtung Hintertreppe davon.

»Ihr Bruder? Warten Sie einen Moment, Euer Lordschaft,« sagte Max. »Ich habe eine Idee.«

»Was meinst du, Max?« Frederick blieb stehen. »Mach schnell.«

»Würden Sie sagen, daß Miss Danforth auf den Rat ihres Bruders hört?« Max hatte ihn eingeholt.

»Ich nehme es an. Noch vor kurzem haben sie anscheinend eine lustige Jagd miteinander veranstaltet.«

»Warum sichern Sie sich nicht die Mithilfe ihres Bruders, um an Ihr Ziel zu gelangen?«

Fredericks breites Lächeln kehrte zurück, als er Max mit offener Bewunderung anstarrte. »Natürlich,« sagte er. »Warum habe ich daran nicht gedacht? Fabelhafte Idee!«

»Dann wollen wir den Mann nicht warten lassen,« sagte Fergus und hielt Max und Frederick die Tür auf, damit sie vorausgehen konnten.

Da Reichtum ihn immer erregte, wurde Rodneys gute Laune durch den Prunk des Blauen Salons völlig wiederhergestellt. Hoch über seinem Kopf rieselten unzählige glitzernde Kristalle von drei unglaublich großen Kronleuchtern herab, die jeweils an einem eigenen Mittelstück unter der üppig vergoldeten Stuckdecke schwebten. Verschwenderisch bestickter preußischblauer Samt schmückte die schweren, golddurchwirkten Volants über den riesigen Fenstern und umrahmten die bis auf den Boden herabfallenden Stoffbahnen.

Tische waren im Überfluß vorhanden. Geschnitzt und mit Einlegearbeiten jeden Stils versehen, standen sie aufgereiht an den dicht mit Bildern behängten Wänden. Und sie standen, von antiken Sesseln flankiert, auf den Aubusson-Teppichen in gedämpften Tönen, die überall wie Vorleger auf dem glänzend polierten Eichenfußboden lagen. Jede Tischplatte war mit unzähligen Nippsachen überladen, einige davon hübsch, viele abscheulich, alle teuer. In monumentalen Vasen standen Unmengen frisch geschnittener Treibhausblumen.

Da er jedoch seinen Mantel abgelegt hatte, stellte Rodney fest, daß er Frostbeulen riskierte, wenn er sich zu weit von dem riesigen Marmorkamin entfernte. Er war gerade zwecks näherer Begutachtung einiger Kostbarkeiten von einem Vorstoß in die Kälte an den Kamin zurückgekehrt und wärmte sich die Hände, als ein Lakai die Tür aufstieß und drei Herren auf ihn zu kamen. Ein Mann mit gelocktem blondem Haar und einem nicht dazu passenden braunen Bart ging in geringem Abstand neben einem langen, schlaksigen Herrn her. Ihnen voran schritt ein kleinerer Mann mit tief gebräunter Haut und von der Sonne ausgebleichten Haaren.

Als er am Kamin anlangte, ergriff Frederick Rodneys Hand und sagte: »Sie müssen Miss Danforth' Bruder sein.« Nachdem er Max und Fergus vorgestellt hatte, fuhr er fort: »Verzeihen Sie, daß wir Sie warten ließen. Wir haben uns heute morgen zu lange mit den Pferden beschäftigt. Hat unseren ganzen Zeitplan über den Haufen geworfen. Spielen Sie?«

»Ob ich was spiele?«

»Nun, Polo natürlich.«

»Nein,« antwortete Rodney abwehrend, da er sich im

Nachteil sah. »Mein Bruder Benjamin ist der Sportsmann in unserer Familie. Aber er war krank. Zu krank, um unsere Schwester hier abzuholen, deshalb bin ich an seiner Stelle gekommen.«

»Das ist schade,« sagte Frederick. Besorgt, daß man ihn falsch verstanden hatte, setzte er erklärend hinzu: »Nicht schade, daß Sie hier sind, alter Junge. Schade, daß Ihr Bruder krank ist.« Er sah Max und Fergus flehentlich an.

Fergus stöhnte innerlich.

Max machte eine Handbewegung, um auf die Sofas und Sessel hinzuweisen, die um den Kamin gruppiert standen.

Noch immer beeindruckt von der Prachtentfaltung ringsum, fand Rodney nichts merkwürdig daran und nahm in dem Sessel Platz, auf den Frederick zeigte.

»Ah, ja,« sagte Frederick. »Machen wir es uns bequem, solange wir auf die anderen warten.« Doch als sie es sich bequem gemacht hatten, fiel ihm nichts mehr ein, was er noch sagen könnte.

Max räusperte sich und war im Begriff, das anhaltende Schweigen zu brechen, als Rodney sagte: »Dies ist der schönste Raum, den ich je außerhalb eines Museums gesehen habe.«

Frederick entspannte sich sichtlich. »Dann sollten Sie erst das Porzellanzimmer sehen,« sagte er überschwenglich, dankbar, auf sicherem Terrain zu sein und über etwas zu sprechen, das bestimmt niemanden verletzen konnte. »Der vierte Marquis hat viele Meisterwerke aus der Yuan-Periode gesammelt.«

»Ich würde sie sehr gern sehen,« sagte Rodney eifrig. »Mein Vater ist ein leidenschaftlicher Sammler, besonders von Jade. Er hat die Sammlung selbst begründet und ist entschlossen, sie zu der besten Amerikas zu machen.«

Zutiefst erleichtert, daß er so schnell eine gemeinsame Basis gefunden hatte, auf der er mit Miss Danforth' Bruder verkehren konnte, fuhr Frederick fort: »Nach dem Mittagessen ist eine Radtour geplant.« Und plötzlich besorgt, setzte er hinzu: »Sie fahren doch Rad, oder?«

»Natürlich,« erwiderte Rodney verstimmt.

»Vielleicht ist danach noch Zeit,« sprach Frederick ernst weiter, »einen Teil der bescheidenen Hunterswell-Sammlung zu besichtigen. Vor dem Tee. Und vielleicht schließt Ihre Schwester sich uns an?«

Der wehe Klang in Fredericks Stimme, als er Abigail erwähnte, entging Rodney nicht, und schlagartig wußte er, wie er sie sabotieren konnte. Doch noch ehe er antworten konnte, wurden die Türen weit aufgerissen.

»Vater!« Frederick sprang auf.

Max, Fergus und Rodney erhoben sich, blieben jedoch am Kamin stehen, während Frederick das Zimmer durchquerte, um den Marquis zu begrüßen.

Vater und Sohn waren ungefähr gleich groß, aber der Bauch, den er sich in letzter Zeit zugelegt hatte, erhöhte die Würde des älteren Mannes. Sein im Stil van Dycks gestutzter Bart und sein lichter werdendes Haar hatten die Farbe alten polierten Sterlingsilbers. Auf seiner edlen Nase saß eine goldgeränderte Brille, die seine grauen Augen vergrößerte und ihnen einen Ausdruck immerwährenden Staunens verlieh. Auch wenn seine beringte Hand auf Fredericks Ärmel zitterte, sah man, daß er eindeutig der Herr des Hauses war.

»Wie immer schön, euch zu sehen, Jungs.« Der Marquis streckte huldvoll die Hand aus. Max und Fergus machten einer nach dem anderen eine leichte Verbeugung und ergriffen seine Fingerspitzen.

Rodney imitierte ihre Begrüßung.

»Und wo ist Ihre bezaubernde Schwester?« Die Augen hinter den Brillengläsern blickten schalkhaft. »Ich habe so viel von ihr gehört, daß ich schon zittere bei dem Gedanken, sie zu sehen,« sagte er neckend und übertrieb sein natürliches Zittern noch. Da er keine Antwort erwartete, wandte er sich blinzelnd an Max und Fergus: »Frauen! Immer kommen sie zu spät!« Er winkte einem Lakaien. »Aber es hat auch sein Gutes. So haben wir Gelegenheit, einen Sherry zu trinken.«

Nachdem sie auf die Königin getrunken hatten, hob der Marquis sein Glas und prostete Max und Fergus zu. »Und nochmals vielen Dank, meine Herren, daß Sie so scharfe Augen haben. Sie haben diesen Panther im letzten Moment erschossen.« Er wandte sich an Rodney. »Diese jungen Leute haben meinem Sohn das Leben gerettet. Wußten Sie das?« Ohne Rodneys Antwort abzuwarten, begann er, mit großem Behagen die Geschichte in allen Einzelheiten zu erzählen.

Max und Fergus warfen einander einen schnellen Blick zu und starrten dann bescheiden ins Feuer, als wären sie am liebsten woanders, bis der Marquis endlich zum Schluß dieser Geschichte kam, die er so offensichtlich genoß.

»Ich bin nur froh, daß wir zufällig vorbeikamen,« sagte Max wie auf ein Stichwort, als der Marquis geendet hatte.

»Jeder andere hätte dasselbe getan,« sagte Fergus achselzuckend.

»Ja, aber wenn ihr Burschen nicht gewesen wärt,« meinte Frederick, »hätten wir nie den Nawab Abdulsamad kennengelernt.«

»Recht hast du, mein Junge,« fiel der Marquis ein. »Du würdest immer noch nach ihm suchen.« Er hob sein Glas in die Höhe, um Max und Fergus zuzutrinken. »Ohne Sie hätten wir niemals den Rubin des Punjat für Wales erbeutet.«

»Was ist der Rubin des Punjat?« fragte Rodney.

»Nun, lassen Sie uns ein schönes Abendvergnügen nicht verderben, ja?« wehrte der Marquis freundlich ab. »Mr. Mark Twain wird uns heute abend nach dem Essen von dem Rubin berichten.«

»Ich freue mich darauf, Mr. Clemens kennenzulernen,« sagte Max. »Wann kommt er an?«

»Irgendwann vor dem Tee,« erwiderte der Marquis. »Ich hoffe, er und der Nawab kennen die Einzelheiten –«

Bevor er den Satz beendet hatte, öffnete ein Lakai die Tür und verkündete: »Lord Pepper, Euer Lordschaft.«

Der Marquis blieb sitzen und rief seinem alten Freund zu: »Hallo, Lord Pepper. Setzen Sie sich zu uns an dieses herrliche Feuer. Wir warten hier auf die Damen.«

Drei Stockwerke unter dem Blauen Salon stand Stork in der Tür zu Mrs. Budges winzigem Büro. Er fuhr sich mit dem rechten Fuß über die linke Wade, um seinen steifen Knöchel zu bewegen. Diese Jugenderinnerung an seinen Dienst als Bursche des Regimentsobersten der Königlichen Füsiliere würde ihm für immer bleiben. Er hatte einen bösen Tritt von einem Pferd erhalten, was sowohl seinen rechten Fuß zerschmettert, als auch seine Karriere beendet hatte. Es hatte sein ganzes zwanzigstes Lebensjahr gedauert, bis er, den Prognosen der Ärzte zum Trotz, wieder laufen konnte, und auch dann nicht ohne zu hinken. Der ständige Schmerz hatte schon vor langer Zeit tiefe Linien um seine freundlichen blauen Augen und die Mundwinkel gegraben.

Als sechsjähriges Kind hatte Frederick nur einen Blick auf den großen, schrecklich dünnen Mann mit der gebeugten Haltung und dem oft angezogenen Bein geworfen und ihm dann sofort den Namen Stork – Storch – gegeben. Seit über fünfundzwanzig Jahren hatte ihn niemand mehr anders genannt, und es war unwahrscheinlich, daß sich außer ihm noch jemand an seinen richtigen Namen erinnerte. Stork lag auch nichts daran.

Heute war der Schmerz schlimmer, wie jedesmal, wenn sich Regen ankündigte. Es war ihm gar nicht danach, den Schiedsrichter zu spielen, wozu man ihn aufgefordert hatte.

Mit noch beißenderer Stimme als sonst sagte der Butler: »Kommen Sie herein und schließen Sie die Tür, Stork. Ich möchte nicht, daß das niedere Personal alles mitbekommt.« Er saß zusammen mit Mrs. Budge an einem Tisch, bedeutete Stork, sich ebenfalls zu setzen und fügte hinzu: »Sie wissen ja, wie sie tratschen.«

Stork konnte das Rasseln von Mrs. Budges Schlüsselbund hören, die ungeduldig damit hantierte. Ihr Gesicht war ein Bild der Entrüstung. Stork wußte, daß es Ärger gab, wenn die Teekanne nicht da war. Als er sich gesetzt hatte, sagte der Butler, als könne er sich nur mit Mühe beherrschen: »Tragen Sie Ihre Sache vor, Mrs. Budge.«

»Ich sage Ihnen, Stork, es tut nicht passen.« Storks schlimmste Befürchtungen bestätigten sich, als ihr sonst sorgsam unterdrückter Cockney-Akzent sich ungehindert Bahn brach. »Ich will's in mei'm Haus nich' haben!« Sie sah Stork herausfordernd an.

Beide Hände, auf die Tischplatte stützend, die Knöchel nach unten, erhob sich der Butler von seinem Stuhl und lehnte sich über den Tisch. »Und ich sage Ihnen, Sie wissen nicht, was die Zukunft bringt!« Er setzte sich wieder und sagte etwas leiser, so als schämte er sich, die Beherrschung verloren zu haben: »Verhalten Sie sich lieber ein wenig geschickter, damit –«

Stork hob die Hände. »Warten Sie einen Moment, alle beide. Langsam. Wovon sprechen Sie überhaupt? Von wessen Zukunft? Gibt es heute nicht genug anderes zu tun? Immerhin kommt der Prinz von Wales!«

»Meine Rede!« Mit zusammengepreßtem Mund nickte Mrs. Budge nachdrücklich mit dem Kopf.

»Genau das habe ich gemeint!« Der Butler starrte sie wütend an.

Wäre er nicht so aufgebracht gewesen, hätte Stork vielleicht gelacht. »Wenn Sie beide der gleichen Meinung sind, warum streiten Sie dann?«

Mrs. Budge verzog den Mund und murmelte vor sich hin: »Wegen der französischen Mamsell, deswegen.«

»Sprechen Sie bitte laut, Mrs. Budge,« sagte Stork geduldig. »Ich kann Sie nicht verstehen.«

Sie hob den Kopf und reckte die Schultern; ihre gestärkte weiße Haube hätte ein Diadem sein können: »Wegen dieser Miss Bordeaux, deswegen. Und dem Mr. Kinkade, wo einfach reinkommt, deswegen.«

»Ich verstehe nicht,« antwortete Stork. »Sie bedienen Mr. und Miss Danforth, die wiederum Gäste des Hauses sind. Wo liegt das Problem?«

Der Butler versuchte Stork, der der Haushälterin mit dem Finger drohte, aufzuklären. »Mrs. Budge ist so kurzsichtig, daß sie nicht merkt, daß Seine Lordschaft und Miss Danforth –« Achselzuckend schloß er lahm: »Na ja, daß sie irgendwann –«

»Ha! Jetzt ist er es, wo's nich' ausspucken will!« Schadenfreude sprach aus Mrs. Budges Worten, die ihren Akzent jetzt wieder unter Kontrolle hatte. »Ja, jetzt, genau in dieser Minute, sag' ich: Miss Danforth ist eine Bürgerliche.« Sie hielt ihnen die Uhr, die an einer Halskette baumelte, entgegen. »Genau wie ihr Bruder. Und ich bewirte keine Diener von Bürgerlichen in meinem Salon. Nicht Seite an Seite mit denen, die Seine Königliche Majestät, den Prinzen von Wales, bedienen. Das ist nicht recht!«

Der Butler lehnte sich erneut zu ihr herüber. »Wenn Lord Hunterswell Miss Danforth heiratet, wird sie eines Tages die Marquise sein. Wenn das passiert, dann können Sie nur hoffen, daß Miss Bordeaux ein kurzes Gedächtnis hat!«

»Pfff! Sie faseln. Jetzt im Moment,« sie zeigte auf ihre Uhr, »sollten Sie im Personalgebäude sein.«

»Aber Sie bewirten doch auch J.C. und Maurice,« sagte Stork. »Mr. Driscoll und Mr. Buchanan sind Bürgerliche.«

»Das ist etwas anderes, das!« Mrs. Budge sah beide Männer an, als wären sie Einfaltspinsel. »Sie haben dem jungen Herrn das Leben gerettet!«

»Und wo wird das Personal von Lord und Lady Pepper den Tee nehmen?« Stork sah den Butler vielsagend an, als er Mrs. Budge diese Frage stellte.

Mrs. Budge starrte Stork an, als sei er übergeschnappt, und sagte: »Wie immer! Mit dem Haushofmeister und mir. Lord Pepper ist ein Graf!«

»Ich würde ein Goldstück darauf verwetten, daß Miss Bordeaux in Lord Peppers Haus die Mahlzeiten zusammen mit der gehobenen Dienerschaft einnimmt.« Stork zwinkerte dem Butler zu. »Wenn das dort möglich ist, wird es doch wohl auch hier gehen.«

»Aber das ist nur der Haushalt eines Grafen,« gab sie verächtlich zurück, ohne sich des Widerspruchs bewußt zu sein. »Sie haben nicht einmal eine Haushälterin wie mich, so ist es.«

Stork erhob sich, um zu gehen. »Sie wollen also, daß ich entscheide, wo Bordeaux und Kinkade ihre Mahlzeiten einnehmen?«

Der Butler winkte ihm, wieder Platz zu nehmen. »Genaugenommen, nein. Sehen Sie –«

Mrs. Budge unterbrach ihn. »Setzen Sie sich,« befahl sie gebieterisch. »Und dann kommt ja auch noch dieser Nawab-Kerl. Was is'n das für'n Titel?«

»Er ist ein birmanischer Prinz. Ein Hindu.« Stork hob abwehrend seine magere Hand, um Mrs. Budges Einwänden zuvorzukommen, als er zu seinem Stuhl zurückkehrte. »Ich erinnere Sie daran, daß unsere geliebte Königin Kaiserin von Indien ist. Der Nawab ist ein Untertan Ihrer Majestät, genau wie jeder Herzog.«

Mrs. Budge billigte dieses Argument mit einem leichten Kopfnicken.

»Und außerdem,« fuhr Stork fort, »werden Sie mit seinen Dienern keine Probleme haben. Er reist nur mit einem einzigen.«

»Bitte!« sagte der Butler in einem Ton, als hätte er eine Riesenwette gewonnen. »Was habe ich Ihnen gesagt?«

»Also, man glaubt's nicht!« stieß Mrs. Budge hervor.

»Und ich weiß ganz sicher,« fuhr Stork fort, »daß der Nawab sich nirgendwohin begibt, wenn Aref sich nicht drei Schritte hinter ihm befindet. Selbst beim Essen und Schlafen.«

»Beim Schlafen?« Mrs. Budge war überrascht. »Sie wollen mir doch nicht erzählen, daß sein Diener und er im selben Zimmer schlafen?«

Ein Lächeln unterdrückend, nickte Stork feierlich mit dem Kopf.

»Wie weit ist es mit diesem Haus gekommen!« Mrs. Budges Kummer war echt. »Heiden, wo mit ihren Herren schlafen! Amerikaner! Und außer diesem Küchenchef noch eine Französin, die man sich gefallen lassen muß!«

»Und Sie brauchen auch bei Tisch keinen Lakaien für Seine Hoheit Abdulsamad,« wandte sich Stork an den Butler, »denn der kleine Aref bedient ihn nicht nur, er steht auch direkt hinter ihm und kostet und trinkt alles, bevor der Nawab etwas zu sich nimmt.«

»Was Sie nicht sagen!« Mrs. Budge riß die Augen auf. »Warum denn nur?«

»Palastintrige,« antwortete Stork so, als sei dies das Selbstverständlichste auf der Welt. »Der Nawab fürchtet, vergiftet zu werden. Ich habe sie in Rangun beobachtet. Lord Hunterswell sagte mir, Aref koste das Essen des Nawab selbst in öffentlichen Restaurants vor. Ich wüßte nicht, warum er es hier anders machen sollte.«

»Gift! Im Haus des Marquis! Also man glaubt's nicht!« Mrs. Budge stand auf. »Sie suchen sich besser jemand anderen, der das dem Küchenchef beibringt. Und der Köchin am besten auch gleich, daß jemand kostet, ob Gift in ihrem Essen ist. Ich möcht' nich' diejenige sein. Wenn einer von denen kündigt, läßt die Marquise meinen Kopf rollen.«

Als Mrs. Budge aufstand, hatten sich auch die beiden Männer erhoben, wobei ihre Stühle über den Steinfußboden kratzten. Der Butler rückte ihr nun den Stuhl zurecht, damit sie wieder Platz nahm. »Jetzt regen Sie sich nicht wieder auf, Mrs. Budge,« sagte er verschwörerisch. »Was sie nicht wissen, kann sie auch nicht kränken. Stimmt's?« Er setzte sich neben sie. »Ich meine, warum müssen sie es überhaupt erfahren?«

»Es wäre eine Beleidigung für die Marquise!« rief Mrs. Budge. »Das Essen an ihrem Tisch *vergiftet*!«

Ihre Ladyschaft wird es nicht einmal bemerken.« Stork blieb stehen und hob automatisch den linken Fuß, um ihn zu bewegen. »Aref ist sehr diskret.«

»Offensichtlich haben wir auch keine Probleme damit, wo Aref seinen Tee serviert bekommt, Mrs. Budge,« lachte der Butler. »Wenn er dem Nawab niemals von der Seite weicht, trinkt er auch nicht mit uns Tee.«

»Ich weiß gar nicht, warum wir uns überhaupt die Mühe gemacht haben, Ihre Meinung einzuholen, Stork.« Sie warf der hageren Gestalt einen verächtlichen Blick zu. »Was interessiert Sie das schon? Sie treiben sich mit Lord Hunterswell überall herum. Ich bin diejenige, die hier sitzt und darauf achten muß, daß alles reibunglos läuft.«

»Dann, Mrs. Budge, vergessen Sie bitte nicht, daß ich demnächst mit Seiner Lordschaft nach New York gehe. Wie gut man mich dort behandelt, hängt vielleicht auch davon ab, wie gut Sie Kinkade und Miss Bordeaux hier behandeln. Und außerdem,« er setzte sich wieder, um ihr zuzureden, »Amerikaner sind nicht wie wir. Sie haben kein Königtum. Alles, was sie brauchen, um wie Könige behandelt zu werden, ist eine Menge Geld.«

»Genau das meine ich ja!« seufzte sie. »Bordeaux und Kinkade, die werden den Unterschied auch nicht kennen. Aber Sie können sicher sein, die, wo die Prinzessin bedienen, die schon. Und wir müssen schließlich hier leben.«

Stork erhob sich erneut in der Absicht zu gehen, denn seine Geduld war allmählich zu Ende. »Sie haben mich nach meiner Meinung gefragt. Nun, meiner Meinung nach sollten Sie Bordeaux und Kinkade mit der gleichen Höflichkeit behandeln, die Sie Lord und Lady Peppers Dienerschaft erweisen. Natürlich müssen sie nicht so großartig behandelt werden wie die Diener Seiner Königlichen Hoheit. Aber ich glaube andererseits auch nicht, daß sie es verdienen, in die Räume des niederen Personals verbannt zu werden.«

»Ich nehme an, gleich legen Sie mir noch nahe, Miss Bordeaux persönlich zu ihren Räumen zu geleiten.« Sie starrte Stork unwillig an. »Nun, sie bekommt eine Magd oder vielleicht auch ein Stubenmädchen von unten, falls ich eines entbehren kann.«

Der Butler räusperte sich. »Nun, was meinen Sie, Stork?« Er erhob sich ebenfalls. »Erwarten Sie eigentlich auch, daß Lord Frederick Miss Danforth heiratet?«

Mrs. Budge wartete Storks Antwort nicht ab, sondern stand auf, ging zur Anrichte hinüber und pflanzte sich mit verschränkten Armen vor ihnen auf. »Und sie werden einen schönen Schlamassel anrichten. Wissen doch gar nicht, wie man sich in einem Adelshaus benimmt. Denken Sie an meine Worte!«

Stork bemühte sich Ruhe zu bewahren und sagte: »Miss Danforth hat ihren Ausritt mit der Marquise beendet. Haben Sie dafür gesorgt, daß ihr Bad bereit ist?«

Mrs. Budge richtete sich zu voller Höhe auf. »Ihr Zimmer ist fertig. Das Kaminfeuer ist angezündet, und das ist alles, bis ihre Zofe hier mit weiteren Anweisungen erscheint. Vielleicht badet Miss Danforth gar nicht vor dem Mittagessen. Woher soll ich über Amerikanerinnen Bescheid wissen?«

»Aber Miss Bordeaux ist noch nicht hier, um das Bad bestellen zu können,« sagte Stork, und nun klang seine Stimme doch ungehalten.

»Setzen Sie mir nicht weiter zu, Stork. Ich verstehe meine Arbeit. Und für Bürgerliche plane ich nicht im voraus nicht. Es ist mir egal, was sie vielleicht einmal sein wird. In diesem Haus wird nur für den wirklich vorhandenen Titel im voraus geplant.«

»Nun sagen Sie schon, Stork. Heiratet der Graf Miss Danforth?« fragte der Butler.

Stork gestattete sich ein zurückhaltendes Lächeln. »Schwören Sie, nichts weiterzusagen?«

Mrs. Budge und der Butler legten beide die Hand aufs Herz und streckten die andere zum Himmel, während sie dicht an Stork herantraten.

»Ganz unter uns,« flüsterte Stork. »Ich glaube, das hängt ganz von ihr ab.«

»Pfff!« Mit ihren Schlüsseln klappernd schritt Mrs. Budge zur Tür. Sie öffnete sie und winkte den beiden Männern, hinauszugehen. Als sie an ihr vorbeigingen, knurrte sie: »Und das können Sie mir glauben, wenn es nicht passiert, dann habe ich das bessere Gedächtnis!«

Als die Tür hinter ihnen zufiel, fragte Stork: »Haben Sie Zeit für ein Glas?«

Der Butler zog seine Uhr zu Rate und sagte: »Oh, verflixt, nein. Das hier hat länger gedauert, als ich dachte. Bevor der Wagen mit all dem Gepäck und all diesen Leuten eintrifft, muß ich noch die Strümpfe der Lakaien kontrollieren, die beim Essen zugegen sind.« Er ging auf die schmale Steintreppe zu, die in die Küche führte. »Die Marquise bekommt einen Riesenwutanfall, wenn irgendwo ein Riß zu sehen ist, aber nach dem Füttern ihrer – äh – Kinder gibt es kaum ein unversehrtes Bein.«

Stork humpelte hinter ihm her. »In Anbetracht dessen, was ich über das Geburtstagsgeschenk des Marquis an den Prinzen gehört habe, wären Sie gut beraten, möglichst nur die Zuverlässigsten von Ihren Leuten für den Dienst einzuteilen. Die Burschen werden einer gehörigen Versuchung ausgesetzt sein.«

Der Butler blieb stehen und wandte den Kopf. »Sie wollen mir doch nicht etwa vorschreiben, wie ich meine Arbeit machen soll?« Nun wieder ganz offiziell, starrte er Stork wütend an. Als er jedoch erkannt hatte, daß Stork ihn nicht kritisieren wollte, sagte er während er die Treppe hinaufging: »Sie brauchen mich nicht zu warnen. Nur Lakaien, die schon über zehn Jahre im Hause sind, haben heute abend Dienst.«

»Ich dachte,« sagte Stork schnell, bevor ihn der Butler gar nicht mehr beachtete, »es wäre vielleicht möglich, daß *ich* mit Kinkade und seiner Begleitung zu seinen Räumen gehe. Wie Mrs. Budge sagt, er kennt vielleicht den Unterschied nicht. Ich könnte mit ihm sprechen, einschätzen, was er für ein Mensch ist und wie es für mich in New York sein wird.«

Ohne auch nur zurückzublicken, signalisierte der Butler mit einem Kopfschütteln seine Ablehnung. Während er seinen Schritt beschleunigte, sagte er über die Schulter: »Sie wissen ganz genau, daß ich die Aufgabe, der Dienerschaft von Gästen ihre Räume zu zeigen, für die Unterweisung neuer Lakaien nutze, damit sie das Haus kennenlernen. Dank dieser verdammten Buren habe ich drei neue. Ich habe bereits, warten Sie – Timothy – als Begleiter eingeteilt.« Er blieb stehen. Als Stork ihn eingeholt hatte, flüsterte er: »Timothy ist nicht besonders klug, aber er hat ansehnliche Waden.« Er lächelte etwas gequält. »Ihre Ladyschaft mag es, wenn sie groß sind, gut aussehen und wohlgeformte Beine haben. Gar nicht leicht, immer welche zu finden, die tadellos aussehen *und* intelligent sind. Ich fürchte, Timothy würde sich etwas einbilden, wenn er sieht, daß ein Mann Ihrer Position Begleitdienste verrichtet,« sagte er und schüttelte nochmals den Kopf. Ehe Stork protestieren konnte, setzte er hinzu: »Beim Tee werden Sie Gelegenheit haben, ein wenig zu schwatzen.«

Als sie den mit Fenstern versehenen Treppenabsatz erreichten, von dem aus man den Dienstboteneingang sehen konnte, blickte der Butler durch die bleiverglasten Fenster in den Hof. »Oh, verdammt und zugenäht!« rief er. »Da sind sie schon!«

»Stimmt, das sind sie,« bestätigte Stork. »Ich erkenne dieses unscheinbare blonde Mädchen. Sie ist Lady Peppers Zofe. Und dort ist Lord Peppers Diener. Das winzige dunkelhaarige Mädchen muß Miss Bordeaux sein. Aber sie ist ja kaum so groß wie die Marquise.«

»Dieser Kollege von Ihnen, Kinkade, sieht ja eher wie ein Preisboxer aus als wie der Diener eines Herren.«

»Das stimmt,« pflichtete Stork ihm bei. »Was hat er da in der Hand?« Er versuchte, aus einem anderen Fenster zu sehen, um mehr erkennen zu können. »Was macht er?«

»Er hat eine Kamera, verdammt noch mal!« sagte der Butler verärgert. »Wie soll ich Disziplin durchsetzen, wenn er das Personal fotografiert. Sie haben zu tun!« Ohne sich von Stork zu verabschieden, machte er sich auf in Richtung Hof.

Während er die Szene unten im Hof betrachtete, murmelte Stork vor sich hin: »Gott sei Dank bleibt das französische Mamsellchen nicht stehen und läßt sich fotografieren. Welch ein mürrisches Gesicht!«

Jacqueline blieb kurz am Dienstboteneingang von Hunterswell House stehen und beobachtete, wie Kinkade seinen Charme spielen ließ, um die anderen Dienstboten zu überreden, für seine Kodak zu posieren. Im Vergleich zu seinem frostigen Verhalten ihr gegenüber während der Fahrt, war sie bestürzt darüber, wie fröhlich er tatsächlich sein konnte.

Das Schlimme war, sie verdiente es. Sie hatte ihre Herrin

verraten. Aus ihrer mißlichen Lage gab es nur einen ehrenhaften Ausweg. Furcht erstickte ihren nagenden Hunger, trocknete ihren Mund aus und nahm ihr den Appetit. Überrascht, wie schnell das Gespenst der Armut sich drohend vor ihr erhob, verlor sie keine Zeit damit, über ihre zerstörte Zukunft zu wehklagen.

Während sie überlegte, welches wohl der günstigste Zeitpunkt wäre, um Miss Danforth ihren Verrat zu beichten, registrierte sie kaum die Anzahl der schäbigen, engen Treppen, die sie emporstieg. Ebensowenig schenkte sie der Magd, die sie zu dem Gemeinschaftsquartier unter dem Dach führte, auch nur die geringste Beachtung.

Nicht ahnend, daß Jacqueline aufgrund des Akzents kein Wort von ihrem Englisch verstand, hielt die Magd ihr Schweigen für Mitgefühl und nutzte, begeistert darüber, eine so gute Zuhörerin zu haben, die Gelegenheit, sich tüchtig zu beschweren.

»Oooh!« rief die Magd aus, als sie den winzigen Verschlag endlich erreicht hatten. Mit vor Schreck geweiteten Augen stellte sie Jacquelines Pappkarton, der ihren ganzen Besitz enthielt, unsanft auf den nackten Fußboden. »Betsy kriegt 'ne schöne Abreibung, wenn Miss B. erfährt, daß die Strohsäcke nicht bezogen sin'. Sie ist meine Freundin. Ich muß sie suchen. Ich bin im Nu wieder da und hol' Sie!«

Zu besorgt, um die Schäbigkeit ihrer Unterkunft zu bemerken, hing Jacqueline ihren Mantel und ihre Haube an einen Nagel. Rasch entnahm sie der Schachtel eine saubere Schürze und hätte gern ein Bügeleisen gehabt, um die Knitterfalten zu glätten. Ein Eisrand blieb am Inneren des Kruges haften, als sie Wasser in die Schüssel goß. Fröstelnd zwang sie sich, die Hände und das Gesicht zu waschen.

Sie hatte keine Ahnung, warum ihre Begleiterin sie so

überstürzt verlassen hatte. Aber sie hatte auch keine Zeit, sich darüber Gedanken zu machen, denn kaum hatte sie die Hände an ihrem Baumwollunterrock abgetrocknet – ein Handtuch war nicht vorhanden – als es auch schon großen Aufruhr an der Tür gab. Einander so ähnlich wie zwei Gänseblümchen, strahlten die beiden Mädchen sie an. »Hallo,« sagte Betsy. »Sie ham mir ein paar Ohrfeigen von der alten Miss Fudge Pudge erspart, wahrhaftig, das ham Se.«

Jacqueline lächelte zurück, da sie nicht wußte, was sie sonst tun sollte.

»Siehst du?« Die Magd gab Betsy einen leichten Puff in die Rippen. »Sie ist nicht so gemein wie die Haushälterin von Lady Pepper. Die würde dir den Kopf abreißen, wenn ihr Strohsack nicht bezogen wäre. Hab ich's dir nicht gesagt? Sie bekommt 'ne Decke extra, klar?«

Ahnungslos, daß sie Abigail soeben den größten Luxus gesichert hatte, den das Haus zu vergeben hatte, folgte Jacqueline ihrer gesprächigen Magd auf dem langen, umständlichen Weg zum Grünen Gemach. Da sie sicher war, daß ihre Entlassung kurz bevorstand, hoffte sie nur, man ließe sie lange genug bleiben, damit sie ihre Herrin für die Begegnung mit dem Prinzen von Wales ankleiden könnte. Auf dem Rücken des schweren Satinkleides befanden sich ein paar raffinierte Rüschen, die sie weniger geschickten Fingern als den ihren nicht anvertrauen wollte.

Abigails Ärger über ihren Bruder und Lord Hunterswell war in der Wärme eines Bades vor dem Kamin dahingeschmolzen. Während des langwierigen Ankleideprozesses in ihre eigenen Gedanken vertieft, war ihr Jacquelines Schweigen durchaus willkommen. Erst als ihre Toilette beendet war und sie sich im Spiegel bewunderte, ohne daß ihre Zofe dies mit den üblichen Komplimenten begleitete, sah sie sich nach Jacqueline um und nahm sie richtig zur Kenntnis.

»Na, Jacqueline, was ist denn los?«

»Oh, Miss Danforth, ich weiß nicht, wie ich es Ihnen sagen soll.«

»Komm schon, Jacqueline. Dein Englisch ist so gut, daß du mir alles sagen kannst.«

»Das Problem ist nicht das Englisch, wenn es recht ist, Miss. Der Grund ist Verrat.«

»Was in aller Welt meinst du?«

»Sie sind so schön, Miss Danforth. So, wie ich mir immer eine Herrin gewünscht habe. Und es macht mir viel Spaß, Ihnen zu dienen. Und jetzt,« seufzte sie. *»Finis!«*

»Warum soll es zu Ende sein?« Abigail war völlig verblüfft. »Hat jemand dir eine bessere Stellung angeboten?«

»Nein. Oh, niemals. Aber wenn ich Ihnen erzählt habe, was ich erzählen muß, setzen Sie mich an die Luft.«

»Genug Rätsel! Ich darf nicht zu spät zum Mittagessen kommen, und bis zum Blauen Salon ist es bestimmt ein zehnminütiger Fußmarsch. Sag mir, was los ist.«

»Erinnern Sie sich noch an das Geheimnis, das Sie mir erzählt haben, das auch keine zehn Pferde aus mir herausbekommen sollten?«

»Daß ich Dr. Conan Doyle aufgesucht habe?«

Jacqueline nickte und ihre Augen füllten sich mit Tränen.

Da Abigail jetzt erst bemerkte, wie verzweifelt Jacqueline war, fragte sie sanft: »Wem hast du es erzählt?«

Jacqueline gelang es, ihre Tränen zu unterdrücken und mit erstickter Stimme zu sagen: »Master Rodney kommt in Ihr Zimmer. Er sagt, er will es Ihrem Vater erzählen, daß Sie haben einen Liebhaber, der hinter Ihrem Geld her ist. Jetzt wir haben ein Geheimnis gegen Sie.«

»Wiederhol' das bitte. Was für ein Geheimnis?« Jacqueline zog ein Taschentuch aus ihrer Schürzentasche und schneuzte sich. »Er will nicht, daß Sie wissen, daß er Ihr Geheimnis kennt.« Sie schüttelte traurig den Kopf und beobachtete, wie Abigail langsam zum Fenster ging. Sie seufzte tief. »Ich kann nicht mit der Sorge leben, daß er Ihnen von meinem Verrat erzählt. Ich habe Angst davor, wozu er mich sonst noch kriegt, weil er es Ihnen nicht erzählen will. Lieber erzähle ich es Ihnen selbst und lasse mich vor die Tür setzen.«

»Ich verstehe.« Abigail starrte hinaus auf die weitläufigen, mit Skulpturen geschmückten Terrassen und versuchte, eine Erklärung für Rodneys Verhalten zu finden. Plante er womöglich, Jacqueline zu erpressen, damit sie mit ihm herumtändelte? Mit einem Seufzer wandte sie sich an ihre Zofe. »Hast du wirklich geglaubt, ich würde dich fortschicken, und hast trotzdem die Geschichte gebeichtet?«

»*Oui, Mlle.*«

»Englisch bitte!«

»Ja, Miss.« Sie knickste automatisch.

»Bist du sicher, daß dies kein Trick ist, damit du nicht mit nach New York kommen mußt?« Abigail sah ihr forschend ins Gesicht. »Du hast doch nicht etwa kalte Füße bekommen?«

»Miss?« Jacqueline runzelte die Stirn. »Meine Füße sind warm.«

»Ach, so ist das doch nicht gemeint.« Abigail prüfte nochmals im Spiegel ihr Haar.

»Bitte, Miss, darf ich bleiben, bis Sie sich einschiffen?«

»Hör endlich auf, Jacqueline. Ich werde dich nicht entlassen.«

»Nicht?« Jacqueline konnte es nicht glauben.

»Wofür hältst du mich?« Abigail war allmählich gekränkt. »Glaubst du, ich honoriere es nicht, wenn jemand mutig ist?«

»Oh, Miss Danforth!« Jacqueline errötete.

»Jetzt fang bloß nicht an zu heulen! Gib mir meinen Schal und meinen Fächer. Gerade hat es das letzte Mal zum Mittagessen geläutet. Ich muß mich sputen.«

Auf ihrem Platz an dem riesigen Eßtisch hatte Abigail das Gefühl, sie sei in zwei Hälften gespalten, etwa so wie der Mond, wenn die Sonne seine Fläche halbiert. Ein Ofenschirm hinter ihrem Stuhl hielt die Hitze aus dem Kamin ab, doch ihre linke Seite glühte, während die rechte eiskalt war. Zu ihrer Linken, so nahe am Feuer, daß er zu ihrer Verwunderung trotz des Schirms nicht in Flammen aufging, saß, von der Hitze völlig unberührt, Lord Hunterswell. Sie war von seinem Gleichmut sehr beeindruckt. Sie bereute, gegen den guten Ton verstoßen und ihn so abrupt verlassen zu haben, und hatte ihm schon mehrmals ein warmes Lächeln gegönnt, ein deutlicher Hinweis, daß sie ihm verziehen hatte und bereit war, sich mit ihm zu unterhalten.

Zu Fredericks Linken bemühte sich Lady Pepper, ihren Mann nicht allzu eifersüchtig anzusehen, weil er am Tischende der Marquise den Hof machte, und neben ihr saß Rodney und leerte ein Glas Wein, das eigentlich für den Toast auf die Königin gedacht war. Ein Lakai füllte es eilig nach.

Abigail direkt gegenüber, auf dem ehrenvollen Platz zur Rechten der Marquise, flirtete Miss Arrington mit Fergus, der neben ihr saß und ihr hingebungsvoll lauschte. Max wetteiferte mit Lord Pepper um die Aufmerksamkeit der Marquise.

Auf Abigails rechter Seite, am Kopfende des Tisches, schwang der Marquis das Zepter. Obwohl sein Haar ergraut war und seine Hand zitterte, während er den Toast auf die Königin ausbrachte, erzwang seine Stimme die Aufmerksamkeit aller, als er erneut sein Glas hob und Max und Fergus zuprostete. »Danke, meine Herren.«

Miss Arrington beehrte Fergus mit einem bewundernden Blick, während der Toast die beiden Männer erneut in Verlegenheit zu bringen schien.

Abigail kostete den Fisch und setzte ihre Hoffnung auf den Fleischgang.

Als einer der Lakaien ihren Teller abräumte, sah Miss Arrington Abigail über den üppig gedeckten Tisch hinweg an. »Heute abend werden wir den Prinzen von Wales kennenlernen,« sagte sie und bedachte Fergus mit einem hinterhältigen Blick. »Sind Sie gar nicht aufgeregt?«

Entsetzt von Miss Arringtons unverblümtem Versuch, Mr. Driscoll eifersüchtig zu machen, rang Abigail nach Worten.

Frederick hielt den Atem an, erstaunt darüber, wieviel ihm an Abigails Antwort lag.

Bevor sie jedoch antworten konnte, fuhr Rodney, den der Wein mutig gemacht hatte, so laut, daß es alle hören konnten, dazwischen: »Ich bin mir nicht sicher, ob meine kleine Schwester so beeindruckt sein wird, Miss Arrington.« Sein Ton war sarkastisch. »Schließlich hat man ihr schon erlaubt, auf eigene Faust ein paar interessante Leute kennenzulernen.«

»Was wollen Sie damit sagen!« wandte Lady Pepper sich entrüstet an ihn. »Wollen Sie damit andeuten, wir hätten Ihre Schwester nicht beaufsichtigt? Sie war nicht eine Minute ohne Begleitung!« Sie beugte sich vor und fragte Abigail: »Was hast du getan, Kind?«

Dankbar, daß Jacqueline sie gewarnt hatte, sagte Abigail, bevor Rodney dazu kam: »Mein Bruder spielt wahrscheinlich auf meinen Besuch bei Dr. Conan Doyle in dessen Haus in Surrey an.«

Rodney, dem es bei dem unbefangenen Geständnis seiner Schwester die Sprache verschlug, beobachtete dennoch Frederick genau.

Lady Pepper war im Begriff in Ohnmacht zu fallen, als sie das gelassene Verhalten der Marquise bemerkte. So begnügte sie sich mit einem erregten Fächeln.

»Aber warum, mein Kind?« fragte die Marquise. »Lady Pepper hätte ihn bestimmt zum Dinner eingeladen, wenn sie gewußt hätte, daß Sie ihn kennenlernen wollten?«

Nachdem er sich von seiner Überraschung erholt hatte, stellte Frederick fest, daß Abigails Abenteuer sie noch anziehender für ihn machte.

Plötzlich wußte Abigail, daß, wenn sie jemals ihren Traum verwirklichen wollte, sie diesen nicht länger für sich behalten durfte. »Liebe Lady Pepper,« sagte sie, ehe Rodney sie erneut unterbrechen konnte, »es ist mein sehnlichster Wunsch, beratender Detektiv zu werden, wie derjenige, über den Dr. Conan Doyle schreibt.«

»Na warte, wenn ich das unserem Vater erzähle!« Rodney setzte empört sein Weinglas ab. »Dann bist du vermutlich nicht länger seine Tochter!«

»Warten wir es ab.« Abigail reckte den Kopf. Unsicher, wie sie sich ausdrücken sollte, fügte sie hinzu: »Ich beabsichtige, es ihm mitzuteilen, sobald wir von Bord sind.«

Lady Pepper fächelte sich hektischer.

»Wie außergewöhnlich!« Fredericks Bewunderung für Abigails Mut kannte keine Grenzen.

Abigail wandte sich an die Marquise. »Erinnern Sie sich,

daß wir heute morgen auf unserem Ausritt über jemanden sprachen, über den ich gelesen habe?«

»Der Mann, der sich Kokain spritzt?«

»Ja,« erwiderte Abigail. »Dr. Conan Doyle hat geschrieben, Sherlock Holmes' Leben sei nur dem Bemühen gewidmet, der Banalität des Daseins zu entfliehen.«

»Ein bewundernswertes Unterfangen,« antwortete die Marquise mit einem müden Blick auf Rodney.

Der Butler trat stumm an den Marquis heran, räusperte sich und hielt seinem Herrn das kleine Silbertablett hin, auf dem sich ein Blatt Briefpapier mit dem Zeichen der Krone befand.

»Jetzt nicht!« Der Marquis, der voller Aufmerksamkeit Abigail gelauscht hatte, sah ihn ärgerlich an.

»Verzeihung, Euer Lordschaft,« beharrte der Butler. »Wenn Sie gestatten, die Nachricht ist von Seiner Königlichen Hoheit, dem Prinzen von Wales.«

Der Marquis winkte ihm lässig mit dem Messer und sagte: »Oh, na dann. Lesen Sie. Lesen Sie vor!«

Abigail verstummte.

Der Butler öffnete das Schreiben und las: »Teurer, innigst geliebter Vetter –«

»Um Gottes Willen nicht diesen Schmus, Mann,« sagte der Marquis, während er auf einem Bissen seines Hammelkoteletts kaute. »Nur die Nachricht.«

Der Butler überflog das schwere Pergamentschriftstück und sagte: »Verzeihung, m'Lord, der Prinz von Wales muß für das Essen heute abend absagen.«

»Was?« Der Marquis streckte die Hand aus. »Geben Sie her!« Er riß das Schreiben von dem dargebotenen Tablett und las es, wobei das schwere Papier in seiner Hand zitterte. »Paah!« rief er und warf seinem Sohn den Brief zu. »Es stimmt!«

»Ach, mein armer Poopsie!«

Miss Arrington war wie betäubt und sah aus, als wolle sie gleich in Tränen ausbrechen.

Da er ihre Pläne so plötzlich über den Haufen geworfen sah, warf Fergus Max einen düsteren Blick zu.

Lady Pepper jammerte: »Mein neues Kleid –«

Erleichtert, daß der Prinz auf so elegante Weise als möglicher Rivale ausgeschieden war, zwang sich Frederick zu einem leichten Schuldbewußtsein über seine Selbstsucht. »Sind Sie sehr enttäuscht, Miss Danforth?«

»Ehrlich gesagt enttäuscht es mich viel mehr, daß ich nun weder Mr. Clemens noch den Rubin des Punjat sehen werde,« antwortete Abigail, überrascht und dankbar, daß ihre Ankündigung in der allgemeinen Aufregung untergegangen war.

»Aber was soll ich jetzt tun?« fragte der Marquis, als er sein Sorbet serviert bekam. »Ich kann Seine Hoheit, den Nawab Abdulsamad nicht mehr erreichen, um ihm abzusagen.«

»Und auch Mr. Twain nicht, Poopsie!« sagte die Marquise. »Er wird sich nicht so schnell wieder engagieren lassen, wenn wir jetzt in letzter Minute absagen.«

»Warum müssen Sie die Überreichung denn absagen?« fragte Max.

»Was wollen Sie damit sagen, mein Sohn?« Die Marquise beugte sich zu Max hinüber, um ihn besser verstehen zu können.

Mit lauter Stimme, damit alle ihn hören konnten, antwortete Max: »Warum sollten Sie den Prinzen nicht hier haben, gewissermaßen *in absentia*? Sie könnten einen Platz für ihn reservieren, und für Alexandra natürlich, und so tun, als wären beide anwesend.«

»Ja,« fügte Fergus hinzu. »Später kann der Marquis ihm dann das Geschenk überreichen, aber ohne den ganzen Firlefanz.«

»Donnerwetter, ja, das könnte gehen!« Die Marquise lächelte sie strahlend an, während sie die Fingerspitzen in ihre Fingerschale tauchte. »Was meinst du, Poopsie?«

»Aber wie sollen wir das durchführen?« fragte der Marquis. »Der Rubin des Punjat ist für Bertie. Seine ganze Geschichte wird nur zu Berties Ehren erzählt.«

»Ich weiß nicht, Max,« schloß Frederick sich an. »Ich würde gern Wales' Reaktion sehen, wenn er ihn erblickt.«

»Aber du wirst wochenlang in Amerika sein!« rief die Marquise und trocknete sich die Hände ab. »Ich kann es einfach nicht mehr abwarten, diesen Rubin zu sehen.« Sie begann, ihre Handschuhe überzustreifen. »Entweder zeigt ihn mir dieser Abdullah sofort bei seinem Eintreffen oder wir lassen die Party stattfinden.«

»Aber Mutter,« protestierte Frederick und sah Max stirnrunzelnd an, »werden der Nawab und Mr. Twain die Anwesenheit Seiner Königlichen Hoheit nicht vermissen?«

»Denk mal nach, mein Sohn,« erwiderte die Marquise. »Der Nawab wird froh sein, sein Geld zu bekommen. Ich habe es abgelehnt, mehr als die Hälfte zu bezahlen, bis der Stein tatsächlich in meinem Besitz ist.«

»Und ich bin sicher, Mr. Twain wird so entzückt sein, Miss Danforth wiederzusehen, daß er Seine Majestät gar nicht vermißt,« sagte Max und lächelte Abigail an.

»Vielen Dank, Mr. Driscoll.« Abigail lächelte sittsam zurück.

Frederick, der zutiefst bedauerte, sich Max' Vorschlag auch nur einen Moment widersetzt zu haben, sah Abigail bewundernd an.

»Dann ist es also abgemacht!« Dies war für die bereitstehenden Lakaien das Signal, der Marquise und ihren Gästen beim Aufstehen behilflich zu sein. Als sie stand, sagte sie: »Und nun bitte ich alle, sich zum Radfahren umzukleiden. Wir treffen uns auf der vorderen Terrasse.« Nachdem Abigails Geständnis seine Pläne durchkreuzt hatte, war Rodneys Enttäuschung bitter und tief. Er nahm sich vor, sich auf seinem Zimmer einen kräftigen Zug aus der Flasche zu genehmigen, bevor er zum Radfahren erschien.

Wie verabredet, trennte J.C. sich von Maurice, als sie im Erdgeschoß ankamen, und begann, unauffällig nach Stork zu suchen. Nachdem er ihn in Budges Büro aufgespürt hatte, blieb immer noch das Problem, wo er ihn allein abfangen konnte. Aus dem Klang der Stimmen, der aus dem Büro drang, schloß er, daß Stork, wenn er dies erst hinter sich hatte, vielleicht gern ein Glas trinken würde; deshalb postierte er sich in einem dunklen Winkel vor dem Zimmer des Haushofmeisters und wartete.

Beinahe hätte er das Treffen verpaßt, weil eines der begehrenswerten Stubenmädchen vorbeikam und verweilte, um ein wenig mit ihm zu flirten. Mit seinem schwarzen, streng in der Mitte gescheitelten Haar und den genau in Höhe der Ohrläppchen gestutzten Koteletten gab er für sie eine romantische Gestalt ab. Sie war gerade erst verschwunden, als er Storks unverkennbare Schritte vernahm.

»Psst! Stork!« flüsterte er halblaut.

»Wer ist da?« fragte Stork in gereiztem Ton. Er mochte solche Spielereien absolut nicht. »Ach, Sie sind es!« Seine Stimme nahm einen angewiderten Klang an.

»Sie brauchen mir gegenüber nicht diesen Ton anzuschlagen,« sagte J.C. salbungsvoll.

»Was wollen Sie?«

J.C. lächelte verschlagen. »Ich wollte Sie nur an morgen erinnern.«

»Das ist nicht nötig!« fuhr Stork ihn an.

»Seien Sie doch nicht so grob, alter Junge. Nach allem, was ich für Sie getan habe.«

Nachdem er sich verstohlen umgesehen hatte, ob ihr Gespräch beobachtet worden war, flüchtete Stork.

3. Kapitel

Eine gerade Linie läßt sich von jedem Punkt zu jedem anderen beliebigen Punkt ziehen.

Euklid

Miss Gilda Arrington war immer noch völlig fassungslos. Während sie in ihrem modischen Radfahrkostüm und einem Strohhut mit flatternden Bändern hinter dem Lakaien die Treppe hinunterstolzierte, versuchte sie, ihre Situation einzuschätzen; aber es war schwer, klar zu denken, nachdem all ihre Pläne zunichte gemacht worden waren. Der Prinz kam nicht. Ihre große Chance war dahin. Und keine andere war unmittelbar in Sicht.

Hätte sie sein Interesse erwecken können, sie hätte für den Rest ihres Lebens ausgesorgt. Wenn ihre Affäre zu Ende gewesen wäre – und sie war realistisch genug, zu wissen, daß sie eines Tages zu Ende gewesen wäre – hätte sie ihn dazu bewegen wollen, daß er ihr einen Hutladen eröffnete. Jede Frau in England war begierig, Intimitäten über Seine

Königliche Hoheit zu erfahren, und das Geschäft wäre mit Sicherheit ein Erfolg geworden. Aber um ihn zu fesseln, benötigte sie mehr Zeit in seiner Gegenwart als für ein paar Blicke in der Oper oder für ein paar Worte bei einem Empfang. Und zwar bald. Bei all der Konkurrenz um seine Aufmerksamkeit, würde er sie vergessen, wenn sie ihn nicht bald wiedersähe.

Dann war da noch Fergus. Sie gestand sich ein, daß sie es besser von vornherein unterlassen hätte, einen Flirt mit ihm anzufangen. Es war unklar, woher sein Geld stammte. Demnächst würde er für unbestimmte Dauer nach Amerika gehen. Als er jedoch mit Lord Hunterswell aus Birma zurückgekehrt war, hatte ihn ein Hauch des Geheimnisvollen umgeben, das ihr mit ihren beschränkten Erfahrungen unbekannt war und das sie so fasziniert hatte, daß sie ihm nicht hatte widerstehen können. Es war ein taktischer Fehler gewesen, Fergus mit dem Prinzen aufzuziehen. Sie hätte sich viel sicherer sein müssen, Wales' Zuneigung zu erringen, bevor sie versuchte, Fergus eifersüchtig zu machen. Als sie den Rubin erwähnt hatte, war ein Ausdruck in seinen Augen gewesen, der sie erschreckt hatte. Sie wußte, daß etwas im Gange war. Aber was? Und was hätte es jetzt noch für einen Wert, es zu wissen, wenn sie es dem Prinzen doch nicht erzählen konnte? Sie hatte beim Essen mit Fergus geflirtet, um seine Reaktion zu testen. Auch wenn er ihr nach außen hin anscheinend verziehen hatte, war in seinen Augen wieder dieses gefährliche Flackern erschienen.

Als sie ins Freie trat, beruhigte sie sich. Warum nicht den Tag genießen? Fergus würde bald fort sein. Vielleicht konnte sie ihm das Versprechen entlocken, nach Beendigung seiner Reise zu ihr zurückzukommen. Selbst wenn dies mißlang, wäre der Flirt eine gute Übung für Wales. Sie setzte ihren hübschesten Schmollmund auf und schlenderte auf die Gruppe zu, die sich um die Fahrräder versammelt hatte.

Fergus, der die Tür im Auge behalten hatte, entdeckte Miss Arrington sofort, löste sich aus der Gruppe und ging ihr entgegen. Lächelnd, die eine Hand an der Lenkstange, die andere auf dem hoch angebrachten Sattel, schob er ein Fahrrad auf sie zu, das für seine hochaufgeschossene Gestalt groß genug gewesen wäre.

Vor der Tür zu Mrs. Budges Empfangszimmer zögerte Jacqueline und hörte dann ein beruhigendes Gelächter, herausdringen. Als sie jedoch Kinkades Stimme erkannte, sank ihr Mut. Aber sie war zu ausgehungert, um nur aus Angst vor seinen Reden auf das Mittagessen zu verzichten. Also klopfte sie zaghaft und betrat den Raum. Ein höchst attraktiver Mann, dessen schwarzes Haar nach der letzten Mode in der Mitte gescheitelt und dessen Koteletten perfekt gestutzt waren, erhob sich sofort von seinem Platz an dem gut besetzten Tisch und kam auf sie zu.

»Sie müssen Miss Bordeaux sein,« sagte er und streckte zur Begrüßung seine Hand aus. »Mein Name ist J.C. Wollen Sie sich nicht zu uns setzen?« Er rückte ihr einen Stuhl zurecht.

Während er sich zur Begrüßung halb von seinem Stuhl erhob, war Maurice wieder einmal von dem ungebrochenen Interesse seines Freundes an den Frauen beeindruckt.

Auch die übrigen Diener standen auf und setzten sich wieder, als sie sich auf dem dargebotenen Stuhl niederließ.

Jacqueline lächelte J.C. schüchtern an. *»Merci, Monsieur.«* Auf dem runden, glänzendpolierten Tisch befand sich jede Menge Geschirr, doch nur wenig zu essen. Sie wählte ein dünnes Hähnchensandwich. Die Köchin war ebenfalls anwesend.

Durch das behagliche Feuer und den vertrauten Geruch von Bienenwachs und Wäschestärke herrschte eine freundliche Atmosphäre. Als Mrs. Budge Tee einschenkte, sagte Kinkade mit erhobener Stimme, damit es auch alle hörten: »Sie brauchen Ihre Zeit nicht damit zu vergeuden, höflich zu jemandem wie ihr zu sein, J.C.. Sie ist nur an den *Gentlemen* eines Hauses interessiert. Sie wird wohl kaum dem einfachen Gentleman eines Gentleman ihre Gunst gewähren.« Er lachte über sein Wortspiel.

Alle lachten verlegen. J.C. sah Jacqueline mit ehrlicher Neugier an.

Sie biß hungrig in das Sandwich, um dann festzustellen, daß es eine Enttäuschung, ohne jeden Geschmack war. Sie vermied es zu antworten. Während die Unterhaltung um sie herum fortgesetzt wurde, aß sie wortlos und fragte sich, wie sie sich in Kinkades Augen rehabilitieren könnte. Und was würde Master Rodney tun, wenn er ihren Verrat entdeckte? Während sie an ihrem schwachen Tee nippte, kam ihr in den Sinn, daß das Leben viel einfacher wäre, wenn Miss Danforth sie entlassen hätte. Wie alle anderen Anwesenden blickte sie auf, als die Tür aufgestoßen wurde und Stork eintrat.

Storks Lächeln verzog sich zu einer Grimasse, als er J.C. und Maurice entdeckte. Er machte auf dem Absatz kehrt und knallte die Tür hinter sich zu.

Abigail hatte sich zu lange mit Jacqueline aufgehalten, und ihr frisches, leinenes Radfahrkostüm knisterte geradezu, als sie, den Lakai im Schlepptau, den Korridor entlangrannte. Als sie sich der letzten Biegung vor der Treppe näherten, vernahm sie die nasale Stimme des Butlers. In der Hoffnung, er begleite Mark Twain, was ihr Gelegenheit geben würde, ihn allein zu sprechen, verlangsamte sie ihren Schritt und brachte ihre Kleidung in Ordnung.

Als der Butler um die Ecke bog, folgte ihm ein Mann, dessen Schultern, Brustkorb und Magen so umfangreich waren, daß es schien, als bleibe er nur mit Mühe auf seinen zu dünnen Beinen und den zu kleinen Füßen im Gleichgewicht. In der Tat schien es Abigail, als bestünde die akute Gefahr, daß er vornüber kippte.

»Miss Danforth,« sagte der Butler. »Darf ich Ihnen Seine Hoheit, den Nawab Ahanti Khabir Abdulsamad vorstellen?«

Obwohl er einen Turban trug, in dessen Mitte ein von Diamanten eingefaßter, riesiger, glänzender Opal prangte, war er im übrigen nach der neuesten westlichen Mode gekleidet. Er streckte eine unverhältnismäßig kleine Hand zum Gruß aus. »Sie sind sogar noch schöner, als Lord Hunterswell Sie mir geschildert hat,« sagte er huldvoll. »Und Lord Hunterswell hat Sie in den höchsten Tönen gelobt, wie ich mich beeile hinzuzufügen, falls meine bescheidenen Worte ihm unrecht tun.«

In Anbetracht seiner Größe war seine Stimme erstaunlich hell, und obwohl sie nicht wußte, was sie eigentlich erwartet hatte, war seine Aussprache perfekt. Sie meinte, den durchdringenden Geruch von Gewürznelken zu riechen, als sie einen angedeuteten Allerweltsknicks machte und dabei murmelte: »Vielen Dank, Hoheit. Sie sind sehr freundlich.«

Der Nawab wies auf den weißgekleideten Jungen hinter ihm und sagte: »Und dies ist mein Neffe Aref.«

Sie blinzelte. Arefs hohe Wangenknochen, die zierlich geformte Nase und sein Teint von der Farbe eines Karamelbonbons vermittelten eher den Eindruck von Schönheit, als von attraktiver Männlichkeit. Er verbeugte sich ernst.

»Aref versteht alles, was Sie sagen, Miss Danforth,« erklärte der Nawab. »Leider kann er nicht sprechen. Er ist stumm.«

»Hallo, Aref.« Ihr Lächeln gefror. Arefs zarte Handgelenke waren an das in Samt gehüllte Kästchen, das er trug, angekettet. Seine Fesseln waren leicht und aus Gold, aber es waren dennoch Fesseln. Als sie sich bewußt wurde, daß er wahrscheinlich an den Rubin des Punjat gekettet war, ärgerte sie sich über ihre Naivität, geglaubt zu haben, dieser könne irgendwie verschwinden und sie ihre Karriere als Detektivin starten, indem sie ihn wiederfand.

»Ich freue mich darauf, beim Tee mit Ihnen zu plaudern, Miss Danforth,« sagte der Nawab und bedeutete dem Butler, weiterzugehen. »Komm, Aref, du hast noch Zeit, mich zu baden, ehe wir die reizende Dame wiedersehen.«

Obwohl Abigail wußte, daß sie sich beeilen mußte, konnte sie es sich nicht verkneifen, hinter dem Nawab herzustarren und darüber zu rätseln, wie leicht er an seiner immensen Körperfülle trug, während der exotische Aref hinter ihm herzuschweben schien. Auch konnte sie sich nicht enthalten, darüber zu spekulieren, wie sie in den Besitz des Rubins gelangt waren. Oder sich zu fragen, was sie wohl davon hielten, sich von ihm zu trennen. Und wie hatten die Herren Driscoll und Buchanan eigentlich genau dabei geholfen, den Nawab zu finden? Da mußte wahrlich eine fürstliche Summe im Spiel sein. Sie zog eine Grimasse und wischte ihre Gedanken kopfschüttelnd beiseite. Der Rubin wurde so scharf bewacht, daß es einfach unmöglich war, ihn zu stehlen. Hastig drehte sie sich um, um ihren Weg zu den Radlern fortzusetzen, und wäre beinahe mit dem Lakaien zusammengeprallt, der Mark Twain begleitete.

Nach einem Augenblick der Verwirrung sagte Twain:

»Hallo, Abigail Danforth, sind Sie das?« Er breitete mit offensichtlichem Vergnügen die Arme aus. »Ich habe schon gehört, daß Sie hier sind.«

Nach einer herzlichen Umarmung trat er einen Schritt zurück. »Welch eine Augenweide Sie für meine entwöhnten Augen sind,« seufzte er. »Aber ich glaube, jedes hübsche Mädchen mit kastanienbraunem Haar erinnert mich an meine Susy.«

Abigail hatte nur sehr unklare, jedoch angenehme Erinnerungen an Twains Tochter, und ihre dunklen Augen blickten traurig, als sie sagte: »Ich war sehr betrübt, als ich von ihrem Tod erfuhr.«

»Es ging alles so entsetzlich schnell.« Sein widerspenstiges Haar wurde allmählich weiß. Der schmerzliche Verlust hatte tiefe Linien um seinen Mund gegraben, die auch sein üppiger Schnurrbart nicht verbergen konnte.

»Wie geht's Miss Livy?« fragte sie.

»Oh, es geht so.«

»Wir haben gehört, daß Sie finanziell im Moment nicht allzu gut dastehen. Vater meinte, Sie würden ihn auf jeden Fall um Hilfe bitten, falls Sie etwas brauchten.«

»Nein ... ich habe schon genug meiner Freunde mit reingerissen ... in diesem Fall. Der Kerl hat mich schlichtweg betrogen –«

Mit ihren eigenen Schwierigkeiten befaßt und begierig, seine Meinung zu erfahren, unterbrach Abigail ihn: »Ach, ich bin so froh, daß ich Sie einen Moment allein sprechen kann. Es ist viel geschehen, und ich brauche Ihren Rat.«

Die Lakaien postierten sich in Hörweite, als Twain erwiderte: »Nun, mein Schatz, nichts tue ich lieber, als Ratschläge zu erteilen, solange Sie wissen, daß Sie sie nicht befolgen müssen.«

Abigail holte tief Atem und blickte ihn ernst an. »Versprechen Sie, nicht zu lachen?«

Die Hand auf dem Herzen, starrte er scheinbar feierlich zur Decke.

Bevor sie den Mut verlor, sagte sie rasch: »Letztes Frühjahr hatte ich das Glück, auf eine äußerst aufregende Geschichte zu stoßen, *Eine Studie in Scharlachrot*, in der Dr. Watson die Abenteuer eines höchst bemerkenswerten Mannes, Sherlock Holmes aufzeichnet. Haben Sie sie zufällig gelesen?«

»Intelligente Sache.« Twain nickte mit dem Kopf. »Ja, fahren Sie fort.«

»Nun ja, danach habe ich natürlich alles über Holmes gelesen, was ich ergattern konnte. Eine Geschichte war aufregender als die andere. Mr. Holmes lebte offenbar ein abenteuerliches Leben ohnegleichen.« Mit erhobenem Kinn und fester Stimme setzte sie hinzu: »Ich beschloß, ebenfalls Detektivin zu werden.« Sie sah ihn gespannt an.

Mit zusammengepreßten Lippen, damit ihm kein Lächeln über ihre jugendliche Begeisterung, nicht jedoch über ihren Wunsch selbst, entschlüpfte, bedeutete ihr Twain fortzufahren.

Um Zeit zu sparen, entschied sie, daß Twain nichts von ihrem Irrtum, Holmes für eine wirklich existierende Person zu halten, erfahren müsse, und sagte: »Ich will nicht im einzelnen darauf eingehen, wie ich es angestellt habe, aber es ist mir gelungen, Dr. Conan Doyle in seinem Haus in Undershaw aufzusuchen und seinen Rat einzuholen.«

»Und was sagte er, mein Kind?« Obwohl er ein Lächeln unterdrückte, blitzten seine Augen vor Begeisterung über ihre Kühnheit.

»Er hat mir allerdings abgeraten, denn er selbst mag Holmes nicht besonders. Er lehnt es kategorisch ab, weitere Geschichten über ihn zu schreiben.«

»Und Sie wollen meine Meinung hören?«

Sie nickte eifrig.

Twain schwieg einen Augenblick und starrte den Korridor entlang. Dann sagte er schließlich zu ihr: »Das zwanzigste Jahrhundert ist mir nicht vertraut, Miss Abigail. Ich hoffe, es wird gut.« Er tätschelte ihr die Hand. »Wer weiß, was es für Sie bereithält?«

»Dann halten Sie es also nicht für unmöglich?«

Ohne direkt auf ihre Frage zu antworten, sagte er: »Vor nicht allzu langer Zeit wurde ein Buch von mir veröffentlicht, das Sie interessieren könnte; es trägt den Titel *Pudd'nhead Wilson*. Ich habe darin eine neumodische Idee verarbeitet, die eines Tages, möchte ich wetten, generell bei der Überführung von Verbrechern Anwendung finden wird.«

»Ist das nicht die Geschichte mit den vertauschten Jungen?«

»Ja, aber wichtiger für Sie ist eine Methode, die besser ist als Fußabdrücke im Schnee – die einem übrigens im Sommer ja wenig nützen – und die Aschenreste einer Zigarette zusammen.«

»Fingerabdrücke!«

»Ja. Und ich wette, Conan Doyle hat's nicht gelesen, denn in nur einem von Holmes' Fällen hat er flüchtig einen Daumenabdruck erwähnt.«

Abigail war sprachlos vor Aufregung über seine unausgesprochene Zustimmung.

Er drohte ihr mit dem Finger. »Und Sie können ihm von mir ausrichten, ich fühlte mich ein wenig auf den Schlips getreten, weil er mich einfach ignoriert hat.«

»Ja, Sir.«

»Und noch etwas. Wußten Sie, daß Will Gillette in New York in einem Stück namens *Sherlock Holmes* die Hauptrolle spielt?«

»Ja,« sagte sie und setzte einen Schmollmund auf. »Dr. Conan Doyle hat es abgelehnt, mir ein Empfehlungsschreiben an ihn mitzugeben.«

»Ach, tatsächlich?« Twain steckte den Daumen in seine Westentasche und grinste. »Nun, zufällig habe ich Willie sein erstes Engagement verschafft, als seine Familie eisern dagegen war, daß er Schauspieler wurde. Ich bin froh, sagen zu können, daß mein kleiner Scherz ein Volltreffer war.« Er hielt einen Moment inne und fragte dann: »Mit welchem Schiff fahren Sie, und wann?«

»Mit der *St. Louis*. Sie läuft am Montagmorgen in Southampton aus.«

»Sie werden ein Empfehlungsschreiben an Willie in Ihrer Kabine vorfinden. Und ich werde versuchen, ein Exemplar von *Pudd'nhead Wilson* für Sie zu beschaffen.«

»Ich weiß nicht, wie ich Ihnen danken soll.« Abigail umarmte ihn. Die Lakaien gerieten in Bewegung, bereit, wieder ihren Pflichten nachzugehen, als Abigail schnell noch fragte: »Hat man Ihnen gesagt, daß der Prinz von Wales nicht kommt?«

»Ja, mein Begleiter hier hat mir die frohe Botschaft gebracht.« Lächelnd wies er auf den großen Mann, der mit ausdrucksloser Miene neben ihm stand. »Es tut mir leid, Seine Hoheit erneut zu verpassen, aber die Show geht weiter. Der Nawab möchte seine Beute einfahren. Dennoch wird es mir immer ein Rätsel bleiben, warum sie gerade mich ausgesucht haben, um die Geschichte zu erzählen. Sie ist kein bißchen komisch, nur blutrünstig.«

»Sie sind eben der berühmteste Zeremonienmeister in ganz Europa, das ist der Grund,« sagte sie, während sie ein Schauder der Vorahnung überlief.

Er strahlte. »Und wenn ich noch ein paar ähnlich gut bezahlte Engagements bekomme, kann ich auch bald nach Hause zurückkehren.«

Ein breites Lächeln verbarg Fergus' Zorn, als er das Rad auf Miss Arrington zuschob. Für ihn war das Leben einfach. Weiß. Oder schwarz. Man war für oder gegen ihn. Und wehe dem, der gegen ihn war. Er hatte oft und lautstark den Tod bei einem Duell als schnelle Rache für eine Beleidigung schlechtgemacht. Es sollte bloß niemand glauben, daß er sich zu einem Duell mit einer Frau herablassen würde.

Miststück! Wie konnte sie es wagen, ihn zu quälen? Ihm ihre Gunst in Aussicht stellen, ohne die geringste Absicht, diese auch zu gewähren. Ihn zu verleiten, Andeutungen über seine Pläne mit dem Rubin des Punjat zu machen, um sie zu beeindrucken. Und sie war beeindruckt gewesen. So beeindruckt, daß sie damit gedroht hatte, das, was er ihr im Vertrauen erzählt hatte, zu übertreiben, nur damit der Prinz ihr zuhörte. Ehrgeizige Dirne! Sie war nicht besser als ihre Schwestern der Nacht, die sich für einen Viertelpenny verkauften.

Sein Plan war einfach. Er mußte sie nur dazu bringen, ein Fahrrad zu fahren, das zu unhandlich war, um damit zurechtzukommen, so daß er sie festhalten mußte. Während Max die Aufmerksamkeit der anderen ablenkte, würde er sie so weit von der Hauptgruppe der Radler weglocken, daß seine Bewegungen wie eine Hilfestellung aussähen, falls zufällig jemand zusah. Was könnte natürlicher sein für ein Mädchen, als mit einem aufmerksamen Kavalier, der ihr behilflich war, davonzuradeln? Ein heftiges Drehen der Lenkstange und ein Stoß sollten genügen. Sollte sie nach dem Sturz nicht sofort tot sein, würde er ihr mit dem Stein in seiner Tasche den Rest geben, bevor jemand nahe genug war, um es zu beobachten.

Sein Plan funktionierte.

Miss Arringtons Vertrauen in ihre Verführungskünste war zurückgekehrt, als sie Fergus' offensichtliche Bemühungen, ihr zu gefallen, bemerkte. Zur Belustigung aller hüpfte er auf dem Fahrrad herum und versuchte sie dazu zu bewegen, es zu fahren, damit er einen Vorwand habe, ihr zu helfen. Er wollte eindeutig mit ihr allein sein. Es würde leichter sein, als sie gedacht hatte, ihn zu überreden, daß er zu ihr zurückkam. Obwohl ihre Zehenspitzen kaum das Pedal berührten, wenn es ganz unten war, ließ sie sich bereitwillig von Fergus und einem Lakaien auf das Fahrrad helfen.

Sie war zuvor schon häufig Rad gefahren, aber die Räder waren kleiner, handlicher gewesen. Auf diesem hier war sie nie richtig im Gleichgewicht. Als sie losgefahren waren, war Fergus neben ihr geblieben, um sie festzuhalten. Doch jetzt, nachdem sie einen anderen Weg eingeschlagen und sich von den anderen entfernt hatten, war er weit hinter ihr. Nur gelegentlich gab er ihr einen Stoß, damit sie in Schwung blieb. Sie merkte dabei nicht, daß er sie mit jedem Stoß aus dem Gleichgewicht brachte. Das einzige, was ihr übrigblieb, war, die Lenkstange festzuhalten. Da sie sich fragte, warum er nicht neben ihr fuhr, um sich mit ihr zu unterhalten, da sie doch jetzt allein waren, riskierte sie einen schnellen Blick über die Schulter. Beim Anblick seines zornigen Gesichtsausdrucks stockte ihr der Atem. Rasch blickte sie wieder nach vorn und bot ihre ganze Kraft auf, um das Pedal durchzutreten. Das Fahrrad schwankte. Sie kam nicht in Fahrt. Verzweifelt blickte sie sich nach Hilfe um. Es war niemand zu sehen. Wieder sah sie sich um, in der Hoffnung, sich in Fergus' Gesichtsausdruck getäuscht zu haben. Er kam näher. Der Ausdruck wurde noch deutlicher. Ein mordgieriger Ausdruck.

Weit hinter ihm, viel zu weit entfernt, um ihren Hilferuf zu hören, waren zwei Leute auf einem Tandem in den Weg eingebogen.

Keuchend vor Angst, blickte sie wieder nach vorn. Erneut versuchte sie, schneller in die Pedale zu treten.

Fergus holte sie mühelos ein.

»Schlampe!« rief er ihr ins Ohr. »Hure!« Er riß den Lenker zur Seite und gab dem Fahrrad einen letzten tückischen Stoß. Er hoffte, der Sturz würde sie nicht umbringen. Er sehnte sich nach dem Genuß, ihren dummen Kopf selbst zu zerschmettern.

Mit einem Schrei des Entsetzens schoß sie vorwärts.

Zufrieden, daß es nicht zu regnen begonnen hatte, war Lord Hunterswell an der Stelle, wo die Fahrräder standen, zurückgeblieben, um auf Abigail zu warten. Er hatte gehofft, mit ihrem Bruder sprechen zu können, doch Rodney war nicht erschienen. Vermutlich machte der Mann sich nichts aus Radfahren und besaß die typischen ungehobelten Manieren eines Amerikaners, die es ihm erlaubten, zu tun, was er wollte, anstatt sich an den geplanten Vergnügungen zu beteiligen und seinen Teil dazu beizutragen, wie Fergus beispielsweise mit seinen Fahrradkunststücken. Frederick fürchtete allmählich, Abigail sei aus dem gleichen Holz geschnitzt, als sie schließlich erschien, in einem unwiderstehlichen Kleid und mit der angemessenen Entschuldigung für ihr Zuspätkommen.

Noch immer angetan von ihrer Begegnung mit Mark Twain, willigte Abigail ein, als Frederick vorschlug, mit dem Tandem zu fahren, und während ein paar Lakaien es festhielten, kletterte sie auf den hinteren Sitz des Doppelrades, und Frederick bestieg den Vordersitz. Nachdem die Lakaien das Rad angeschoben hatten, brauchte sie nur einen Moment, um sich seinem Rhythmus anzupassen, und schon bald fuhren sie zügig den gepflasterten Weg entlang. Frederick rief ihr über die Schulter zu, sie würden am besten Miss Arrington und Mr. Buchanan folgen. Miss Arrington sei so unbeholfen gefahren, daß sie wahrscheinlich hinter der Biegung noch nicht weit gekommen seien, während die anderen mittlerweile bestimmt Gott weiß wo wären.

Sie hatten soeben ihr Rad um die Kurve gesteuert, als sie in der Ferne Miss Arringtons Schrei hörten. Abigail sah gerade rechtzeitig auf, um zu erkennen, wie sie mit schrecklicher Wucht auf dem Pflaster landete. Sie zuckte zusammen und kam beim Treten so aus dem Rhythmus, daß sie mit ausgestreckten Beinen sitzenblieb, damit Frederick schneller in die Pedale treten und das Rad lenken konnte. Dadurch war er so in Anspruch genommen, daß er nicht sah, wie Fergus, während er sich über Miss Arrington beugte, den Arm hob, als wolle er sie schlagen. Abigail jedoch sah es.

»Halt!« schrie Abigail.

Sofort hörte Frederick auf, wie wahnsinnig in die Pedale zu treten.

»Nicht Sie, Lord Frederick!« rief Abigail. »Beeilen Sie sich! Er versucht, sie umzubringen!«

»Was?« Frederick sah Abigail über die Schulter an.

»Nein! Nein!« Eine Hand am Lenker, bedeutete Abigail ihm mit der anderen, sich wieder umzudrehen. »Sehen Sie!« Sie zeigte in die Richtung des Unfalls. »Schnell!«

Als Abigail und Frederick das am Boden liegende Fahrrad erreichten, saß Fergus neben Miss Arringtons ausgestreckt daliegender Gestalt. Er hatte sie zärtlich in die Arme genommen und jammerte laut vor Schmerz, während er ihren leblosen Körper hin und her schaukelte.

Abigail überließ es Frederick, das Fahrrad abzustellen und Hilfe herbeizurufen; sie selbst eilte zu Fergus hinüber, kniete nieder und untersuchte Miss Arrington. »Sie hätten sie nicht aufheben dürfen,« schalt sie ihn. »Sie könnten damit ihre Verletzungen noch verschlimmern.«

»Wie kommen Sie dazu, mir vorzuschreiben, was ich tun soll?« Fergus sprach leise, damit Frederick es nicht hören konnte.

Der drohende Unterton in seiner Stimme ließ Abigail nur einen Augenblick zögern. Miss Arrington hatte bei dem Aufprall ihren Hut verloren, und blutete aus einer unter ihrem Haar verborgenen Kopfwunde, die dringend gestillt werden mußte. Obwohl er sie so zärtlich im Arm hielt, starrte Fergus sie nur an, jammerte und sah zu, wie das Blut strömte. Abigail zog ein Taschentuch hervor und preßte es auf den Teil der Wunde, den sie sehen konnte. Erst da hatte sie den Eindruck, Miss Arrington wäre vielleicht wirklich tot. Sie hatte die Augen geschlossen, lag vollkommen reglos da, und alle Farbe war aus ihrem Gesicht gewichen. Die Innenseiten ihrer beiden Handschuhe waren zerrissen, und ihre blutigen Handflächen zeugten von der Wucht des Aufpralls.

»Sie haben sie umgebracht!« rief Abigail.

Fergus' Augen verengten sich. Wieviel hatte dieses Weib wirklich beobachtet? Er sagte nichts. Er hielt den Atem an, während er auf Lord Hunterswells Reaktion wartete, als dieser hinzutrat und sich über sie beugte.

»Miss Danforth!« Frederick war entsetzt über ihre Anschuldigung. Über alle Maßen erleichtert, nutzte Fergus die günstige Gelegenheit. »Es stimmt, Lord Frederick,« schluchzte er.

»Ich habe sie umgebracht.«

»Unsinn, Mann.« Frederick kniete nieder, um ihn zu trösten. »Es war ein Unfall. Ein entsetzlicher tragischer Unfall.«

»Aber sie ist tot.« Fergus konnte kaum sprechen, so mitgenommen schien er. »Und ich bin daran schuld.«

»Nein, sie ist nicht tot,« sagte Abigail mit einem ironischen Lächeln. »Das Blut aus ihrer Wunde pulsiert noch. Ich fühle es. Halten Sie dies!« Sie ergriff Fredericks Hand und drückte sie auf das durchnäßte Taschentuch, damit sie sich herabbeugen und auf Miss Arringtons Atemzüge hören konnte.

Frederick zog ein sauberes Taschentuch hervor und legte es über das blutdurchtränkte. Seine Bewunderung für Abigail kannte keine Grenzen. Jedes andere Mädchen, das er kannte, wäre schon längst in Ohnmacht gefallen.

Wieder hielt Fergus den Atem an.

»Sie atmet!« Abigail setzte sich auf und sah Fergus direkt an. »Also haben Sie sie doch nicht umgebracht!«

»Oh, Gott sei Dank!« rief Fergus, umklammerte Miss Arrington noch fester und schob damit Fredericks Hand beiseite. »Gott sei Dank!«

Da er von seiner Aufgabe, Miss Arringtons Wunde zu bedecken, entbunden war, sagte Frederick in ungehaltenem Ton: »Miss Arrington ist böse gestürzt, Miss Danforth. Ein bedauerlicher Vorfall, ganz gewiß, aber ein Mordversuch?« Er wandte sich an Fergus. »Halte sie ruhig, alter Junge, ja?« Er sah Abigail an. »Sehen Sie nicht, in welcher Sorge Mr. Buchanan ist?«

»Quälen Sie Miss Danforth nicht, m'Lord.« Sein Ton klang gönnerhaft. »Jedes Mädchen, das Detektivin werden will, muß ein Übermaß an Mißtrauen besitzen.«

Abigail war wütend. Fergus' Anblick, wie er den Arm erhob, um Miss Arrington zu schlagen, als sie hilflos auf dem Boden lag, hatte sich ihr nachdrücklich eingeprägt. Sie richtete sich auf. Bei dem Versuch, sich den Schmutz abzuwischen, gelang es ihr, alles mit Blut zu beschmieren, was mit ihren durchtränkten Handschuhen in Berührung kam. Seufzend streifte sie sie ab. Das Mädchen war nicht tot. Als die anderen näherkamen und sich über ihr entsetzliches Aussehen äußerten, hielt sie den Mund. Wenn Miss Arrington zu sich kam, würde sie sie fragen, was wirklich geschehen war. Gekränkt, weil Lord Hunterswell ihr nicht geglaubt, sondern seinen Freund in Schutz genommen hatte, blieb sie auf Distanz zu ihm, während ein paar Lakaien die bewußtlose Miss Arrington in Decken hüllten und zum Haus zurück trugen. Man hatte bereits einen Arzt verständigt. Er bezeichnete Miss Arringtons Zustand als kritisch; es bestehe die Gefahr einer Hirnhautentzündung, hervorgerufen durch die Schwere des Schlages, den ihr Kopf davongetragen hatte. Der Arzt verordnete strenge Bettruhe unter ständiger Beaufsichtigung, für den Fall, daß sie erwachte. Bis zum Abendessen blieb ihr Zustand unverändert.

Der Grund für Miss Arringtons Abwesenheit beim Essen wurde von einer aufgebrachten Marquise als der leichtsinnig herbeigeführte Unfall eines Mädchens dargestellt, das zu ungeschickt war, auf einem Fahrradsattel zu sitzen, obwohl ihr sogar ein Kavalier behilflich war.

Den ganzen Abend über legte Fergus ein gedrücktes Verhalten an den Tag.

Während Abigail das Mittagessen kalt und langweilig gefunden hatte, war das Abendessen hervorragend angerichtet und köstlich. Zwar waren die Lerchen eine Spur zu trocken und schmeckten zu intensiv nach Rosmarin, doch es war eindeutig, daß ein Meisterkoch, vermutlich ein Franzose, in der Küche Regie geführt hatte. Bei den Weinen war der 93er Château Lafitte besonders gut gewesen.

Der Nawab hatte sich als geistreicher Erzähler erwiesen, und er und Twain hatten die Tafel gut unterhalten. Fasziniert von seiner Schönheit, hatte Abigail genau auf Arefs Bewegungen geachtet, und mit einer dunklen Vorahnung bemerkte sie, daß er das Essen des Nawab vorkostete. Niemand außer ihr schien davon Notiz zu nehmen.

Man hatte den anderen Gästen, insgesamt mehr als dreißig Personen, nichts von der Absage des Prinzen gesagt, und man sah viele Diamantdiademe bei den adligen Damen, die vielleicht nicht freiwillig die Kopfschmerzen auf sich genommen hätten, wenn sie informiert worden wären. Während die Männer ihre Zigarren und den Portwein am Tisch genossen, hatten sie sich zum Kaffee in den prächtigen Goldenen Salon zurückgezogen.

Mehrere Reihen reich geschnitzter Sessel ohne Armlehnen standen im Halbkreis vor einem zierlichen, mit Intarsien verzierten Tisch. Genau gegenüber standen zwei Armsessel mit hohen Rückenlehnen, deren gepolsterte Sitze mit Schnüren und Quasten eingefaßt waren. Ein Diener in Livree, den man für eine Statue hätte halten können, wäre ihm nicht wegen der Wärme seiner Perücke ein Schweißtropfen die rechte Schläfe herabgeflossen , hielt Wache bei dem in Samt gehüllten Kästchen auf dem Tisch.

In Gala, mit allen Orden und im Abendanzug, folgten die Herren den Damen zur gegebenen Zeit. Während alle bemüht waren, einen Platz zu ergattern, von dem aus man den

Tisch am besten würde sehen können, nahm Twain Abigail beiseite. Trotz seines zerzausten Haares war er elegant und sah aus, als mache ihm die Gesellschaft Spaß.

Er küßte ihre behandschuhten Fingerspitzen und hielt ihre Hand fest. »Ich muß mich jetzt von Ihnen verabschieden, Schatz. Ich habe eine Kutsche draußen und werde abreisen, sobald ich fertig bin.« Er nickte in Richtung des Nawab, der, während der Opal an seinem Turban blitzte, dabei war, eine würdevolle ältere Dame zu bezaubern, Aref in respektvollem Schritt dahinter. »Seine Hoheit wird alle Fragen darüber beantworten, wie der Rubin in seinen Besitz gelangte und so weiter.«

»Ich wünschte, Sie könnten hierbleiben.« Sie entfaltete ihren Fächer, damit niemand ihre Unterhaltung beobachtete. »Ich weiß genau, daß ich gesehen habe, wie Mr. Buchanan den Arm gehoben hat, um Miss Arrington zu schlagen. Lord Hunterswell ist wütend auf mich, weil ich Buchanan beschuldigt habe. Genau wie die Marquise, die Miss Arrington lediglich für ungeschickt hält.«

»Meine Liebe,« sagte Twain schnell, in Gedanken schon bei dem bevorstehenden Vortrag. »Nur wegen Ihres Wunsches, Sherlock Holmes nachzueifern, dürfen Sie jetzt nicht bei jedem kleinen Vorfall argwöhnisch werden.« Er hauchte ihr einen Kuß auf die Wange, ließ ihre Hand los und folgte dem Marquis.

Winzige Diamanten ließen die goldgefaßten Rauchtopase an Abigails Ohren und Hals noch deutlicher hervortreten und betonten das tiefausgeschnittene, golddurchwirkte Satinkleid mit den riesigen modischen Keulenärmeln. Sie wußte, daß sie hervorragend aussah und war entschlossen, sich ihre Enttäuschung darüber, daß Twain ihren Verdacht nicht ernst genommen hatte, nicht anmerken zu lassen;

deshalb war ihr Verhalten liebenswürdig, als sie ihren Platz in der vordersten Reihe zwischen Lord Hunterswell und Max einnahm.

Aufs neue war Frederick bereits vor dem Essen von ihrer Erscheinung hingerissen gewesen und hatte ihr auf der Stelle verziehen, daß sie seinen Freund verdächtigt hatte.

Immer noch bedrückt saß Fergus neben der erlesen gekleideten und teuer parfümierten Marquise.

Nachdem er den schwitzenden Lakaien weggeschickt hatte, rückte der Marquis seine Brille zurecht, um seine Notizen besser erkennen zu können und klopfte auf den Tisch, um die Aufmerksamkeit auf sich zu lenken. Da sie sehr genau wußten, warum sie hier versammelt waren, beruhigten sich seine blitzenden, funkelnden Zuhörer ungewöhnlich schnell. Der Marquis, der es genoß, selbst einmal im Rampenlicht zu stehen, ließ sich sichtlich Zeit, einen der wenigen Männer auf der Welt vorzustellen, die keiner Vorstellung bedurften.

Als der Marquis schließlich neben seiner Frau Platz nahm, verneigte sich Twain zum Dank für den gedämpften Applaus der mit Glacéleder verhüllten Hände. Er begrüßte die abwesenden und anwesenden Fürstlichkeiten und begann: »Ich denke, jeder der hier Anwesenden weiß, daß die schönsten Rubine aus Birma stammen.«

Ein anerkennendes Gemurmel durchlief die Reihen der Zuschauer.

»Nun, der Aufenthaltsort dieser sagenhaften Kostbarkeit mag heute allgemein bekannt sein,« sagte er langsam, »wie er jedoch entdeckt wurde, ist in Dunkel gehüllt. Ein königlicher Erlaß aus dem Jahr 1597 enthält den ersten bekannt gewordenen offiziellen Hinweis auf die Rubinfelder von Mogok. Die Geschichte, die Sie gleich hören werden, kommt der Wahrheit vermutlich so nahe, wie es überhaupt möglich ist. Ich habe hier,« langsam entfernte er den Samtstoff und klopfte leicht gegen die Seitenwände des goldverzierten Kästchens, »ein Beweisstück, das eher den auffallenden – äh – Details der Geschichte Rechnung trägt.«

Er wartete, bis sich das anzügliche Gekicher gelegt hatte, und fuhr fort: »Nun hatte der Sage nach der König von Pergu einen Park namens Liparo, wo er Löwen, Tiger und andere Raubtiere hielt. Viele birmanische Herrscher hielten wilde Tiere für die Jagd, so wie ihr Engländer Hirsche, Rehe und anderes Wild haltet.

Auch wenn sie als ausgewachsene Tiere einen unberechenbaren Charakter hatten, konnte das Junge eines Tigers mit viel Geduld gezähmt werden.« Er lächelte. »Nicht ohne eine gewisse Gefahr für die Wärter natürlich. Wohlgenährt durchstreifte das königliche Haustier den Palast. Mit seinen goldlackierten Krallen und einem juwelenbesetzten Halsband wurde es zu Anlässen, bei denen es auf Pomp und Feierlichkeit ankam, neben dem Thron zur Schau gestellt. Ich brauche Ihnen ja nicht zu sagen,« unter seinen buschigen Augenbrauen hervor sah er seine hingerissenen Zuhörer an, »daß die ungezähmten großen Katzen oft aufeinandergehetzt wurden. Auf den Ausgang des Kampfes wurden riesige Vermögen verwettet.

Was Sie vielleicht jedoch nicht wissen, ist,« er senkte die Stimme, »daß die Wildkatzen von Liparo ebenso oft dem Hof zur Unterhaltung dienten, nämlich indem man ihnen Verbrecher oder Sklaven zum Fraß vorwarf. So wie die Römer die Christen den Löwen vorwarfen, sahen birmanische Prinzen gern zu, wie ein Tiger oder Panther sein zu Tode erschrockenes Opfer angriff und auffraß.«

Man hörte Laute des Erschreckens, das Geklapper von Fächern und ängstliches Gekicher seitens der Zuhörer.

»Es tut mir leid, wenn ich die Damen beunruhigt habe.« Er sah die Marquise an, die verärgert nickte und ihm bedeutete fortzufahren. »Ich wollte nur darauf hinweisen, weshalb es notwendig war, den Bestand an Raubkatzen in Liparo ständig zu ergänzen. Speziell der eben erwähnte König behielt die Erbeutung dieser Raubtiere als Mutprobe und Männlichkeitsbeweis seinen Lieblingssöhnen vor.

Bestrebt, vor dem König zu bestehen, ließ einer seiner Söhne, ein *punjat*, einen Wahrsager kommen, der ihm von einem seltenen Rudel weißer Leoparden berichtete. Seine Suche nach den gespenstischen Tieren führte ihn schließlich in das unwegsame Tal von Mogok in der Provinz Shan. Dort stieß er auf eine Räuberbande, die als Strafe für ihre Verbrechen verbannt worden war. Ihr Anführer, der sich den Schutz des Punjat erkaufen wollte, führte ihn zu einem bemerkenswerten Fund.« Twain hielt inne, wölbte seine Hand und hielt sie nach oben, als wolle er ihren Inhalt untersuchen. »Stellen Sie sich die Aufregung des Punjat vor, als er das blutrote Exemplar eines riesigen, in weißen Marmor gebetteten Rubins in Händen hielt.«

Die Marquise fächelte sich heftig, als er fortfuhr: »Nachdem er die Räuber getötet hatte, um die Geheimhaltung sicherzustellen, machte sich der Punjat auf den langen Weg zurück nach Pergu. Nach mehreren Nächten im Wald stieß er auf die sagenhafte weiße Leopardin in ihrer Höhle. Sein Triumph war vollkommen. Aber nur eines der Jungen würde so weiß bleiben wie sie, und nur das weiße Junge überlebte den Rest der Reise.

Der König war so erfreut über seinen Sohn, daß er ihm den Rubin und das weiße Junge überließ. Danach begann er seine trügerischen Verhandlungen mit den Prinzen von Shan und nutzte die verschlungenen Pfade der Diplomatie, um im Austausch gegen ein wertloses Gebiet in den Besitz des unermeßlichen Reichtums von Mogok zu gelangen.

Wie die meisten von Ihnen wissen,« sagte Twain mit hochgezogenen Augenbrauen und einem Lächeln, »kommen Rubine nie in Form großer Kristalle vor. Exemplare von mehr als fünf Karat sind sehr selten und diejenigen mit mehr als zehn große Ausnahmen. Im Lauf der Zeit erkannte der König allmählich, daß der Stein, den er seinem Sohn zugesprochen hatte, ein zu großzügiges Geschenk gewesen war. Selbst nachdem man ihn geschliffen und facettiert hatte, war es ein walnußgroßes Monstrum.«

Die Marquise schnaufte vernehmbar. Max und Fergus tauschten einen Blick, während Abigail anmutig den Fächer bewegte.

»Da er diesen sagenhaften Edelstein nun unbedingt für seine Schatzkammer haben wollte,« fuhr Twain fort, »beschloß der König, einen Raub zu inszenieren, bei dem die Gesundheit seines Sohnes erheblich in Gefahr geriet. Doch dieser Sohn hatte mit allen Traditionen gebrochen und seinerzeit das gespenstische Leopardenjunge selbst aufgezogen. Da sie sanft und verspielt war, galt die Raubkatze als so harmlos, daß sie zusammengerollt zu seinen Füßen schlief. Doch als die Diebe in das Schlafgemach einbrachen, um den großen Rubin zu stehlen, sprang der Leopard sie an und tötete sie – ohne einen einzigen Laut. Deshalb konnte der Punjat, ohne die Palastwache zu alarmieren, mit dem Juwel und dem Raubtier entkommen. Gefolgt von seinen treuen Freunden lebte er im Tal von Hungawng im Norden als mächtiger und wohlhabender Mann. Diesen Wohlstand schrieb er dem Glück zu, das ihm der Besitz des weißen Leoparden gebracht hatte. Sie können sicher sein, daß er nun seinerseits seine vielen Söhne auf Expeditionen schickte, damit sie ein gleiches Exemplar fänden. Doch es war alles vergeblich.«

»Nun war dieser Punjat,« den Daumen in der Westentasche, begann Twain, auf und ab zu gehen, »wie die meisten Birmaner, in der Religion des Hinayana-Buddhismus aufgezogen worden. Als er jedoch anfing, an die wunderbaren Kräfte seiner Raubkatze zu glauben, trat er zu einer Hindu-Sekte über, die den Leoparden verehrte. Keinem Leoparden durfte etwas geschehen. Sie waren heilig. Im Lauf der Jahre hatte sich die Liebe zu seinem Tier in Anbetung verwandelt. Er gab die Hoffnung auf, sein alterndes Idol durch ein junges lebendes zu ersetzen. Überzeugt, daß man mit den entsprechenden Zeremonien und Beschwörungen den Geist der großen Katze dazu bringen konnte, in einer Nachbildung zu leben, opferte er sein ansehnliches Vermögen dafür, eine angemessen großartige Form zu finden, in der er sie unsterblich machen wollte.

Mittlerweile ein alter Mann, wünschte sich der Punjat vor allem *moksah* oder *mukti* zu erlangen, das heißt, die Befreiung des Geistes von allem Leiden, und die Erlösung von dem Zwang, wiedergeboren zu werden.« Twain machte eine Pause. Mit einem schiefen Lächeln fuhr er fort: »Nachdem er in seinem Leben zu Reichtum und Macht gelangt war, konnte er sich nicht vorstellen, auf einer geringeren Ebene wiedergeboren zu werden. Er glaubte von ganzem Herzen, diesen *moksah* erreichen zu können, wenn er nach dem Tod seines Lieblingstieres dessen Statue anbetete.

Auf dem Gebiet seines Königreiches, in der Gegend von Tawmaw und an den steilen Hängen des Uru, befand sich die ertragreichste aller Jadeit-Minen.« Die Marquise und Lady Pepper hielten schlagartig ihre Fächer still. »Einen großen Teil seines Reichtums hatte der Punjat durch den

Handel mit dem Juwel des Himmels erworben. Er ließ überall im Land bekanntgeben, daß er das seltene Exemplar eines reinen, durchsichtigen weißen Jadeiten ohne rosa oder grüne Einfärbungen suche. In der Zwischenzeit fand er einen jungen Meister der Schnitzkunst.

Lange bevor das vollkommene Stück Jade gefunden wurde, übte sich der Handwerker darin, die Form zu schnitzen, die der Punjat wünschte. Er benutzte dazu Jadestücke von unschätzbarem Wert, und jedes Modell bedeutete monatelange, gewissenhafte Arbeit in großer Abgeschiedenheit. Jedes wurde nach seiner Fertigstellung zertrümmert.

Eines Tages wurde das makellose Exemplar des Jadeiten gefunden, das er bearbeiten sollte. Die höchste Vollendung wurde erreicht. Der Punjat war zufrieden. Endlich besaß er seinen Miniaturleoparden, dessen Kopf eine genaue Nachbildung seiner geliebten Raubkatze sein soll.

Die Belohnung des Handwerkers für sein Lebenswerk bestand darin, daß er, seine Helfer und seine Familie umgebracht wurden.«

Als sich seine Zuhörer wieder beruhigt hatten, fuhr Twain fort: »Nachdem er ein so schönes und geheimnisvolles Meisterwerk geschaffen hatte, wollte der Punjat schließlich sichergehen, daß nie ein Duplikat davon angefertigt würde.« Er räusperte sich. »Es heißt, sie starben einen gnädigen Tod durch das Schwert.«

»Was der Punjat befohlen hatte, hatte der Handwerker vollendet. Ein Leopard, sprungbereit, so –« mit angewinkelten Knien beugte Twain sich vor, beide Hände in Augenhöhe.

Er behielt die Pose einen Augenblick bei und zog dann feierlich einen Schlüssel aus seiner Tasche. Er schwenkte ihn über dem Kästchen und sagte: »Wie der Künstler sein

Meisterwerk schuf, ist bis auf den heutigen Tag ein Rätsel. Es gibt nicht die Spur einer Naht, die verriete, wie ihm dies gelang.«

»M'Lords, m'Ladies, meine Damen und Herren,« sagte Twain theatralisch und öffnete die Schachtel, um ihren Inhalt zu enthüllen. »Sie sehen den Geisterleoparden.«

Gegen ihren Willen schnappte Abigail nach Luft. Strahlend, als setzte er den Raum in Flammen, lag der Rubin des Punjat in den Tatzen des Jadeleoparden.

Einen Kerzenleuchter in der Hand, das Haar zu einem Zopf geflochten, erschien die Marquise wie ein winziges Gespenst am Bett des Marquis. Sie berührte ihn leicht an der Schulter.

Sofort hellwach, stützte er sich auf den Ellenbogen. »Ist das eine Einladung?« fragte er kokett.

»Nein, Poopsie Woopsie,« erwiderte sie heiser. »Nicht ganz.«

Er schlug die Bettdecke zurück und schlüpfte aus dem riesigen Bett, um ihr aus dem Morgenrock zu helfen. Er küßte ihren Nacken, und seine Stimme klang nicht mehr zitterig, als er sagte: »Es ist lange her.«

Als sie sich zusammen unter die Decken gekuschelt hatten, schnurrte sie: »Der Rubin des Punjat ist ein herrliches Geschenk für den Prinzen.«

»Meinst du, er wird ihm gefallen?«

»Ich bin ganz sicher. Hast du ihn in den Safe gelegt?«

»Natürlich. Und den Schlüssel zu dem Kästchen habe ich um den Hals.«

»Ich freue mich so für Frederick,« sagte sie und nestelte an der Goldkette an seinem Hals. »Er scheint endlich glücklich zu sein.«

»Ja,« sagte er, während seine Hand unter ihr Nachthemd wanderte. »Miss Danforth ist ein reizendes Mädchen.«

»Und anscheinend auch gehorsam.«

»Bist du auch gehorsam, mein Kätzchen?«

»Ach, du liebe Güte,« stöhnte sie. »Oh, ja, ja, ja.«

Der Nawab Ahanti Khabir Abdulsamad begann zu schwitzen. Er schob die Daunensteppdecke beiseite, veränderte zum wiederholten Mal seine Lage und zerrte an seinem Nachthemd. Da er nur ungern auf den Reichtum verzichten wollte, den er sich von dem Wiederverkauf des Rubins des Punjat in New York erhoffte, ertrug er diese plötzliche Durchkreuzung seiner Pläne nur schwer. Flüche vor sich hin murmelnd, lauschte er Arefs zufriedenem Schnarchen.

Fergus und Max berieten sich in Max' Räumen über Methoden, um Miss Arrington zu beseitigen, falls sie das Bewußtsein wiedererlangte. Ein Streit, der den größten Teil der Nacht anhielt, entstand, weil sie sich nicht einigen konnten, ob Abigail eine große Gefahr darstellte oder nicht, und was mit ihr geschehen sollte, wenn sie ihre Verdächtigungen nicht unterließ.

J.C. und Maurice schliefen.

Stork lag auf seinem Feldbett, starrte an die Decke und fürchtete den kommenden Tag.

Rodney stöhnte. Das Bett schwankte. Als er die Augen schloß, um das Zimmer zum Stehen zu bringen, setzte sich das Drehen in seinem Magen und Schädel fort und brachte das Blut hinter seinen Augäpfeln in Wallung. Könnte er nur diesen roten Rubin schnappen, vor seinem Vater hinknien und ihn ihm zum Geschenk machen! So nahm ihn der unerfüllbare Traum, seinem Vater zu gefallen, erneut gefangen und wiegte ihn in den Schlaf.

Nachdem sie angeordnet hatte, sie zu wecken, falls Miss Arrington während der Nacht erwachte, war Abigail eingeschlafen, noch ehe ihr Kopf auf dem Kissen ruhte.

Frederick klopfte auf sein satinbezogenes Kopfkissen, zog ein anderes von der anderen Seite des Bettes heran und drückte beide an sich. Der Schlaf wollte sich nicht einstellen. Miss Danforth' warme braune Augen lächelten ihn an und ihr süßer Mund, ihre liebliche Stimme, ihre schlanke, anmutige Gestalt und ihr frisch duftendes Haar wirbelten in seinem Kopf herum und verursachten ihm Qualen, die durchaus nicht unangenehmer Natur waren.

Miss Arringtons Zustand blieb unverändert.

4. KAPITEL

Zu jeder Geraden und jedem Punkt, der nicht auf ihr liegt, kann höchstens eine und nur eine Gerade gezogen werden, so daß beide parallel sind.
Euklid

Es sei denn, die Gerade und der Punkt befinden sich auf einer hyperbolischen oder elliptischen Ebene.
Die Autorin

Seit der Morgendämmerung lag Abigail wach im Bett und wimmerte.

Das Hausmädchen war dagewesen, um das Kamingitter zu polieren und das Feuer anzumachen. Gut geschult und diskret hatte sie dem Stöhnen, das aus dem Himmelbett zu vernehmen war, keinerlei Beachtung geschenkt.

Mit einem energischen Rascheln ihrer Unterröcke trat Jacqueline mit einem Teetablett ins Zimmer.

»Bist du es, Jacqueline?« Es schien, als versuchte Abigail, ihre Tränen zu unterdrücken.

»*Mon Dieu, Mlle.!*« Das Silbergeschirr klirrte, als Jacqueline das Tablett unsanft auf den Nachttisch stellte. »Was ist los, Miss?« Sie erhob sich auf Zehenspitzen, um ihre kühle Hand auf Abigails Stirn zu legen. »Sind Sie krank?«

»Ich weiß es nicht,« ächzte Abigail. »Hol die Marquise.«

Erneut kamen ihr die Tränen. »Bitten Sie sie, den Arzt zu rufen.«

»*Oui!*« Jacqueline lief zur Tür. Sie kehrte bald an Abigails Bett zurück und erklärte: »Ich habe nach der Marquise geschickt. Ich weiß den Weg nicht.«

»Was soll ich nur machen?« Abigail biß sich auf die Unterlippe. Tränen strömten ihr die Wangen herab. »Ich will nicht in England sterben!«

»Ganz ruhig, ganz ruhig, *Mlle.* Ich fühle kein Fieber. Vielleicht ist es nicht so schlimm, wie Sie glauben.«

Die Tür flog auf. Jacqueline sprang hoch, knickste und beeilte sich, respektvoll am Fußende des Bettes Aufstellung zu nehmen.

Die Geschwindigkeit, mit der die Marquise das Zimmer durchquerte, brachte Leben in den prachtvoll gestickten Pfau, der die Rückseite ihres Kimonos zierte.

Oliver, dem die rosa Zunge aus dem Maul hing, hatte sie unter den rechten Arm geklemmt; er war sichtlich zufrieden.

»Oh,je, oh, je, oh, je, Miss Danforth,« sagte die Marquise in mitfühlendem Ton. »Sind Sie krank? Haben Sie etwas Falsches gegessen?«

»Nein, m'Lady.« Abigail schniefte leise. »Ich bin gelähmt.«

»Was meinen Sie genau damit, Kind?« Das Mitgefühl in ihrer Stimme ließ etwas nach. »Können Sie sich wirklich nicht bewegen oder tut Ihnen nur alles weh?«

»Ich weiß nicht.« Abigail fürchtete sich geradezu vor dem durchdringenden Blick der Marquise.

»Lächerlich!« Die Marquise zerrte die Decken beiseite und ließ den Hund auf Abigails Füße fallen. Schwanzwedelnd machte sich Oliver über ihre bloßen Zehen her. Abigail zog die Füße ruckartig unter ihr Nachthemd und schrie vor Schmerz auf.

»Seien Sie doch nicht solch eine Heulsuse!« bellte die Marquise. »Stehen Sie sofort auf!«

Zu Jacquelines großem Erstaunen erhob sich Abigail. Sie jammerte und stöhnte und hatte offensichtlich große Schmerzen, aber sie stand auf.

»Stehen Sie nicht da und glotzen.« Die Marquise zeigte auf Jacqueline. »Holen Sie Miss Danforth etwas zum Anziehen und bestellen Sie ihr Bad.«

»Aber was *fehlt* mir denn?« fragte Abigail, während Jacqueline ihr in den Morgenrock half.

»Wie ich gestern schon sagte, nichts, was ein heißes Bad in einem Zuber oder ein kurzer Ritt nicht kurieren könnte.«

»Reiten?« Abigail ließ sich auf das Bett fallen und kraulte Olivers Ohren. »Oh, Euer Ladyschaft, das könnte ich auf keinen Fall!«

»Ich habe Ihnen ja gesagt, daß Sie sich heute möglicherweise ein wenig unwohl fühlen.«

»Aber ich bin mein ganzes Leben lang geritten.«

»Im Herrensitz?«

»Aber sagen Sie bitte, m'Lady,« Abigail drückte den Mops mit weit aufgerissenen Augen an sich, »es ist nichts Bleibendes?«

»Diese Steifheit hat nichts zu bedeuten, seien Sie beruhigt.« Die Marquise griff nach Oliver. »Warten Sie, bis Sie Kinder kriegen. Dann wissen Sie erst, was Schmerzen sind.« Sie klemmte den sich windenden Hund unter den Arm. »Ich lasse Crosspatches satteln. Sie brauchen ihn nur ein paar Minuten zu reiten. Bleiben Sie auf der Koppel.« Der prächtige Pfau schimmerte, als sie, bereits im Gehen, über die Schulter rief: »Und zum Donnerwetter, fallen Sie nicht herunter wie dieses dumme Ding, das nicht einmal auf einem *Fahrrad* sitzen kann!«

»Ist Miss Arrington aufgewacht?« rief Abigail hinter ihr her, verärgert darüber, daß all ihre Gedanken selbstsüchtig um ihren eigenen Zustand gekreist hatten.

»Noch nicht.« Damit war die Marquise verschwunden.

In dem Bemühen, nicht zu jammern oder zu stöhnen, da sie nun ja wußte, daß die Ursache ihrer Schmerzen nichts Ernstes war, humpelte Abigail zum Kamin. Das Hausmädchen hatte die Wanne gebracht und stand nun daneben, falls sie Jacqueline weiter behilflich sein sollte. Während sie sich mit Schwung in das heiße Wasser begab, schalt Abigail sich selbst dafür, daß ihre Phantasie mit ihr durchgegangen war.

Kinkade hatte nicht gut geschlafen. Die feuchte und übelriechende Unterkunft, die erheblich unter seinem sonstigen Standard lag, hatte ihn beleidigt. Da er ein anspruchsvoller Mensch war, hatte er sich früher als gewöhnlich erhoben und so sorgfältig, wie es unter den gegebenen Umständen möglich war, Toilette gemacht.

Begleitet vom Schnarchen von Lord Peppers Diener, packte er schweigend Rodneys Kaffeegeschirr aus und stieg die schmale Treppe zur Küche hinauf. Erstaunt, dort niemanden anzutreffen, nahm er einen Topf von einem Hängegestell, füllte ihn mit Wasser und stellte ihn auf den hinteren Brenner des gut ziehenden Herdes. Er sah auf die Uhr und überlegte, wieviel Zeit ihm noch für einen Spaziergang blieb, bevor das Wasser kochte.

Er nahm einen Umhang von einem der Haken am Dienstboteneingang. Er war viel zu kurz, aber warm. Die erfrischende Luft belebte ihn. Rauhreif hatte alles mit einem weißen Hauch überzogen, und das Knirschen seiner Schuhe auf dem Kies hallte in der morgendlichen Stille wider.

Geistesabwesend strich er über den Höcker auf seiner Nase, und die Gedanken, die ihn die ganze Nacht beschäftigt hatten, rückten wieder in den Vordergrund.

Jacqueline war eindeutig unerwünscht. Bezüglich ihrer Arbeit konnte man ihr nichts vorwerfen; Miss Abigail war tadellos gekleidet. Aber sie war mannstoll. Schlimmer noch, die Männer mochten sie. Weit davon entfernt, sich von seinem Hinweis, sie habe eine Vorliebe für den Herrn des Hauses, abschrecken zu lassen, zeigte J. C. sogar erhöhtes Interesse an ihr. Und dann setzte sich diese freche Person einfach hin und fing an zu essen! Besonders bei dieser Erinnerung kam ihm erneut die Galle hoch. Er sah auf, um zu kontrollieren, wie weit er sich vom Haus entfernt hatte. Er kehrte nicht um, ging jedoch langsamer. Die Lösung war naheliegend.

Er mußte J.C. ermutigen. Wie sich die Sache auch entwickelte, er würde sie los sein, ehe Mr. Danforth entdeckte, welch schrecklichen Fehler Miss Abigail bei ihrer Einschätzung von Jacqueline gemacht hatte. Wie sollte das unerfahrene Mädchen es auch besser wissen? Wenn J.C. Jacqueline verführen konnte – und Kinkade zweifelte keinen Augenblick daran, daß er oder irgendein anderer Mann das konnte – vor allem angesichts der vielen Gelegenheiten, die sich mit Sicherheit während der bevorstehenden Überfahrt bieten würden – dann würde sie zwangsläufig entlassen. Sollte J.C. so weit gehen, eine anständige Frau aus ihr zu machen, würde sie ihre Stellung aufgeben, um ihn zu heiraten. Master Rodney würde sie gewiß nicht vermissen. Als Rodney gestern abend betrunken und redselig gewesen war, hatte er ihn ganz vorsichtig ausgehorcht. Er machte eine Handbewegung, als wische er alles beiseite, lächelte leise und ging zum Haus zurück.

Während er immer größere Schritte machte, schüttelte er unwillig den Kopf und versuchte, an etwas anderes zu denken. An Bord würde noch genügend Zeit sein, sich über Master Rodneys Verhalten während seines Aufenthaltes in London Gedanken zu machen und zu entscheiden, wieviel davon er Mr. Danforth erzählen sollte. Auch wollte er nicht derjenige sein, der ihm von Miss Abigails seltsamem Besuch bei Dr. Conan Doyle berichtete. Aber auch in diesem Fall – wenn statt seiner jemand anderes es ausplauderte – würde Mr. Danforth zu Recht seine Kompetenz als Beschützer der jungen Leute in Zweifel ziehen. Er schloß die Tür, hängte den Umhang an den Haken und seufzte tief. Zum Glück waren wenigstens die Nachrichten über Lord Hunterswell durchweg vielversprechend. Wenn diese Romanze sich nur schnell genug entwickelte, bestand vielleicht gar kein Grund, Mr. Danforth überhaupt etwas zu erzählen.

Der Schrei einer Frau riß ihn aus seinen Gedanken. Dem Klirren von Metall auf Holz folgte ein Geheul, das sich anhörte, als hätte man einen Hund getreten. Zwei Stufen auf einmal nehmend raste er die Treppe hinauf, und erst die Küchentür stoppte seinen Schwung.

Am anderen Ende des Raumes kauerten zwei Küchenmädchen neben dem riesigen rechteckigen Tisch, der die Küche in zwei Hälften teilte. Die Köchin hatte sich auf alle viere niedergelassen und schnappte nach irgendetwas unter dem Ecktisch, von wo das Geheul kam.

»S'war doch kein Geist, der den Wassertopf auf mein' Herd gestellt hat!« Die Köchin kreischte, so laut ihre verquere Lage es zuließ.

»Aber ich war's nicht!« jammerte die verängstigte Stimme unter dem Tisch.

»Was ist hier los?« rief Kinkade quer durch den Raum. Die

Köchin richtete sich auf. Das Gesicht rot vor Anstrengung und Empörung blinzelte sie kurzsichtig in seine Richtung. »Jemand hat einen Wassertopf auf meinen Herd gestellt!«

»Das war ich,« gestand Kinkade.

»Wer sind Sie?« brüllte sie und ging einen Schritt auf ihn zu.

»Mr. Danforth' Diener. Wir haben gestern zusammen Tee getrunken. Erinnern Sie sich nicht mehr?«

Mit einer gußeisernen Pfanne drohend, kam sie auf ihn zu. »Wie kommen Sie dazu, einen Topf auf meinen Herd zu stellen?« brüllte sie, während sie sich auf ihn stürzte. »Das werden Sie mir büßen!«

Erst als er sich tatsächlich bücken mußte, um nicht von dem schweren schwarzen Gerät, daß sie schwang, getroffen zu werden, und den Luftzug spürte, der bewies, wie nahe daran er war, in dieser fremden Küche sein Leben zu lassen, ging Kinkade auf, daß sie es ernst meinte und ihm wahrhaftig an den Kragen wollte. Er floh.

Die Küchenmädchen klammerten sich aneinander und schrien, während das Geheul unter dem Tisch sich anhörte, als würde der getretene Hund sterben.

Nachdem er sich der Gefahr erst bewußt war, entkam Kinkade ihr mühelos und war am anderen Ende des Tisches bei den weinenden Küchenmädchen, bevor die Köchin nur halb so weit gekommen war. So ruhig, wie es die Situation zuließ, rief er über die Schulter: »Aber Mr. Danforth bevorzugt morgens Kaffee zum Wachwerden, und ich dachte –«

»Sie dachten falsch!« Sie hatte ihre Röcke mit der einen Hand zusammengerafft, um hinter ihm herzuhetzen, und schwang mit der anderen die Bratpfanne über ihrem Kopf. »Niemand außer mir selbst hat morgens was an meinem

Herd zu suchen! Niemand außer mir und dem Spülmädchen, das ihn putzt!«

Kinkade blieb am Tischende stehen und beobachtete, wie sie näherkam. »Aber ich habe doch nur –«

»Sie haben nur *meinen Herd benutzt!*« Sie machte eine Pause, um damit das Entsetzliche seines Vergehens zu betonen. »Ohne meine Erlaubnis!«

Kinkade faltete flehentlich die Hände und sagte mit übertriebener Betonung: »Dürfte ich *bitte* Ihren Herd benutzen?«

»Nein!« Sie knallte die Pfanne auf den Tisch. Die Mädchen kreischten, als sie aufschlug. »Nicht, ohne Mrs. Budge selbst zu fragen!« Sie ließ ihre Waffe, wo sie gelandet war, und stemmte beide Hände in die breiten Hüften. »Dann fragt sie mich höflich, und dann laß ich es mein Spülmädchen machen.«

»Aber warum soll ich Mrs. Budge fragen, wenn es Ihr Herd ist? Warum kann ich nicht einfach Sie fragen?«

»Weil sie Fremde von Ihrer Sorte aus meiner Küche fernhält!«

Als sie erneut die Hand nach der Bratpfanne ausstreckte, fiel ihr Blick auf den Türrahmen. »Ah, da sind Sie ja!« rief sie.

Kinkade sah an ihrer massigen Gestalt vorbei und erkannte die gestrenge Mrs. Budge, die seinen Blick erwiderte. Hinter ihr stand der Butler.

»Was geht hier vor?« fragte Mrs. Budge und betrat die Küche.

Während sie auf Kinkade zeigte, als wäre er ein ekelhafter Käfer, der auf ihrer frisch gebackenen Pastete saß, sagte die Köchin in anklagendem Ton zu Mrs. Budge: »Was macht dieser Ausländer in meiner Küche?«

Mrs. Budge wandte sich an Kinkade. »Was machen Sie in der Küche, Mr. Kinkade?« Aus ihrem Ton zu schließen, hätte sie ihn ebenso gut fragen können, warum er an der Decke spazierengehe.

»Es war niemand da, um mich daran zu hindern,« erklärte er und sah von einer zur anderen. »Deshalb dachte ich, ich könnte Mr. Danforth' –«

»Glauben Sie ihm kein Wort!« fuhr die Köchin auf. »Ich bin hier seit dem ersten Hahnenschrei. Mein Spülmädchen war noch vor mir da und hat Feuer im Herd gemacht.« Sie drehte sich um und schrie in Richtung des Ecktischs: »Komm raus da!« Während das Mädchen unter dem Tisch hervorkroch und sich mit ihrer Schürze die Nase abwischte, warf die Köchin Kinkade einen haßerfüllten Blick zu. »Er tut so, als hätten wir unsere Pflicht vernachlässigt, und das alles nur, um Unruhe zu stiften!«

Mrs. Budge fragte Kinkade ungläubig: »Hat Timothy Ihnen nicht den Servierraum gezeigt?«

Bevor Kinkade antworten konnte, rief der Butler entrüstet: »Einen Moment, Mrs. Budge! Ich bin derjenige, den Sie nach Timothy fragen müssen, wenn es gefällig ist.«

Mit einer ungeduldigen Geste in Richtung des Servierraums wirbelte Mrs. Budge herum und sah den Butler an. »Wären Sie so freundlich, mir zu sagen, warum Mr. Kinkade seinen Kaffee nicht wie jeder andere im Servierraum kochen kann? Braucht er auch morgendliche Privilegien?«

Die Köchin ging auf sie zu und sagte, jedes ihrer Worte mit einer Handbewegung unterstreichend: »Erst muß ich meinen Herd mit Seiner Hoheit und Majestät, dem französischen Chefkoch teilen, der glaubt, er sei uuh la la, und jetzt hat man morgens auch keine Ruhe mehr, weil Ausländer sich hier breitmachen, als gehöre mein Herd ihnen!«

Während die Köchin herangekommen war, und die Worte aus ihr heraussprudelten, richtete der Butler sich zu seiner beträchtlichen Länge auf und sprach von oben herab mit Mrs. Budge. »Wollen Sie etwa andeuten, ich würde meine Lakaien nicht richtig anweisen?«

Die Küchenmädchen und die Spülmagd begleiteten den Streit ihrer Vorgesetzten mit ihrem Geheul.

»Sagen Sie nicht, ich hätte nicht vorausgesagt, daß es Probleme gibt,« blaffte Mrs. Budge den Butler an. »Ich habe gleich gesagt, Bürgerliche wissen nicht, wie sie sich in einem vornehmen Haus aufzuführen haben!«

Die Köchin beschwerte sich noch lauter, damit man sie trotz der Antwort des Butlers auch verstand. Niemand bemerkte, daß Kinkade auf Zehenspitzen zum Herd ging. Indem er sein Taschentuch als Topflappen benutzte, nahm er den Topf mit dem kochenden Wasser vom Ofen, nahm seine Kaffeekanne und schlich in Richtung Servierraum davon.

Maurice begab sich über die Hintertreppe in den zum südlichen Hof gehörigen Dienstbotenbereich. Genaugenommen war es gar nicht so schlecht, Fergus' Diener zu spielen. Jedenfalls besser, als sich in vornehmen Hotels mit dem Gepäck reicher Leute abzuschleppen. Die Arbeit war leicht, nachdem er erst einmal den Dreh mit dem Bügeln heraus hatte, besonders in einem großen Haus wie diesem, in dem es vor Personal nur so wimmelte. Natürlich nahm sich Fergus seine Zahnpasta selbst, kleidete sich selbst an und so weiter. In Fergus' Privaträumen endete seine Tätigkeit als Diener, da hörte es bei ihm auf, es sei denn, Lord Hunterswell war anwesend, was nur selten vorkam. Er war nur zum Schein da. Und wenn er die Kleidung seines angeblichen Herrn gebügelt und seine Stiefel geputzt hatte, gab es nicht mehr viel zu tun. J.C. verbrachte seine freie Zeit damit, den Mädchen nachzulaufen.

Maurice hätte es niemals, nicht einmal gegenüber J.C., zugegeben, aber er bezweifelte, daß er Max' oder Fergus' Rolle hätte spielen können: sich mit den Adligen zu unterhalten, ohne sich zu verplappern oder zu gähnen. Seine Manieren waren zu ungehobelt, um jemanden längere Zeit irrezuführen. Fergus und Max täglich ausreiten zu sehen, während er im Haus bleiben mußte, war jedoch etwas anderes. Kurzer Strohhalm hin oder her, es gab Grenzen. Durch die Bestechung der richtigen Leute hatte er Zugang zu den Ställen, und diese Ausritte am frühen Morgen machten ihm um so mehr Spaß, weil seine Kumpane nichts davon wußten. Und er hatte Zeit nachzudenken.

Alles hatte sich geändert. Anfangs hatten sie alle vier viel Zeit miteinander verbracht, geredet und Pläne gemacht. Beinahe wie Freunde. Aber seit sie in Rangun Stork reingelegt hatten, sah Maurice Fergus nur noch, wenn er ihm seine Anzüge brachte. Der Plan, den Rubin des Punjat zu stehlen, war anfangs ein Ulk gewesen, fast ein Spiel. Niemals war auch nur die Möglichkeit in Betracht gezogen worden, jemanden zu töten. Und jetzt war Fergus diesen Schritt weiter gegangen und hatte es versucht. Der Mann war zweifellos verändert. Vielleicht, weil er Geschmack am exklusiven Leben gefunden hatte? Maurice kratzte sich am Kopf und dachte wieder an den Ausdruck in Fergus' Gesicht, als er ihm erklärt hatte, er wolle aussteigen, gestern abend, als er ihm seinen Abendanzug gebracht hatte. Nie zuvor hatte er diesen Blick gesehen, und er war so schnell wieder verschwunden, daß er bezweifelte, ihn überhaupt gesehen zu haben. Er hatte sich überreden lassen, so lange durchzuhalten, bis sie in Amerika waren. Fergus hatte recht. Warum sollte er auf seinen Anteil verzichten, nachdem er so hart dafür gearbeitet hatte? Niemand erhielt seine Bezahlung, bevor sie an Bord des Schiffes waren und J.C. dem Nawab den Rubin ausgehändigt hatte. Außerdem wuchs die kostenlose Überfahrt nach Amerika nicht auf Bäumen.

Da er sich im Innern des Stalles auskannte, betrat Maurice das Dunkel, ohne den Schritt zu verlangsamen. Zu spät hörte er ein angestrengtes Stöhnen und ein Surren in der Luft. Er war tot, ehe sein zertrümmerter Schädel auf dem Boden aufschlug.

Die Schmerzen in Abigails Gliedern hatten sich gelegt, als sie ihren Ritt auf der Koppel beendete und zum südlichen Hof zurückkehrte. Erstaunt, daß kein Stalljunge herbeieilte und ihr beim Absteigen half, trabte sie mit Crosspatches hinüber zum Dienstbotenbereich.

Die Stallburschen standen zusammengedrängt in der Stalltür, und keiner nahm von ihr Notiz. Neugierig ritt sie näher heran.

»Nein, Miss!« rief einer der Männer, als er aufsah.

»Kommen Sie nicht näher.« Während er auf sie zukam, fuhr er fort: »Es hat einen schrecklichen Unfall gegeben.«

Ohne seinen Protest zu beachten, stieg Abigail ab, reichte ihm die Zügel und ging auf die Tür zu.

»Was ist geschehen?« fragte sie.

»Der Haken eines Flaschenzugs, Miss.« Gewohnt, der Marquise zu gehorchen, reagierte ein Stallbursche auf Abigails herrisches Verhalten. »Muß sich gelockert haben und direkt auf seinen Kopf gefallen sein.«

»Gehen Sie beiseite!« befahl Abigail.

Murrend machten die Stallburschen Abigail Platz.

Ohne auf den Schmerz in ihren Beinen zu achten, bückte

sie sich, um besser zu sehen. Die eine Kopfseite des Mannes hatte eine unnatürliche Form, sie war nach innen gewölbt statt nach außen gerundet. Es gab nicht viel Blut. Deshalb war sie auf das Klingeln in ihren Ohren und die Schwärze, die sie einzuhüllen drohte, nicht gefaßt. Sie fragte sich, wie es ihr gelungen war, bei Miss Arrington so gefaßt zu bleiben, und bekämpfte die drohende Ohnmacht, indem sie fragte: »Wer ist das?« Mit einem Kopfschütteln bezwang sie ihren Ekel. »Er ist nicht in Livree. Aber ich erkenne in ihm keinen der Gäste.«

Wohl wissend, daß sie ihre Stellen verlieren würden, wenn der Stallmeister dahinterkam, daß sie einen Diener die Pferde des Marquis reiten ließen, verweigerten selbst die Stallburschen, die das Geheimnis kannten, die Antwort.

»Armer Kerl,« sagte einer von ihnen. »Verdammtes Pech, gerade in diesem Moment vorbeizugehen.« Er bekreuzigte sich. »Gott sei mir gnädig, das hätte genauso gut ich sein können.«

Abigail erschauerte, als sie sich erhob und den Marquis, Stallburschen und Lakaien im Schlepptau, auf die Ställe zukommen sah. Dicht hinter ihnen folgten Max und Lord Hunterswell. »Gott sei Dank, daß Sie kommen, Euer Lordschaft,« sagte sie, als er näher kam.

Da man ihn in aller Eile benachrichtigt hatte, hatte der Marquis nicht die Zeit gehabt, sich eine Kappe aufzusetzen. Die frühe Morgensonne schien auf sein silbernes Haar. »Was tun Sie hier, Miss Danforth?« fragte er streng. Ohne ihre Antwort abzuwarten, beugte er sich über den Leichnam.

Max und Frederick rannten die letzten Meter. Frederick eilte an Abigails Seite, während Max neben dem Marquis niederkniete, der den Toten untersuchte.

»Wer ist das?« fragte der Marquis.

»Oh, mein Gott!« rief Max. »Es ist Maurice!«

»Wer ist das?« fragte der Marquis wieder.

»Mr. Buchanans Diener.«

»Was hat ein Hausdiener in meinen Ställen zu suchen?«

Die Stallburschen standen mit weitaufgerissenen Augen da, niemand sprach.

»Vielleicht hat er Fergus gesucht.« Max stand auf und wischte die Knie seiner Hosenbeine ab. »Und ich vermute, Sie werden Fergus des Mordes bezichtigen, Miss Danforth, oder?«

»Einen Diener ermorden! Wozu denn?« Frederick sah Abigail bestürzt an. »Man braucht ihn doch nur vor die Tür zu setzen.«

Durch Max' Äußerung aus der Fassung gebracht, erhob sich auch der Marquis, einen Ausdruck des Widerwillens auf seinem Gesicht. »Warum sollte irgendjemand das Bedürfnis haben, einen Diener umzubringen?«

Max sah auf den Leichnam hinab. »Man kann ja auch deutlich sehen, daß es ein tragischer Unfall war.«

»Oh, bitte, Sir –« rief Abigail.

»Begleite Miss Danforth sofort ins Haus, mein Sohn,« befahl der Marquis. Ich muß herausfinden, wer diesen Menschen hier hereingelassen hat.«

Frederick ergriff entschlossen Abigails Ellenbogen. »Beruhigen Sie sich, Miss Danforth.« Er schob sie auf den Südeingang zu. »Ich bestehe darauf, daß wir ins Haus gehen und frühstücken. Sie sollten sich Ihren hübschen kleinen Kopf nicht über einen Diener zerbrechen. Der arme Fergus wird sich mit Max den Diener teilen müssen.«

»Aber, Euer Lordschaft –«

»Wäre der Mann von Adel,« setzte Frederick sich über ihre Einwände hinweg, als er sie zum Haus geleitete, »wäre es vielleicht ganz unterhaltsam, wenn Sie ihrer regen Phantasie freien Lauf ließen. Aber unter den gegebenen Umständen kommt es absolut nicht in Frage, daß sie die Angelegenheit weiter verfolgen. Außerdem,« er blieb stehen und blickte ihr direkt in die Augen, »muß ich darauf bestehen, daß Sie niemandem von Ihrem gräßlichen Verdacht erzählen. Ich wünsche nicht, daß wegen eines Dieners, den einer meiner Freunde in Rangun aufgelesen hat, dieses Haus in die Nähe eines Skandals gerückt wird.«

Abigail war so wütend, daß sie nicht zu sprechen wagte. Max hatte sie geschickt als übereifrige Närrin hingestellt, die Fergus erneut des Mordes verdächtigte, obwohl sie kein einziges Wort gesagt hatte. Und obwohl sie nicht umhin konnte, Fredericks männliches Verhalten zu bewundern, als er sie zum Haus geleitete, war sie wütend, daß er nicht gemerkt hatte, wie sie überlistet worden war. Warum hatte Max das getan? Daß Maurice ermordet worden war, wäre ihr von allein nie in den Sinn gekommen. Das war jetzt anders.

Nach einem endlosen Tag, den Max und Fergus mit Jagen, Radfahren, Essen und gemeinsamen Spielen mit den anderen Gästen verbracht hatten, stand J.C. vor dem Kamin in Max' Schlafzimmer und stach mit dem Schürhaken nach den verglimmenden Holzscheiten. »Nur ein Diener!« rief er aus. »Wir konnten uns noch nicht einmal davon überzeugen, daß er eine anständige Beerdigung bekommen hat.«

Fergus hatte seine schlaksigen Glieder auf dem Sofa neben dem Kamin untergebracht. »Er hatte im Stall nichts verloren,« sagte er ruhig. »Kein echter Diener hätte das gewagt. Wenn man ihn erwischt hätte, wären Fragen gestellt worden. Er hätte all unsere Pläne zunichte machen können.«

»Aber einfach wie ein Gepäckstück nach London gekarrt zu werden?« J.C. stocherte in den Kohlen, daß die Funken stoben.

Max schleuderte die Haarbürste mit der er seine blonden Locken bearbeitet hatte, auf die Frisierkommode. »Hör auf, in diesem verdammten Feuer herumzustochern.«

»Ich werde Maurice vermissen!« sagte J.C. und schwang drohend den Schürhaken gegen Max, als dieser zu Fergus hinüberging. »Wenn ich mit ihm zusammen war, konnte ich mich wenigstens daran erinnern, daß ich nicht wirklich nur ein Diener bin.«

Max setzte sich neben Fergus. »Sieh es doch mal in diesem Licht,« sagte er und strich sich nachdenklich den Bart. »Wir können seinen Anteil unter uns aufteilen.«

»Hast du ihn umgebracht?« J.C. starrte Fergus finster an.

Fergus erstarrte. »Verdächtigst du mich?«

»Nun, immerhin ringt Miss Arrington mit dem Tod,« sagte J.C. »Und wie wir alle wissen, war *das* kein Unfall.«

»Darf ich dich daran erinnern, daß sie nicht tot ist,« sagte Fergus mit einem boshaften Grinsen.

»Noch nicht, sie ist noch nicht tot, aber wenn es nach dir geht, wird sie es bald sein.«

Fergus zuckte die Achseln. »Aber warum sollte ich Maurice umbringen?« Er zeigte träge auf Max. »Genauso gut könnte es Max gewesen sein. Nur weil er mit seinem Engelshaar und seinem Lächeln so unschuldig aussieht, bedeutet das noch lange nicht, daß er nicht zu einem Mord fähig wäre. Schließlich hat er sich die ganze Sache ausgedacht.«

»Hey!« rief Max. Er hob die Hände, um den Streit zu beenden, bevor er zu hitzig wurde. »Niemand hat Maurice umgebracht. Er war einfach zur falschen Zeit am falschen Ort.«

J.C. war im Begriff, seine Zweifel zu äußern, als er es plötzlich für besser hielt, sich nicht anmerken zu lassen, daß er dies glaubte, falls Fergus Maurice wirklich getötet hatte. Zu leicht konnte sein Kopf der nächste sein, der zertrümmert wurde. »Also, nachdem das jetzt geklärt ist,« sagte er aufgeräumt und stellte Schürhaken und Kamingitter an ihren Platz zurück, »wollt ihr ein tolles Ding hören?« Die Hände auf dem Rücken, wärmte er seine Kehrseite an dem letzten Rest Glut und sah sie an. »Kinkade – das ist Mr. Danforth' Diener – hat mir heute einen merkwürdigen Vorschlag gemacht.«

»Ach, wirklich?« fragte Fergus gähnend.

»Er möchte, daß ich Jacqueline verführe – Miss Danforth' Zofe.«

»Du hast natürlich abgelehnt,« sagte Max.

»Nichts dergleichen.«

Max beugte sich vor. »Ich habe es verboten!«

»Du hast *was?*« lachte J.C.

»Wozu willst du dich mit einem Mädchen einlassen?« fragte Fergus. »Das könnte zu Komplikationen führen.«

»Ich hätte dann während der Reise eine Beschäftigung,« sagte J.C. lächelnd. »Eine Belohnung für meine Dienste.«

»Du wirst genügend damit beschäftigt sein, uns beide zu bedienen,« sagte Fergus.

»Du kannst mich mal, Fergus, denk bloß nicht, ich poliere euch die Stiefel!«

»Ruhig, Jungs!« Max stand auf, reckte sich und strich sich den Bart. »Laßt uns nicht alles in letzter Minute verderben. Alles, was wir tun müssen, ist, abzuwarten, wie alles nach Plan verläuft. Du gehst am besten in die Personalräume, J.C., damit du bereit bist, wenn Stork seine Aufgabe erledigt hat. Fergus, du schläfst besser ein wenig. Es kann nicht mehr lange dauern.«

»Ich denke, du hast recht.« Fergus stand auf und verabschiedete sich.

Max brachte sie zur Tür. »Es hilft uns nicht weiter, wenn wir wegen Maurices Unglück zu sehr den Kopf hängen lassen.«

Max schloß die Tür hinter ihnen und kehrte zum Feuer zurück. Er starrte tiefsinnig in den letzten Rest Glut und kaute auf seinen Fingernägeln.

Die flackernde Kerze der Marquise leuchtete ihr auf dem langen Weg durch das Dunkel, das zwischen ihrem Schlafzimmer und dem ihres Mannes lag.

Als das Licht auf seine Seite des Bettes fiel, fragte er etwas unsicher: »Was kann ich heute nacht für meinen Liebling tun?« Er schlüpfte aus dem Bett und zog seinen Schlafrock an.

»Ich weiß, ich bin eine törichte alte Frau,« sagte sie und zündete die Kerze auf seinem Nachttisch mit der ihren an. »Aber ich würde so gern noch einmal einen klitzekleinen Blick auf diesen wunderbaren Rubin werfen, ehe du ihn dem Prinzen schenkst.«

»Natürlich, Liebling.« Er öffnete den Safe und stellte das Kästchen auf den Nachttisch. »Ich wollte ihn selbst gern noch einmal sehen,« sagte er, während er die goldenen Kette abnahm, an der der Schlüssel hing.

Als der Deckel aufsprang, hob er das Kästchen in die Höhe, um besser hineinsehen zu können, und stieß hervor: »Er ist nicht da!«

»Was hast du gesagt?« Ihre Stimme wurde gefährlich laut.

»Er ist weg!« schrie er und hielt ihr das leere Kästchen hin, damit sie es sah. »Man hat den Rubin des Punjat gestohlen!«

Sie warf nur einen Blick auf das leere Kästchen und fiel in Ohnmacht.

Einen Moment lang sah der Marquis verdutzt auf das leere Kästchen in seiner Hand und dann auf die ohnmächtige Frau zu seinen Füßen. Er ließ das Kästchen fallen, wobei es beinahe ihren Kopf traf, und rannte zur Tür, um Hilfe zu herbeizuholen.

Stork zog den rechten Fuß hoch und rieb seinen steifen Knöchel an der linken Wade. Er sah Frederick an und hätte seinem Herrn nur zu gern erzählt, wozu J.C. ihn zwang, doch er wagte es nicht. Er würde todsicher entlassen, wenn Frederick entdeckte, was J.C. wußte. Er konnte nichts anderes tun, als seinen Teil des Geschäfts zu erfüllen. Würde dieser lange Tag denn niemals zu Ende gehen? Er seufzte.

»Du träumst schon den ganzen Tag,« sagte Frederick, ohne ihn anzusehen. »Du brütest doch nichts aus, wie?«

»Nein, nein, m'Lord,« erwiderte Stork und bemühte sich, nicht schuldbewußt zu klingen.

»Gut! Ich muß nämlich einen guten Eindruck auf Miss Danforth' Vater machen. Da kann ich es nicht gebrauchen, daß du im Bett liegst.«

»Ja, m'Lord.« Stork verbarg seine Melancholie hinter einem professionellen Verhalten. »Ich habe die feinen Pralinen in den Koffer gepackt, der in Ihrer Kabine bleibt, Sir, falls Sie an Bord etwas davon verschenken wollen. Die Kisten mit dem 58er Château d'Yquem und dem 74er Château Lafitte Rothschild dagegen werden zum Verschenken in New York zurückgelegt, da Sie sagten, Sie seien bereit, die Weine zu versuchen, die es an Bord der *St. Louis* gibt.«

»Das ist mindestens das dritte Mal, daß Sie mir diese unnütze Information gegeben haben,« sagte Frederick ungehalten. »Sie können gehen. Hier gibt es nichts mehr herumzufuchteln. Wir müssen morgen früh aufstehen.«

Stork legte seine Hand auf die Türklinke und drehte sich zu Frederick um. »Sir,« sagte er, nun doch entschlossen, ein Geständnis zu wagen.

Doch Frederick, der damit beschäftigt war, seine Kissen aufzuschütteln, hörte ihn nicht. Stork räusperte sich und setzte erneut zum Sprechen an, als er in der Halle aufgeregte Stimmen vernahm.

Als er die Tür öffnete, bot sich ihm der ungewöhnliche Anblick des Marquis, der selbst seine Kerze trug. Er und die Marquise hasteten an ihm vorbei. Er schloß die Tür und eilte, so schnell es mit seinem Bein ging, den Korridor entlang. Der Plan klappte offensichtlich.

»Was ist denn los?« Erschreckt durch die sichtbare Aufregung seiner Eltern zog Frederick seinen Schlafrock an.

»Ich weiß nicht, wie ich es dir sagen soll, nach allem, was du auf dich genommen hast, um ihn mir zu beschaffen,« sagte der Marquis.

»Wie du mir was sagen sollst?« fragte Frederick mit so viel Ungeduld, wie er zu zeigen wagte.

Der Marquis straffte die Schultern. »Der Rubin des Punjat ist gestohlen worden!«

»Nein!« Frederick sah die beiden abwechselnd an.

Stumm bedeuteten sie ihm, daß die schreckliche Nachricht zutraf.

»Aber wie konnte ihn jemand aus dem Safe nehmen?«

»Das Kästchen war nicht verschwunden,« antwortete der Marquis.

»Aber als dein Vater es öffnete, war es leer!«

»Man muß den Rubin entwendet haben, bevor wir ihn in den Safe gelegt haben.« Der Marquis tätschelte seiner Frau nervös die Schulter.

»Darf ich das Kästchen bitte sehen, Sir?«

»Ich habe es in meinem Schlafzimmer gelassen.«

»Unbewacht?«

»Es gibt nichts mehr zu stehlen!«

»Ich möchte es mir gern selbst ansehen, Sir.« Frederick ging zur Tür. »Mit Ihrer Erlaubnis.«

»Warte! Ich werde gehen,« rief der Marquis hinter ihm her. »Du kümmerst dich um deine Mutter; ich kann es nicht ertragen, wenn Frauen in Ohnmacht fallen.«

Stork wagte es nicht, in den stockdunklen Gängen eine Kerze anzuzünden. Er kannte den Weg auch so, und die Dunkelheit war seine Verbündete, doch sie kostete ihn viel Zeit. Als er endlich das Schlafzimmer des Marquis erreichte, stellte er erleichtert fest, daß die Tür nur angelehnt war. Ein schwacher Schein bewies, daß er sich zu Recht vor dem Licht einer brennenden Kerze auf dem Nachttisch gefürchtet hatte, doch die Tür würde ihn davor bewahren, vom Flur aus beobachtet zu werden.

Darauf bedacht, das Kästchen zu holen, bevor der Marquis, oder noch schlimmer, Lord Hunterswell, danach Ausschau hielten, stahl er sich ins Zimmer. Ohne sich in den Lichtschein der Kerze zu begeben, schlich er ans Fußende des Bettes und sah sich um. Da er glaubte, Schritte zu hören, wollte er schon die Hoffnung aufgeben, das Kästchen zu finden, und war im Begriff, sich aus dem Staub zu machen. Doch als er den Kopf wandte, fiel sein Blick auf einen goldenen Schimmer. Das Kästchen befand sich in dem Schatten, den der Nachttisch warf. Er konnte es nicht erreichen, ohne ins Licht zu treten. Den Atem anhaltend, ließ er sich auf die Knie herab und streckte sich dann in voller Länge aus. Er konnte kaum heranreichen, ohne vom Lichtschein erfaßt zu werden. Als seine Finger das Kästchen berührten, wurden die Schritte, die er in seiner Phantasie gehört hatte, Wirklichkeit.

Er packte das Kästchen. Während er in die Dunkelheit hinter einem Stuhl zurückkroch und es an seine Brust preßte, klopfte sein Herz so laut, daß er überzeugt war, man würde ihn hören.

Die Tür flog auf. Obwohl er nicht daran gewöhnt war, irgendetwas zu tragen, war die Hand des Marquis, die den Leuchter hielt, erstaunlich ruhig. Vor sich hin summend und murmelnd, schien er sich sogar zu amüsieren.

Stork blieb in seiner geduckten Stellung, bis der Marquis den Nachttisch erreicht hatte. Der Schein seiner Kerze warf wild flackernde, verzerrte Muster an die Decke, während er nach dem Kästchen tastete. Da er außer dem Pochen in seinen Ohren nichts hörte, hoffte Stork inständig, kein Geräusch zu verursachen, als er zur Tür huschte.

»Wer ist da?« fragte der Marquis, während er sich blitzschnell umdrehte. Die bedrohlichen Schatten machten ihm plötzlich bewußt, daß er allein und hilflos war, und das Zittern seiner Hände kehrte zurück.

Aber Stork war verschwunden. Das Kästchen unter seiner Jacke verborgen, rannte er zu den Dienstbotenzimmern.

J.C. erwartete ihn an dem vereinbarten Treffpunkt.

»Ach, Stork,« sagte J.C. und streckte mit hämischem Lächeln die Hand nach dem Kästchen aus. »Nimm es nicht so schwer.«

»Damit habe ich meine Schuld bei dir für immer beglichen.« Stork gab ihm das Kästchen. »Wage es nicht noch einmal, etwas von mir zu verlangen, oder ich – ich bringe dich um! Das schwöre ich beim Grab meiner Mutter.«

Wenn er es gewagt hätte, hätte der Lakai sich beklagt. Wenn Gäste sich einmal zu Bett begeben hatten, sollten sie auch dort bleiben und nicht nach Kerzen und einer Begleitung rufen. Und diese junge Dame hier besaß auch noch die Frechheit, ihn zur Eile anzutreiben. Wußte sie nicht, daß die Flammen tropfen und verlöschen würden, wenn er schneller ginge?

Während sie hinter dem langsam einherschreitenden, brummenden Lakaien herging, schalt sich Abigail, weil sie nicht darauf bestanden hatte, Miss Arrington tagsüber zu besuchen. Aber jedesmal, wenn sie sich nach dem Zustand des Mädchens erkundigte, hatte man ihr erklärt, Besucher seien unerwünscht. Nun wollte sie sich nicht länger abhalten lassen. Morgen würden sie in aller Herrgottsfrühe nach Southampton aufbrechen, und selbst wenn Miss Arrington noch immer ohne Bewußtsein war, wollte sie dem unglücklichen Mädchen gern Auf Wiedersehen sagen. Sollte sie aufwachen und sprechen, um so besser.

Abigail hörte in der Dunkelheit, wie die Tür geöffnet wurde, noch ehe sie Fergus, einen Leuchter in der Hand, aus Miss Arringtons Zimmer treten sah.

»Wie geht es ihr?« fragte sie, als sie näherkam.

Der Lakai trat einen Schritt zurück und hielt seinen Kandelaber in die Höhe, um die Szene zu beleuchten. »Was tun Sie hier?« fragte Fergus mit gespanntem Gesichtsausdruck.

Sein drohender Ton ließ Abigail erschauern. Sie entschied, lieber seine Frage zu beantworten, als ihm zu erklären, das gehe ihn nichts an. »Ich bin hergekommen, um Miss Arrington gute Besserung zu wünschen und mich von ihr zu verabschieden.«

»Es ist wirklich das beste, sie nicht zu stören. Ich habe ihr gerade so lange vorgelesen, bis sie eingeschlafen ist.« Fergus' Stimme triefte vor öliger Höflichkeit.

Abigail legte die Hand auf die Türklinke. »Ich würde sie gern sehen,« beharrte sie.

Fergus' Hand schloß sich über der ihren. »Es gibt nichts, was Sie tun könnten.« Er drückte ihre Hand so fest, daß sie schmerzte.

Abigail zuckte zusammen und zog ihre Hand zurück. Sie glaubte Fergus nicht, war sich jedoch im klaren, daß er nicht davor zurückschrecken würde, sie zu verletzen, wenn sie darauf bestünde, die Tür zu öffnen. Deshalb gab sie ohne weiteren Widerstand dem Lakai ein Zeichen und kehrte in ihre Gemächer zurück, während ihre Gedanken sich überstürzten. Schlief Miss Arrington wirklich, wie Fergus behauptete? Oder hatte Fergus sie umgebracht? Aber warum? War er so eifersüchtig? Wenn ja, dann war die Liebe anscheinend genauso gefährlich wie ein Dasein als unverheiratete Detektivin.

Trotz des ununterbrochenen Nieselregens herrschte am Kai ein heilloses Durcheinander. Das Gewirr tropfender schwarzer Regenschirme erhöhte den allgemeinen Tumult, der immer die bevorstehende Abfahrt eines Überseedampfers begleitete. Inmitten des ohrenbetäubenden Lärms hielten die allgegenwärtigen Pferdefuhrwerke, Gepäckkarren, Wagen und Kutschen überall dort, wo es ihren Fahrern gefiel. Eine große Zahl von Passagieren sowie Begleitern, die ihnen Lebewohl sagen wollten, entstieg den Fahrzeugen. Unendliche Mengen von Gepäck wurden gebracht und verladen, um neuen Mengen Platz zu machen.

An Bord der zweimastigen *St.Louis* waren das Chaos und der Lärm noch größer. Obwohl sie fünfhundert Fuß lang war, erschienen ihre beiden Schornsteine unverhältnismäßig groß, und sie zählte daher nicht zu den großen Schönheiten unter den Ozeandampfern. Doch die Kraft ihrer beiden Schrauben machte es möglich, daß man für die Überfahrt weniger als eine Woche benötigte.

Indem sie sich seitwärts drehte, drängte sich Jacqueline an zwei jungen Damen vorbei, die in der Tür zu Abigails Luxussuite standen. Sie bat auf Französisch um Verzeihung und eilte zu ihrer Zweiter-Klasse-Kabine, um nachzusehen, ob eines von Abigails Gepäckstücken irrtümlich dort abgestellt worden war.

Jemand hatte Abigail eine Tulpe im Topf geschenkt, und ihre roten Blüten überragten den Rest der Geschenke auf dem kleinen, runden Tisch neben dem Sofa.

Mitten im Zimmer, umringt von Abigails schwatzenden Freunden und Bekannten, tupfte sich Lady Pepper die feuchten Augen mit einem Taschentuch. Erst wenige Minuten, bevor sie Hunterswell House verlassen hatten, war ihr von Miss Arringtons Ableben berichtet worden, und ihr Mann hatte darauf bestanden, daß sie Abigail begleitete, während er zurückblieb, um mit Miss Arringtons Familie die notwendigen Vorkehrungen zu treffen. Die entsetzliche Nachricht und Abigails Abreise hatten sie aus der Fassung gebracht, und erregt nahm sie Abigail beiseite, um ihr ein paar letzte Ratschläge zu erteilen. »Gehen Sie auf keinen Fall ohne die Begleitung ihres Bruders in den Speisesaal.« Sie schneuzte sich die Nase und nickte in Rodneys Richtung. »Aber ich bin sicher, daß Lord Hunterswell durch und durch ein Ehrenmann ist und Sie nicht kompromittieren wird, indem er sie allein zu sehen versucht.« Sie klappte ihren Fächer auf, damit er ihre Unterhaltung verbarg. »Sie wissen, daß er in Sie verliebt ist. Vielleicht sind Sie schon bald wieder bei uns, hmmmm?«

Abigail hätte am liebsten geschrien. Natürlich würde es

ihr nie im Traum einfallen, allein in den Speisesaal zu gehen. Traute ihr die konfuse alte Schnepfe denn kein *bißchen* Verstand zu? Hielten sie denn alle für dämlich, nur weil sie Detektivin werden wollte? Und wieso gingen alle wie selbstverständlich davon aus, daß Lord Hunterswells Gefühle für sie die einzigen waren, auf die es ankam? Waren ihre Gefühle für ihn nicht auch von Bedeutung? Sie war sich über ihre Gefühle noch nicht einmal im klaren! Und wie konnten sie nur alle Miss Arringtons Tod so gelassen hinnehmen? Niemand hatte auch nur ihren Namen erwähnt. Lächelnd schob sie Lady Pepper auf ein paar Freunde zu, ohne sich die Steifheit ihrer Glieder anmerken zu lassen.

Abigails schlichtes Reisekostüm aus kräftigem Wollstoff unterschied sich erheblich von den eleganten morgendlichen Ausgehkleidern der beiden Freundinnen, die sie jetzt anstelle Lady Peppers zum Abschied umarmten. Als sie Abigail nach ihrer zarten Umarmung freigaben, stellten sie übereinstimmend fest, welch enormes Glück sie habe, daß der begehrteste Junggeselle von London, samt seinen attraktiven Freunden, sie nach Amerika begleite.

»Das einzige Pech ist, daß man dieses Scheusal von Schwiegermutter bekommt!« rief das Mädchen, das der Tür am nächsten stand und errötete dann heftig. »Oh, bitte, lieber Boden, verschlinge mich!« Sie fächelte sich nervös.

»Wir sind an Deck, du dumme Gans!« zischte die andere. Sie folgte dem Blick ihrer Gefährtin und entfaltete rasch ihren Fächer, um dahinter ihre Verlegenheit zu verbergen.

Üppig mit Perlen behangen, blickte die Marquise in ihre Richtung.

»Oh, Gott, wir müssen wirklich gehen, Miss Danforth.« Einander bei der Hand nehmend, flüchteten sie.

Nachdem sie die Marquise begrüßt hatten, verabschiedeten sich auch die übrigen jungen Leute, so schnell die Etikette es erlaubte. Als der Marquis Lady Pepper und Rodney zu einem allerletzten Spaziergang aufforderte, sank Abigails Mut, da sie wußte, daß sie nun mit der Marquise allein bleiben würde.

Nachdem der Marquis zufrieden beobachtet hatte, wie Abigail Lady Pepper unter Tränen einen Abschiedskuß gab, schloß er die Tür hinter ihnen.

Die Marquise fegte mit ihrem Sonnenschirm über das Sofa, um einen Platz freizumachen. »Kommen Sie, setzen Sie sich zu mir, Kind,« sagte sie und klopfte auf den Platz neben sich. Abigail gelang es, ohne zusammenzuzucken neben ihr Platz zu nehmen. Nun flüsterte die Marquise: »Ich muß etwas Ernstes mit Ihnen besprechen.«

»Ja, Ma'am.« Überzeugt, daß sie wieder über Lord Frederick ausgefragt würde, suchte Abigail bereits nach einer unverfänglichen Antwort.

»Ich fürchte, ich weiß mir keinen Rat.« Die Marquise seufzte. »Wenn der Prinz es erfährt, sind wir ruiniert.« Sie schwieg so lange, daß Abigail schließlich merkte, daß eine Reaktion von ihr erwartet wurde.

Erleichtert, daß es nicht um ihre Gefühle ging, fragte sie: »Hat es mit Miss Arrington zu tun?«

»Viel gravierender.« Die Stimme der Marquise klang verächtlich. »Wenn das dumme Ding nicht auf einem Fahrrad sitzen konnte, hätte sie gar nicht erst aufsteigen sollen.«

»Ist irgendetwas mit dem Rubin des Punjat?« Abigail vergaß ihre nach wie vor schmerzenden Glieder und sprang auf.

»Oh, je!« Die Marquise war beeindruckt. »Sie sind ein kluges Mädchen.«

»Ist er gestohlen worden?« Abigail konnte ihre Erregung kaum verbergen.

»Man hat ihn entwendet!« Die Marquise fächelte sich heftig.

Ohne auf ihre protestierenden Muskeln zu achten, setzte Abigail sich wieder neben die Marquise. Ihre Augen leuchteten vor Neugier, als sie sagte: »Erzählen Sie mir die Einzelheiten.«

Der Regen hatte aufgehört. Die Aufmerksamkeit des Marquis schmeichelte Rodney, und er genoß es, von den anderen Passagieren in Gesellschaft des adligen Engländers gesehen zu werden. Das Promenadendeck war überfüllt mit Leuten, die voneinander Abschied nahmen. Der Marquis verhielt sich so diskret, daß Rodney nicht bemerkte, daß er und Lady Pepper sich plötzlich allein mit ein paar Freundinnen Abigails unterhielten.

Mit einem höchst besorgten Blick eilte der Marquis zurück zu Abigails Kabine und klopfte an die Tür.

Abigail beeilte sich, ihn einzulassen.

»Hat meine Frau Ihnen alles erzählt?« fragte er und legte Zylinder und Spazierstock neben die Tulpen.

»Ja, m'Lord,« erwiderte Abigail und nahm wieder neben der Marquise Platz. »Ich war gerade dabei, Ihrer Ladyschaft zu erklären, daß Sie meiner Meinung nach Opfer des Tricks mit dem Zauberkasten geworden sind.«

»Des was?« rief der Marquis. »Ich vermute, daß das Kästchen, das den Rubin enthielt, ein Duplikat war,« erklärte Abigail. »So ein Kästchen kann auf zwei Seiten geöffnet werden und enthüllt entweder den Rubin oder ein leeres Fach.« Sie sah den Marquis mitfühlend an. »Je nachdem, welchen der beiden Schlüssel man benutzt, würde es so aussehen, als wäre der Rubin verschwunden, auch wenn er sich noch in dem unteren Fach befindet.«

»Wollen Sie damit sagen, der Geisterleopard sei noch in dem Kästchen gewesen, als ich es in meinem Schlafzimmer zurückgelassen habe?«

»Es ist möglich, Euer Lordschaft,« antwortete Abigail. »Wenn das Kästchen nach Ihrer Rückkehr verschwunden war, beweist dies, daß der Dieb Ihre Bewegungen sehr genau beobachtet hat.«

Die Marquise wurde ohnmächtig. Der Marquis stürzte zu der elektrischen Klingel, um einen Steward herbeizurufen. Doch Abigail, die ein Fläschchen Riechsalz aus ihrem Retikül hervorholte, versicherte ihm, daß keine weitere Hilfe nötig sei.

Gerade als die Marquise wieder zu sich kam, forderte ein lautes Tuten der Schiffssirene zum erstenmal zum Verlassen des Schiffes auf.

»Dann ist es also abgemacht,« sagte der Marquis, als man sich wieder verständlich machen konnte.

»Verzeihen Sie, m'Lord, aber was ist abgemacht?« fragte Abigail, während sie das Fläschchen in ihr Retikül zurücklegte.

»Hat Ihnen meine Frau nichts gesagt? Wir möchten, daß Sie uns den Rubin wiederbeschaffen.«

»*Ich?*« Abigail sank neben der Marquise auf das Sofa. So hätte ihr Traum Wirklichkeit werden können! Jedoch zu spät. »Den Rubin wiederbeschaffen?«

»Sie sind die einzige, die uns helfen kann,« sagte der Marquis ernst. »Bestimmt haben Sie doch schon ein paar Methoden gelernt, Verbrechen aufzuklären.«

»Ich werde bald in New York sein, unter dem Schutz – und der strengen Aufsicht – meines Vaters.« Abigails Enttäuschung trieb ihr die Tränen in die Augen, als sie hinzusetzte: »Ich werde nichts ohne seine Erlaubnis tun können.«

»Auch wenn wir Sie bitten müssen, Ihre Suche geheimzuhalten, sollte es Ihnen ein leichtes sein, den Rubin während der Überfahrt zu finden,« versicherte ihr der Marquis.

»Ja,« fuhr die Marquise fort und nestelte an ihren Perlen. »Wir wissen nämlich, wer ihn hat.«

»Der Nawab Abdulsamad?« fragte Abigail.

»Kluges Mädchen!« rief der Marquis. »Wie haben Sie das erraten?«

»Ich rate nie,« sagte Abigail so verärgert, wie sie sich traute. »Hätten Sie nicht den Wunsch gehabt, den Rubin noch einmal zu sehen, m'Lady, hätten Sie sein Verschwinden erst bemerkt, nachdem der Nawab in Amerika in Sicherheit gewesen wäre.« Mit einem ironischen Lächeln stand sie auf und ging die paar Schritte zum Tisch hinüber. »Und jetzt kenne ich auch den wahren Grund für die Reise des Nawab. Er will ihn noch einmal verkaufen.« Sie runzelte die Stirn. »Aber wozu brauchen Sie dann mich? Warum lassen Sie ihn nicht einfach verhaften?«

»Er ist gewiß nicht so naiv, ihn selbst mit an Bord zu nehmen,« sagte der Marquis.

»Der Nawab muß einen Komplizen haben,« unterbrach die Marquise ihn erneut. »Wir können nicht verhindern, daß das Schiff ausläuft. Wir haben keinen Beweis.«

Abigail war schon im Begriff, den Auftrag zu aktzeptieren, als die nächste Aufforderung, von Bord zu gehen, das Sprechen unmöglich machte. Während sie wartete, bis der Lärm sich legte, hatte sie Zeit zum Nachdenken, und als sie endlich sprechen konnte, antwortete sie mit aufrichtigem Bedauern: »Ich weiß, daß mein Vater es nicht billigen würde, wenn ich Ihren Auftrag, annähme. Wären wir noch in England, wäre es etwas anderes, aber so -?«

»Siehst du?« flüsterte die Marquise dem Marquis hinter ihrem Fächer zu. »Habe ich dir nicht gesagt, daß sie gehorsam ist?«

»Aber meine liebe Miss Danforth,« antwortete der Marquis schmeichelnd. »Wenn Sie schon wissen, wer den Rubin hat, wäre es dann nicht ganz einfach, ihn in seiner Kabine zu finden, ehe Sie in New York ankommen?«

»Ihr Vater braucht es niemals zu erfahren!« sagte die Marquise mit einem beruhigenden Zwinkern.

Der Marquis setzte seinen Zylinder auf, ergriff seinen Spazierstock und reichte seiner Frau den Arm. Da hat sie recht, Miss Danforth.« Die Marquise folgte ihm. Beide sahen sie erwartungsvoll an.

Abigail zögerte und starrte unsicher auf die Tulpen.

»Also, Miss Danforth,« die Stimme der Marquise war sanft, »werden Sie uns helfen?«

Mit einem entschlossenen Nicken antwortete sie: »Ich will tun, was ich kann.« Die Erkenntnis, soeben ihren ersten Fall angenommen zu haben, riß sie mit und machte sie schwindelig.

»Gut!« sagte die Marquise. »Wir werden Sie anständig entlohnen.«

»Aber sobald wir im Hafen einlaufen, muß ich die Suche einstellen, auch wenn ich keinen Erfolg hatte.«

Als sie die Türschwelle schon überschritten hatte, drehte die Marquise sich noch einmal nach Abigail um. »Seien Sie vorsichtig, mein Kind,« sagte sie feierlich.

»Ja, m'Lady,« antwortete Abigail aufrichtig. »Ganz bestimmt.«

»Wobei soll sie vorsichtig sein, m'Lady?« Rodney trat ein und nahm den Arm seiner Schwester.

Plötzlich empfand Abigail das dringende Bedürfnis,

selbst der Marquise diese Frage zu stellen. Statt dessen nahm sie lächelnd Rodneys Arm, um die beiden zur Landungsbrücke zu begleiten. Wenn die Marquise glaubte, Miss Arringtons Tod sei ein Unfall gewesen, warum dann die Warnung? Wo lag die Gefahr? Konnte es einen Zusammenhang geben zwischen ihrem Tod und dem verschwundenen Götzen? Und dem Tod des Dieners?

»Ich habe Ihrer Schwester eine gute Reise gewünscht,« sagte die Marquise und sah ihren Mann fragend an.

Ihre Bestürzung amüsierte Rodney. Er war, als er die Abwesenheit des Marquis bemerkt hatte, zu Abigails Kabine zurückgekehrt und hatte sich unter das von einem Vorhang verdeckte, jedoch offene Bullauge gestellt. Er hatte alles mitangehört.

Mit einer gespielten Unbekümmertheit, nach der ihm in Wahrheit ganz und gar nicht zumute war, warf Max erneut einen Blick auf Frederick, dann riskierte er es, mit Fergus einen Blick zu wechseln. Ihre Erledigungen unter Deck hatten länger gedauert als vorgesehen, und die erste Aufforderung, das Schiff zu verlassen, war bereits erklungen. Max und Fergus hatten beide erwartet, Frederick brenne darauf, sich wieder zu den Danforths zu gesellen, aber er genoß offensichtlich ihren gemütlichen Spaziergang und hatte es nicht eilig, zu Miss Danforths Kabine zu gehen. War das vielleicht ein Spiel, um sie zu beunruhigen? Wollte Seine Lordschaft sie irgendwie auf die Probe stellen? Hatte Stork geredet? Aber Stork wußte nicht, daß sie in den Plan verwickelt waren. Nur J.C. kannte die Verbindung, und er würde nichts sagen. Oder doch? Max konnte die Spannung kaum noch ertragen, aber er wagte nicht, Fragen zu stellen. Man hielt sie für die besten Freunde. Ohne Geheimnisse voreinander. Warum aber hatte Frederick dann nicht erwähnt, daß der Rubin gestohlen worden war?

Bis auf seine Schirmmütze sah J.C. elegant genug aus, um als vornehmer Herr zu gelten. Er trat aus der Kabine des Nawab, klopfte auf die bauschige Tasche seines Mantels und gönnte sich ein paar ruhige Minuten an der Reling, während er zusah, wie die Entfernung zum Festland immer größer wurde. Dann machte er sich auf den Weg, den Aufenthaltsraum für die Zweite Klasse zu suchen.

In der Luxuskabine des Nawab breitete Aref eine fleckenlose Leinendecke aus und entzündete feierlich eine neben dem Kästchen stehende Kerze. Der Duft von brennendem Weihrauch durchdrang die Kabine, als der Nawab sich an den Tisch setzte und die Gebete sprach. Aref stand mit geschlossenen Augen neben ihm. Am Ende des Rituals zog der Nawab einen Schlüssel aus seiner Westentasche und öffnete mit einem schnellen Blick auf Aref das Kästchen. »Was ist das?« keuchte der Nawab, als das Kästchen aufsprang und ein leeres Fach enthüllte.

»Habe ich den falschen Schlüssel benutzt? Aref! Hol mir den anderen Schlüssel!«

Aref wühlte schon in ihrem Gepäck, bevor der Nawab seinen Befehl ganz ausgesprochen hatte.

»Mach schnell!«

Aref legte einen winzigen Beutel auf die ausgestreckte, zitternde Handfläche seines Herrn.

Der Nawab klappte den Kasten zu und schloß ihn mit dem ersten Schlüssel ab. Während er vergeblich tief atmete, um seine wachsende Panik zu bekämpfen, nahm das Zittern seiner Hände zu, und er hatte Schwierigkeiten, den zweiten

Schlüssel ins Schloß zu stecken. Dann hielt er den Atem an, kniff die Augen zusammen und drehte den Schlüssel um. Das Kästchen stand schon ein paar Sekunden offen, bevor er hineinzusehen wagte. Sein Gesicht wurde leichenblaß. »Er ist verschwunden.« Er schauderte. »Der *pujari* wird mich töten.«

In seiner Verzweiflung hob der Nawab das Kästchen in die Höhe und prüfte das Gewicht.

»Hol mir eine Hacke, Aref!« schrie er.

Gleich darauf war die Leinendecke mit schwarzen Samtfetzen und kleinen Stücken von Gold und Teakholz übersät.

Der Nawab war ein Geheimmitglied der *pujari*-Sekte, ausgesandt, den Rubin zu überwachen. Arefs hübsches Gesicht war eisig.

»Wenn ich ihn nicht habe,« sagte der Nawab mit vor Entsetzen schwacher Stimme, »wo kann er dann sein?«

5. Kapitel

Von jedem Punkt aus läßt sich mit jedem beliebigen Radius ein Kreis ziehen.

Euklid

Abigail kam sich vor wie ein heimlicher Dieb. Sofort, nachdem sie sich von der Marquise verabschiedet hatte, hatte sie erregt zu planen begonnen. Und alles war bisher auch planmäßig verlaufen. Die Männer genossen nach dem Essen im Rauchzimmer Brandy und Zigarren, und sie brauchte nicht zu fürchten, gestört zu werden. Doch als die Tür hinter ihr ins Schloß fiel und die Kabine des Nawab vom Licht der Kerze, die sie in die Höhe hielt, erhellt wurde, schwand ihre Begeisterung. Selbst der Triumph darüber, daß es ihr gelungen war, hier allein zu sein, konnte nicht ihre unvorhergesehene Scheu davor überdecken, in die Privatsphäre eines anderen Menschen einzudringen. Zudem wurde ihr Eifer von der plötzlichen Erkenntnis gedämpft, ihre Suche könne möglicherweise umsonst sein.

Sie hatte den Nawab beim Essen sorgfältig beobachtet. Er schien zerstreut und hatte zum erstenmal, seit sie ihn kennengelernt hatte, nur wenig gesprochen. Auf einmal war sie der Überzeugung, daß ein Mann, der einen solchen Coup erfolgreich ausgeführt hatte, allen Grund gehabt hätte, sich wie ein Pfau zu spreizen, und jemand mit der Veranlagung des Nawab hätte dies auch bestimmt getan.

Entschlossen, nicht an der leichten Aufgabe zu scheitern, ein ganz bestimmtes Kästchen in einem so kleinen Raum zu finden, tat sie ihre Empfindlichkeit als weibliche Schwäche ab und gab sich Mühe, bei ihrer Suche gründlich vorzugehen. Im Schreibtisch und in den Nachttischschubladen fand sich nichts außer einer für einen Mann beeindruckenden Menge von Juwelen. Sie konnte aber ihr Glück kaum fassen, als sie auf dem Boden des halbleeren Schrankkoffers ein Kästchen aus Leder entdeckte, das demjenigen mit dem Rubin sehr ähnlich war. Ihre Aufregung war sehr groß, als es klapperte, während sie das Kästchen schüttelte. Abigail öffnete es trotzdem, um sicherzugehen. Es enthielt jedoch nur Gegenstände aus Gummi; einer davon glich zu ihrem Erstaunen einem Hahnenkamm, und während sie das Kästchen enttäuscht an seinen alten Platz zurücklegte, beschloß sie, Frederick nach dem Nutzen dieser Dinge zu fragen. Mit einem leisen Schmerzensschrei ließ sie sich auf die Knie nieder und hob die Bettdecke hoch, um unter das Bett zu schauen; dabei fiel ihr Blick auf etwas Goldglitzerndes. Nachdem es ihr gelungen war, den winzigen Gegenstand mit ihren behandschuhten Fingerspitzen aufzuheben und ihn näher ans Kerzenlicht zu halten, sah man, daß es eine goldene Schraube war. Sie erkannte das verschlungene Muster auf dem Schraubenkopf, das von dem Kästchen mit dem Rubin stammte. Während sie in den Anblick des winzigen Gegenstandes vertieft war, wurde sie von Männerstimmen vor der Kabine aufgeschreckt. Die Männer blieben scheinbar vor der Tür stehen! Ihr Herz pochte wie wild. Sie blies die Kerze aus und ließ die Schraube in ihr Retikül gleiten. Nach einem kurzen Augenblick, in dem, wie es sich anhörte, eine Wette abgeschlossen wurde, entfernten sich die Stimmen zu ihrer großen Erleichterung.

Mit der Schraube als Beweis war sie sich fast sicher, daß das Kästchen zerstört worden war. Der Leopard konnte also in beinahe jedem Behältnis, beinahe überall versteckt sein. Ein neuer Plan mußte her, und da sie nicht noch einmal einen solchen Schrecken wie gerade riskieren wollte, öffnete sie vorsichtig die Tür. Da die Luft rein war, kehrte sie zunächst in ihre Kabine zurück, um dort weiter über die Bedeutung des winzigen Fundes nachzudenken.

Indem sein Aussehen die solide Verläßlichkeit eines vertrauten Bankgebäudes vermittelte, bewahrte der mahagonigetäfelte Rauchsalon den männlichen Reisenden vor jedem Hinweis auf seine derzeitige Verwundbarkeit, das heißt, auf den Umstand, daß er sich an Bord eines so anfälligen Objektes befand, wie es ein Schiff auf der Reise über den Nordatlantik nun einmal war. Ein zusätzlicher Trost lag zweifellos für alle in der vertrauten Eintönigkeit ihrer schwarzweißen Abendkleidung.

Während Aref seine Zigarre anzündete, betrachtete der Nawab forschend seine Gefährten, die es sich in ihren Ledersesseln bequem gemacht hatten. Nach mehreren durchschnittlichen Gängen hatte der Truthahn in Austernsauce seine Aufregung allmählich besänftigt. Er wußte, daß er ein Lüstling war, und oft hatte er als Aphrodisiakum den Schreien eines Menschen gelauscht, den man auf unerträgliche Weise folterte. Er zog es allerdings vor, die Geräusche in sein Schlafzimmer übertragen zu lassen. Wenn man nämlich direkt dabei war, wurde der Geruch leicht widerlich. Professionelle Folterer vertraten die Theorie, der Gestank des eigenen verbrannten Fleisches füge den körperlichen Schmerzen eines Opfers noch seelische Qualen hinzu und damit seinen Schreien eine subtile, unerträgliche Hoffnungslosigkeit.

Der Nawab wußte aber auch, daß er ein Feigling war. Für das Verbrechen, den Rubin des Punjat verloren zu haben, war ihm Bestrafung sicher. Lang andauernde Höllenqualen, ausgeführt von einem Spezialisten. Vielleicht auch von mehreren, die sich von einem Berater im Gebrauch der neumodischen Elektrizität unterweisen ließen. Er wußte, er würde ebenso schnell zusammenbrechen wie der Priester, dessen Widerstand er selbst gebrochen hatte, um in den Besitz des Rubins zu gelangen. Da er den Verlust seiner Würde und das qualvolle Herabsinken in den Zustand eines wimmernden Säuglings fürchtete, hatte er Aref das Versprechen abgenommen, ihn bereits vorher mit einem Stilett ins Jenseits zu befördern, falls es ihnen nicht gelänge, den Stein wieder in ihren Besitz zu bekommen.

Nachdem er sich von dem Schock, daß der Rubin verschwunden war, erholt hatte, war sein erster Gedanke gewesen, daß der Marquis – durch Storks Verrat – ihn abgefangen hatte und der Götze in London geblieben war. Seine diskreten Bemühungen, sofort von Bord gehen zu können, waren fehlgeschlagen.

Frederick riß ihn aus seiner Träumerei, als er einen Toast auf die Königin ausbrachte, den der Nawab mit seinem Tee erwiderte, während die anderen ihre Brandygläser erhoben. Der Nawab stellte seine Teetasse auf den kleinen Tisch, der für alle erreichbar in der Mitte der Runde stand, und warf Fergus einen boshaften Blick zu. »Sie sehen ein wenig gereizt aus, Mr. Buchanan, wenn ich so sagen darf. Trauern Sie über den Tod der hübschen Miss Arrington oder den Verlust Ihres Dieners?«

Da er noch nicht wußte, daß der Nawab den Rubin nicht hatte, fragte sich Fergus unsicher, weshalb er in solch schneidendem Ton derart heikle Fragen anschnitt. Aber, genaugenommen interessierte ihn im Augenblick nichts anderes, als die Möglichkeit, dem leichten, aber unentwegten Schaukeln des Schiffes zu entkommen. Mit jeder Minute wurde ihm übler.

»Also hört mal!« In der Annahme, das Schweigen seines Freundes bedeute, daß er eine entsprechend scharfe Antwort auf die taktlosen Fragen des Nawab suche, kam Frederick ihm zuvor, ehe Fergus einen unerfreulichen Streit beginnen konnte. Da er nicht an den schrecklichen Unfall der ungeschickten Miss Arrington erinnert werden wollte, was bei einem derartigen Streit unvermeidlich gewesen wäre, bemühte er sich folglich, das Thema zu wechseln. »Ich komme mir wie ein entsetzlicher Trottel vor,« erklärte er stirnrunzelnd.

»Was veranlaßt Sie, das zu sagen, mein Junge?« Da er sich gezwungen fühlte, Frederick zu antworten, täuschte der Nawab Mitgefühl vor.

Während er prüfend das Ende seiner Zigarre betrachtete, erwiderte Frederick: »Ich saß während des Abendessens die ganze Zeit Miss Danforth genau gegenüber, und mir ist keine einzige Bemerkung eingefallen, um sie zu unterhalten.«

Fergus stöhnte leise und sank tiefer in seinen Sessel, erleichtert, daß die Aufmerksamkeit der anderen jetzt von ihm abgelenkt worden war.

Max lächelte nervös und glättete seinen Bart.

»Ich bin überrascht, das zu hören, Lord Hunterswell,« sagte der Nawab. »Ich habe Sie nie für einen Mann gehalten, dem es an Worten fehlt, oder an Mut, was das betrifft. Ich werde jene Nacht im Busch nicht so schnell vergessen, als –«

»Oh, aber Hoheit.« Frederick warf Max und Fergus einen Blick zu. »Wäre Miss Danforth ein Leopard, wüßte ich, was ich tun müßte. Eben weil sie eine Frau ist, bringe ich keinen Ton heraus.«

»Ahhh!« Rodney konnte sich nicht länger beherrschen. »Sie ist doch nur ein Mädchen!«

»Ich erlaube mir, Sie daran zu erinnern, Mr. Danforth,« erwiderte Frederick steif, während sich seine Abneigung gegen Abigails Bruder vertiefte, »daß unsere geliebte Königin erst achtzehn war, als sie den Thron bestieg.«

Max' Stimme klang beschwichtigend, als er lächelnd zu Rodney sagte: »Sie erinnern sich zweifellos an die ungeratene kleine Schwester, die Miss Danforth war, als sie von zu Hause wegging – wie Brüder es immer tun.«

»Ja.« Fergus setzte sich auf, um auch etwas zu sagen. »Vielleicht wird sie in den Augen von Master Danforth niemals erwachsen.«

»Wie scharfsinnig!« Rodneys Lächeln zog seine Mundwinkel nach unten. »Warum spielen Sie nicht ein Spiel mit ihr, Euer Lordschaft?«

»Ein Spiel?« Frederick überlegte, ob seine Kameraden vielleicht hinter seinem Rücken über seine mißliche Lage gesprochen hatten.

Der Nawab zog an seiner Zigarre und beobachtete sie.

»Sie kennen das merkwürdige Interesse meiner Schwester an der Kunst, Verbrechen aufzuklären?«

Frederick nickte grimmig. Er war fest entschlossen, Rodney eine Ohrfeige zu erteilen, falls er sich wieder über Abigail lustig machte.

Rodney warf dem Nawab einen Blick zu. »Sie könnten sich doch erbieten, ihren Dr. Watson zu mimen, Euer Lordschaft. Dann würde die Situation es erfordern, daß Sie sich häufig mit ihr berieten. Das Lösen eines Falles würde Ihnen automatisch ein Gesprächsthema liefern.«

Fredericks Lächeln verwandelte sein zerfurchtes Gesicht.

»Darf ich Ihnen einen Fall vorschlagen, den Sie lösen könnten?« fuhr Rodney fort. Er tat so, als bemerke er nicht, daß die gespannte Aufmerksamkeit aller auf ihm ruhte, und zog das Gefühl seiner Macht in die Länge, indem er in aller Ruhe seine Zigarre aufs neue anzündete. Nach einer langen Pause, in der er eine ungeheure Menge Rauch ausstieß, sagte er: »Sie könnten so tun, als sei der Rubin gestohlen worden.«

Die vorzügliche Belüftungsanlage entfernte schnell die Rauchschwaden, hinter denen Rodney sich hatte verbergen wollen, und seine Zigarre war zu heiß, um erneut daran zu ziehen. Er klemmte sie in seinen gekrümmten Zeigefinger, griff nach seinem Brandy und beobachtete, während er das Glas mit beiden Händen umfaßte und vor seinem Gesicht hin und herdrehte, über dessen Rand die Männer, zufrieden mit der Wirkung, die er erzielt hatte.

Max, der sich bemühte, Frederick und Abdulsamad gleichzeitig zu beobachten, sah aus, als verfolge er ein Tennisspiel.

Fergus stöhnte und schloß die Augen.

Der Nawab starrte Frederick vor Entsetzen gelähmt an.

Frederick gewann als erster seine Fassung wieder. »Donnerwetter! Sie sind raffiniert, Mr. Danforth!« rief er und erwiderte den Blick des Nawab, erstaunt über die Unfähigkeit des Burschen, seine Schuld zu verbergen. »Ich werde morgen nach dem Frühstück mit ihr sprechen.«

Bestürzt, daß der Nawab sich kaum in der Gewalt hatte, lachte Max übertrieben jovial, als er aufstand und sein Glas auf Rodney erhob. »Alle Achtung, glänzender Einfall, alter Junge. Sie haben einen Toast verdient!«

»Hört! Hört!« Frederick nippte an seinem Brandy, während der Nawab zu verstehen gab, daß seine Teetasse leer war.

Obwohl Rodney sich noch tiefer in seinen Sessel drückte, klang seine Stimme fest, als er sagte: »Aber ich bin noch nicht fertig, meine Herren. Wäre es nicht noch lustiger, wenn Seine Lordschaft meiner Schwester erklärte, er hätte bereits jemanden in Verdacht? Eine falsche Fährte, gewissermaßen.« Er senkte sein Glas, damit der Nawab sehen konnte, daß er lächelte. »Würden Sie sich freiwillig zur Verfügung stellen, Hoheit?«

»Als was?« Der Opal im Turban des Nawab blitzte, als er sich in seinem Sessel aufrichtete und Rodney ansah.

»Als Verdächtiger.« Mit der Hand, in der er die Zigarre und das Glas hielt, wies er lässig auf Lord Frederick. »Erlauben Sie Seiner Lordschaft so zu tun, als verdächtige er Sie, den Rubin gestohlen zu haben.«

Max war gezwungen, sich hinzusetzen, da der Nawab aufstand und den Platz neben dem kleinen Tisch völlig in Anspruch nahm. »Ich finde das nicht lustig, meine Herren.« Er starrte Frederick kühl an. »Ich kann Sie nicht daran hindern, sich an solch einer Narretei zu beteiligen, Euer Lordschaft, doch im Interesse einer angenehmen Reise werde ich so tun, als hätte diese Unterhaltung niemals stattgefunden. Wenn die Herren mich jetzt entschuldigen würden, ich will mich vor dem Vortrag noch etwas frisch machen.«

Rodney legte die Zigarre ab, stellte sein Brandyglas auf den Tisch und sprang auf. Er entschuldigte sich wortreich und begleitete den Nawab zur Tür.

»Was hatte das alles zu bedeuten?« fragte Max besorgt, während er sie mit seinem Blick verfolgte.

Frederick sah erst Max, dann Fergus offen an. »Ich habe nicht die leiseste Ahnung,« log er.

Als Frederick die Tür seiner Kabine öffnete, sank sein Unterkiefer herab. Mit den durcheinandergeworfenen Kisten und Schachteln und dem zerwühlten Bett sahen seine Räume alles andere als aufgeräumt aus. Einen Moment lang hoffte er, daß seine Sinne ihn täuschten. Dann jedoch drückte er auf die Klingel für den Steward. »Was ist denn das?« entfuhr es ihm, und er bückte sich, um das, was nach dem Taschentuch einer Dame aussah, aufzuheben. Es klopfte und eine Stimme fragte leise: »Sie haben geläutet, m'Lord?«

Er befahl, seinen Diener zu rufen. Als er sich das Taschentuch genauer ansah, stellte er fest, daß der hauchdünne Stoff Miss Danforth' Initialen trug. Er preßte ihn an die Lippen und überlegte, ob er sie wegen ihrer Unachtsamkeit tadeln oder das zarte Gewebe als Talisman aufbewahren sollte. Ungehalten über den Angriff auf seine Privatsphäre, blickte er sich rasch im Raum nach einem Versteck für das Tuch um. Er schüttelte gerade ein Kissen zurecht, froh darüber, einen guten Platz gefunden zu haben, als Stork leise klopfte und eintrat. Frederick fuhr schuldbewußt zusammen. Er trat schnell vom Bett zurück und fragte knapp: »Wo waren Sie?«

Bestürzt über die Unordnung, murmelte Stork: »Ich weiß nicht, m'Lord.«

»Was für ein Blödsinn!« blaffte Frederick. »Sie *wissen* es nicht? Sie kommen doch von dort!«

Stork sah auf die Uhr. »Vor etwa einer Stunde teilte mir ein Steward mit, ich könnte mir den Schuhputzraum ansehen. Ich folgte seinen Anweisungen und begab mich unter Deck, aber dort gibt es einen solchen Raum gar nicht. Ein richtiger Kaninchenstall ist das da unten, wenn ich so sagen darf, m'Lord.«

»Sieht so aus, als hätte man Sie absichtlich weggerufen,« sagte Frederick und lächelte vor Bewunderung darüber, wie geschickt Miss Danforth Stork fortgelockt hatte. Allerdings fragte er sich, warum sie ausgerechnet in *seiner* Kabine nach dem Rubin gesucht hatte.

»Absichtlich, Euer Lordschaft?« Aus Storks Gesicht wich der letzte Rest von Farbe.

»Ich gehe davon aus, daß meine Räume durchsucht wurden.« Da er damit beschäftigt war, sich das Gesicht zu waschen, entging es Frederick, daß Stork einem Zusammenbruch nahe war.

Mit einer nicht ganz salonfähigen Version von »The Blue Bells of Scotland« als Begleitung führte Max an der Reling einen wilden Tanz auf, um durch das Gestampfe seine nur mit leichten Schuhen bekleideten Füße zu wärmen. In seine Bemühungen, nicht zu erfrieren, vertieft, fühlte er sich plötzlich hart an der Schulter gepackt. Er fuhr herum, konnte jedoch bei dem schwachen Mondlicht nichts erkennen. Erschreckt fragte er heiser: »Wer ist das?«

»Ich bin es, Ahanti Abdulsamad,« sagte eine Stimme, die aus dem Schatten einer Treppe kam. »Lassen Sie das alberne Gehopse. Können Sie nicht ein einziges Mal ernst sein?«

»Wo sind Sie?« Max spähte in die Dunkelheit.

»Drehen Sie sich um und schauen Sie aufs Meer!«

Mit einem müden Seufzen gehorchte Max. »Warum wollten Sie mich sprechen?«

»Wo ist der Rubin des Punjat?«

»Soll das ein Scherz sein?«

»Ich versichere Ihnen, daß ich absolut keinen Spaß mache, Mr. Driscoll. Ich meine es so ernst, daß man es sogar als tödlich ernst bezeichnen könnte.«

Die Drohung, die aus den Worten des Nawab sprach, verursachte Max eine Gänsehaut. »Aber J.C. hat Ihnen doch den Rubin gegeben, als wir abgelegt haben.«

»J.C. hat mir ein leeres Kästchen ausgehändigt, Mr. Driscoll.«

»Was?«

»Ich frage Sie noch einmal: wo ist der Rubin des Punjat?«

Max wandte sich in Richtung der Stimme. »Ich weiß es nicht!«

»Drehen Sie sich um!« sagte der Nawab scharf. Als Max wieder seinen Platz an der Reling eingenommen hatte, fuhr er fort: »Gut, daß der Unruhestifter Maurice bereits tot ist, sonst hätte ich ihn verdächtigt. Jetzt haben Sie persönlich das Verschwinden des Steins zu verantworten.«

»Aber ich –«

»Machen Sie keinen Fehler, Mr. Driscoll. Ich will nicht mein Geld zurück. Ich möchte diesen Stein! J.C. wird als erstes Stork befragen. Aref wird ihm dabei behilflich sein.«

Max erschauerte, doch nicht vor Kälte.

»Und noch etwas,« die Stimme des Nawab schien jetzt aus größerer Entfernung zu kommen, »halten Sie mir dieses alberne Mädchen vom Leibe.«

»Miss Danforth?«

»Wen sonst?« fauchte er. »Wenn Sie es nicht tun, sorge ich dafür, daß Aref sich auch um sie kümmert.«

Frederick, der in seiner weiten, karierten Jacke, den Kniebundhosen und geknöpften Gamaschen eine schneidige Figur abgab, räusperte sich und sprach in einem väterlichen Ton, der die Wirkung seines Eindringens mildern sollte. »Darf ich mich zu Ihnen gesellen, Miss Danforth?« Verwirrt durch ihre Nähe, war er überzeugt, daß jeder im Großen Salon seine Unbeholfenheit beobachtete.

Jacqueline, die hinter ihrer Herrin saß, lächelte in sich hinein und konzentrierte sich auf ihre Näharbeit.

Abigail nickte zustimmend und wünschte sich, er wäre etwas wachsamer; dann hätte er die Rolle Dr. Watsons übernehmen können ... »Bekommt Ihnen die Seeluft, Lord Hunterswell?« Sie hatte bereits viele Schlußfolgerungen aus ihrer Entdeckung in der Suite des Nawab gezogen, die schriftlich festgehalten werden mußten. Vorausgesetzt, sie konnte ihn dazu überreden, diese Aufgabe zu übernehmen.

»Oh, ja, recht gut!« Frederick saß auf der Kante eines Sessels und wagte nicht, ihn näher an ihren heranzurücken. »Man muß sich eben zusammenreißen. Und Ihnen, Miss Danforth?«

Hinter einer graziösen Bewegung ihres Fächers verbarg Abigail ihren Unmut darüber, bei einer spannenden Passage in *Puddn'head Wilson* unterbrochen worden zu sein, nur um Gemeinplätze auszutauschen. Auf der Suche nach einem Gesprächsthema – ohne den verschwundenen Rubin zu erwähnen, bevor er selbst das Gespräch darauf brachte – fragte sie schließlich: »Finden Sie Ihre Tante schwierig?«

»Tante? Welche Tante? Ich habe keine Tanten.«

»Die Marquise erwähnte mehrere Male ihre Schwester. Ich trug das Reitkleid ihrer Schwester, als wir uns im Gobelinzimmer begegnet sind. Die Schwester Ihrer Mutter ist schließlich Ihre Tante, oder etwa nicht?«

Er lehnte sich im seinem Sessel zurück. »Aber ich versichere Ihnen, Miss Danforth, meine Mutter hat keine Schwester, genauso wenig wie mein Vater.« Er wies seine leeren Hände vor. »Also, keine Tanten.«

»Und warum ist die Marquise dann Ihrer Meinung nach so – äh – erfinderisch?«

»Ach, Mutter hat ihr eigenes Warum und Weshalb, wenn sie irgendetwas tut,« lachte er. »Sie findet es langweilig, direkt zu sein, besonders wenn ihr ein Umweg den Vorwand liefert, mehr Geld auszugeben.«

»Auf die Gefahr hin, Ihnen zu widersprechen, m'Lord, ich fand sie sehr direkt. Aber Sie kennen sie natürlich besser als ich.«

»Vielleicht wollte sie wissen, ob Sie mutig genug wären, im Herrensitz zu reiten und wollte verhindern, daß Sie das Fehlen eines Reitkleides vorschützten, um sich zu drücken. Es sieht Mutter ähnlich, eine Schwester zu erfinden, der es angeblich gehörte.«

»Woher kannte sie meine Größe?«

»Vielleicht habe ich es ihr gesagt.«

»Wie aufmerksam Sie sind,« sagte Abigail errötend. So erfreut sie über diesen Beweis seiner genauen Beobachtungsgabe war, machte es sie doch verlegen, daß er ihre Figur offensichtlich eingehend genug betrachtete, um ihre Größe einschätzen zu können.

Frederick beugte sich vor. »Aufmerksam genug, um als Ihr Dr. Watson zu fungieren, während Sie versuchen, den Rubin des Punjat wiederzufinden?«

Völlig überrascht bewegte Abigail kokett ihren Fächer auf und ab. Sie dachte über ein passendes Zitat mit einem feinsinnigen Bezug auf das Schicksal nach, als ihr der Gedanke kam, seine Mutter habe ihm befohlen, sich für diese

Aufgabe zur Verfügung zu stellen. »Ist das ein Vorschlag der Marquise?« fragte sie und fürchtete die Antwort.

Da er den Einfall nur ungern ihrem Bruder zuschreiben wollte, antwortete er leicht verärgert: »Natürlich nicht. Es war meine Idee. Und ich muß sagen,« setzte er rasch hinzu, »ich bin beeindruckt, wie prompt Sie sich an Ihre Aufgabe gemacht haben.«

Abigail hielt ihren Fächer still. »Was meinen Sie damit, Sir?«

»Ich habe den Beweis,« sagte er tadelnd und zog sacht das Taschentuch aus seiner Jackentasche. »Ich habe dies hier in meiner Kabine gefunden.«

»Oh, Miss Danforth!« rief Jacqueline aus. »Ich fürchte, ich vergesse, wie man zählt.«

Selbst wenn Jacquelines Stuhl gesprochen hätte, hätte das Erstaunen auf Fredericks Gesicht nicht größer sein können.

Von seinem Blick aus der Fassung gebracht, flüsterte Jacqueline Abigail zu: »Ich habe acht Taschentuchbehälter für die Reise eingepackt, aber es waren nur sieben in der Schachtel.«

»Dr. Conan Doyle hatte recht.« Erneut fragte sich Abigail, ob Frederick nicht scharfsinnig genug war, um Dr. Watson zu spielen. Sie lächelte. »Nichts täuscht mehr als eine nackte Tatsache.«

»Wie bitte?« fragte Frederick stirnrunzelnd.

»Haben Sie sich nicht gewundert, daß ich ausgerechnet Ihre Suite durchsucht habe?« Ihr Fächer bewegte sich heftig. »Nein, haben Sie nicht. Nur weil das Taschentuch eindeutig mir gehört, nahmen Sie sofort an, daß *ich* es auch fallenließ.«

»Und war es etwa nicht so?« fragte er in empörtem Ton.

»Die ›eindeutige Tatsache‹ hat Sie irregeführt, Euer Lordschaft. Außerdem,« sie verbarg ihren Zorn hinter ihrem Fächer, »wenn Sie mich für schlau genug halten, den Rubin des Punjat wiederzubeschaffen, wie können Sie dann denken, daß ich so leichtsinnig bin?«

»Bitte verzeihen Sie, Miss Danforth.« Frederick erhob sich. Einen schrecklichen Moment lang dachte Abigail, er würde sich ihr zu Füßen werfen. »Ich gebe zu, ich habe diesen Widerspruch nicht gesehen.« Er machte eine Pause. »Aber wenn Sie es nicht waren, wer dann?«

»Als Rodney mich gestern abend zum Essen abgeholt hat, mußte er im Wohnzimmer warten, bis wir mit meiner Toilette fertig waren ...« Sie sprach den Satz nicht laut zu Ende und blickte finster.

Frederick ballte die Faust und zwang sich, Platz zu nehmen.

»Ich glaube, ich teile nicht die Ansicht Ihrer Eltern, daß der Nawab den Rubin an sich genommen hat,« fuhr Abigail fort, ohne auf sein grimmiges Schweigen zu achten. »Beim Essen gestern abend schien er eher enttäuscht als stolz.«

»Ich fürchte, Sie sind mit einem Übermaß an weiblicher Intuition gesegnet, Miss Danforth.«

»Er ist nicht zum Frühstück erschienen,« protestierte sie.

»Er ist zweifellos seekrank, wie Mr. Buchanan.«

»Eine diskrete Nachforschung hat diese Möglichkeit ausgeschlossen.« Mit triumphierender Miene hielt sie ihm die winzige Schraube hin.

»Was ist das?« Frederick streckte mit einem argwöhnischen Blick die Hand aus.

»Ich bin überzeugt, daß diese Schraube zu dem Kästchen gehört, in dem der Rubin des Punjat aufbewahrt wurde.«

»Wo haben Sie sie gefunden?«

»In der Kabine des Nawab.«

»Sieh mal an!« rief Frederick. »Mutter hatte also recht!«

»Nicht unbedingt!« Ihre Augen leuchteten vor Erregung. »Das Kästchen muß entzwei sein, wenn dies wirklich eine der Schrauben ist, die es zusammenhielten. Das bedeutet, daß der Nawab es auseinandergenommen hat.« Sie machte eine nachdrückliche Pause. »Weil er den Götzen gesucht hat!«

»Aber wer hat ihn dann?«

Sie sah sich nach beiden Seiten um, um sich zu vergewissern, daß niemand außer Jacqueline in der Nähe war, und fragte: »Wie lange kennen Sie Ihre Reisegefährten schon, m'Lord?«

»Max und Fergie?« Er legte die Schraube auf ihre ausgestreckte, behandschuhte Hand und fuhr mit Nachdruck fort: »Sie dürfen sie auf keinen Fall verdächtigen, Miss Danforth.« Er lehnte sich in seinem Sessel zurück. »Sie wissen nicht einmal, daß der Rubin verschwunden ist.«

»Sie glauben im Zusammenhang mit Miss Arringtons Tod oder dem Tod von Mr. Buchanans Diener noch immer nicht an ein Verbrechen?«

»Ganz bestimmt nicht!« Fredericks Mund war wie eine strenge Linie gerechter Empörung.

Abigail funkelte ihn an, ihre dunklen Augen blitzten vor Zorn. »Jammerschade, aber vielleicht taugen Sie doch nicht als Dr. Watson, Euer Lordschaft!« Sie fächelte sich energisch. »Weit davon entfernt, sich einengen zu lassen, setzt Mr. Holmes sich über gesellschaftliche Konventionen hinweg und hat sich ganz sicher nie von seinem Chronisten verbieten lassen, eine Untersuchung durchzuführen. Genauso wenig wie ich!«

Abigails Zorn brachte Fredericks Einwände ins Wanken.

Er erkannte, daß er beinahe die Chance vergeben hätte, mit ihr zusammen zu sein und entschuldigte sich wortreich.

Da sie so in Anspruch genommen waren, bemerkten sie nicht, daß der Nawab den Großen Salon betrat. Die auffallende Gestalt in der westlichen Kleidung und dem juwelenbesetzten Turban entdeckte die beiden dicht beieinander, ernsthaft ins Gespräch vertieft, und ging rasch davon, bevor sie vielleicht aufblickten und ihn sahen.

Am dritten Tag auf See wurde es stürmisch. J.C. redete sich ein, ihm sei nur wegen der Schwankungen des Schiffs übel, als er auf Zehenspitzen hinter Aref her zu Storks Kabine ging. Inständig hoffend, Stork möge gestehen, bevor Aref ihm Schmerzen zufügte, klopfte er leise an die Tür.

»Was wollen Sie?« Stork spähte durch den Türspalt.

»Ich komme, um mich zu entschuldigen, Alter.« J.C. schluckte und zwang sich zu einem Lächeln.

Stork warf die Tür weder zu, noch öffnete er sie ganz. Er hatte seine Hemdsärmel bis über die Ellenbogen aufgerollt und eine Schürze vorgebunden, um seine Kleidung zu schonen. Als sie eintraten und J.C. die Tür schloß, ging er bedächtig zum Waschbecken und stellte Fredericks Schuh auf den Rand.

Etwas Weißes flog durch die Luft. Aref landete auf dem Rücken des hochgewachsenen Mannes, schlang seine Beine um Storks Taille und preßte ihm einen chloroformgetränkten Lappen auf die Nase. Wild mit den Armen fuchtelnd, versuchte Stork, ihn abzuschütteln, aber die Betäubung wirkte sofort. Aref sprang behende auf den Boden und packte ihn unter den Armen, während er J.C. knapp anwies, ihn bei den Beinen zu nehmen.

Sie banden ihn mit gespreizten Armen und Beinen auf

der unteren Koje fest. Nachdem sie ihm ein Stück Stoff in den Mund gesteckt hatten, hockte sich Aref auf seine Brust und zog ein rasiermesserscharfes Stilett hervor.

J.C. begann zu schwitzen. Als er einen Blick auf Arefs lüsternes Gesicht warf, drohte er, in Ohnmacht zu fallen. Aus der klaffenden roten Höhle, wo sich eigentlich Arefs Zunge hätte befinden sollen, drangen obszöne Geräusche. Das Stilett blitzte im Schein der Glühbirne, als Stork stöhnend die Augen öffnete.

Aref durchtrennte Storks Schürzenbänder, als öffne er ein Geschenk. Der schwere grüne Stoff fiel auseinander, als das Messer die Schürze mühelos von oben bis unten aufschlitzte.

Da es J.C. bewußt wurde, daß er unbewaffnet war und Aref nicht Einhalt gebieten konnte, flehte er Stork an: »Nicht schreien. Bitte nicht schreien. Ich werde den Knebel entfernen, damit Sie ein paar Fragen beantworten können, aber Sie müssen versprechen, nicht zu schreien.«

Während er unverwandt das Messer ansah, nickte Stork heftig mit dem Kopf.

Mit der Spitze der Klinge entfernte Aref den Knebel und hielt ihn in die Höhe.

J.C. kniete nieder und fragte, das Gesicht dicht vor dem Gesicht Storks: »Wo ist er?«

Stork bewegte seine Zunge hin und her, um seinen Mund beweglicher zu machen, und krächzte: »Wa? Wa? Was?« Seine Stimme klang trocken und heiser. »Wo ist *was*?« Er drehte den Kopf heftig hin und her, um dem Knebel zu entgehen.

Aref wartete, bis Stork den Mund öffnete, um zu schreien, und brachte ihn dann, so plötzlich wie eine Kobra zuschnappt, mit dem Stoffetzen zum Schweigen.

Storks Gesicht lief knallrot an, als er in den Knebel biß, damit dieser ihn nicht erstickte. Mit aufgerissenen Augen verdrehte er den Kopf, um gleichzeitig das sich nähernde Messer und J.C. zu beobachten.

Aref trennte mit dem Stilett die Knöpfe von Storks Weste, während J.C. Stork etwas ins Ohr flüsterte. »Der Rubin des Punjat war nicht in dem Kästchen, alter Junge,« sagte J.C., als Aref Storks Weste mit der Messerspitze auseinanderklappte, so daß sie auf der zerrissenen Schürze lag. »Sie hatten die Gelegenheit, ihn zu klauen. Wo ist er?« Aref durchtrennte liebevoll den Bund von Storks Hosen. J.C. fuhr hastig fort: »Was haben Sie damit gemacht?«

Aref schlitzte Storks Hemd und Unterhemd auf, ließ Kragen und Krawatte jedoch unversehrt. Mit offenem Mund ließ er das Messer über Storks Gesicht hin und herpendeln, als wolle er ihm ein Auge ausstechen. Stork kniff die Augen zusammen, während J.C. beim Geräusch von Arefs Lachen zusammenzuckte.

Sein Magen war genauso aufgewühlt wie das Meer und seine Stimme rauh, als er Stork anflehte: »Nicht schreien. Bitte, bitte nicht schreien. Sagen Sie uns nur, wo der Rubin ist.«

Als er merkte, daß er den Mund wieder ungehindert bewegen konnte, verdrehte Stork die Augen, um J.C. anzusehen. »Nein, nein, nein, nein, nein,« würgte er heraus. »Ich war es nicht, ich nicht. Ich schwöre es, ich nicht, ich nicht, ich schwöre es. Ich war es nicht. Ich nicht.«

J.C. geriet außer sich. »Bitte sagen Sie es uns, Stork, alter Junge!«

Heftig den Kopf schüttelnd, schrie Stork: »Ich weiß nichts, ich weiß nichts, ich weiß nichts –«

Während er mitten im Satz den Knebel in Storks Mund

stopfte, hatte Arefs Gesicht einen seltsam friedlichen Ausdruck angenommen. Er sprang auf den Boden und – ehe J.C. begriff, was geschah – schlitzte er Storks Hosen und Unterhosen auf und entblößte dessen Geschlecht. Der Geruch von Urin breitete sich in der Kabine aus.

Alle Farbe war aus Storks Gesicht gewichen, als er aufstöhnte und das Bewußtsein verlor.

»Halt!« Überrascht stellte J.C. fest, daß er Aref am Handgelenk gepackt hatte. Er erwiderte Arefs besessenen Blick und sagte beschwörend: »Stork hat ihn nicht! Er hätte es inzwischen gestanden. Wenn Sie ihm etwas tun, wird Seine Hoheit mit hineingezogen!«

Arefs zartgliedriger Arm war stärker, als J.C. geahnt hatte. Er seufzte vor Erleichterung, als Aref sich losmachte und widerwillig die Stricke durchschnitt.

Nachdem er noch einen lüsternen Blick auf Storks Nacktheit geworfen hatte, steckte Aref das Messer weg, machte eine Verbeugung und ging hinaus.

Die Tür hatte sich kaum hinter Aref geschlossen, als J.C.'s Magen ernstlich rebellierte. Er taumelte zum Waschtisch und erbrach sich im hohen Bogen, so daß er die Waschschüssel verfehlte und statt dessen Fredericks Schuh traf.

Ahanti Abdulsamad lag im Halbdunkel wach und hörte, wie Aref in die Kabine schlich und die Tür abschloß. Da er Arefs Erregung spürte, stöhnte er und breitete die Arme aus. Aref schlüpfte aus seinen Kleidern und eilte auf das Doppelbett.

»Sei heute nicht zu sanft, mein Junge,« ächzte der Nawab. »Sei nicht zu sanft. Ahhhhh.«

Als Abigail am folgenden Nachmittag Fergus' Kabine betrat, wurde sie von dem Gestank beinahe ohnmächtig. Das unaufhörliche Schwanken des Schiffes hatte auch hier seine Wirkung getan. In seiner schweißdurchtränkten Koje liegend, sehnte Fergus den Tod herbei. Jeder Muskel seines Körpers schmerzte, weil alle zwangsläufig an seinem ständigen Würgen beteiligt waren. Andauernde Übelkeit sorgte dafür, daß sein leerer, schmerzender Magen nicht zur Ruhe kam. Eine Morphiumspritze, die ihm gestern verabreicht worden war, hatte solch schreckliche Alpträume hervorgerufen, daß er jede weitere hysterisch abgelehnt hatte.

Abigail, die schon zum Tee angekleidet war, hoffte, der Gestank würde sich nicht so in ihrem Kostüm festsetzen, daß sie sich nochmals umziehen müßte. Sie näherte sich ihm vorsichtig. »Mr. Buchanan?« Sie erinnerte sich an ihren Benimmunterricht, um ein passendes Lächeln zustandezubringen. Entschlossen, sich von dem Mitleid, das sie ob seines Zustands für ihn empfand, nicht abhalten zu lassen, setzte sie sich in den steiflehnigen Sessel neben seiner Koje. »Ich dachte, ich könnte Ihnen vielleicht mit Vorlesen ein wenig die Zeit vertreiben.« Sie hielt ein Exemplar von Tennysons Gedichten in die Höhe.

»Was -?« Fergus starrte zu ihr empor. Aufgrund der heftigen Übelkeitsanfälle waren die Adern auf seiner Stirn und unter den Augen geplatzt. »Miss Danforth?«

»Ja,« Abigail zwang sich zu einem noch freundlicheren Lächeln. »Ich wollte Ihnen auch mein Beileid zum Tod Miss Arringtons aussprechen. Es muß ein schrecklicher Schock gewesen sein.« Ihr Ton war ironisch. »Tatsächlich war ich kein bißchen überrascht, daß Sie eine Reise wie diese fortsetzen würden, nachdem Sie einen so schweren Verlust erlitten haben.«

Ferfgus stöhnte und streckte schwach die Hände aus. »Oh, Miss Danforth,« sagte er mit heiserer Stimme, »helfen Sie mir.«

»Ihnen helfen, Mr. Buchanan?« Abigail wich voller Abscheu zurück.

»Ja, mein Gott, ja,« schluchzte er. »Ich möchte sterben.«

»Mr. Buchanan!« Abigail war entsetzt. Hatte ihm wirklich so viel an ihr gelegen? War es tatsächlich ein Unfall gewesen?

Er versuchte, sich auf den Ellenbogen zu stützen, war jedoch zu schwach dazu, und rief: »Helfen Sie mir, aufzustehen.« Er streckte ihr die Hand entgegen. »Helfen Sie mir, aufzustehen und zur Reling zu gehen. Bitte! Ich möchte ins Meer springen.«

»Aber, aber, Mr. Buchanan.« Obwohl Abigails Herz weich wurde, blieb sie außerhalb seiner Reichweite. »Sie werden mit der Zeit über den Verlust hinwegkommen. Bald werden Sie in Amerika sein –«

»Nein, nein, Sie dummes Mädchen.« Fergus fiel zurück in die Kissen. Tränen strömten ihm über das Gesicht. »Sorgen Sie dafür, daß dieses scheußliche Schiff aufhört zu schwanken. Oder werfen Sie mich über Bord. Ich halte es nicht mehr aus. »Nach einer langen Pause, in der Abigail aufging, daß er sich offensichtlich an der Schwelle des Todes wähnte, erhob sie sich und blickte auf die jammernde Elendsgestalt hinab. »Haben Sie sie umgebracht?« fragte sie, wider alle Vernunft auf ein Geständnis auf dem »Sterbebett« hoffend.

»Was spielt das noch für eine Rolle?« schluchzte er. »Das einzige, was zählt, ist, daß ich bald sterbe.« Die Krämpfe setzten aufs neue ein.

Als sie merkte, daß sie weiter nichts aus ihm herausbekommen würde, wandte Abigail sich zum Gehen. Während sie den kleinen Raum durchquerte, würgte er bereits wieder. Würgte ohne aufzuhören.

Sie schloß die Tür und trat zu Jacqueline, die draußen gewartet hatte.

»Wie geht es ihm, Miss?« fragte Jacqueline.

»Nicht gut,« sagte Abigail lächelnd, und diesmal war das Lächeln echt.

An diesem Abend wurde nach dem Essen getanzt, und Abigail hatte beschlossen, einen Tanz mit Max genau wie ihren Krankenbesuch bei Fergus, als Vorwand zu benutzen, um ihn auszufragen, ohne daß Frederick davon erfuhr. Falls Max nicht etwas enthüllte, das wichtig genug war, um es schriftlich festzuhalten.

Zu ihrem großen Erstaunen erwies er sich für jemanden, der sich normalerweise so geschmeidig bewegte, als schwerfälliger Tänzer. Er hatte sie im voraus auf sein fehlendes Talent hingewiesen, aber das taten alle Herren aus purer Bescheidenheit. Max hatte es ernst gemeint. Sie mußte sich selbst bei einem so einfachen Rhythmus wie dem Walzer streng darauf konzentrieren, ihm zu folgen, so daß es ihr schwerfiel zu reden. Als sie endlich das Gefühl hatte zu wissen, wohin seine Füße als nächstes treten würden und wie sie ihm ausweichen konnte, eröffnete sie das Gespräch mit einer Bemerkung über Fergus' Zustand.

Max nuschelte eine unverständliche Antwort, offensichtlich völlig in Anspruch genommen von der Aufgabe, sie über das Parkett zu steuern, ohne andere Leute zu rempeln. Abigail wußte natürlich nicht, daß Tanzen kein Bestandteil von Max' Erziehung gewesen war. Er hatte nicht gewagt, einen Eintrag in ihre Tanzkarte abzulehnen, weil er nicht riskieren wollte, daß sein Unvermögen auffiel. Schließlich waren viele Männer auch noch nach jahrelangem Unterricht und der entsprechenden Übung miserable Tänzer, und er hoffte, als eines dieser Exemplare durchzugehen.

»Würden Sie mir etwas sagen, Mr. Driscoll?« fragte Abigail, leicht außer Atem. Der Walzer neigte sich seinem Ende entgegen, und sie wollte nicht, daß die geleistete Anstrengung vergebens gewesen war. »Unter welchen Umständen genau haben Sie Lord Hunterswell eigentlich kennengelernt?«

Abigail war sich später nie sicher, ob Max' Fuß absichtlich auf ihren Zehen landete oder ob er wirklich das Gleichgewicht verloren hatte und es ein Versehen war. Wie auch immer, jedenfalls wurde sie humpelnd von der Tanzfläche geleitet, und ihre Frage blieb durch Max' überschwengliche Entschuldigungen unbeantwortet.

Am nächsten Morgen war der Himmel blau, soweit das Auge reichte. In ihren zweitbesten Pelz gehüllt und die behandschuhten Finger in den passenden Muff gesteckt, genoß Abigail ihren einsamen Spaziergang auf dem Promenadendeck. Jacqueline ging ein paar Schritte hinter ihr. Die einfach scheinende Angelegenheit, in der Kabine des Nawab nach dem Rubin zu suchen, war äußerst kompliziert geworden, und da es so viele gesellschaftliche Verpflichtungen gab, schätzte sie es sehr, nun einmal ungestört nachdenken zu können.

Es war ihr nicht gelungen, von Fergus eine nützliche Information zu erhalten, und Max hielt sich so konsequent von ihr fern, daß sie den Verdacht hegte, Frederick habe ihn gewarnt. Blieben noch J.C. und Aref. Aber wie sollte sie es anstellen, einen Diener zu befragen, der nicht ihrem eigenen Haushalt angehörte? Oder einen Stummen?

Aufgeschreckt durch die ölige Stimme, die leise ihren Namen flüsterte, fuhr sie herum und hielt nach Jacqueline Ausschau. Sie sah, daß sie ein paar Meter weiter wild gestikulierend vor Aref stand.

Einem Zuschauer wäre es als zuvorkommende Geste erschienen, wie der Nawab, unbekümmert seinen Spazierstock schwingend, seine Hand auf Abigails Ellenbogen legte, doch hatte sein Griff den Nerv getroffen und tat höllisch weh. Während er für alle gut sichtbar lächelte, hatte seine Stimme einen gefährlichen, tückischen Klang, als er fragte: »Sie wissen doch, daß ich Sie für ein hübsches, ganz bezauberndes Mädchen halte, Miss Danforth?«

»Hoheit?« Abigails Füße berührten kaum den Boden, während er sie gegen ihren Willen auf die Reling zu lotste.

Dort angekommen, ließ er ihren Ellenbogen los, zog ein Taschentuch hervor und winkte ihr damit. »Da es ihre Initialen trägt, ist es sicher korrekt anzunehmen, daß es Ihnen gehört, oder?«

Entsetzt starrte sie darauf, während sie eine Hand aus dem Muff nahm und ihren zarten Ellenbogen rieb.

»Ich brauche Ihnen wohl nicht zu sagen, daß ich es in meiner Suite gefunden habe!« Mit einer theatralischen Gebärde hielt er das Taschentuch über die Reling und ließ es fallen. Er verfolgte genau, wie der Wind es ins Meer trieb und sagte mit finsterem Blick: »Sollte ich weiterhin Grund zu der Annahme haben, daß Sie hinter mir herspionieren, werde ich Maßnahmen ergreifen, um Sie zu bremsen.«

»Aber, Hoheit –«

»Unangenehme Maßnahmen. Ich hoffe, ich habe mich deutlich ausgedrückt, Miss Danforth. Es wäre unendlich schade, wenn man Ihre Schönheit ruinieren müßte, um Sie von Ihrer krankhaften Neugier zu kurieren.« Er kehrte ihr auf wenig galante Weise den Rücken, schwenkte seinen Spazierstock und stapfte davon.

Mit hochroten Wangen sah Abigail seiner verschwindenden Gestalt nach und dachte an ihren Streit mit Rodney. Er hatte empört geleugnet, ihre Taschentuchbehälter auch nur angerührt zu haben. Während sie mit der goldenen Schraube in ihrem Muff spielte, wünschte sie, sie besäße sein Geschick zum Heucheln, und schwor sich, die Sache erneut mit ihm auszufechten.

Sie starrte aufs Meer und schüttelte niedergeschlagen den Kopf. Die Aufklärung von Verbrechen erwies sich als schwieriger, als Dr. Conan Doyle es in seinen Geschichten darstellte. Sie hatte noch nicht einmal herausgefunden, wozu die Gegenstände dienten, die sich unter den Sachen des Nawab in diesem Lederbehälter befanden. Tief errötend und stumm vor Entsetzen, hatte Frederick ihr nicht einmal gestattet, die Beschreibung der Objekte zu beenden. Aus seiner Reaktion hatte sie geschlossen, daß sie etwas mit dem unergründlichen Geheimnis der Hochzeitsnacht zu tun haben mußten. Was alles noch geheimnisvoller machte, da der Nawab schließlich nicht verheiratet war.

Als Jacqueline auf sie zueilte, wandte sie sich ab und setzte ihren Spaziergang in jener reservierten Haltung fort, die zu stören kein Dienstbote je gewagt hätte.

Kinkade war außergewöhnlich gut gelaunt. Er wußte, daß an diesem vierten Abend der Überfahrt J.C. zusammen mit Jacqueline im Zweiter-Klasse-Salon weilte und ihr Flirt anscheinend rasch Fortschritte machte. Während er den Korridor entlangeilte, sang er leise vor sich hin: »Pi, pa, po, panz, ich riech' das Blut eines Englischmanns.« Er fand es ungeheuer komisch, daß er gerade dieses Liedchen sang, während er auf dem Weg zum Diener eines Englischmanns war.

Kinkade erledigte diese Aufträge gern, mit Rücksicht auf den alten Mr. Danforth, einen Mann, den er über die Maßen bewunderte. Bei Master Rodney als Diener zu fungieren, war nur erträglich, weil er wußte, sein Vater verließ sich darauf, daß er seinen Sohn beschützte und ihm über dessen Verhalten Bericht erstattete. Die Verantwortung, Stork geschickt auszufragen, um herauszufinden, ob Lord Hunterswell unter verschiedenen intimen Aspekten als Bewerber um Miss Abigail in Frage kam, verlieh ihm ein Gefühl von Bedeutung. Er war zwar entschlossen, gründlich vorzugehen, freute sich jedoch auch auf ein entspannendes Gespräch mit einem Berufskollegen.

Sobald er hörte, daß jemand den Flur entlangkam, hatte Stork zwei rasche Schritte zur Tür gemacht. Er packte eine herumliegende Pinne wie einen Kricketschläger und postierte sich mit der felsenfesten Absicht hinter der Tür, jeden zu erschlagen, der seine Kabine betrat.

Kinkade rüttelte an der Türklinke und sang dabei: »Lebendig oder tot –« Zu seiner Überraschung war die Tür nicht abgeschlossen, und er stieß sie auf, während er seine Stimme zu einem tiefen Baß zwang – »zermahl' ich seine Knochen und mach' daraus mein Brot –«

Stork erkannte ihn, als er schon im Begriff war, zuzuschlagen. In dem Bemühen, Kinkade zu verfehlen, gab sein rechter Knöchel nach, er taumelte vorwärts und stieß sich an dem kleinen Tisch die Hüfte.

»Was zum Teufel soll das!« rief Kinkade, als er in den Türrahmen zurücksprang.

Stork ließ sich in einen Sessel neben dem Tisch fallen. Die Pinne klirrte, als sie auf den Metallfußboden fiel, der nur mit einem dünnen Teppich bedeckt war. »Es tut mir leid.« Unfähig, Kinkade anzusehen, winkte Stork ihn herein und fügte hinzu: »Kommen Sie herein.«

Kinkade schloß die Tür und zog eine Flasche aus der

Jackentasche. »Sie sehen aus, als könnten Sie etwas zu trinken gebrauchen.« Er schraubte den Verschluß ab und sog tief und anerkennend den Duft ein. »Nehmen Sie hiervon einen Schluck.« Die Freundlichkeit seines Blicks milderte seinen vorher kämpferischen Gesichtausdruck und verriet seine Besorgnis. »Wohlgemerkt, das ist nicht das Gesöff, das man hier an Bord bekommt, sondern aus Mr. Danforth' Privatbeständen.«

»Dann braucht es auch ein passendes Glas.« Stork raffte sich auf und kramte in seinem Reisekoffer, von wo er zwei Kognakschwenker zutage förderte.

Beide bewunderten einen Augenblick Farbe und Duft des vorzüglichen Brandys, bevor sie ihre Gläser hoben. »Auf die Königin,« sagten sie gleichzeitig.

Kinkade sah erstaunt, daß Stork seinen Drink in einem Zug herunterstürzte. Als sie sich an den Tisch setzten, goß Kinkade ihm erneut ein und beobachtete Stork, der vor sich hinmurmelte und das Glas prüfend betrachtete, bevor es leerte.

Wieder schenkte Kinkade ihm ein, und Stork trank.

Als ihm klar wurde, daß der Mann auch noch einen weiteren Brandy getrunken hätte, fragte Kinkade leise: »Wollen Sie darüber sprechen, alter Junge?«

Stork stützte das Kinn in seine Hände. Dann legte er den Kopf schräg und sah Kinkade offen an. »Kennen Sie auch das Gefühl, daß Sie im Dienst sind, und niemand Sie als Mensch sieht?«

Kinkade spitzte die Lippen und nickte trübsinnig. Er wußte nur zu gut, was Stork meinte.

»Bei unsereinem setzt man keine Gefühle voraus,« sagte Stork mit einem tiefen Seufzer, lehnte sich zurück und starrte in seinen Brandy. »Ich habe auch tatsächlich kein besonders leidenschaftliches Naturell. Aber ich bin ein Mensch, zum Donnerwetter.« Mit einem weiteren Seufzer leerte er erneut sein Glas und starrte es so lange unverwandt an, daß Kinkade dachte, er sei trotz seiner offenen Augen ohnmächtig geworden. Endlich sprach er. »J.C. hat mich bei einer Indiskretion erwischt. In Rangun. Er hat gedroht, es Lord Hunterswell zu erzählen. Wenn Seine Lordschaft dahinterkommt, setzt er mich an die Luft.«

»Nicht nach all den Jahren, die Sie bei ihm waren!«

»Gerade nach so vielen Jahren! Es gibt Dinge, die man einfach nicht tut.« Er hielt Kinkade das Glas hin, damit er es nachfüllte. Kinkade tat ihm den Gefallen. Stork sagte entschlossen: »Ich werde Ihnen nicht sagen, was für eine Indiskretion es war.« Er schnaubte wütend. »Ich will nicht, daß mich noch ein Erpresser schröpft.«

»Erpressung!« Kinkade war entsetzt.

Tränen stiegen Stork in die Augen. »Er hat mich gezwungen, die Familie zu verraten!« Er schluckte den Brandy herunter und schüttelte sich. »Das werde ich mir nie verzeihen.«

Er unterdrückte ein Schluchzen. »Na, kommen Sie, alter Junge. So schlimm ist es auch wieder nicht.«

Nachdem er Kinkade lange schweigend angesehen hatte, als wolle er seine Zuverlässigkeit prüfen, fuhr Stork fort: »Kennen Sie diesen kleinen Kerl, Aref? Der so hübsch ist und so weiter?«

Kinkade nickte.

Stork schauderte. »Er und J.C. sind hier reingeplatzt, haben mich betäubt und auf dieser Pritsche festgebunden.« Mit fest geschlossenen Augen zeigte er auf die zweistöckige Schlafkoje. Er schlang die Arme um sich, öffnete die Augen wieder und starrte ins Leere. »Als ich wieder zu mir kam, kauerte Aref mit einem Messer über mir. Scharf wie ein Rasiermesser war es. Er drohte, mich zu –«. Wieder erschauerte Stork. »Er hat meine Schürze, das Hemd und die Hosen zerschnitten; ich mußte ein Bündel daraus machen und es über Bord werfen, damit niemand die Sachen zu Gesicht bekam und sich fragte, was passiert ist.« Mit schwacher Stimme sagte Stork: »Der Schuh Seiner Lordschaft ist immer noch nicht trocken.«

Kinkade faßte Stork an der Schulter. »Haben sie Sie verletzt?«

Stork schüttelte Kinkades Arm ab und flüsterte: »Sie wollten mich entmannen.«

Kinkade schnappte nach Luft. Mit offenem Mund lehnte er sich zurück. Was hatte er getan! Jacqueline hatte zwar verdient, entlassen zu werden, doch waren ihre Verbrechen wahrhaftig kein Grund, sie einem gewalttätigen Erpresser in die Arme zu treiben.

»Ich weiß nicht, was ich tun soll, Mr. Kinkade,« schluchzte Stork. »Ich weiß nicht, was ich tun soll.« Er vergrub das Gesicht in den Händen und rief: »Ich habe solche Angst. Ich kann nicht mehr schlafen. Das Bild dieses Messers vor meinen empfindlichen Teilen wird mich bis an mein Lebensende verfolgen.« Er hob den Kopf und sah Kinkade in die Augen. »Erzählen Sie keiner Menschenseele davon! Schwören Sie!«

Eine Hand auf dem Herzen, die andere gen Himmel gestreckt, stand Kinkade vor ihm. »Ich schwöre es, Stork, alter Junge. Was kann ich für Sie tun?«

Stork entledigte sich eines aus tiefsten Tiefen kommenden Seufzers. »Helfen Sie mir,« flüsterte er und wurde ohnmächtig.

Max stand vor dem Waschtisch, fuhr sich mit zwei Bürsten energisch durch das Haar, um seine blonden Locken zu bändigen, und schnitt seinem Spiegelbild eine Grimasse. Miss Danforth' Versuche, in seiner Vergangenheit herumzuschnüffeln, waren so durchsichtig gewesen, daß die Entscheidung, sie sich vom Leibe zu halten, leicht gewesen war. Er hatte versucht, Fergus zu beruhigen, aber der arme Teufel war zu krank, um sich überhaupt um etwas zu scheren. Und das war gut: so war es nicht nötig, Frederick zu alarmieren, weil Fergus Abigail bedrohte.

Er legte die Bürsten mit den silbernen Rücken zurück in die passenden Schlaufen des ledernen Reisenecessaires – ein Geschenk der Marquise – und nahm einen silberverzierten Schildpattkamm heraus, um seinen dunklen Bart zu kämmen. Hätte Fergus sich nicht mit Miss Arrington eingelassen, wäre sie ihnen nie in die Quere gekommen. Warum konnte Fergus, genau wie J.C. übrigens, nicht die Finger von diesen lästigen Geschöpfen lassen? Oder wenigstens so lange warten, bis Miss Danforth' Debüt vorüber, und sie Frederick los waren.

Er zog einen Morgenrock aus schwerem Satin mit gestepptem Kragen an – ein Geschenk des Marquis – und hatte gerade das helle elektrische Licht ausgeschaltet und die schwächere Petroleumlampe angezündet, als J.C. an die Tür klopfte und ohne eine Antwort abzuwarten, eintrat. Sofort auf der Hut, zeigte Max beiläufig auf die Portweinkaraffe. »Ein Drink gefällig?«

J.C. verneinte mit einem Kopfschütteln.

»Es ist spät,« sagte Max ungeduldig, als J.C. weiter schwieg. »Was hast du auf dem Herzen?«

J.C. zog mit dem Finger eine seiner perfekt gestutzten Koteletten nach. »Ich kann das nicht länger ertragen.« Er räusperte sich. »Gegen so ein bißchen Robin-Hood-Theater hatte ich nichts einzuwenden, aber wenn körperliche Gewalt ins Spiel kommt? Verdammt, ich habe dem armen Kerl den ganzen Waschtisch vollgekotzt, dabei war er es, der gequält wurde.« Er schüttelte den Kopf. »Dieser Aref ist verrückt.«

»Aber verstehst du denn nicht?« Max räkelte sich auf dem Sofa. »Der Rubin des Punjat ist wirklich verschwunden. Das läßt alles in einem ganz neuen Licht erscheinen.«

»Für mich nicht, Max.« J.C. setzte sich auf die Bettkante und beugte sich vor. »Als wir das Ding in Rangun planten, dachte ich noch anders. Vom Pech verfolgt und hungrig war ich. Jetzt geht es mir etwas besser, wie du weißt.« Er zögerte. »Und halt mich nicht für undankbar.« Wieder schüttelte er den Kopf. »Aber ohne Maurice ist es nicht mehr dasselbe.«

Max schwieg. Höhnisch grinsend bedachte er J.C. mit einem verächtlichen Blick.

»Ich habe mich wirklich geändert,« verteidigte sich J.C.

»Na, komm,« sagte Max spöttisch. »Es hat dir doch prima gefallen, auf Stork Druck auszuüben.«

»Aber ihm fast den Schwanz abzuschneiden? Während er wach ist und zusieht? Max, ich sage dir, dieser Aref hatte einen Steifen, als er mit diesem ekelhaften Messer herumfuchtelte!«

»Ja, sicher.« Max erhob sich. »Na klar, du hast dich verändert.« Er schenkte sich ein Glas Portwein ein. Dann nippte er daran und sagte: »Du hast den Rubin irgendwo versteckt.«

J.C. warf den Kopf zurück und lachte aus vollem Hals.

»Warum würdest du sonst solchen Unsinn reden?«

»Soweit ich weiß, habt ihr ihn, Fergus und du.«

Max starrte ihn wütend an.

»Hör zu, Max.« J.C. wurde ernst. »Ich bin immer noch jung,« sagte er. »Ich bin zu meiner Zeit hinter manchem Rockzipfel hergewesen, aber jetzt lerne ich durch Miss Bordeaux, wie süß und angenehm wahre Fraulichkeit sein kann –«

»Ich glaube dir kein einziges Wort,« unterbrach ihn Max. »Dieses sentimentale Gewäsch. Frauen sind hirnlose, teure Geschöpfe, die sich nur begüterte Herren leisten können.«

»Nicht Frauen wie Miss Bordeaux.« J.C. setzte sich gerade. »Ich bin nicht wert, ihren Rocksaum zu küssen. Aber ich könnte es sein. Und wenn du und Fergus weiterreist, möchte ich gern in New York bleiben. Mein Anteil aus der Sache mit dem Nawab reicht vermutlich aus, um ein Geschäft aufzumachen. Und wenn nicht: so sehr ich es bedauert habe, damals den kurzen Strohhalm gezogen zu haben: das Merkwürdige ist, daß ich dadurch jetzt einen Beruf habe. Ich könnte bei einer reichen Familie als Diener arbeiten, meinen Anteil nehmen, und wäre in einem Jahr in der Lage, sie zu heiraten. Und eine Familie zu gründen.« Er griff sich zwischen die Beine. »Solange ich noch kann.«

»Gut, gut, gut.« Max stand auf und reckte sich. »Du hast also deine große Liebe gefunden,« sagte er und zwang sich zu einem Lächeln. »Herzlichen Glückwunsch!«

»Du hast also nichts dagegen?« Erleichtert erhob sich J.C. und ging zur Tür.

»Ich möchte dich nur bitten, Jacqueline aus dem Haushalt der Danforth zu entfernen.« Max folgte ihm zur Tür.

»Meine Frau braucht nicht zu arbeiten!« sagte J.C. und streckte die Hand aus, um das Geschäft zu besiegeln. »Das garantiere ich dir.«

Nachdem er die Tür hinter J.C. geschlossen hatte, lehnte Max sich mit einem Seufzer dagegen. Der Mann war vollkommen verrückt. Genau wie Maurice. Wie konnte J.C. auch nur eine Sekunde annehmen, sie würden es riskieren, ihn zurückzulassen, damit er alles ausplauderte. Ein Jammer, daß es Fergus so schlecht ging; sie würden bis New York auf eine Gelegenheit warten müssen, einen weiteren »Unfall« zu arrangieren.

Kinkade, der den Rest des Abends frei hatte, eilte gerade an Miss Danforth' Tür vorüber, als er eine weibliche Stimme seinen Namen rufen hörte; er drehte sich um und sah, daß Jacqueline ihm zuwinkte. Neugierig folgte er ihr unter Deck. Sie erreichten den Salon Zweiter Klasse, wo eine stürmische Version von »Sally in Our Alley« jede Unterhaltung unmöglich machte. Kinkade war dafür, den Spaß mitzumachen, aber Jacqueline gab ihm zu verstehen, sie wolle Mantel und Haube holen und ihn draußen an der Reling treffen.

Während er auf Jacqueline wartete, betrachtete Kinkade die Sterne. Er nahm an, sie habe um dieses Gespräch gebeten, um sich zu verteidigen, und beschloß, ihr zu vergeben, falls sie versprach, Master Rodney in Zukunft in Ruhe zu lassen; er nahm sich vor, das Gespräch so zu lenken, daß er sie irgendwie vor J.C. warnen konnte, ohne Storks Vertrauen zu brechen. Als Jacqueline näherkam, statt der Dienstmädchenhaube eine flotte Kappe auf dem Kopf, stellte er erstaunt fest, wie hübsch sie war. Da er gerade gut aufgelegt war, streckte er die Hand aus und tätschelte ihre Schulter. »Ich kann gut verstehen, warum Master Rodney so von Ihnen angetan war.«

Sie wich vor seiner Berührung zurück. »Hat er Ihnen das gesagt?«

Kinkade faltete die Hände auf dem Rücken und nahm wieder eine förmlichere Haltung ein. »Nicht direkt, aber –«

Mit grimmigem Blick sah sie zu ihm auf. »Er zwingt mich, Miss Danforth' Geheimnis zu ihm zu sagen! Dann er verspricht, ihr nichts zu sagen. Wenn ich verspreche, ich erzähle nicht, er packt mich und küßt mich!« Sie verzog angewidert das Gesicht. »Puh!«

Mit offenem Mund starrte Kinkade sie an.

»Ha!« rief sie. »Sie sagen, Sie verstehen!« Sie stampfte mit dem Fuß auf. »Aber Sie verstehen gar nichts. Es ist nicht meine Schönheit. Master Rodney ist froh, daß er mich gekränkt hat!«

»Ich verstehe –« Kinkade errötete vor Verlegenheit. Sie sah ihn ungläubig an.

»Nein,« setzte er schnell hinzu. »Ich verstehe Sie wirklich. Ganz bestimmt.«

Besänftigt senkte sie den Blick auf ihren Muff, dann wandte sie sich dem vom Sternenlicht erhellten Meer zu und seufzte: »Ach, Miss Danforth. Sie ist vollkommen, nicht wahr?« Sie legte den Kopf leicht schräg und blickte unter ihren dunklen, flatternden Wimpern hervor zu ihm auf.

»Ja, ist sie das?« Daran gewöhnt, die Oberhand zu haben, vor allem über weibliche Bedienstete, war es Kinkade unangenehm, so völlig überrumpelt worden zu sein. Als sie seinen zweifelnden Unterton hörte, sah Jacqueline ihn scharf an, und er verbesserte sich rasch: »Ich meine, ja natürlich, aber warum –«

»Schließlich hat sie mich nicht an die Luft gesetzt,« sagte Jacqueline stolz und blickte wieder aufs Meer hinaus.

»Sie haben Miss Abigail erzählt, was Sie getan haben?« Kinkade war platt.

»*Oui.* Ich halte nicht viel von Geheimnissen. Besser, Miss Danforth weiß gleich über mich Bescheid. Und Sie auch, *Monsieur.*«

»Weiß es Master Rodney auch?«

»Noch nicht. Deshalb sage ich es Ihnen. Wenn er es erfährt, wird er zornig sein auf mich und will mich bestimmt hinauswerfen.«

Seine Miene verriet eindeutig Mitgefühl für ihre mißliche Lage, und als er ihre im Muff verborgenen Hände von außen tätschelte, wich sie nicht zurück. »Die Sterne sind wundervoll,« sagte er leise.

Oui, Monsieur,« sagte sie, ohne ihn anzusehen. »Aber jetzt muß ich gehen –«

»Nein, bitte bleiben Sie,« flehte er sie an. »Nur noch einen Moment. Ich möchte Sie gern etwas fragen.«

»Monsieur?«

Mit einer plötzlich eindringlichen Offenheit, trat Kinkade näher an sie heran, damit niemand ihn hörte. »Was würden Sie sagen, wenn ich Ihnen erzählte, daß ich mich mit jemandem unterhalten habe, der sich in einer ähnlichen Situation befindet wie Sie? Aber dieser Jemand ist fest davon überzeugt, seinem Herrn nichts sagen zu können. Vielleicht hat es mit dem verschwundenen Rubin zu tun.«

»Ist dieser Jemand vielleicht der Stork?« flüsterte sie.

Verblüfft trat Kinkade einen Schritt zurück. »Woher wissen Sie das?«

»Miss Danforth bemerkte, wie mürrisch er aussieht. Sie hatte vor, Lord Hunterswell zu bitten, ihm eine Medizin zu geben.«

»Hoffentlich hat sie nicht die Aufmerksamkeit Seiner Lordschaft auf Storks Zustand gelenkt.«

Sie lachte. »Keine Spur.« Mit einer für eine so winzige Person überraschend vollen Stimme sang sie: *»L'amour, l'amour fait tourner le monde.«* Völlig bezaubert von ihrer lieblichen Stimme, fragte Kinkade: »Was hat der Text zu bedeuten?«

»Die Liebe, die Liebe hält die Welt in Schwung,« sang sie auf Englisch und lachte übermütig. »Lord Hunterswell ist so verliebt, daß er im Kreis läuft und nur Miss Danforth' Gesicht als Mittelpunkt seines Universums sieht. Stork könnte einen Mord gestehen, und Seiner Lordschaft würde nichts auffallen.«

»Mord!«

»*Non, non, non,* ich meine –«

»Ach so,« lachte er. »Sie übertreiben.«

»*Oui,*« lachte sie ihrerseits. »*Merci beaucoup,* daß Sie verstanden haben, *Monsieur* Kinkade. Jetzt muß ich gehen. Es ist schon spät.«

»Bitte erzählen Sie Miss Abigail nichts von der Sache mit Stork. Ich habe ihm versprochen –«

»Pfff!« Ihr Augenzwinkern verriet ihm, daß sie ihn neckte, als sie ihm mit dem Finger drohte. »Sie sind mir ein schöner Geheimnisbewahrer!«

»Aber nein, Miss Bordeaux,« sagte er mit einer galanten Verbeugung. »Wenn Sie sich recht erinnern, brauchte ich Ihnen doch gar nichts zu sagen. Sie waren viel zu schlau für mich.«

»*Touché, Monsieur.*« Und nach einem kurzen Zögern fuhr sie fort: »Was macht es schon aus? Warum Miss Danforth etwas erzählen, was sie schon weiß. Oder?«

Zu seinem Erstaunen hörte Kinkade sich höflich fragen: »Darf ich Sie zu Ihrer Kabine begleiten, Miss Bordeaux?«

Ihre Ablehnung war so reizend, daß ihm erst als sie verschwunden war, aufging, daß er einen Korb bekommen hatte. Wütend darüber, daß er die Chance verpaßt hatte, sie vor J.C. zu warnen, schlug er mit der Hand auf das Geländer. Ob sie sich etwas aus dem Schuft machte?

Die Blätter der Tulpen in Abigails Kabine hatten zu welken begonnen. Sie selbst fühlte sich genauso trübselig, wie die Blätter aussahen. In ihrem Mantel mit dem Eichhörnchenpelzbesatz und dem Schultercape, den sie für den Landgang angelegt hatte, war sie dem Tumult an Deck für ein paar Minuten entflohen und hatte die Einsamkeit gesucht. Zu versagen, war eine unangenehme Erfahrung. Doch sie mußte damit fertig werden. Die *St. Louis* würde in einer Stunde in den Hafen einlaufen, und sie konnte nicht mit Sicherheit sagen, wo sich der Rubin befand. Ganz im Gegenteil, sie verdächtigte jeden einzelnen, sogar ihren Bruder, obwohl sie ihm die zum Diebstahl erforderliche Intelligenz kaum zutraute.

Sie legte sich auf das Sofa, schloß die Augen, zog ihre Handschuhe aus und strich über ihren altmodischen Muff aus Eichhörnchenpelz. Anstatt zu schlafen, hatte sie letzte Nacht Fredericks Manuskript mit seiner Version ihrer Ermittlungen gelesen. Seine Handschrift war energisch, schnörkellos und leicht zu lesen. Leider fehlte seinem Stil die Prägnanz und Spannung, welche die Prosa Dr. Conan Doyles bestimmten. Da er ausführlich jedes Kleid beschrieb, das sie auf der Reise getragen hatte, und die Schönheit ihrer weiblichen Natur rühmte, entsprach sein Bericht eher dem eines Liebhabers als dem eines Chronisten der Abenteuer eines Detektivs. Hätte sie Erfolg gehabt und es hätte einen Anlaß zur Veröffentlichung gegeben, das Manuskript wäre unbrauchbar gewesen.

Sie hob ein wenig die Lider, blies geistesabwesend auf den Muff und beobachtete die Spuren, die ihr Atem zufällig in dem weichen Fell hinterließ. In seiner Darstellung stand nicht ein Wort von ihren Befürchtungen über Max und Fergus. Oder über J.C. Noch hatte er Miss Arringtons Tod erwähnt, auch nicht als Unfall. Oder den Tod des Dieners Maurice. Ihre Finger folgten den Spuren, die ihr Atem im Pelz hinterließ. Hatte sie ihren Verdacht nicht deutlich genug ausgedrückt?

Dann dachte sie daran, wie sie mit Frederick getanzt hatte. Im Gegensatz zu Max war er ein hervorragender Tänzer und obwohl er sie korrekt geführt hatte, hatte sein Blick sehnsüchtig ihr Gesicht, ihren Mund gesucht. Ihre Wangen glühten bei der Erinnerung, und die seltsamen Gefühle, die sie verspürt hatte, machten sich wieder bemerkbar. War das Liebe? Sie schüttelte sich, um die Erinnerung zu vertreiben und war plötzlich erleichtert, ihm nicht mitteilen zu müssen, daß seine Aufzeichnungen ungeeignet waren.

Sie glättete die Furchen auf dem Muff mit ihren Fingerspitzen, holte tief Atem und zwang sich, nicht länger über die schmähliche Art und Weise nachzudenken, auf die ihr erster Fall endete. Von dem Moment an, als sie New York als heimwehkrankes junges Mädchen verlassen hatte, hatte sie sich ihre Rückkehr nach Hause als erwachsene Frau ausgemalt. Und doch war sie heute beim Anblick der Freiheitsstatue nicht sonderlich begeistert gewesen. Und auch die Türme der Trinity Church, die neben dem Gebäude der Warenbörse in die New Yorker Skyline aufragten, wirkten nicht belebend auf sie. Die Enttäuschung über sich selbst und Fredericks journalistische Glanztat verdarben ihr die Freude über ihre Heimkehr.

Während sie ihre Handschuhe anzog, hielt sie sich noch einmal vor Augen, daß Rodney ihrem Vater ganz bestimmt von ihrem Besuch bei Dr. Conan Doyle und dem Fiasko ihrer Suche nach dem Rubin erzählen würde. Sie überlegte verzweifelt, wie sie seinen Zorn in mildere Bahnen lenken könnte. Obwohl er sie nie mit der Verachtung behandelt hatte, die er offensichtlich für Rodney reservierte, hatte sie nicht das Verlangen, ihn zu provozieren; besonders jetzt, wo sie so völlig von ihm abhängig sein würde. Da ihr Traum ja ausgeträumt war.

Um nicht wieder in Melancholie zu verfallen, richtete sie sich entschlossen auf und kontrollierte mit einem Blick in den Spiegel, ob ihr Hut während ihrer Träumerei seine kleidsame Schräglage beibehalten hatte. Vielleicht war ihr Vater ja am Kai, und vielleicht, wenn sie ganz besonders gut aussah, würde er ja seine Zurückhaltung ablegen und sie zur Begrüßung in die Arme schließen.

Beim ersten ohrenbetäubenden Tuten aus dem Schiffshorn, das ihre bevorstehende Ankunft verkündete, fuhr sie zusammen. Als sie sich umwandte, um ihren Muff zu nehmen, öffnete sich ihre Kabinentür. Da sie Jacqueline erwartete, fuhr sie ein zweites Mal zusammen, als der Nawab hereinglitt und die Tür von innen abschloß. Er führte seine behandschuhten Fingerspitzen an die Lippen und bedeutete ihr, daß es sinnvoll sei zu schweigen, bis der Lärm sich gelegt hatte.

Da sie wußte, daß der Radau von draußen jeden Versuch, um Hilfe zu rufen, zwecklos machte, zwang sie sich zur Ruhe, um der Gefahr besser begegnen zu können. Erst als sie sich unauffällig so hingestellt hatte, daß sich der Tisch zwischen ihnen, und der Blumentopf in Reichweite befand, falls es nötig sein sollte, ihn dem Nawab an den Kopf zu schleudern, sah sie ihn genauer an.

Von dem funkelnden Opal in der Mitte seines weißen Turbans bis hin zu den glänzend polierten Spitzen seiner kleinen modischen Schuhe war seine Erscheinung makellos. Doch sein Anzug im westlichen Schnitt schien ihm zu weit zu sein, als hätte er zu plötzlich abgenommen, um rechtzeitig seinen Schneider bestellen zu können. Als sie es wagte, ihm in die Augen zu sehen, mahnte sie sich, wachsam zu bleiben, denn sie verspürte Mitleid mit ihm. Sie vergaß ihren Wunsch zu fliehen und entspannte sich, um zu hören, was er zu sagen hatte.

Das letzte Echo der Schiffssirene war noch nicht verklungen, als er sprach. Trotz seines angespannten Aussehens hatte seine Stimme eine überraschende Leichtheit bewahrt. »Ich bin gekommen, um mich in aller Demut bei Ihnen zu entschuldigen, Miss Danforth und Sie um Verzeihung zu bitten. Ich weiß jetzt, daß Sie meine Kabine nicht durchsucht haben.«

Schuldbewußt, aber unfähig, ihm die Wahrheit zu sagen, klappte sie ihren Fächer auseinander und verbarg dahinter ihre errötenden Wangen. Sie deutete einen Knicks an und murmelte: »Hoheit.«

»Ich weiß jetzt, daß man Ihr Taschentuch absichtlich in meinen Räumen zurückgelassen hat, um Sie in Schwierigkeiten zu bringen. Ich würde es Ihnen nicht allzu übelnehmen, wenn Sie sich nicht dazu durchringen könnten, mir meinen schrecklichen Verdacht zu vergeben, aber ich bitte Sie inständig, mich zu Ende anzuhören.« Er kam näher und bedeutete ihr mit seinem Spazierstock, auf dem Sofa Platz zu nehmen.

»Hoheit, das Alarmsignal,« protestierte sie, doch sein Gesichtsausdruck war so ernst, daß sie sich hinsetzte.

»Es ist mir zugetragen worden, daß Sie einen Auftrag des Marquis und der Marquise angenommen haben, den Rubin des Punjat, den man ihnen gestohlen hat, wiederzubeschaffen. Stimmt das?«

Da sie keinen Sinn mehr darin erblickte, dies zu verheimlichen, nickte Abigail zustimmend.

»Und?« Trotz der Bemühung, sich zu beherrschen, wurde der Nawab ungeduldig. »Haben Sie ihn gefunden?«

»Nein, Hoheit. Ich war nicht in der Lage, ihn aufzuspüren. Aber warum interessiert Sie sein Verschwinden?«

»Ich will es Ihnen erklären.« Er zog mit einer Hand einen Stuhl heran, stellte ihn ihr gegenüber auf und setzte sich auf die Kante. Dann sprudelte er hervor: »Wie Mr. Twain sagte, war der Leopard seit seiner Erschaffung ein Gegenstand der Anbetung. Meine Stimme gab den Ausschlag dafür, ihn als Tauschobjekt zu benutzen. Unter einer Bedingung. Es sollte ihn nur eine mächtige Königin oder ein ebensolcher König erhalten, der uns aus Dankbarkeit im Notfall zu Hilfe eilen würde. Das ist sein wahrer Wert, Miss Danforth. Ich bin dafür verantwortlich, daß seine rechtmäßigen neuen Besitzer ihn zurückbekommen, denn nur so kann die damit verbundene Dankesschuld auch eingefordert werden. Andernfalls gerate ich bei meinen eigenen Leuten in den Verdacht, ihn gestohlen zu haben.« Er pochte mit seinem Spazierstock auf den Boden, um seinen Worten Nachdruck zu verleihen: »Sie sehen, sein Verschwinden ist also ebenso unangenehm für mich, wie es Ihre gestohlenen Taschentücher für Sie waren. Wobei die Folgen in meinem Fall unendlich viel gravierender sind.«

Sie war sicher, daß er versuchte, sie mit seinem hastig hervorgestoßenen Bericht zu überrumpeln, und wartete, bis er zum Kern der Sache kam.

Er erhob sich und schob den Stuhl lässig mit seinem Spazierstock an seinen Platz am Tisch zurück. »Ich hatte ursprünglich vor, meine Reisen in Ihrem wunderbaren Land sofort zu beginnen, Miss Danforth. Jetzt jedoch würde ich meine Pläne gern ändern und auf unbegrenzte Zeit in New York bleiben.«

Abigail stand auf und ergriff ihren Muff und den Sonnenschirm. »In diesem Fall werde ich dafür sorgen, daß Sie eine Einladung zu meinem Debüt erhalten.«

»Ich würde mich geehrt fühlen. Aber meine liebe Miss Danforth, ich brauche Ihre Hilfe.«

Sie wandte sich um und sah ihn an. »Tatsächlich?« Ihr Erstaunen war echt.

»Ich habe es Ihnen bereits erklärt. Mein Leben ist in Gefahr.«

»Ich verstehe nicht, Hoheit. Wie kann ich Ihnen helfen?«

»Bitte, Miss Danforth, finden Sie den Rubin des Punjat. Für mich!«

»Sie schmeicheln mir, Sir.« Abigail schüttelte den Kopf. »Für mich ist es an der Zeit, meinen Traum vom Detektivberuf zu begraben. Bald werde ich mich in der strengen Obhut meines Vaters befinden.« Noch während sie sprach, überlegte sie, ob sie sich vielleicht hinter der Notwendigkeit, ihrem Vater zu gehorchen, versteckte. Da sie nicht in der Lage gewesen war, den Stein an Bord eines Schiffes aufzuspüren, wie konnte sie dann darauf hoffen, ihn in der riesigen Stadt New York zu finden? »Auch ohne ihn zu fragen, weiß ich, daß er niemals seine Einwilligung geben würde.«

»Miss Danforth, ich flehe Sie an.« Der Nawab machte eine Bewegung, um sie aufzuhalten. »Nennen Sie Ihren Preis.«

»Ich bitte um Vergebung, Hoheit,« sagte sie und drängte sich an ihm vorbei. »Mein Vater war immer sehr großzügig zu mir.« Als sie die Tür erreicht hatte, drehte sie sich um und sagte mit ironischem Lächeln: »Ich will nicht riskieren, durch meinen Ungehorsam sein Mißfallen zu erregen, solange ich unter seinem Dach lebe.« Vergnügt stellte sie fest, daß sie tatsächlich ehrlich betrübt darüber war, aus Rücksichtnahme gegenüber dem Vater die Bitte des Nawab abschlagen zu müssen.

6. Kapitel

Zwei Dinge, die einem dritten gleich, sind auch einander gleich. Euklid

Im Zollgebäude von Hoboken herrschte ein wildes Durcheinander. Die Zollbeamten, in langen Mänteln und Helmen auf dem Kopf, genossen offensichtlich die Macht, jene Leute festzuhalten, deren Reichtum und freie Zeit es ihnen erlaubte, um die ganze Welt zu reisen, und in den verborgensten Tiefen ihrer Schrankkoffer herumzuwühlen, um nach nicht angemeldeten Kleinigkeiten zu suchen.

Da er sich nur um die beiden Koffer Rodneys und sein eigenes spärliches Gepäck kümmern mußte, beaufsichtigte Kinkade – nachdem er mit einem galanten Tippen an die Mütze die kleine Jacqueline gegrüßt hatte, die mit der flotten Kappe zu ihrem bescheidenen Mantel ausgesprochen hübsch aussah – die Schauerleute, die Abigails Schrankkoffer zum Kai beförderten. Nur zu bereit, die kurze Zeit des Alleinseins mit der hübschen Zofe zu nutzen, hatte er sich erboten, ihr behilflich zu sein, die Berge von Gepäck, die aus dem Laderaum des Schiffes zum Kai gebracht worden waren, nach Abigails restlicher Habe zu durchsuchen.

Um den Schein zu wahren, kümmerte J.C. sich gleichzeitig um das Gepäck von Max und Fergus, und war deshalb nicht in der Lage, Jacqueline behilflich zu sein. Er brummte wütend vor sich hin, als er sah, wie sie mit Kinkade flirtete, während sie gemeinsam nach Abigails Gepäck suchten. Vollauf damit beschäftigt, sie nicht aus den Augen zu verlieren und mit dem ungewohnten Gefühl von Eifersucht fertigzuwerden, vergaß er beinahe den verschwundenen Rubin.

Stork hatte ein wachsames Auge auf Aref, der es erstaunlich gut verstand, ohne ein Wort zu sprechen, den Schauerleuten seine Wünsche klarzumachen. Er ließ auch J.C. nicht aus den Augen und folgte J.C.'s starrem Blick, mit dem dieser das Geplänkel zwischen Jacqueline und Kinkade beobachtete. Obwohl er J.C.'s Qualen hocherfreut mitansah, wußte er, daß er nicht einen ruhigen Moment haben würde, bevor der Rubin wieder aufgetaucht war. Bei diesen ganzen Ablenkungen war es nur gut, daß er sich nicht sonderlich um die Ausschiffung kümmern mußte. Ein großzügiges Trinkgeld im Laderaum hatte bewirkt, daß das Gepäck Seiner Lordschaft erstaunlich nahe beim Zollschuppen stand.

Frederick und Max waren zuletzt noch an der Schiffsreling gesehen worden, aber dann nirgends zu finden, als es Zeit war, von Bord zu gehen; deshalb war es Rodney, den Hut schräg auf dem Kopf, der Abigail die Gangway hinunter folgte und sie ermahnte, nicht zu schnell zu gehen, und dabei den erschöpften, wankenden Fergus stützte. Nachdem er den Mann nicht allzu sanft auf einer Kiste abgesetzt und ihm seinen Stock gereicht hatte, rannte er hinter Abigail her, die im Zollgebäude verschwunden war.

Drinnen ging es zu wie im Tollhaus. Hunde bellten, Kinder weinten, Erwachsene schrien, und überall gab es Beschwerden und Streit. Obwohl sie ebenso gut draußen, wo es vergleichsweise ruhig war, hätte warten können, während die Dienstboten sich um das Gepäck kümmerten, konnte Abigail es sich nicht verkneifen, an der Kolonne der Zollbeamten entlangzugehen, da schließlich die hauchdünne Chance bestand, daß einer von ihnen das außergewöhnliche Glück hatte, auf den Rubin zu stoßen. Es überraschte sie nicht, den Nawab bei der gleichen Beschäftigung anzutreffen. Dann holte Rodney sie ein.

»Du dummes, törichtes Ding!« rief er. »Ich habe dir befohlen, nicht von meiner Seite zu weichen.« Er ergriff ihren Ellenbogen und drehte sie herum. »Jetzt habe ich dich fast bis nach Hause gebracht, und ich werde dich nicht mehr loslassen, bis wir dort sind!« Er gab ihren Ellenbogen frei und bot ihr seinen Arm. »Komm sofort mit!«

Abigail warf dem Nawab einen vielsagenden Blick zu, um ihn auf ihre unselige Lage aufmerksam zu machen, und zuckte die Schultern. »Ja, Rodney,« sagte sie, mit einemmal fügsam. Mit einem tiefen Seufzer ließ sie den letzten Hoffnungsschimmer fahren, den Rubin zu finden, nahm Rodneys Arm und gestattete ihm, sie hinaus zu Fergus zu führen.

Fergus saß noch immer auf der Kiste, und nun da der Boden nicht mehr schwankte, kehrten seine Kräfte mit jedem Atemzug zurück. Gerade als Rodney und Abigail ihn erreichten, durchbrachen Frederick und Max die Menge, Crosspatches am Zügel.

Abigail ließ Rodneys Arm fahren und rannte, alle Etikette vergessend, auf sie zu. Sie tätschelte dem Pferd die Nase und strahlte Frederick begeistert an. »Welch herrliche Überraschung!«

Frederick errötete vor Freude so tief, daß man es trotz seiner Bräune sehen konnte, und tippte an seinen Hut. »Ein Geschenk meiner Mutter, Miss Danforth.«

»Für mich?« stieß Abigail über alle Maßen entzückt hervor. »Aber ich kann doch nicht –«

»Es ist nur ein kleines Zeichen der Anerkennung für Ihre Bemühungen,« unterbrach er sie und blinzelte ihr zu, um sie an ihren geheimen Pakt zu erinnern.

»Aber ich habe doch versagt –«

Wieder fiel er ihr ins Wort. »Meine liebe Miss Danforth,« sagte er, sie seinerseits mit einem so strahlenden Lächeln ansehend, daß sich seine zerfurchten Züge geradezu verklärten, »meiner Meinung nach ist es gar nicht möglich, daß Sie bei irgendetwas versagen.«

»Euer Lordschaft.« Abigail errötete heftig, und ihr Herz begann unter der Glut seines Blickes plötzlich zu klopfen. Nicht daß man ihr Crosspatches geschenkt hatte, verwirrte sie so. Die mit diesem Geschenk verbundene stillschweigende Billigung, daß sie im Herrensitz geritten war, brachte sie plötzlich dazu, sich zu fragen, ob sie diesen Mann nicht tatsächlich lieben könnte. Sie war im Begriff, ihm eine kokette Kußhand zuzuwerfen, als Fergus einen gequälten Schrei von sich gab.

Max hatte ihm soeben die Nachricht hinterbracht, daß sie an Bord der Christopher-Street-Fähre gehen mußten, um in die Stadt zu gelangen. Fergus, der noch immer auf der Kiste saß, umklammerte seinen Stock, als könne der Wurzeln schlagen, und schwor feierlich, lieber in Hoboken zu sterben, als ein weiteres Schiff zu besteigen, und sei es nur eine stabile, langsame Fähre.

Fergus hatte sein Wehklagen gerade beendet, als noch lauteres Getöse und Geschrei als zuvor aus dem Schuppen erklang, und die Stimme des Nawab alles andere übertönte. Abigail eilte zum Eingang und kam gerade recht, um zu sehen, daß der Nawab und ein Zollinspektor miteinander in Streit geraten waren. Der Nawab hob seinen Spazierstock, um den Mann zu schlagen, und die Situation drohte sich zuzuspitzen, als Kinkade dazwischentrat, bevor es zu Handgreiflichkeiten kommen konnte, und die Zollbeamten der Reihe nach beschwor, beschwatzte und einschüchterte. Abigail vermutete, daß auch er in die eine oder andere Hand ein Silberstück gelegt hatte.

Wie auch immer es ihm gelungen war, jedenfalls hatte er bald sämtliche Leute, ihre unzähligen Habseligkeiten und das Pferd an Bord der Christopher-Street-Fähre verfrachtet. Auf dem Hudson war ihre Fähre nur eines von vielen Schiffen unter den zahllosen Lastkähnen, Schleppern, Paketbooten und Raddampfern, die auf einen der verkehrsreichsten Häfen der Welt zusteuerten.

Als Abigail nach einer ruhigen Einfahrt das Hafengebäude auf der New Yorker Seite verließ, sah sie sich ehrfürchtig um. Die Takelage von Klippern, Schaluppen und Fregatten, die am Kai vertäut lagen, schien sich bis zum Horizont zu erstrecken.

Zugepackt mit riesigen Stapeln von Ladung aller erdenklichen Art, wimmelte es bei den Anlegeplätzen zudem von Schauerleuten, Fuhrleuten, Trägern, Matrosen, Hafenarbeitern und Passagieren, die sich alle nur mit lautem Rufen gegen den beängstigenden Lärm der eisenbeschlagenen Räder und Pferdehufe auf dem Kopfsteinpflaster durchsetzen konnten.

Noch bedrückender als der Lärm war der Geruch nach überhitzten Pferden, der sich mit dem Duft alter und frischer Pferdeäpfel mischte. Vereint mit dem Gestank nach altem Fisch, waren die entsetzlichen Gerüche einfach zuviel für Sinne, die eine Woche lang die frische Seeluft geschnuppert hatten.

Das Taschentuch gegen die Nase gepreßt, schwankte Abigail hinter ihrem Bruder her und suchte mit den Augen in der Menge vergebens nach ihrem Vater. Rodney blieb abrupt stehen. Abigail wäre beinahe mit ihm zusammengeprallt.

»Du bleibst hier, Abigail,« befahl er und zeigte mit seinem Spazierstock auf den Boden, als wollte er sie genau auf dieser Stelle festnageln. »Ich muß Seine Hoheit noch etwas fragen, ehe er ins Hotel Plaza entschwindet.« Während er in Richtung Hafengebäude zurückrannte, auf eine große Kutsche zu, die Kinkade für den Nawab, Aref und deren Gepäck gemietet hatte, rief Rodney über die Schulter zurück: »Rühr dich nicht von der Stelle!«

Da sie in der für Dezember ungewöhnlichen Hitze von sechzig Grad Fahrenheit fast umkam und Jacqueline ihren Umhang und den Muff übergeben wollte, winkte sie der Zofe, die bei dem Karren mit dem Hausrat stand, der offenbar vor ihrer eigenen Kutsche angekommen war. Sie konnte sich ihr jedoch nicht bemerkbar machen und ging über den Schotter auf den Wagen zu. Als sie stehenblieb, um zu sehen, was ihre Zofe so in Anspruch nahm, bemerkte sie die unverhüllte Bewunderung, mit der Jacqueline beobachtete, wie Kinkade den Trägern geschickt Anweisungen erteilte; und ihre Bewunderung schien auf ihn beflügelnde Wirkung zu haben. Sie stahl sich einen Moment hinter den Wagen, wo Crosspatches festgebunden war, und tätschelte ihm die Nase; wie sie feststellte, schien der immer noch mürrische Stork froh zu sein, Kinkade zur Verfügung zu haben, während J.C. sich wie ein eifersüchtiger Liebhaber aufführte. Sie tadelte sich wegen ihrer lebhaften Phantasie, reichte Jacqueline die überflüssigen Kleidungsstücke und kehrte zu der Stelle zurück, wo sie nach Rodneys Anweisung hätte bleiben sollen.

Als dieser von seinem Gespräch mit dem Nawab zurückkehrte und sie einen Augenblick lang nicht sah, runzelte er die Stirn, enthielt sich jedoch eines Kommentars, als er sie schließlich fest am Ellenbogen packen konnte.

Erschöpft und ungeheuer dankbar, sich wieder auf festem Boden zu befinden, gestattete Fergus Frederick und Max, ihn zu stützen, während sie Rodney und Abigail folgten, die sich ihren Weg durch die Menge bahnten und auf eine seltsames Gefährt zugingen, das eine Kutsche hätte sein können, wenn Pferde davorgespannt gewesen wären.

»Wie lustig!« rief Abigail, die sich ihre Enttäuschung darüber, daß ihr Vater sie nicht abholte, nicht anmerken lassen wollte. »Vater hat Oscar mit einem Automobil geschickt! Ich wußte gar nicht, daß er eines besitzt.« Sie entzog ihren Arm Rodneys Griff und streckte dem Chauffeur die Hand hin.

»Schön, daß Sie wieder zu Hause sind, Miss Danforth.« Die Kappe unter dem Arm und mit schwimmendem Blick, salutierte Oscar, nachdem sie seine Hand losließ.

»Es ist ein Wood's Electric Station Wagon,« verkündete Rodney laut, dessen gute Laune durch den Eindruck, den das teure Fahrzeug auf den Lord und seine Freunde machte, zurückgekehrt war. »Es fährt zwölf Meilen in der Stunde!«

Ein livrierter Diener verstaute Abigail und Rodney auf dem Rücksitz, Frederick, Max und Fergus gegenüber. Dann schloß er die Türen und setzte sich zu Oscar auf den Fahrersitz. Während Abigail die frischen Rosen in den kleinen Vasen bewunderte, protzte Rodney mit der Kleiderstange, dem Spiegelkasten, der Kartentasche, der Hutbürste, der Uhr und erwähnte voller Stolz die siebzehnfache Lackschicht.

Ohne die höhnischen Rufe: »Nimm doch ein Pferd!« zu beachten, wartete Oscar nicht auf den Gepäckwagen und die Dienstboten, sondern steuerte das Auto durch die Schar der neugierigen Zuschauer hindurch an zahlreichen aus massivem Backstein gebauten Geschäftshäusern vorbei. Als der Motor sich mühsam die Steigung von Christopher Street hinaufquälte, liefen Straßenkinder in ihren flatternden Lumpen neben ihnen her. Ehe Abigail Rodney um eine amerikanische Münze bitten konnte, um sie einem ungewöhnlich hübschen, rothaarigen Mädchen, das Streichhölzer anbot, zuzuwerfen, hatten sie die höchste Stelle des Hügels erreicht. Der Verkehr wurde schneller, sie konnten jetzt im Kielwasser eines Vierspänners fahren, und das Kind war nicht mehr in der Lage, Schritt zu halten.

Dankbar, daß der Straßenlärm eine Unterhaltung unmöglich machte, starrte Abigail aus dem Fenster, belebt von der Vitalität einer Stadt, die seit ihrem Abschied viel auffälliger gewachsen war und sich verändert hatte als sie.

Aber die Begeisterung über die Fahrt verwandelte sich in Furcht, als sie von der Park Avenue in den Gramercy Park einbogen und sie die dicke Strohschicht erblickte, die vor ihrem Haus ausgestreut war. Bens Zustand mußte noch immer ernst sein, wenn es erforderlich war, die Geräusche von Pferd und Wagen so zu dämpfen.

Obwohl Äußerlichkeiten ihm nicht gleichgültig waren, hatte Andrew Benjamin Danforth es für unter seiner Würde gehalten, sich so etwas wie ein – wie er es nannte – protziges Mausoleum in der Millionärszeile an der Fifth Avenue zu bauen. Mit seinem Weinkeller, der in der Stadt seinesgleichen suchte, (er enthielt neben anderen Raritäten Kisten mit rotem Bordeaux aus der Zeit, bevor die Reblaus ihr Unwesen getrieben hatte) war seine bescheidene Neun-Zimmer-Villa groß genug, um einen zukünftigen Marquis und sein Gefolge als Hausgäste beherbergen zu können, ohne daß der Besitzer sich schämen mußte. Voll elektrifiziert, besaß es alle Annehmlichkeiten einschließlich Telefon, und die modernen Einrichtungen für die Dienstboten waren bemerkenswert. Danforth sorgte gut für sie, nicht aus Freundlichkeit, sondern weil er Loyalität und Arbeitsbereitschaft als verhältnismäßig billige Gegenleistung erwartete.

Andrew Danforth gab es auf, so zu tun, als lese er den *New York Herald*, faltete die Zeitung ordentlich zusammen, machte auf der einen Seite des vollgestellten Tisches Platz dafür und verglich erneut seine Taschenuhr mit der Uhr auf dem Kaminsims. Er erhob sich, ging von dem mit Satinquasten und Fransen besetzten Sofa zu einem passenden blauen türkischen Diwan und rückte ihn etwas gerade, damit er seinem Pendant exakt gegenüber stand. Sein Schneider mußte keinen Makel an seiner hochgewachsenen, muskulösen Gestalt verbergen, und seine Haltung war so kerzengerade, daß die breiten Schultern sich mitdrehten, wenn er den Kopf wandte. Jahrelanges Maniküren und Eincremen hatte alle Spuren seiner harten körperlichen Arbeit in den Minen von seinen kräftigen, breiten Händen entfernt. Als einzigen Schmuck trug er am rechten Ringfinger einen aus schwerem Gold gearbeiteten Siegelring. Er war ein Hochzeitsgeschenk seiner geliebten verstorbenen Frau gewesen.

Sein welliges Haar, das immer noch von einem kräftigen Rotbraun war, trug er ungescheitelt zurückgekämmt. Die jugendliche Fülle gefiel ihm. Obwohl er diese Eitelkeit gegenüber anderen vehement geleugnet hätte, setzte er seinen Hut stets genau in die Vertiefung einer Welle, damit seine Frisur nicht in Unordnung geriet, wenn er an den Hut tippte, um eine Dame zu grüßen.

Wegen seiner Künste als Figaro wäre Kinkade die Reise nach London beinahe verwehrt worden, bis sich herausstellte, daß Samuel, ein zweiter Lakai im Haus, ungewöhnlich gut mit der Schere umgehen konnte. In der Privatheit seines Ankleidezimmers hatte Samuel Mr. Danforth dazu überredet, sich einen Schnurrbart wachsen zu lassen. Von dem gleichen rötlichen Braun wie sein Haar, wuchs er inzwischen üppig und zeigte an den Mundwinkeln nach oben, was seinen Gesichtsausdruck etwas freundlicher machte. In seinen Augen, die von einem dunkeln Ockerbraun waren, schien sich eine ständige Trauer zu verbergen. Sein seltenes Lächeln war eher ein Alarmsignal als ein Zeichen von Freundlichkeit.

Von seinem Platz am Kamin aus betrachtete er stolz seinen Salon, von dem kunstvollen Fries, der an der reichverzierten Decke entlanglief, bis zu dem Eisbärfell mit den blitzenden Fangzähnen auf dem Bucharateppich. Er war ein unermüdlicher Sammler und hielt sich für einen Kunstkenner, ein Urteil, das andere Leute bestätigten. Unzählige Kunstobjekte standen neben kurzblättrigen Zwergpalmen in grotesk geformten chinesischen Übertöpfen und Lampen mit Rüschenschirmen auf den zahlreichen, mit Tischläufern bedeckten Tischen.

Seine schönen Dinge zu betrachten, bereitete ihm großes

Vergnügen, und er erwartete Abigails Rückkehr ungeduldiger, als er sich eingestand, damit sie den Schmuck ihrer Mutter tragen konnte. Er hatte den Saphirschmuck und einige der weniger wertvollen Perlen aus dem Banksafe genommen. Die blauen Steine waren das Verlobungsgeschenk für seine Frau gewesen. Es genügte, die anderen nach dem Neujahrsfest zu holen.

Obwohl er jeden Moment mit der Nachricht rechnete, daß die Reisenden eingetroffen waren, war er noch nicht zu einem Entschluß gekommen, ob Samuel Kinkade auf Dauer ersetzen sollte. Ihn, der nur selten unentschlossen war, hatte diese ungelöste Frage irgendwie verwirrt. Er war erleichtert, daß seine Tochter als Erwachsene zu ihm zurückkehrte. Bald nach ihrem Debüt an Neujahr würde sie die Verantwortung für den reibungslosen Ablauf des Haushalts übernehmen. Wenn er sich dann erst entschloß, Samuel zu behalten, würde es zu ihren Pflichten gehören, Kinkade die unangenehme Neuigkeit mitzuteilen.

Er war so nervös wegen Abigails Rückkehr, daß er beinahe seinen Schwur brach, niemals einen sentimentalen Narren aus sich zu machen und vor dem Haus auf sie warten wollte. In dem Moment hörte er jedoch, daß Gregory, der Butler, Leute in der Diele willkommen hieß. Unwillkürlich machte er einen Schritt vorwärts, blieb dann jedoch mitten im Raum stehen. Er hatte so lange gewartet, da kam es auf eine Minute nicht an.

Obwohl Abigail in Begleitung anderer war, die um seine Aufmerksamkeit buhlten, ergriff ihn bei ihrem Eintreten ein unmännliches Schwindelgefühl ob der außergewöhnlichen Ähnlichkeit mit ihrer Mutter. Er war so benommen, daß er beinahe taumelte. Während er sein Rückgrat straffte, um die Schwäche zu überspielen, brachte er mühsam hervor: »Abigail, du bist wieder zu Hause.«

Abigail, die nur sein Zurückweichen sah und vermutete, irgendwie sein Mißfallen erregt zu haben, unterdrückte ihr Lächeln und nahm die gleiche reservierte Haltung ein wie er. Ihre tadellosen Manieren verbargen ihren Schmerz über die Kühle seiner Begrüßung, und sie wandte sich abrupt um und stellte ihm Lord Hunterswell, Mr. Driscoll und Mr. Buchanan offiziell vor.

In dem Bemühen, seine Beherrschung wiederzuerlangen, vermied es Andrew Danforth, Abigail anzusehen und wandte seinen männlichen Gästen seine wohlwollende Aufmerksamkeit zu; selbst für Rodney fand er ein freundliches Wort zur Begrüßung.

Während sie darauf brannte, ihren Vater zu fragen, ob die Strohschicht auf der Straße bedeute, daß sich Benjamins Zustand verschlimmert habe, entfaltete Abigail ihren Fächer und wartete ab, bis in diesem Gespräch unter Männern zwangsläufig eine Pause eintrat. Da sie keine direkte Frage stellen wollte, die möglicherweise schroff zurückgewiesen würde, sondern unbedingt etwas zu erfahren hoffte, sagte sie endlich zu ihrem Vater, der ihr immer noch den Rücken zukehrte: »Wenn Sie bitte verzeihen, Sir. Ich würde Benjamin gern sehen.«

Ihre Stimme war der ihrer Mutter so ähnlich, daß Andrew Danforth sie nicht anzusehen wagte. Sein Ja klang selbst für seine Ohren schroff.

Sie war so verletzt und bestürzt über sein abweisendes Verhalten, daß ihre Haltung ebenso starr war wie die seine, als sie zur Tür ging.

Als er aus dem Rascheln ihrer Röcke schloß, daß sie die Tür erreicht haben mußte, blickte Andrew Danforth in ihre Richtung, brachte jedoch nicht die Kraft auf, sie zurückzurufen.

Rodney, der die ungewöhnliche Freundlichkeit seines Vaters genoß, entging die Situation. Nur Frederick bemerkte den flüchtigen Ausdruck untröstlichen Schmerzes auf Andrew Danforth' Gesicht, als sich die Tür hinter seiner Tochter schloß. Erneut sorgte er sich über seine Aussichten, Abigail zur Frau zu gewinnen.

Nachdem sie zwei Treppen hinaufgerannt war, blieb Abigail atemlos vor Benjamins Tür stehen, vergebens bemüht die Fragen im Zusammenhang mit der Begrüßung ihres Vaters zum Schweigen zu bringen. Warum war er so reserviert gewesen? Hatte er auf irgendeine Weise von ihrem heimlichen Traum erfahren? Aber wie? Und wenn er sie so behandelte, ohne davon zu wissen, wie würde er erst reagieren, nachdem Rodney ihm alles erzählt hatte?

Sie bemühte sich, zur Ruhe zu kommen, um Benjamin nicht unnötig aufzuregen, klopfte leise und legte das Ohr an die Tür, um seine Antwort nicht zu verpassen. Als sie sicher war, seine Stimme gehört zu haben, trat sie ein.

Da sie auf das Schlimmste gefaßt gewesen war, freute sie sich, daß er auf einer Chaiselongue neben dem Kamin saß und las. Obwohl es warm im Zimmer war, trug er einen wollenen Morgenrock und hatte eine Decke über die Knie gebreitet. Er kam ihr wie die geschrumpfte Ausgabe ihres Vaters vor, nur sein üppiges Haar schien bei einem so dünnen Menschen fehl am Platz. Als er sie erkannte, legte er das Buch in den Schoß und breitete die Arme aus.

Abigail, die sich rasch neben ihn auf das Sofa setzte, hatte das Gefühl, ein Skelett zu umarmen.

Seine Stimme war rauh vor Bewegung, als er ihr ins Ohr flüsterte: »Verzeih mir, daß ich nicht aufstehe, meine süße Abby.«

Es fiel ihr schwer, ihre Freudentränen zu unterdrücken, als sie ein Stück von ihm abrückte, um ihn zu betrachten. »Liebster Ben, es ist so schön, dich zu sehen.« Ihr Lächeln war zitterig, so erleichtert war sie darüber, daß sich endlich jemand freute, sie zu sehen. »Typhus!« rief sie. »Du hättest daran sterben können.«

»Mir geht's gut, mir geht's gut.« Er tätschelte ihre Hand und seufzte. »Es muß für Vater ein schlimmer Schock gewesen sein, dich zu sehen.«

Sie erhob sich jäh. Der Schmerz über die Reserviertheit ihres Vaters kehrte zurück und sie fragte sich erneut, was sie getan hatte, um sie hervorzurufen. »Wie meinst du das?«

»Du siehst genauso aus wie Mutter.«

»Wirklich?« Ehrlich überrascht und erfreut über das Kompliment, entspannte sie sich etwas.

»Hat Rodney nichts gesagt?« Ben sah sie fragend an. »Kannst du dich nicht mehr an ihr Bild erinnern? Du mußt im Treppenhaus daran vorbeigekommen sein.«

Sie schüttelte den Kopf. »Ich fürchte, ich bin daran vorbeigelaufen, ohne es zu sehen. Ich habe es so schön in Erinnerung. Findest du wirklich, daß ich –«

»Welch sittsame Bescheidenheit.« Lächelnd machte er mit den Fingern eine kreisende Bewegung. »Dreh dich um, Miss Gabby Abby, damit ich dein hübsches Kleid sehen kann. Zeig mir, was sie dir im Ausland beigebracht haben.« Er kicherte.

»Ach, du möchtest eine aufrechte Haltung und ein königliches Fegen sehen?« Sie zwinkerte ihm zu und lief zum Kamin. Dort ergriff sie den Kaminbesen und fegte einen imaginären Weg vor sich, während sie zum Sofa zurückkehrte.

Ben brach in Gelächter aus und hielt sich die Seiten. Außer Atem sagte er: »Dafür hat Vater also ein Vermögen bezahlt!«

»Du hättest erst die königliche Art sehen müssen, in der ich gerade aus dem Salon gefegt bin,« sagte sie über die Schulter, als sie den Besen zurückbrachte. Ihm den Rücken zukehrend, hielt sie inne. »Ach, Ben,« sagte sie, plötzlich den Tränen nahe. »Vater war so kühl.« Sie wandte sich zu ihm um und versuchte zu lächeln. »Und dieser Schnurrbart!«

»Sei nicht zu streng mit ihm, Schwesterchen.« Ben winkte ihr, näher zum Sofa zu kommen, den Schaukelstuhl heranzuziehen und sich neben ihn zu setzen. Er sah ihr schweigend zu, während sie den Hut absetzte und ihn ans Fußende der Chaiselongue legte. Schließlich sagte er: »Ich weiß nicht, was mit Vater los ist. Er kommt mehrmals am Tag hier herein. Wahrscheinlich öfter, als ich mitbekomme, da ich sehr viel schlafe.«

Plötzlich besorgt, sie könnte zu lange geblieben sein, griff sie nach ihrem Hut. »Ich gehe besser, Ben. Ich möchte nicht –«

»Nein, bleib.« Ben streckte die Hand aus, um sie zurückzuhalten. »Er sieht mich immer an, als sei er kurz davor, mir etwas anzuvertrauen, aber er tut es nie.«

»Er ist zweifellos in Sorge um dich.«

»Ich weiß. Aber was ich nicht verstehe, ist seine Vorliebe für diesen Pecksniff, diesen Heuchler Samuel.«*

»Warum?«

»Samuel ist für den Schnurrbart verantwortlich.«

»Aha. Nun, Sir. Ich habe die reizendste neue Zofe, die du dir vorstellen kannst. Sie ist Französin, geradezu unermüdlich und talentiert.«

---

* *Pecksniff:* Gestalt aus Charles Dickens, *The Life and Adventures of Martin Chuzzlewit.* Im englischen Sprachraum Verkörperung des infamen Heuchlers.

»Ich weiß. Du hast es geschrieben. Aber was du nicht erwähnt hast, ist sie hübsch?«

»Ja.« In scheinbar ernstem Ton fuhr sie fort: »Aber versprich mir, daß du sie nicht in Schwierigkeiten bringst.«

»Ich?« Ben war die Unschuld selbst.

»Rodney hat sich wie ein Schuft benommen.«

»Das sieht meinem Zwillingsbruder ähnlich.« Ben schüttelte traurig den Kopf. »Übrigens, war Miss Cunningham im Salon?«

»Miss Cunningham? Aber nein. Wer ist das?«

»Soll das heißen, du weißt es wirklich nicht? Hat Rodney es dir nicht erzählt?«

»Spann' mich nicht auf die Folter, Ben!« Sie drohte, auf ihn loszugehen. »Sag es mir!«

»Sie wird als deine Anstandsdame fungieren.«

Abigail stöhnte und sackte in ihrem Sessel zusammen.

»Sie ist eine entfernte Cousine von Mutter,« erklärte Ben. »Als sie einmal zu Besuch kam, hat Vater, glaube ich, versucht, sie herumzukriegen, daß sie ihm den Haushalt führt. Das wollte sie nicht. Sie hat mich jedoch immer gepflegt, wenn die eigentliche Krankenschwester nicht da war. Dann ist sie einfach geblieben.«

»Vermutlich mittellos?«

»Ich glaube nicht, aber ich weiß es nicht. Ich war zu krank, als sie ankam, und nachher war es nicht mehr der Mühe wert, es herauszufinden.«

»Meinst du, daß Vater vielleicht mit ihr ...« sie machte eine Pause. »Wie soll ich es taktvoll ausdrücken?« Ihr Lächeln war spitzbübisch. »Mit ihr liebäugelt?«

»Abigail! Auf welch himmlisch abwegige Gedanken du kommst! Nächstens abonnierst du noch die *Police Gazette*, und Vater rührt der Schlag.« Er lächelte. »Nein. Da gibt es kein Techtelmechtel. Ganz im Gegenteil. An ihr könnte es liegen, daß Vater zur Zeit so gereizt ist. Sie ist eine der eigensinnigsten Frauen, die ich kennengelernt habe. Meistens hat sie Migräne und hält sich in ihren Räumen auf.«

»Wie langweilig für dich. Und für mich.« Abigail seufzte empört. »Ich hatte gedacht, Jacqueline wäre die einzige Begleiterin, die ich brauchte.«

»Na, komm, Abby,« suchte er sie zu beschwichtigen, »trotz ihrer langweiligen Art hat Miss Cunningham einen phantastischen Terminkalender für dich aufgestellt: Mittagessen, Vormittagsbesuche, Abendessen, Bälle. Ich werde dich nicht mehr zu Gesicht bekommen.«

Mit einem ärgerlichen Herumwirbeln ihrer Röcke erhob sie sich. »Das ist genau das, was ich Dr. Conan Doyle prophezeit habe!« rief sie aus.

»Was soll das heißen?« Benjamin lehnte sich vor. »Du hast wirklich Dr. Conan Doyle getroffen? Davon hast du gar nichts geschrieben!«

»Es war erst kurz, bevor wir die Heimreise angetreten haben,« sagte sie und sah ihn feierlich an. »Versprichst du, es Vater nicht zu erzählen, wenn ich dir etwas anvertraue?«

Ohne ein Wort legte Ben die Hand aufs Herz.

Nachdem sie es sich im Schaukelstuhl bequem gemacht hatte, begann Abigail, von Conan Doyles Ablehnung zu erzählen, berichtete dann rasch von ihrem Verdacht in bezug auf Miss Arringtons Unfall und ihren eigenen Versuchen, den verschwundenen Rubin zu finden, und beendete ihre Geschichte mit dem Wunsch des Nawab.

»Oh! Der Rubin des Punjat!« rief Ben aus, als sie geendet hatte. »Hätte Vater gewußt, daß die Chance bestand, ihn zu sehen – und auch noch Wales kennenzulernen – hätte er dich bestimmt selbst abgeholt.« Er unterdrückte ein Gähnen. »Ich kann es kaum erwarten, Crosspatches zu sehen. Und natürlich Seine Lordschaft.«

Von einem Klopfen an der Tür unterbrochen, rief er: »Herein!«

Ein in die dunkelblaue, rot abgesetzte Livree des Danforth'schen Personals gekleideter Diener trat näher. »Miss Danforth' Anwesenheit wird zum Vieruhrtee auf der Sonnenterrasse erwartet.«

Abigail entließ ihm mit einem kurzen Nicken und griff, sobald die Tür sich hinter ihm schloß, nach Bens Hand. »Ich gehe nur ungern. Es gibt noch mehr zu erzählen.«

»Jetzt nicht. Du mußt gehen und dich umziehen. Ich bin erschöpft, und Vater ist nach wie vor gereizt, wenn jemand unpünktlich ist. Komm vor dem Abendessen noch mal vorbei.«

»Ißt du nicht mit uns?«

»Ich nehme meine Mahlzeiten noch immer in der Einsamkeit und Behaglichkeit meiner Räume ein.«

Während sie ihren Hut vom Sofaende nahm, sah sie ihn nachdenklich an. »Hast du eine Ahnung, warum Vater nicht wieder geheiratet hat?«

»Nein, Liebes. Außerdem habe ich mich nie getraut, ihn danach zu fragen. Und jetzt verschwinde!« Er machte mit seinem Buch die entsprechende Bewegung.

Sie blieb an der Tür stehen und warf ihm mit großer Geste eine Kußhand zu.

Seine Stimme klang heiser, als er hinter ihr herrief: »Es ist wunderbar, dich wieder hierzuhaben, Abby!«

Stork war beeindruckt. Er betrachtete sich als weitgereisten Mann, aber solche Räumlichkeiten wie diese hatte er noch nie gesehen. Ein Wasserklosett für die Dienstboten. Ein Badezimmer, komplett mit Duschkabine. Mit warmem und kaltem fließenden Wasser! Eines unten in den Räumen für das männliche Personal und vermutlich eines oben für die Frauen. Außerdem hatte er ein eigenes Zimmer für sich allein. Es schadete nichts, daß es kaum groß genug war für eine Bettstelle und einen Kleiderschrank; es hatte eine Tür und ermöglichte damit etwas, das ein Diener am seltensten genießen konnte – ungestört zu sein.

Die Küche war ein Wunderland der neusten technischen Errungenschaften, das Wunderbarste daran war jedoch: sie wurde von einer freundlichen Köchin befehligt, die gegen einen Happen zwischendurch nichts einzuwenden hatte und darauf bestand, daß sie in dem behaglichen Aufenthaltsraum für das Personal einen kleinen Imbiß zu sich nahmen, bevor sie wieder an die Arbeit gingen. Der Duft ihres würzigen Apfelkuchens war zu verführerisch, um zu widerstehen. Obwohl er einen Tee vorgezogen hätte, wollte er nicht riskieren, ihr die gute Laune zu verderben, indem er ihren Kakao ablehnte, und das war gut so. Mit einem Klumpen Marshmallow obendrauf schmeckte er kräftig und köstlich.

Vor sich hinlächelnd, setzte er sich ein wenig aufrechter, als er das erstickte Gekicher der Hausmädchen hörte, die einen Blick in den Raum warfen. Es erinnerte ihn an seine Jugend, als er den Diener Seiner Königlichen Majestät ehrfürchtig angestarrt hatte, damals, als Albert den Marquis besucht hatte. Er war stolz auf seine Stellung, und allmählich entspannten sich seine verkrampften Nerven, und selbst sein steifer Fuß begann in der Wärme etwas beweglicher zu werden.

Kinkade hatte den perfekten Gastgeber gespielt. Sein Boxergesicht in freundliche Falten gelegt, hatte er mit allen seine Späße gemacht, während er sie vorstellte. Nur ein aufmerksamer Beobachter hätte bemerkt, daß sich seine Überschwenglichkeit etwas legte, nachdem Jacqueline sich in das obere Stockwerk des Hauses begeben hatte, wo ihre neue Unterkunft war.

Mit seiner Aufgeräumtheit war es jedoch endgültig vorbei, als er entdeckte, daß Samuel noch am Tag seiner Abreise in sein Zimmer eingezogen war und nicht die geringsten Anstalten machte, wieder auszuziehen. Er gab seine Gastgeberrolle auf, entschuldigte sich mit grimmigem Gesichtsausdruck und suchte Gregory auf, um ihn zur Rede zu stellen.

J.C. war nervös, wie Stork zufrieden feststellte. Der Schuft hatte tatsächlich auf der Fähre versucht, ihn beiseitezunehmen und sich zu entschuldigen, aber davon wollte Stork nichts wissen. Statt dessen hatte er damit gedroht, Seiner Lordschaft die Wahrheit zu sagen, und J.C. hatte sich davongeschlichen. Natürlich würde er nie so unbesonnen handeln, doch J.C. sollte sich nicht darauf verlassen. Er wünschte, er hätte die Nerven, den Mann umzubringen und ihn ein für allemal los zu sein. Einen Unfall zu arrangieren, wie ihn die arme Miss Arrington erlitten hatte. Nie zuvor hatte er einem Menschen etwas antun wollen.

Stork hatte nicht die leiseste Ahnung, daß J.C.'s Qualen mit Jacquelines und Kinkades – gemeinsamer – Abwesenheit zu tun hatten. Unfähig, die Spannung eine Sekunde länger zu ertragen, verließ J.C. mit einer Entschuldigung den Tisch, obwohl er seinen Kuchen erst zur Hälfte aufgegessen hatte. Er hatte keine Vorstellung, wo er mit der Suche nach Jacqueline anfangen sollte, deshalb blieb er am Fuß der Hintertreppe stehen, über die sie verschwunden war, und da sie auch zum Kuchen eingeladen war, hoffte er inständig, daß sie wieder erschiene, bevor er zum Dienst gerufen würde. Er brauchte nicht lange zu warten.

J.C.'s Gesichtsausdruck war so düster, daß Jacqueline ihre Begleitung vorausschickte, als sie ihn erblickte, damit sie stehenbleiben und allein mit ihm reden konnte. »*Monsieur* J.C.?« Sie runzelte besorgt die Stirn. »Geht es Ihnen gut?«

Ohne Einleitung brach J.C.'s ganze Eifersucht hervor. »Sie bewundern Mr. Kinkade, nicht wahr? Nun, ich kann Ihnen was über ihn erzählen!« sagte er hastig mit leiser Stimme, damit niemand es hörte. »Kinkade hat mich gezwungen, mit Ihnen anzubandeln. Er hat gesagt, Sie wären ein Flittchen. Sie wären nur hinter dem Herrn des Hauses her. Aber auf der Reise könnte man sich bestimmt gut mit Ihnen amüsieren, hat er gesagt. Es springt was für Sie heraus, wenn Sie dafür sorgen, daß sie in anderen Umständen ist, hat er gesagt.«

Sobald die Worte heraus waren, erkannte er seinen Fehler. Der Zorn über Kinkades Verrat hatte ihn blind gemacht für die Wirkung, die seine Enthüllungen auf sie haben mußte.

Jacqueline war zu Stein erstarrt.

Verzweifelt erklärte er ihr, daß er sie auf Anhieb für eine tugendhafte Frau gehalten habe. Daß sie in der Tat das Mädchen seiner Träume sei. Daß er sie liebe.

Ohne mit einem Wort oder einer Geste erkennen zu lassen, daß sie ihn verstanden hatte, drehte Jacqueline sich auf dem Absatz um, hob ihre Röcke eben hoch genug, um nicht an den Stufen hängenzubleiben, und rannte die Treppe hinauf.

Gregory war nirgends aufzutreiben, und da er den Verdacht

hatte, gerade von einem seiner vermeintlichen Kumpel im Haushalt an der Nase herumgeführt worden zu sein, lief Kinkade die Hintertreppe hinunter zum Aufenthaltsraum des Personals und zu seinem langersehnten Kuchen. Erfreut sah er Jacqueline die Treppe hoch auf ihn zukommen.

Lächelnd öffnete er den Mund, um etwas zu sagen, doch bevor er ein Wort herausbrachte, stieß sie einen französischen Wortschwall hervor, wobei sie mit ihren ausdrucksvollen Händen in der Luft herumfuchtelte. Obwohl er kein Wort verstand, begriff er, daß sie wütend war. Daß seine Beziehung zu ihr auf dem Spiel stand. Daß sie wirklich sehr wütend war. Auf ihn.

Dann hörte er, daß sie J.C.'s Namen erwähnte und sah, wie sie mit einer Geste voller Abscheu ihre Fingerspitzen küßte, und es dämmerte ihm, was passiert sein mußte.

Kinkade verspürte Gewissensbisse wegen der Qual, die er ihr verursacht hatte. Er sehnte sich danach, sie in die Arme zu nehmen und ihre verletzten Gefühle zu besänftigen, doch angesichts ihres Zorns fühlte er sich hilflos. Er war den Tränen nahe und noch immer zu keinem Wort fähig, als sie an ihm vorbei und die Treppe hinauf stürmte. Und er hatte die größte Lust, J.C. umzubringen.

Besorgt, sie könnte zu spät zum Tee kommen, rannte Abigail den Flur entlang, der zu ihren Räumen führte. Als sie um die Ecke bog, öffnete sich die nächstliegende Tür, und eine Frau trat heraus.

»Guten Tag. Sie müssen Miss Danforth sein,« sagte die Frau mit einem Kopfnicken. »Ich bin Maude Cunningham.«

Abigail antwortete mit einem Nicken.

»Wie erstaunlich,« sagte Maude. »Sie gleichen dem Portrait meiner Cousine aufs Haar.«

»Vielen Dank,« erwiderte Abigail, während sie diese neue Person in ihrem Leben musterte. Bei der Begrüßung waren Maudes Augen ausdruckslos geblieben, und sie hatte nicht gelächelt. Ihr von honigfarbenen Strähnen durchzogenes Haar war straff zurückgekämmt, um die Naturwellen zu bändigen, zu einem altmodischen, dicken Knoten gewunden, und an ihrem Hinterkopf festgesteckt. Sie war ganz in Schwarz gekleidet, und auch ihre umfangreiche Taille widersprach der gängigen Mode. Da sie auf die Dienste einer Zofe verzichtete, erriet niemand ihr unvorstellbares Geheimnis, daß sie kein Korsett trug. Ihre wohlgeformten Hände und Handgelenke waren ohne jeden Schmuck.

»Ich würde mich gern mit Ihnen beraten, sobald es Ihnen paßt, Miss Danforth.« Maudes Stimme war ebenso ausdruckslos wie ihr Blick. »Ich habe einen umfangreichen Terminkalender ausgearbeitet. Außerdem möchte ich Ihnen gern die Visitenkarten zeigen, die ich, Ihre Zustimmung vorausgesetzt, bestellt habe.«

»Ich habe Visitenkarten aus London mitgebracht,« sagte Abigail in hochmütigem Ton, und das Herz wurde ihr schwer, weil die Ereignisse, die sie so gefürchtet hatte, jetzt über sie hereinzubrechen schienen. »Sie können mitkommen, während ich mich umziehe.«

»Danke nein,« sagte Maude im gleichen ausdruckslosen Ton wie zuvor. »Ich würde lieber warten, bis ich Ihre ungeteilte Aufmerksamkeit habe.«

»Dann nach dem Tee?«

»Einverstanden.« Sie verschwand geräuschlos.

Während sie ihre Zimmertür öffnete, fragte sich Abigail, woraus Miss Cunninghams Unterröcke wohl bestanden, da sie es ihr ermöglichten, sich so lautlos davonzustehlen. Und sie fragte sich, ob die alte Jungfer wohl immer das letzte Wort behielt.

Rodney näherte sich behutsam dem Arbeitszimmer seines Vaters und klopfte an die Tür. Obwohl die restliche Zeit ihrer kurzen Zusammenkunft im Salon positiv verlaufen war, hatte sein Vater ihn von dem Augenblick an nicht mehr beachtet, als Frederick sein Geschenk, die Kisten mit dem 58er Château d'Yquem und dem 74er Château Lafitte Rothschild erwähnt hatte; von da an hatte er seine ungeteilte Aufmerksamkeit Frederick, Fergus und Max zugewendet.

Während einer der letzten seiner zahllosen Generalproben für diese gefürchtete Begegnung hatte Rodney beschlossen, Abigails Eskapaden für ein späteres Gespräch aufzuheben, wenn er sicherer sein konnte, nicht dafür getadelt zu werden, daß er ihre Beteiligung an den Ereignissen zugelassen hatte. Er holte noch einmal tief Atem und klopfte an die Tür. Noch in seine Gedanken verstrickt, öffnete er sie, ohne zu merken, daß ihn niemand aufgefordert hatte einzutreten.

So königlich, wie es einem König anstand, thronte Andrew Danforth hinter seinem Schreibtisch, dessen Füße in Form eines knienden Atlas ihn gleichzeitig zu Skulptur und Möbelstück machten. Zu Rodneys großem Bedauern saß Kinkade ihm gegenüber, ein Glas Sherry in der Hand.

»Ist es dir unbekannt, warum man an Türen klopft?« fragte sein Vater grollend. »Damit man die Erlaubnis einzutreten bekommt. Jeder Diener weiß das. Geh sofort hinaus. Ich rufe dich, wenn ich soweit bin.«

Zutiefst verletzt zog sich Rodney zurück.

Um Rodneys willen peinlich berührt, trank Kinkade seinen Sherry aus und räusperte sich. »Was ich sagen wollte, Sir,« fuhr er fort, »wenn ich meine Kodak von Rochester zurückhabe, werde ich Ihnen ein paar erstklassige Fotos zeigen können.«

»Gute Arbeit, Kinkade,« sagte Andrew Danforth; dann verlagerte er das Gewicht, stellte sein leeres Glas nachdrücklich auf den Schreibtisch, sagte noch einmal »Gute Arbeit« und ließ auf diese Weise durchblicken, daß das Gespräch zu Ende war.

Kinkade erhob sich auf der Stelle, zögerte dann und räusperte sich. »Es wird mir ein Vergnügen sein, Ihnen wieder zu dienen, Sir,« sagte er. »Nicht, daß ich meinen kleinen Ausflug nicht genossen hätte –«

»Hat Gregory nicht mit Ihnen gesprochen?«

»Verzeihung, Sir, aber ich konnte Gregory bis jetzt noch nicht finden.«

»Nun gut.« Andrew Danforth stand auf, ein deutliches Zeichen, daß das Gegenüber entlassen war und dies tunlichst nicht ignorieren sollte. »Tun Sie das, Kinkade. Er wird Sie informieren.«

Obwohl er wußte, daß er sich auf gefährlichem Terrain befand, drängte Kinkade: »Dann soll ich also weiter Master Rodney bedienen, Sir? Und wenn ja, was ist dann mit Master Benjamin?«

»Ben braucht noch immer eine Krankenschwester und keinen Diener!« Andrew Danforth gab ihm einen ungeduldigen Wink. »Ich muß jetzt mit Rodney sprechen.«

»Gut, Sir.« Kinkade machte eine leichte Verbeugung. »Ich gehe, Sir.« Da Jacquelines Zorn noch in ihm nachhallte und er plötzlich auch noch seine Position im Haus in Frage gestellt sah, war Kinkade gefährlich nahe daran, beim Hinausgehen die Tür zuzuknallen. Nur das Bewußtsein, daß solch ein deutlicher Ausdruck von Wut ihn seine Stellung kosten würde, hielt ihn davon ab. Zu sehr mit sich selbst beschäftigt, um Rodney zu bemerken, eilte er davon, um Gregory ausfindig zu machen.

Entnervt vom Zorn seines Vaters, stand Rodney wie angewurzelt neben dem Tisch in der Diele. Als er Kinkade den Flur entlanggehen sah, zögerte er und wußte nicht recht, ob er einfach eintreten sollte. Aber sein Vater hatte ja gesagt, er wolle ihn rufen, deshalb blieb er, um dieser Anweisung folgen zu können, ängstlich in der Nähe der Tür und lauschte. Als er seinen Namen endlich vernahm, klang er wie eine Verwünschung.

Als er die Tür öffnete, bellte sein Vater ihm entgegen: »Warum muß ich erst nach dir rufen? Hast du Kinkade nicht herauskommen sehen?«

Verwirrt, aber bemüht zu beweisen, daß er nicht nur Schnitzer machte, näherte sich Rodney dem Schreibtisch seines Vaters, um sich in den Sessel zu setzen, den Kinkade geräumt hatte.

»Nein, setz dich nicht.« Statt seinen Sohn anzusehen, zog Andrew Danforth seine Uhr aus der Westentasche und warf einen Blick darauf. »Hab keine Zeit,« sagte er barsch. »Muß mich zum Tee umkleiden.«

Zutiefst verletzt, daß er darauf warten mußte, empfangen zu werden, während sein Vater mit einem Diener Sherry trank, und daß er einem Diener gestattete, in seiner Gegenwart zu sitzen, während er ihn selbst wie einen Schuljungen vor sich stehen ließ, kam Rodney die Galle hoch. Nur unter Stammeln brachte er hervor: »Nun, es gibt nicht allzu viel zu berichten, Sir.« Seine Stimme war unsicher. »Wir hatten eine ruhige Überfahrt bis auf –«

Andrew Danforth ließ seine Uhr zuklappen und sah ihn grimmig lächelnd an. »Wenn du darauf bestehst, mir jede Meereswelle in allen Einzelheiten zu beschreiben, dann wirst du leider bis nach dem Abendessen warten müssen, Rodney.«

»Aber Sir –«

»Im Moment habe ich nur Zeit für eine knappe Zusammenfassung. Es interessiert mich nicht, ob die Überfahrt ruhig oder die stürmischste seit der Sintflut war. Du kannst gehen!« donnerte er.

Mit wild klopfendem Herzen und feuerrotem Gesicht verließ Rodney den Raum und schloß leise die Tür.

Aref bewegte sich mit träger Grazie. Er hatte keinen Grund zur Eile. Ein gehöriger Schuß Laudanum garantierte, daß der Nawab bis zum Abendessen schlief.

Auf dem Briefpapier des Plaza-Hotels übte er sein fehlerloses Englisch, damit er unten im Büro für ein Kabel nach Übersee einen erfahrenen Eindruck machte. Als er sicher war, daß seine Nachricht für den Empfänger klar, für den Nichteingeweihten jedoch unverständlich war, raffte er die beschriebenen Blätter zusammen, warf sie ins Feuer, sah zu, wie sie verbrannten und verteilte die Asche dann mit dem Schürhaken.

Nachdem er den diamantenumrahmten Opal des Nawab in der Mitte seines Turbans befestigt und seine schlanken Finger mit einer Unzahl kostbarer Ringe geschmückt hatte, stahl er sich aus der Suite und ließ den Aufzug kommen.

Der Beamte im Telegrafenbüro war über seinen Schreibtisch gebeugt und sah nicht auf, als Aref eintrat. Seine Glatze war nur mit ein paar spärlichen dünnen Haarsträhnen bedeckt, die von unten nach oben gekämmt waren, während buschige Koteletten bewiesen, daß ihm noch Haare wuchsen. Als er schließlich Aref anzusehen geruhte, schmolz sein gleichgültiges Verhalten im strahlenden Glanz so vieler kostbarer Juwelen an einer so exotischen Persönlichkeit schnell dahin.

Mit Hilfe von Zetteln, die er sofort nachdem der Angestellte sie gelesen hatte, wieder an sich nahm, gab Aref sein Telegramm auf. Als alles erledigt war, hielt er dem Mann einen letzten Zettel hin mit der Frage: »Wieviel?«

»Wir setzen es auf Ihre Rechnung, Sir,« sagte der Angestellte unterwürfig.

»Nein!« kritzelte Aref auf den Zettel. Hochmütig warf er ein ansehnliches Goldstück auf den Schreibtisch des Beamten und schrieb schnell: »Für Ihr Schweigen!«

Da er erkannte, daß die Münze mehr als ein ganzer Monatslohn wert war, sagte der Angestellte: »Ich verstehe, Sir.« Er nickte entschieden, als er sie vom Schreibtisch nahm. »Ja, natürlich. Ich sage kein Wort.«

Aref zweifelte nicht daran, daß der Mann bei seiner Familie und seinen Kollegen plaudern würde. Das spielte keine Rolle. Wichtig war, daß Ahanti Abdulsamad nichts von seiner Mitteilung erfuhr.

Andrew Danforth hatte Fergus Bettruhe verordnet und ihm auch das Essen hinaufgeschickt, deshalb war dieser nicht zum Tee erschienen. Der arme Bursche hatte kein bißchen dagegen protestiert, aber allmählich entwickelte das Haus sich zu einem Krankenhaus, dachte Andrew Danforth unwirsch, als er auf dem Weg zu Bens Räumen war. Er hatte Max äußerst sympathisch gefunden. Vor allem die Geschichte, als der Panther im letzten Moment erschossen wurde, war spannend gewesen. Er hätte Abigail wirklich selbst abgeholt, wenn er von der Chance gewußt hätte, den Rubin des Punjat zu sehen. Aber er war sehr zufrieden mit sich, daß er Fredericks Versuche vereitelt hatte, ein Gespräch unter vier Augen mit ihm zu führen, in dem dieser seine augenfällige Absicht dartun konnte, um Abigails

Hand zu bitten. Und was dachte sich Fredericks Mutter dabei, seiner Tochter ein teures Pferd zu schenken? Traute sie ihrem Sohn nicht zu, mit seiner Werbung allein fertigzuwerden?

Andrew Danforth trat leise in Benjamins verdunkeltes Zimmer und ging auf Zehenspitzen auf das Himmelbett zu. Als er näherkam, erwachte Ben.

»Pssst, mein Sohn,« flüsterte er. »Erschrick nicht. Ich wollte nur sehen, ob du mit deinem Tee fertig bist.«

»Aber, Vater, du weißt doch, daß ich stets versuche, etwas zu essen,« antwortete Ben gereizt über das nur zu vertraute Drängen. Nachdem er sein Kissen zurechtgeklopft hatte, um sich aufzusetzen, fuhr er mit zittriger Stimme fort: »Es ist wunderbar, daß Abby wieder hier ist, nicht wahr?«

Auf dem Weg zum Fenster fragte Andrew Danforth beiläufig: »Sie war heute lange bei dir, stimmt's?«

Ben zuckte die Achseln.

Während er die Vorhänge zur Seite zog, fragte Andrew Danforth: »Was hat sie von Lord Hunterswell erzählt?«

Da er über Fredericks Versagen in seiner Eigenschaft als Chronist von Abigails verbotenem Abenteuer nichts sagen durfte, erklärte Ben: »Eigentlich sehr wenig. Sie hat versprochen, mir heute vor dem Abendessen mehr zu erzählen. Wir hatten so viele andere Dinge zu besprechen,« schloß er matt.

»Tatsächlich?« Andrew Danforth setzte sich ans Fußende von Bens Bett und sah ihn an. »Was für Dinge?«

Verzweifelt nach einem Thema suchend, das seine Schwester nicht kompromittieren würde, hüstelte Ben und sagte endlich: »Wir haben überlegt, warum du nicht wieder geheiratet hast.«

Sein Vater zuckte zusammen, dann erhob er sich und

ging langsam wieder zum Fenster. Er starrte so lange wortlos nach draußen, daß Ben zu fürchten begann, seine Frage sei unverzeihlich persönlich gewesen.

Während er weiter aus dem Fenster schaute, klang seine Stimme ungewöhnlich weich, als er schließlich sprach. »Ich habe eure Mutter angebetet. Sie war so fröhlich und voller Leben.« Er sah Ben an. »Ich bin mit einer sinnlichen Natur gestraft, Sohn.«

Verblüfft über eine so intime Äußerung, schluckte Ben und nickte tapfer.

Sein Vater wandte den Blick wieder dem Fenster zu und fuhr fort. »Während sie mir sonst alles zuliebe tat, machte eure Mutter sich nicht viel aus dem ehelichen Beisammensein. Ich versuchte mein Bestes, aber es war nichts zu ändern. Aber sie liebte mich und wies mich nie ab.« Er seufzte. »Ich vermute, es lag an ihrer puritanischen Herkunft und daran, daß sie durch und durch eine Dame war.« Er rieb sich die Augen und holte tief Atem. »Doch dann wurdet ihr geboren, Rodney und du.« Er seufzte tief. »Nach mühevollen zweiundsiebzig Stunden kamst du um fünf Minuten vor halb zwei morgens auf die Welt. Rodney kam schließlich um sechs. Stell dir vor,« seine Stimme brach, »sie versuchte, nicht zu schreien, um mich nicht aufzuregen.«

Ben, der seinen Vater noch nie so aufgewühlt erlebt hatte, wagte nicht, sich zu rühren.

Rasch zog Andrew Danforth ein Taschentuch aus der Hosentasche und schneuzte sich. »Danach verweigerte sie mir ihr Bett.« Er steckte das Taschentuch weg. »Und zu Recht.« Er starrte vor sich hin, und seine Stimme klang wieder gefaßter. »Sie ließ mir meine Freiheit, solange ich diskret war.«

Ben sah schweigend zu, wie sein Vater sich wieder ans Fußende seines Bettes setzte.

»Vier Jahre später kamen wir von einer Gesellschaft zurück. Wir machten vieles gemeinsam, mit Ausnahme – davon. Sie hatte ein wenig Wein getrunken, und ich war sehr – beredt.« Er lächelte bitter. »Es war eine Qual, ständig mit ihr zusammen zu sein und nicht mit ihr zu schlafen.« Andrew Danforth streifte seinen Sohn mit einem Blick, als suche er sein Verständnis. »Ich konnte es nicht länger ertragen.«

Er stand auf und trat ans Fenster, und wieder währte sein Schweigen so lange, daß Ben es beinahe gebrochen hätte. Endlich sprach er, und seine Stimme war so leise, daß Ben sich vorbeugen mußte, um ihn zu verstehen. »Neun Monate später starb eure Mutter bei Abigails Geburt.«

Zu bewegt, um zu sprechen, kroch Ben aus dem Bett und wankte im Nachthemd zum Fenster. Während er behutsam den Arm um seinen Vater legte, fand er endlich Worte. »Aber es war nicht deine Schuld, Vater.«

Vom Schmerz überwältigt, sagte Andrew Danforth mit noch leiserer Stimme: »Ich könnte nie wieder so mit einer Frau zusammensein, die ich liebe.«

»Aber Vater,« sagte Ben vernünftig, »nicht alle Frauen sind so zart.«

»Ich würde nie mehr dieses Risiko eingehen. Noch einmal so zu lieben und sie umbringen? Nein.« Er schüttelte heftig den Kopf. »Ich habe es geschafft, meine niedrigen Instinkte zu beherrschen.« Er entzog sich Bens Arm. »Es hat mich einiges gekostet, aber reden wir nicht davon.« Er schüttelte sich, als erwache er aus einem Traum. »Da haben wir es!« rief er und richtete den Blick auf Ben. »Was machst du außerhalb des Bettes ohne deinen Morgenrock? Du wirst dir den Tod holen.« Während er seinen Sohn zurück ins Bett scheuchte, sagte er: »Wie in aller Welt sind wir auf dieses entsetzliche Thema gekommen?«

Ben schlüpfte unter die Bettdecke; es tat ihm wohl, daß sein Vater sich ihm anvertraut hatte, und er sagte lächelnd: »Wir sprachen über die Möglichkeit, daß du wieder heiratest.«

»Kommt nicht in Frage. Ich werde nicht mehr heiraten. Und Abigail werde ich auch nicht erlauben zu heiraten.«

»Was?« Bens Lächeln erstarb.

»Verstehst du denn nicht?« Andrew Danforth schaute auf Ben herab, als sei er plötzlich verrückt geworden. »Sie hat womöglich die Zerbrechlichkeit ihrer Mutter geerbt.«

»Warum hast du dann Lord Hunterswell gestattet, die weite Reise von London hierher zu machen und um ihre Hand anzuhalten?«

»Macht sich gut in den Gesellschaftsnachrichten, Sohn.« Andrew Danforth runzelte die Stirn, seine Reserviertheit umgab ihn wieder, als hätte er nie ein Wort über seinen Kummer verloren. »Übrigens ist Abigail noch viel zu jung, um zu heiraten, und das ist mein letztes Wort.« Er wandte sich zum Gehen. »Außerdem brauche ich sie hier jetzt als Dame des Hauses.« Schon fast an der Tür, blieb er noch einmal stehen und schaute zum Bett zurück. »Schwöre, ihr nicht zu sagen, weshalb. Ich will nicht, daß sie sich unnötig aufregt.«

Ben versprach es.

»Und jetzt versuch zu schlafen.«

Ben schloß gehorsam die Augen, aber er lag noch lange wach, nachdem sein Vater ihn verlassen hatte.

»Oh, Abigail, du siehst atemberaubend aus!« rief Benjamin, als Abigail, für das Abendessen in rosafarbene Seide gekleidet, an sein Bett trat.

»Ich habe dir dein Essen mitgebracht,« sagte sie und half

ihm, seinen Morgenrock anzuziehen. Er streifte seine Pantoffeln über, sie legte die Hand auf seine Armbeuge, entfaltete ihren Fächer und flirtete mit ihm, als sie zu dem Tisch vor dem Kamin seines Wohnzimmers schritten, als beträten sie ein elegantes Speisezimmer.

Als der Lakai, nachdem er Ben bedient hatte, neben der Anrichte Aufstellung nahm, als gedächte er zu bleiben, wies Abigail ihn an, in der Diele zu warten, bis sie nach ihm klingelte. Während Ben seit dem Ausbruch seiner Krankheit zum erstenmal mit gesundem Appetit aß, mußte Abigail ihre Verwirrung eingestehen, als die Rede auf ihre Gefühle für Frederick kam. Das Geschick ihres Vaters, ihn vom Thema abzubringen, war ihr nicht entgangen.

Nachdem der Lakai zurückgekehrt war, den Tisch abgeräumt hatte und wieder verschwunden war, um Bens Eiskrem zu holen, sagte sie: »Übrigens hattest du recht mit Miss Cunningham.«

»Du hast sie also kennengelernt,« grinste er.

Sie zog eine Grimasse. »Eine richtige Zicke.«

»Vater hat mich heute nach dem Tee besucht.« Ben lehnte sich zurück und faltete die riesige Leinenserviette auf seinem Schoß zusammen, bevor er sie erneut ausbreitete. »Dir ist doch hoffentlich klar, daß alle Pläne, die du vielleicht für dein Leben hast, ausschließlich von Vaters Wünschen abhängen.«

Abigail wurde ernst. »Ich weiß.«

»Er würde bestimmt nichts davon wissen wollen, daß du Detektivin werden willst.«

»Ich weiß.«

Sie klang so niedergeschlagen, daß Ben es sich übelnahm, so schonungslos offen zu sein. Er hatte sich den Kopf zermartert, was er mit gutem Gewissen erzählen könnte, ohne das Vertrauen seines Vaters zu brechen, und war zu dem Schluß gekommen, sie müsse mindestens gewarnt werden, bevor sie sich ernsthaft verliebte. »Es ist ganz gut, daß deine Gefühle für Lord Hunterswell noch ungewiß sind,« sagte er und starrte weiter auf die Serviette in seinem Schoß. »Vater wird dir verbieten, ihn zu heiraten.«

»Ja?« Abigail runzelte erstaunt die Stirn. »Aber warum denn?« Sie war ehrlich überrascht. Obwohl sie immer gedacht hatte, eine Heirat mit einem Mann von Adel sei das, was er sich für sie vorgestellt hatte, fragte sie sich jetzt, ob er deshalb ihr gegenüber so reserviert war, weil sie Lord Hunterswell mit hierhergebracht hatte.

Ben sah sie flehentlich an und schüttelte stumm den Kopf. »Ich darf nichts sagen.«

»Aber warum hat Vater seine Einwilligung gegeben, daß er uns besucht, wenn sein Entschluß bereits feststand?«

»Nicht jeder in New York kann einen zukünftigen Marquis als Hausgast aufweisen, liebe Schwester.« Ben zuckte die Achseln. »Über jeden Schritt Seiner Lordschaft – und folglich auch von Vater – wird in allen Einzelheiten in den Klatschspalten berichtet.«

»Aber ich glaube, jetzt, da sie einander kennengelernt haben, mag Vater Seine Lordschaft. Beim Tee machten sie schon den Eindruck alter Freunde.«

»Ob er ihn mag oder nicht, hat nichts damit zu tun. Vater möchte, daß du die Frau des Hauses spielst.«

Die ersten Töne des großen Messinggongs kündigten das Abendessen an. Langsam erhob sie sich.

Ben, der ebenfalls aufstand, küßte sie flüchtig auf die Wange und sagte: »Versuch es bitte zu verstehen. Vater liebt dich. Es ist zu deinem Besten.«

»Ich weiß,« erwiderte sie und seufzte, als schulterte sie eine schwere Last. »Ich weiß.«

Andrew Danforth, der in seinem Abendanzug eine blendende Figur machte, war verärgert über sich selbst, als er den Korridor entlang zum Salon ging. Nachdem er Abigail beim Tee und soeben beim Abendessen gesehen hatte, wo sie durchaus den Eindruck gemacht hatte, sich als amüsante Gesprächspartnerin behaupten zu können, sollte er sich eigentlich an Ähnlichkeit mit ihrer Mutter gewöhnt haben, doch er war unbeschreiblich nervös, weil er mit ihr allein sprechen mußte. Nachdem er einen Augenblick gewartet und sich gefaßt hatte, betrat er ohne anzuklopfen den Salon.

Abigail stand an einem Tisch am anderen Ende des Raums und blickte durch ein Teleskop.

Wie gewohnt in ein hochgeschlossenes schwarzes Kleid gekleidet, saß Maude auf einem der türkischen Sofas und blätterte lustlos in einer Ausgabe von *Harper's*.

Er fragte Maude unverblümt, ob sie nicht für ein paar Minuten andernorts etwas zu erledigen hätte und beobachtete ungeduldig ihren gespenstischen Abgang. »Ich kann diese Frau nicht ausstehen!« rief er, sobald die Tür sich hinter ihr schloß. »Absolut unnatürlich, wenn eine Frau sich beim Gehen völlig lautlos bewegt.«

Abigail legte das Stereoskop zurück und blieb neben dem Tisch stehen. »Aber warum forderst du sie dann nicht auf, für immer zu gehen?« fragte sie.

»Kann ich nicht,« sagte er knapp. »Fühle mich verpflichtet.«

Da sie es nicht riskieren wollte, durch eine weitere Frage seinen Zorn zu erregen, sagte Abigail nichts mehr.

»Außerdem wird sie eine ausgezeichnete Anstandsdame für dich abgeben.« Er lachte schallend. »Nur Kavaliere, die es wirklich ernst meinen, werden bereit sein, ihre saure Miene zu ertragen.«

Abigail ließ sich nicht anmerken, wie sehr diese grausame, aber treffende Einschätzung sie amüsierte.

»Nun, es ist jetzt nicht die Zeit, dieses Thema weiterzuverfolgen.« Er winkte Abigail, neben ihm auf dem Sofa Platz zu nehmen. »Wir haben nur ein paar Minuten, ehe die Herren zu uns stoßen.« Er wartete, bis sie sich gesetzt hatte, ehe er sich neben ihr niederließ und sagte: »Ich möchte, daß du meinen Standpunkt kennst, bevor du diesem Grafen, den du hier angeschleppt hast, zu sehr zugetan bist.«

»Ja, Vater.« Den Blick auf ihre gefalteten Hände in ihrem Schoß gesenkt, saß Abigail so gerade, als hätte sie einen Ladestock verschluckt.

»Es hat keinen Sinn zu widersprechen.« Entwaffnet von ihrer Gelassenheit, wurde er etwas umgänglicher. »Das Pferd kannst du behalten. Das war ein Geschenk seiner Mutter.« Er stand auf und stand ihr mit den Händen auf dem Rücken gegenüber, starrte jedoch an ihr vorbei ins Feuer. »Ich verbiete dir zu heiraten. Du bist noch zu jung. Vielleicht in ein paar Jahren.« Dann sah er sie direkt an und sagte: »Bis dahin wirst du hier die Gastgeberin spielen. Nach deinem Debüt natürlich.«

Abigails Augen blickten warm, als sie seinen Blick erwiderte. »Danke, Vater,« sagte sie ernst.

»Was soll das heißen?«

Dankbar, daß Ben sie gewarnt hatte, stand sie auf und trat lächelnd zu ihm. »Ich danke dir von Herzen, Vater. Ich will versuchen, mich deiner Großzügigkeit würdig zu zeigen.«

»Willst du damit sagen, daß du nichts dagegen hast?«

»Du bist mein Vater. Du weißt, was für mich am besten ist. Jetzt zu heiraten hieße, überstürzt die Entscheidung für ein ganzes Leben zu fällen. Ich danke dir für deine Fürsorge.«

Da er angenommen hatte, ein Anbeter folge einer Dame

nicht ohne vorherige Ermutigung übers Meer, war er auf einigen Widerstand von seiten Abigails gefaßt gewesen und war verblüfft, daß sie sich so willig seiner Weisheit beugte, ja sie sogar voll Dankbarkeit hinnahm.

Abigail küßte ihn auf die Wange und bat um die Erlaubnis sich zurückzuziehen, wobei sie ihre Müdigkeit und die Notwendigkeit, am nächsten Morgen früh aufzustehen, vorschützte.

Er mußte ihrer Bitte nachgeben. Als sie die Tür hinter sich geschlossen hatte, drehte er sich zum Feuer, zog das Gitter beiseite, ergriff den schweren Messingschürhaken und rüttelte und schob die brennenden Holzscheite heftig durcheinander. Funken sprühten, als Gefühle, die er längst vergessen glaubte, ihn übermannten.

»Nochmal hundert Bürstenstriche, bitte, Jacqueline.« Bereit fürs Bett, saß Abigail in einem mit Bändern besetzten Rüschennachthemd und passendem Négligé an ihrem Toilettentisch. »Es war heute viel Staub auf der Straße.« Die Melancholie, die sie schon auf dem Schiff erfaßt hatte, war in vollem Ausmaß zurückgekehrt. Zwar war es herrlich, daß Ben fast wieder genesen war, doch die Gespräche mit ihm hatten nur dazu beigetragen, die Hoffnungslosigkeit ihrer Situation zu unterstreichen. Ihr Vater hatte ihr nur allzu klar gemacht, daß sie eine Gefangene in seinem Haus sein würde, bis er entschied, daß sie reif für die Ehe war. Das hohle gesellschaftliche Leben, das ihr blühte und das sie so fürchtete, würde morgen ernsthaft seinen Anfang nehmen.

»Ja, Miss,« sagte Jacqueline automatisch. Von allen Arbeiten, die sie für ihre Herrin erledigte, war ihr diese die liebste, aber heute abend weilten Ihre Gedanken woanders.

Weil das Gesicht ihrer Zofe äußerste Konzentration verriet, während sie ihr die Haare bürstete, unterbrach Abigail sie nur selten dabei. Sie vermutete zu Recht, daß Jacqueline zur Übung die Bürstenstriche leise auf englisch mitzählte. Abigail wußte, wann fünfzig erreicht waren, weil Jacqueline dann jedesmal innehielt, um die Borsten der Bürste zu überprüfen. Dann entfernte sie die Haare vorsichtig und steckte sie in die Öffnung eines untersetzten Kristallkruges mit silbernem Rand. Am Wochenende wurde der Inhalt des Kruges in ein größeres Gefäß umgefüllt. Manche Zofen verkauften das Haar ihrer Herrinnen an einen Perückenmacher, Jacqueline aber hatte vor, Abigails Haare zu sammeln, bis sie genug hatte, um daraus ein Kuschelkissen anzufertigen.

»Zwei Zöpfe heute abend bitte,« befahl Abigail, bevor Jacqueline fragen konnte.

»Ja, Miss.« Die Bürste mit einem Kamm vertauschend, teilte Jacqueline Abigails bis zur Taille reichendes Haar in der Mitte und begann es locker zu flechten. »Ich habe es wieder getan, Miss Danforth,« sagte sie mit einem tiefen Seufzer.

»Was getan, Jacqueline?«

»Ich mag den Klatsch und Tratsch nicht, Miss, aber ich habe etwas von Stork gehört, was Sie vielleicht wissen sollten. Vom Schiff.«

»Was denn, Jacqueline? Ich bitte dich, red nicht drumherum! Erzähl mir die Einzelheiten.«

Als Jacqueline damit fertig war, ihr Kinkades Geschichte über Stork zu erzählen, starrte Abigail in den Spiegel, als sähe sie Jacqueline fasziniert bei der Arbeit zu. Dutzende von Fragen schossen ihr durch den Kopf, darunter auch die nach Jacquelines Motiven, so offen mit ihr zu sprechen. Sie seufzte tief. Wenn sie nur Dr. Conan Doyle zu Rate ziehen könnte. Wenn es in New York nur jemanden gäbe, mit dem sie sprechen könnte.

»Miss?« Als Abigails zweiter Zopf geflochten und sie somit bettfertig war, erhob sich Jacqueline, erschöpft von ihrem langen Tag, und wartete darauf, entlassen zu werden.

Plötzlich kam Abigail die Erleuchtung; sie riß sich aus ihrer Träumerei und schaute Jacqueline im Spiegel an, während sie fragte: »Bist du in Kinkade verliebt?«

»*Mon Dieu, Mademoiselle!*« Entsetzt hielt sich Jacqueline mit beiden Händen den Mund zu, als ihr der unfeine Ausdruck entwischt war.

»Wenn das so ist, dann ruf ihn für mich.« Abigail hatte den Verdacht, daß Jacquelines Protest etwas zu heftig ausfiel, beschloß jedoch trotzdem, ihrer Eingebung zu folgen.

Obwohl man ihr beigebracht hatte, wie sie zu gebrauchen war, näherte sich Jacqueline beklommen der neumodischen Sprechanlage.

»Und zwar schnell!« fügte Abigail hinzu, während sie an den Schreibtisch in ihrem Wohnzimmer eilte, um eine Nachricht zu schreiben. Sie versiegelte den Umschlag gerade mit Wachs, als Jacqueline Kinkade einließ.

Er warf Jacqueline einen bittenden Blick zu, doch sie beachtete ihn nicht. Er trat auf Abigail zu.

»Ich brauche jemanden, dem ich trauen kann, Kinkade,« sagte Abigail, als er vor ihr stand, ohne erkennen zu lassen, ob er es unangebracht fand, zu dieser späten Stunde von der jungen Hausherrin gerufen zu werden. »Ich habe hier einen Brief und möchte, daß Sie ihn heute nacht persönlich überbringen. Bevor ich Ihnen sage, für wen er ist, müssen Sie mir etwas versprechen.«

»Ja, Miss.« Ein Lächeln hellte seine Züge auf, als er bemerkte, daß auch Jacqueline an seiner Antwort interessiert war. »Natürlich, Miss.«

»Schwören Sie, meinem Vater kein Wort davon zu sagen.« Ihre dunklen Augen blickten ernst, ihr Gesichtsausdruck war grimmig. Bevor er antworten konnte, drückte sie ihm ein Goldstück in die Hand.

Die Neugier, zu erfahren, welches Geheimnis eine solche Summe wert war, und das glühende Verlangen, Jacqueline eine Freude zu machen, siegten über seine Loyalität. »Sie haben mein Versprechen, Miss Danforth,« sagte er, mit der Hand auf dem Herzen. »Kein Wort.«

»Bringen Sie den Brief Mr. William Gillette im Hotel Plaza.«

Kinkade ging, blieb jedoch im Korridor stehen und beriet sich lange mit seinem Gewissen. Sie schrieb an einen Schauspieler? Wozu? Mr. Danforth bekäme einen Anfall, wenn er dahinterkäme. Aber Jacqueline hatte eindeutig gewollt, daß er gehorchte. Zuletzt beschloß er, Abigails Schreiben zu überbringen, ohne ihrem Vater etwas davon zu sagen.

Als sich die Tür hinter ihm schloß, kroch Abigail ins Bett. »Bitte bringen Sie als erstes morgen mein Herrenkostüm auf Vordermann, Jacqueline.«

»Ja, Miss.«

»Und bitte Kinkade, Crosspatches für zwei Uhr nachmittags satteln zu lassen. Ich möchte seine Loyalität nicht überstrapazieren und ihn heute abend auch noch selbst fragen.« Abigail lächelte hinterlistig. »Dann mußt du dich hier aufhalten, damit ich dich nicht rufen muß. Ist das klar?«

»Ja, Miss Danforth.«

»Gut.« Abigail gähnte herzhaft und klopfte das Kissen zurecht. Als sie den Kopf in die entstandene Kuhle bettete, lächelte sie. »Wenn es an der Zeit ist, daß Miss Cunningham und ich zu unseren Morgenbesuchen aufbrechen, werde ich von schrecklichen Kopfschmerzen heimgesucht werden.«

7. KAPITEL

Alle rechten Winkel sind einander gleich. Euklid

Während die Reichen die ungewöhnliche Milde des Wetters für die nur schleppend anlaufende Saison verantwortlich machten, waren diejenigen, die in Armut lebten, dankbar, daß es noch einen weiteren Tag lang warm war.

Seit ihre beiden jüngeren Schwestern an der Cholera gestorben waren, hatte Molly O'Brien zwar etwas mehr zu essen, doch sie vermißte nachts bitter deren körperliche Wärme, so daß sie den warmen Dezember als wahren Segen empfand. Sie verabscheute die Kälte mehr als den Hunger, den sie gelegentlich leiden mußte, seit man ihren Vater in betrunkenem Zustand gezwungen hatte, anzuheuern. Ihre Mutter brachte Heimarbeit aus der Fabrik mit nach Hause, in der sie zwölf Stunden am Tag arbeitete, aber gleichgültig, wie lang oder hart sie auch arbeitete, ihr Lohn reichte kaum, um die astronomische Miete für das eine Zimmer zu bezahlen, das sie in einem Mietshaus auf der West Side bewohnten. Die paar Pfennige, die die zwölfjährige Molly durch den Verkauf von Streichhölzern verdiente, entschied häufig darüber, ob es zum Abendessen eine kalte Kartoffel oder überhaupt nichts gab.

Völlig erschöpft von der Anstrengung, die vier Kinder, die am Leben geblieben waren, zu ernähren und zu kleiden, hatte Mrs. O'Brien keine Zeit für die Lesestunden, mit denen ihr Mann vor seinem Verschwinden begonnen hatte. Mit ihm war auch jede Hoffnung entschwunden, daß Molly eine wenn auch noch so dürftige Erziehung bekam.

Aber Mollys Träume hatte er nicht mitgenommen. Mit einer Phantasie, die so lebhaft war wie ihr rotes Haar, glaubte Molly fest an Kobolde und daß sie eines Tages ein solches Wesen zu Gesicht bekäme, wenn sie nur die Augen offen hielt. Genauso fest glaubte sie, daß ihr Vater wieder auftauchen würde, wenn sie regelmäßig an den Docks nach ihm Ausschau hielt. Ganz bestimmt würde er kommen, denn schließlich war die Welt voller Wunder und merkwürdiger Dinge. Hatte sie nicht erst gestern beobachtet, wie eine Dame, so schön wie eine Prinzessin, in eine Zauberkutsche stieg, die sie davontrug, obwohl weit und breit kein Pferd zu sehen war? Ihre Mutter hatte gesagt, sie sei verrückt und vollgestopft mit Hirngespinsten wie ihr Vater. Sie hatte den Vorfall ohnehin an einem anderen Ort ansiedeln müssen, damit sie nicht wieder eine Ohrfeige bekam, weil sie sich im Hafenviertel herumgetrieben hatte.

Molly wußte, daß sie mehr Glück hatte als die meisten anderen. Sie besaß eine Mutter und ein Heim, und meistens bekam sie am Ende eines Tages, an dem sie von morgens bis abends durch die Stadt gestreift war, ein gutes Essen. Es gab

Tausende von obdachlosen Kindern, die jünger waren als sie, in Banden umherstreiften, sich mühsam durchschlugen, aßen, was sie ergattern konnten, und schliefen, wo sie erschöpft zusammensackten. Molly hatte sich einer dieser Gangs angeschlossen, aus Schutzbedürfnis zunächst, und war jetzt aufgrund ihrer Intelligenz ihre Anführerin geworden.

Das Kitzeln einer Laus in ihrer Achselhöhle machte sie munter. Sie kratzte an der Stelle, gähnte und reckte sich. Sie würde heute beim Waschen besonders gründlich sein müssen. Ihre Route schloß auch das Hotel Plaza ein, und die Reichen kamen nicht näher, wenn sie sahen, daß man sich kratzte, weil sie dann argwöhnten, man hätte Läuse.

Als Abigail die Haupttreppe hinuntereilte, hallte der Messinggong, der den Danforth'schen Haushalt zum Frühstück rief, durch das Haus. Kinkades Mission war erfolgreich gewesen. Vergnügt vor sich hinsummend, freute sich Abigail auf einen interessanten Tag. Als sie eben den großen Treppenabsatz erreicht hatte, hörte sie jemanden von oben ihren Namen rufen; sie wandte sich um und sah, daß Rodney dicht hinter ihr war.

»Wer zuletzt unten ist, ist die lahme Ente,« neckte er, wie er es schon in ihrer Kinderzeit getan hatte.

»Ach, du bist es, Rodney,« sagte sie lächelnd. Mit leiser Stimme fuhr sie fort: »Ich wollte dir noch danken, daß du Vater nichts erzählt hast von –« sie blickte über das Geländer, und obwohl sie niemanden sah, drückte sie sich vorsichtig aus, »von, na, du weißt schon.«

Als sie die Treppen hinabstiegen, sagte er nichts, und sein Lächeln war mürrisch. Er trat dicht an sie heran und zog langsam ein Taschentuch aus dem Aufschlag seines Ärmels. Mit hämischem Gekicher hielt er es ihr unter die Nase.

»Du warst das also!« rief sie, als sie es als ihr eigenes erkannte. Wütend griff sie danach.

Blitzschnell zog er es weg und schwenkte es über ihrem Kopf.

»Aber warum?« rief sie und gab den Versuch auf, es ihm zu entreißen.

»Ich wollte den Rubin selbst finden,« sagte er kühl. »Was gab es Besseres, um den Verdacht auf dich zu lenken, als deine Taschentücher zurückzulassen, nachdem ich selbst nach dem Stein gesucht hatte?« Damit sie nicht noch einmal nach dem Taschentuch greifen konnte, steckte er es in die Hosentasche. »Außerdem weiß ich, wer ihn hat!«

Sie schnappte nach Luft. Obwohl sie fast sicher war, daß er sie nur verspottete, wagte Abigail nicht, ihn zu reizen, falls es ihm tatsächlich irgendwie gelungen war, herauszubekommen, wer den Rubin hatte. Schließlich hatte er, anders als sie, ungehindert mit Fredericks Freunden zusammen sein können und vielleicht etwas erfahren. »Oh, Rodney,« rief sie, als wäre sie ehrlich beeindruckt. »Wie schrecklich schlau von dir. Sag, wer.«

»Du glaubst doch nicht etwa, daß ich dir helfe?«

»Aber warum denn nicht, Rodney?«

»Weißt du das nicht?«

»Ach, Rodney, hör auf damit. Nein, ich weiß es nicht.«

»Kannst du es dir nicht denken?«

»Bitte, Rodney, ich flehe dich an. Nein, das kann ich nicht. Du bist mein Bruder. Ich habe dich gern.«

»Oh, nein, das hast du nicht,« sagte er gereizt. »Du hast Benjamin gern. Dir wäre es lieber gewesen, er hätte dich abgeholt, und nicht ich.«

Heftig errötend, weil Rodney recht hatte, sagte sie: »Natürlich habe ich auch Benjamin gern –«

»Oh, schweig still, Abigail!« rief er und zeigte theatralisch über ihre Schulter hinweg. »Du brauchst bloß hinter dich zu sehen!«

Abigail fuhr herum und schnappte nach Luft. Zum erstenmal seit ihrer Rückkehr schaute sie das lebensgroße Ölgemälde ganz bewußt an, und es waren ihre eigenen, etwas gereiften Gesichtszüge, die ihr entgegenblickten. Von der Ähnlichkeit überwältigt, wandte sie sich an Rodney. »Mutter?«

»Natürlich Mutter!« stieß er mit haßerfülltem Blick hervor. »Wenn du nicht gewesen wärest, wäre sie noch am Leben! Als ich dich in London gesehen habe, wußte ich sofort, daß du nach deiner Rückkehr versuchen würdest, ihren Platz einzunehmen. Aber das kannst du nicht! Bei mir nicht!«

Entsetzt starrte Abigail ihn an. Man hatte ihr erzählt, daß ihre Mutter an Kindbettfieber gestorben war, ein tragisches, doch durchaus nicht seltenes Vorkommnis. Bis jetzt hatte sie sich noch nie die Schuld daran gegeben. Allein der Gedanke war zu schmerzlich, und sie wies ihn weit von sich. »Ich bin nicht an ihrem Tod schuld!« schrie sie.

»Ich werde dir nie vergeben.« Seine Stimme klang gehässig. »Außerdem mache dir keine falschen Hoffnungen. Ich werde Vater von deinen Eskapaden erzählen.« Er machte eine drohende Pause. »Aber zum richtigen Zeitpunkt.« Er machte auf dem Absatz kehrt und rannte die Treppe hinunter.

Am späten Nachmittag blieb Abigail in der Eingangshalle des Plaza-Hotels vor einem mit Weihnachtssternen überladenen Tisch stehen. Ihre schlanke, elegante Gestalt war mit einem tadellos sitzenden Herrenanzug bekleidet, das Gesicht durch einen Schnurrbart verwandelt, und Zylinder, Reithandschuhe und Spazierstock verliehen ihrer Aufmachung den letzten Schliff. Mit einem Lächeln erinnerte sie sich an den entsetzten Gesichtsausdruck des Schneiders, als sie damals den Anzug in Savile Row hatte anfertigen lassen. Obwohl sie behauptet hatte, sie wolle sich auf einem Kostümball als Mann verkleiden, hatte er seine Mißbilligung während der Anproben kaum hinter seinem professionellen Verhalten verbergen können. Sie fand, daß er mit dem Ergebnis zufrieden sein konnte, denn kein Mensch warf ihr auch nur einen argwöhnischen Blick zu, als sie die prachtvolle Halle, in der noch Unordnung herrschte, weil gerade letzte Hand an den üppigen Weihnachtsschmuck gelegt wurde, durchquerte, um Mr. Gillette ihre Ankunft mitzuteilen.

Als Gillette persönlich die Tür zu seiner Suite aufriß, traten sie beide überrascht einen Schritt zurück.

Der Schauspieler hatte eine sittsame junge Dame mit einer Anstandsdame im Schlepptau erwartet.

Seine scharfgeschnittenen, adlerartigen Züge und der durchdringende Blick wiederum erweckten in Abigail den Eindruck, dem großen Detektiv persönlich gegenüberzustehen.

Als sie sich bequem in seinem Wohnzimmer niederließen und der Kellner Tee servierte, sagte der Schauspieler mit einer wundervollen Stimme, die in Abigail etwas zum Klingen brachte, er sehe die Notwendigkeit ihres Inkognitos ein, da es ihr erlaube, ihn aufzusuchen, ohne daß die anderen Mitglieder des Haushalts etwas bemerkten. Abigail brauchte nur wenig Ermunterung, um alles, was sich seit ihrem Gespräch mit Conan Doyle ereignet hatte, ohne Unterbrechung zu berichten.

»Es überrascht mich, daß Conan Doyle Ihnen gegenüber diesen Standpunkt vertreten hat, Miss Danforth,« sagte Gillette, nachdem sie geendet hatte, und stellte seine leere Teetasse auf den Tisch. »Seine Mutter ist sehr willensstark, und seine Schwestern haben alle einen Beruf.«

Besorgt, er könnte sich während der langen Unterhaltung gelockert haben, klopfte Abigail leicht auf ihren Schnurrbart. »Vielleicht lag es an der starken Abneigung gegen seinen erfundenen Helden?« wagte sie zu fragen und griff nach ihrer Teetasse.

»Das hat nichts zu sagen.« Gillette lehnte sich in seinem Sessel zurück. »Der Rubin des Punjat ist ohne Zweifel auch das schrecklichste Verbrechen wert,« sagte er, während er nachdenklich die Fingerspitzen aneinander legte. »Und es ist gewiß nicht ausgeschlossen, daß für die unglückliche Miss Arrington ein Unfall inszeniert wurde. Oder auch für den Diener.«

»Ich stimme Ihnen zu,« sagte Abigail, und ihre dunklen Augen blickten traurig. »Aber mit jedem Tag, der vergeht, rückt mein Schicksal unausweichlich näher. Ich werde so häufig wie möglich Migräne vorschützen, um diesen langweiligen Besuchen zu entgehen.« Sie seufzte tief, als sie Tasse und Untertasse auf den Tisch zurückstellte.

Gillette nickte mitfühlend. »Ich weiß, wie es ist, wenn man den glühenden Wunsch hat, etwas ganz Bestimmtes im Leben zu tun, und überall nur auf Widerstand stößt,« sagte er. »Ich werde Mr. Clemens ewig dafür dankbar sein, daß er mir mein erstes Engagement verschaffte, als meine Familie mich zu enterben drohte.«

»Aber was soll *ich* tun?«

»Ich will Ihnen etwas sagen.« Er beugte sich vor. »Es ist nichts Besonderes, aber vielleicht hilft es. Ich könnte doch für Sie und Ihre Gäste einen Empfang geben. Ich werde dafür sorgen, daß Sie Freikarten für mein Stück erhalten. Auf diese Art kann Ihr Vater selbst sehen, was ein beratender Detektiv tatsächlich tut. Danach werde ich alles tun, um ihn von der Tauglichkeit dieses Berufes zu überzeugen. Zumindest können wir dem Verrat Ihres Bruders Rodney den Stachel nehmen.«

»Oh, Mr. Gillette!« rief sie, klatschte vor Begeisterung in die Hände und erhob sich. »Würden Sie das wirklich tun?«

Er stand auf und versuchte, mit einem scharfen Blick ihre Maskierung zu durchdringen. »Ich muß Sie unbedingt wiedersehen, Miss Danforth,« sagte er rauh. »Und sei es nur, um zu erfahren, wie Sie wirklich aussehen, ohne Schnurrbart und das ganze Drum und Dran.«

Abigail, die hinter ihrer Maske ob der Glut seines Blickes heftig errötete, vereinbarte mit ihm den Tag nach Weihnachten als Termin für den Empfang und verabschiedete sich eilends.

Während sie die festlich geschmückte Halle durchquerte, und, hocherfreut über das Ergebnis des Gesprächs, ihren Zylinder zurechtrückte, entdeckte sie plötzlich neben einer Topfpalme Max und Fergus in einer hitzigen Debatte mit dem Nawab Abdulsamad. Erstaunt, Fergus in der Öffentlichkeit zu sehen, da er doch angeblich zu schwach war, um zum Frühstück herunterzukommen, trat sie rasch in die Drehtür und befand sich auf der belebten Straße, bevor ihr aufging, daß man sie wohl kaum erkennen würde.

Sie ging langsam auf den an einem Pfosten angebundenen Crosspatches zu und wünschte, sie könnte ihr Inkognito wahren und ihnen folgen. Sie war im Begriff aufzusitzen, als sich ihr ein rothaariges Mädchen näherte.

Abigail erkannte in dem zerlumpten, aber sauberen Mädchen die Kleine, die tags zuvor am Kai hinter ihr hergelaufen war. Immer noch beeindruckt von der Strecke, die das Kind zurückgelegt hatte, kam Abigail plötzlich ein Einfall. Sie zog die Zügel an und beugte sich zu dem Mädchen herab. »Hast du Lust, ein bißchen Geld zu verdienen, Kleine?«

»Klar, Mister!« erwiderte Molly. »Und was soll ich dafür tun?«

»Ich möchte, daß du jemandem folgst. Hast du Freunde, die dir helfen können?«

»Und ob ich Freunde habe, Sir.« Molly warf sich in die Brust. »Ich hab' sogar meine eigene Bande.«

»Ausgezeichnet!« Abigail band Crosspatches wieder fest, gab dem Kind rasch einen kleinen Vorschuß und verhandelte mit ihm über die Bezahlung und einen Treffpunkt. Nachdem das Geschäft abgeschlossen war, rannte Molly davon, um die Mitglieder ihrer Gang zusammenzutrommeln.

Crosspatches wurde unruhig. Abigail begann zu fürchten, daß die Kleine mit ihrem Geld auf und davon war. Bald würden die Männer das Hotel verlassen und sich in alle Winde zerstreuen. Sie wollte gerade aufsitzen, als Molly in der Menge auftauchte.

»Du kommst gerade noch rechtzeitig!« Abigail zeigte mit ihrer Reitpeitsche auf die überdachte Hoteltreppe. »Dort kommen sie.« Der Nawab, gefolgt von Aref, ging die Treppe ein ganzes Stück vor Max und Fergus hinunter, so als wären sie Fremde.

»Um den Dicken kümmer' ich mich selbst,« sagte Molly und verschwand im Menschengewühl.

Vollauf zufrieden mit dem Ergebnis dieses Tages, lenkte Abigail Crosspatches durch den dichten Verkehr, wobei sie ihren Nachhauseritt aus dem Blickwinkel eines Mannes sichtlich genoß.

Noch in Abendkleidung, schlich Rodney zur Hintertreppe, in der Hoffnung, Jacqueline auf dem Weg nach oben abzufangen. Sie hatte es geschickt verstanden, ihm auszuweichen, aber er hatte nichts vergessen. Nachdem er eine Zeitlang gewartet hatte, nahm er an, sie sei bereits zu Bett gegangen, beschloß jedoch, nicht ebenfalls hinaufzugehen. Mehr als ein Hausmädchen hatte seinem Drängen nachgegeben, weil es Angst hatte, sich zu wehren und beschuldigt zu werden, ihn in ihr Zimmer gelockt zu haben. Eines der Mädchen war, nachdem man entdeckt hatte, daß sie schwanger war, ohne Referenzen entlassen worden. Das hatte ihm ziemlich leid getan, denn nach dem ersten Mal war sie durchaus bereitwillig gewesen, und hübsch obendrein. Rodney wollte zwar, daß Jacqueline entlassen wurde, aber es schien ihm doch zu riskant, sie zu diesem Zweck zu verführen.

Er war im Begriff zu gehen und nach Kinkade zu läuten, damit dieser die Vorkehrungen für das Zubettgehen träfe, als er Schritte zu hören glaubte. Er verbarg sich im Dunkel und beobachtete, daß J.C. leise die verbotene Treppe hinaufstieg, ein Vergehen, das den männlichen Angestellten im Haus seines Vaters die sofortige Entlassung eintrug. Max und Fergus würden J.C.'s Eskapade sicher als Scherz abtun, doch wenn man den Mann in Jacquelines Schlafzimmer entdeckte, würde deren Schicksal besiegelt sein.

Während er Jacqueline in Gedanken langsam entkleidete, ging Rodney auf Zehenspitzen hinter J.C. her. Er wartete auf dem Treppenabsatz, bis J.C. genügend Zeit gehabt hatte, sie ins Bett zu zerren. Von dem zu erwartenden Anblick erregt, schlich er zur Tür und stieß sie ohne anzuklopfen auf.

Das Zimmer war leer. Der Schein einer Flurlampe fiel auf

ein weißes Blatt Papier, das auf dem Boden lag. Rasch hob er es auf, drehte das Licht an und las, was darauf stand. Plötzlich hörte er, wie sich Türen leise schlossen, und da ihm bewußt wurde, in welcher Situation er sich befände, wenn man ihn hier erwischte, warf er J.C.'s Nachricht auf den Boden und floh.

Am Morgen des Heiligen Abends stand Jacqueline hinter der mannshohen Palme versteckt, die sich im Flur gegenüber von Fredericks Zimmer befand. Vorsichtshalber hatte sie eines von Abigails Kleidern auf dem Arm, um, falls man sie ertappte, so tun zu können, als hätte sie sich verirrt – was in dem riesigen Haus tatsächlich ab und zu noch vorkam. Gespannt vor Neugier, konnte sie ihre Aufregung kaum noch unterdrücken. Abgesehen von dem Kitzel, sich als Spionin zu betätigen, hatte sie soeben mitangehört, wie Stork Kinkade versichert hatte, da heute Heiligabend sei, wolle er Lord Hunterswell endlich alles beichten und sich Seiner Lordschaft auf Gnade und Ungnade ausliefern. Da sie sich verantwortlich fühlte und sich über den Ausgang des Gesprächs Sorgen machte, wollte sie selbst hören, wie Lord Hunterswell reagierte.

Sie mochte Stork. Obwohl sie sich nie richtig miteinander unterhalten hatten, sah man, daß er seinem Herrn treu ergeben war. Eine Eigenschaft, die sie sehr bewunderte. Außerdem besaß er sehr viel bessere Manieren als diese beiden Halunken, Kinkade und J.C., zusammen. Sie nahm es sich noch immer übel, daß sie so unvorsichtig gewesen war und auf der Überfahrt an J.C.'s Gesellschaft Gefallen gefunden hatte; deshalb hatte sie sich seine Nachricht auch gar nicht erst übersetzen lassen.

Als sie jemanden näherkommen hörte, schob sie die Blätter der Palme auseinander und hätte vor Schreck beinahe Abigails Kleid fallenlassen, als sie Samuel erkannte. Das einzig Gute war, daß dieser aalglatte Schmeichler den Schuft Kinkade von seinem Platz verdrängt hatte; jedenfalls erzählte man sich das. Sie seufzte vor Erleichterung, als er, ein Weihnachtslied vor sich hin summend, in Richtung der Räume von Mr. Danforth verschwand.

Das Kleid in Jacquelines Hand wurde immer schwerer, und sie wollte eben ihren Wachtposten aufgeben, als sie Storks unverwechselbaren Schritt vernahm. Sie hatte Mitleid mit ihm. Er sah aus wie ein Mann auf dem Weg zum Schafott. Vor der Zimmertür seines Herrn zögerte er und glättete unsichtbare Falten an seiner makellosen Uniform, bevor er klopfte.

Als sich die Tür hinter ihm geschlossen hatte, durchquerte Jacqueline eiligst die Halle. Sie war noch nicht einmal bis zur Hälfte gekommen, als sie Samuels fröhliches Pfeifen vernahm. Sie machte auf dem Absatz kehrt und schaffte es gerade, wieder ihren Platz hinter dem Baum einzunehmen, als Samuel um die Ecke bog. Sobald er außer Sichtweite war, flitzte sie durch die Halle und preßte das Ohr gegen die Türfüllung. Enttäuscht darüber, daß sie nur das Geräusch von Stimmen hörte, jedoch nicht verstand, was gesprochen wurde, öffnete sie einen Spalt breit die Tür. Ihr Herz klopfte so wild, daß sie ihren Ohren nicht traute, als sie Lord Hunterswells herzliches Gelächter vernahm. Nachdem das Lachen abebbte, härte sie jedoch ganz genau, daß er den Wunsch äußerte, auf der Stelle sein Zimmer zu verlassen. Hocherfreut über den scheinbar glücklichen Ausgang des Gesprächs, schloß sie also rasch die Tür und hastete zur Hintertreppe zurück; daß Seine Lordschaft Storks Beichte so offensichtlich gutgelaunt aufgenommen hatte, erfüllte sie mit großer Erleichterung. Und es stimmte sie nachdenklich. Wenn ihre Vorgesetzten die Botschaft des Weihnachtsfestes schon so wörtlich nahmen, vielleicht sollte dann auch sie sich barmherzig zeigen und sich J.C.'s Nachricht übersetzen lassen.

Abigail murrte vor sich hin, während sie hinter Maude auf den überdachten Seiteneingang zuging. Die Tage und Abende seit ihrer Rückkehr hatten sich als genauso langweilig erwiesen, wie sie es vorhergesehen hatte. Jedes Gespräch drehte sich um einen Aspekt ihrer Erscheinung; entweder ging es darum, wie reizend sie gerade aussah, oder wie hübsch sie aussehen würde, wenn sie dieses Kleid kaufen oder jene Feder anstecken würde. Das gewagteste Thema, das die jungen Damen, die sie kennengelernt hatte, in stundenlangen Gesprächen abhandelten, betraf das Problem, wieviel vom Knöchel man über dem Stiefel beiläufig zeigen konnte, und wie man es anstellte, so zu tun, als merke man nicht, daß er zu sehen war oder daß die Herren es bemerkten. Über den Vorbereitungen für die Feiertage, ihr Debüt und über den Einkäufen in letzter Minute hatte sie die Hoffnung aufgegeben, von dem Mädchen mit den Zündhölzern etwas zu hören, und beachtete folglich auch jetzt nicht den Vogelruf, den sie doch als Signal für ein Treffen vereinbart hatten.

Die erfinderische Molly warf eine Handvoll Kieselsteine, die direkt hinter Maude auf die Stufen prasselten, und lief zu ihrem Treffpunkt auf der Rückseite des Hauses. Maude war dafür, das Mädchen zu verfolgen, doch Abigail überredete sie, mit den Paketen ins Haus zu gehen, während sie in die Remise zurückkehrte, weil sie plötzlich ihr Retikül vermißte.

Die Aufregung und die Anstrengung des Laufens hatten Abigails Wangen gerötet, als sie Molly erreichte. »Nun?« fragte sie außer Atem.

»Ich habe den Einäugigen Jack hinter dem Dünnen hergeschickt.«

»Mr. Buchanan?«

Molly nickte und sprudelte hervor. »Er war gestern am Hauptbahnhof und hat Fahrkarten nach Chicago gekauft.«

»Ach, das wußte ich.« Enttäuscht wandte Abigail sich zum Gehen. »Sie reisen nach meinem Debüt ab.«

»Und Ihr Debüt ist am Tag nach Weihnachten?« rief Molly ihr nach.

»Ich dachte, das hätte ich dir erzählt.« Abigail sah das Kind ungeduldig an. »Mein Debüt findet am Neujahrstag statt.«

»Na ja, dann ist Mr. Buchanan bestimmt nicht mehr da.« Die Hände in den Hüften, reckte Molly das Kinn. »Er hat zwei Fahrkarten für den Siebenundzwanzigsten gekauft.«

»Nur zwei Karten?« fragte Abigail stirnrunzelnd. »Bist du sicher?«

»Jack sieht zwar nicht gut, Miss, aber hören tut er alles.«

Abigail versprach Molly einen Zuschuß und eilte zum Haus zurück, während ihre Gedanken sich überschlugen. Vornehme Herren erledigten ihre Besorgungen nicht selbst. Wenn Mr. Buchanan seine vorzeitige Abreise nicht bekannt machen wollte, indem er einen der Danforth'schen Diener mit dem Kauf der Fahrkarten beauftragte, warum hatte er dann nicht J.C. geschickt? Hatten er oder Mr. Driscoll ihren Vater bereits über ihre frühere Abreise informiert, und man hatte ihr nicht Bescheid gesagt? Als sie Gregory, der sie einließ, grüßend zunickte, fragte sie sich mit einem unguten Gefühl: warum nur zwei Karten? Wer würde zurückbleiben?

Der Tag war lang gewesen für Molly, und als sie erschöpft die fünf Treppen zu ihrer Wohnung hinaufstieg, war er noch längst nicht vorbei. Sie hoffte, daß ihre Brüder noch nicht zu Hause waren. Die Überraschung, die sie für ihre Mutter hatte, war zu großartig, als daß man es ertragen konnte, wenn sie überall herumsprangen und tobten.

»Und wo warst du, Mädchen?« fragte ihre Mutter, ohne von ihrer Näharbeit aufzusehen, als Molly die Wohnung betrat.

»Fröhliche Weihnachten, Ma.« Molly beugte sich herab und küßte ihre Mutter auf die Wange, während sie erfreut feststellte, daß ihre lärmenden Brüder noch nicht zu Hause waren.

»Was ist los?« Mrs. O'Brien ließ die Arbeit in ihrem Schoß ruhen und sah ihre Tochter argwöhnisch an. Seit dem Verschwinden von Mr. O'Brien waren Bezeugungen von Zuneigung selten geworden.

»Mach die Augen zu, Ma.« Als ihre Mutter sie weiter anstarrte, faltete Molly die Hände unter dem Kinn und bettelte: »Bitte, Ma.«

Mit einem müden Seufzer tat Mrs. O'Brien ihr den Gefallen.

»Streck die Hand aus.« Molly kicherte. Als die Mutter die Hand ausstreckte, legte Molly behutsam eine Goldmünze auf ihre Handfläche. »Jetzt mach die Augen auf!« Molly tanzte durch das Zimmer.

Nachdem sie völlig sprachlos erst das Zwanzig-Dollar-Goldstück in ihrer Hand und dann ihre Tochter angestarrt hatte, die glückselig im Zimmer herumhüpfte, legte Mrs. O'Brien ihre Arbeit beiseite und stand mit einem Ruck auf. Sie wartete, bis Molly in Reichweite war, holte mit aller Kraft aus und schlug ihr voller Wucht ins Gesicht. »Hure!« stieß sie hervor.

Molly taumelte, rutschte aus und landete auf einem Kleiderbündel neben einem der Betten. Zu verblüfft, um aufzuschreien, preßte sie die Hand auf ihre brennende Wange und duckte sich auf den Boden, als ihre Mutter sich auf sie stürzte.

»Und jetzt lüg mich nicht an, Mädchen!« Die Mutter schleuderte die Münze nach ihr. »Wo hast du das her?«

Molly machte Anstalten, sich zu erheben. »Ich habe dafür gearbeitet, ehrlich.« Sie reckte trotzig das Kinn.

Noch ehe Molly auf den Beinen war, schlug ihr die Mutter auf den Mund und schrie: »Lügnerin!« Dann schlug sie erneut mit dem Handrücken zu. Der Schlag traf Mollys Ohr und brachte es zum Klingen. »Diebin!« rief sie und schlug nochmals zu. »Schlampe!«

»Ich hab' dich nicht belogen!« schluchzte Molly, die die Kränkung mehr schmerzte als die Schläge. »Das hab ich nicht! Bestimmt nicht!« Molly rappelte sich auf.

»Dann hast du es gestohlen!« schrie ihre Mutter, den Arm bereits erhoben, um erneut zuzuschlagen. »Die einzige Tochter, die mir geblieben ist, eine gemeine Diebin!«

»Nein!« Molly duckte sich und lief zur anderen Seite des Tisches. »Nein, nein, nein!« heulte sie.

Ihre Mutter wollte ihr nachsetzen, da sie jedoch zu erschöpft war, um sie um den Tisch herum zu verfolgen, ließ sie sich schluchzend in einen Sessel fallen.

Als ihre Mutter sich etwas beruhigt hatte, redete Molly aus sicherer Entfernung auf sie ein. »Es ist alles in Ordnung, Ma,« sagte sie. »Ich habe eine Arbeit.«

»Das nennst du Arbeit!« jammerte ihre Mutter. »Und ich habe angenommen, du wärst mein braves Mädchen.« Molly konnte die Qualen ihrer Mutter kaum ertragen. »Nehme ich dich nicht jeden Sonntag mit in die Messe? Ich erziehe dich anständig, damit ein netter katholischer Junge dich eines Tages heiratet, und *das* ist der Dank dafür?«

»Aber ich habe es verdient, Mama,« rief Molly. »Ich habe dafür gearbeitet!«

»Aber *wie* du es verdient hast, das ist es.« Die Mutter vergrub das Gesicht in den Armen und schluchzte: »Du brichst mir das Herz.«

Molly rieb sich die pochende Wange und beobachtete ihre weinende Mutter. Als das Schluchzen nachließ, kniete sie neben ihr nieder. »Mama?« sagte sie leise.

Ohne Antwort zu geben, wischte sich Mrs. O'Brien das Gesicht an ihrer Schürze ab.

»Es ist alles in Ordnung, Ma,« fuhr Molly besänftigend fort. »Ich habe eine ganz richtige Arbeit. Aber du denkst bestimmt, ich flunkere wie Papa, wenn du hörst, was es ist.«

Die Mutter blickte auf Molly herab, und ihr Gesichtsausdruck war so streng wie ihre Stimme, als sie sagte: »Jeder weiß, daß ein Mädchen nur als Hure oder Diebin zu so viel Geld kommen kann, wie du mit nach Hause gebracht hast.«

Ihr rotes Haar glänzte im Schein der einzigen Kerze auf dem Tisch, als Molly sich ihrer Mutter gegenüber auf einen Stuhl setzte. »Ich gehöre einer Spezialeinheit an, Ma« sagte sie.

»Hör auf, Schatz,« sagte ihre Mutter geringschätzig. »So was gibt es nicht.«

»Doch, Mama, das gibt es,« erwiderte Molly. »In London. So ein Kerl, ein Detektiv, der in Baker Street wohnt, hat sie.«

»Was hat er?«

»Das will ich dir doch gerade erklären. Sie heißt Baker Street Spezialeinheit, und die Mitglieder führen Aufträge für ihn aus oder spionieren für ihn oder sonstwas.«

»Spionieren!«

»Ich tu nichts Böses, Ma!« beharrte Molly. »Ich folge nur einem dicken Mann, der ein Handtuch um den Kopf gewickelt hat, wo mitten drauf ein großer Edelstein ist, der so hell wie eine Laterne strahlt.«

»Jetzt hör aber auf,« antwortete ihre Mutter ungläubig. »Dann berichte ich meinem Boss, wo er gewesen ist.«

»Und wer sollte das sein?«

»Erinnerst du dich, daß ich dir von einer schönen Prinzessin erzählt habe, die in einer Kutsche ohne Pferde davongefahren ist?«

Gegen ihren Willen wurde Mollys Mutter neugierig.

»Genau die ist es! Nur war sie als Mann verkleidet, als sie mich vor dem Hotel Plaza angeheuert hat.«

»Laß das Geflunker, Miss Molly.« Mrs. O'Brien hob die Hand, als wollte sie ihre Tochter erneut schlagen. »Du kriegst eins aufs Fell, aber ordentlich!«

»Nein, Ma. Ehrlich wahr,« sagte Molly, die Hand auf dem Herzen. »Mit einem Schnurrbart; man hätte sich nicht dran zu ziehen getraut, so echt sah er aus. Und sie ritt ein Pferd im Herrensitz!«

»Nein!« entsetzte sich Mrs. O'Brien.

»Ich schwöre es dir.« Molly legte eine Hand aufs Herz und zeigte mit der anderen gen Himmel. »Sie wohnt in einem Haus, das ist so groß wie ein Schloß, am Gramercy Park. Und wir heißen die Gramercy Park Spezialeinheit.«

»Du machst mir etwas vor, Kind. Willst du mir erzählen, daß noch mehr von deiner Sorte eine Zwanzig-Dollar-Münze bekommen haben?«

»Nein, nur ich, weil ich die Anführerin bin,« sagte Molly stolz. »Ach, Ma.« Molly gähnte plötzlich. »Ich bin zum Umfallen müde. Der dicke Mann ist gut aufgehoben, er ist auf einer Gesellschaft im Schloß. Ich bin nur nach Hause gekommen, um dir mein Weihnachtsgeschenk zu überreichen. Ich leg mich rasch ein wenig hin, bevor ich wieder gehe.« Als Mrs. O'Brien ein sicheres Versteck für ihren Schatz gefunden hatte, war Molly bereits fest eingeschlafen.

J.C. schloß die Tür seiner Schlafkammer und warf sich ohne seine Stiefel auszuziehen aufs Bett. Er fuhr sich mit der Hand durchs Haar und brachte damit seinen akkuraten Scheitel in Unordnung, doch sein Aussehen war ihm im Moment völlig gleichgültig. Selbst der Heilige Abend und die Aussicht auf eine Feier für die Dienstboten konnte seine düstere Stimmung nicht vertreiben. Er legte den Kopf auf seine gefalteten Hände und starrte an die weißgekalkte Decke.

Jedesmal, wenn er Jacqueline getroffen hatte, die seit ihrer unglückseligen Begegnung auf der Hintertreppe großes Geschick entwickelt hatte, ihm aus dem Weg zu gehen, hatte er sie um Verzeihung gebeten. Er hatte ihr versichert, er wisse, daß sie ein reines und makelloses Exemplar weiblicher Tugend sei. Daraufhin war sie eine Spur umgänglicher geworden. Aber irgendwie war die unerschütterliche Höflichkeit, mit der sie seine Existenz hinnahm, schwerer zu ertragen, als wenn sie ihre Abneigung offen gezeigt hätte. Nicht mit dem Zucken einer Wimper hatte sie zu erkennen gegeben, daß sie seinen Brief erhalten hatte. Der einzige Lichtblick war, daß sie auch Kinkades Gegenwart kaum ertragen konnte, außer wenn es um berufliche Dinge ging.

J.C. grinste schadenfroh, als er an Kinkades wohlverdiente Strafe dachte. Ständig war er in Bewegung, um die Wünsche dieses jungen Gecken, Rodney, zu erfüllen. Er war alles andere als der geschätzte Diener des Hausherrn, wie er sich hochtrabend gerühmt hatte. Wie es hieß, würde er auch Mr. Benjamin bedienen müssen, wenn dieser erst genesen war. Oh, ja, Kinkade mußte zur Zeit nach einer anderen Pfeife tanzen. Und dann Fergus, der sich erstaunlich gut erholt hatte – die anderen sprachen sogar von einem Wunder. Die Überheblichkeit dieses Mannes überraschte ihn. Sie waren nur um Haaresbreite von einer Katastrophe entfernt, und er bemühte sich um die Gunst einer gewissen Miss Isabella Humboldt. Sie war eine sehr reiche und sehr hübsche junge Dame, und den Gerüchten zufolge war sie Benjamins Angebetete gewesen. Und wie er plötzlich angefangen hatte, um Rodney herumzuscharwenzeln. Aber genug davon! Energisch verbot er seinen Gedanken, sich weiter mit Fergus' kleinen Sünden zu befassen.

Wenigstens Max behandelte ihn wie seinesgleichen, wenn sie ungestört waren. Auch wenn es vielleicht umsonst war, Max hatte ihm sogar geholfen, ein Geschenk für Jacqueline auszusuchen.

Während er sich umdrehte, hatte er plötzlich das hagere Gesicht des gütigen Stork vor Augen. J.C. wurde von heftigen Gewissensbissen gepackt. Auch die demütigsten Entschuldigungen hatten ihm von Storks Seite nur Verachtung eingebracht. Mit einem Stöhnen zwang er sich, das Bett zu verlassen und sich für die Festlichkeiten fertigzumachen.

Er spritzte etwas Brillantine auf eine Handfläche, stellte die Flasche ab und rieb die Hände gegeneinander, bevor er die Flüssigkeit im Haar verteilte. Während er in den kleinen Spiegel über dem Waschtisch schaute, zog er sorgfältig seinen Scheitel nach. Die Melancholie wollte ihn nicht verlassen. Er schleuderte den Kamm auf den Aufsatz des Waschtischs – und dann stürzte er zu Boden.

Der schwere silberne Knauf von Rodneys Spazierstock

hatte keine große Wunde in J.C.'s Kopf verursacht, doch der Schlag war gut plaziert gewesen. Und er war tödlich.

»Wo bist du gewesen?« fragte Abigail. Sie war verärgert, und man merkte es ihr an.

Jacqueline kam viel zu spät, um Abigail beim Umkleiden für das Abendessen zu helfen, und sie war völlig außer Atem von dem ungewohnten Laufen; sie steckte so voller Neuigkeiten, daß ihr Englisch sie im Stich ließ und sie nur unzusammenhängende französische Brocken hervorstieß. Abigail bemühte sich erst gar nicht, hinter deren Sinn zu kommen.

»Was redest du daher?« Mit der Absicht, ihre Zofe durch Strenge zu beruhigen, imitierte Abigail den herrischen Ton, mit dem ihr Vater so viel Erfolg hatte.

Jacqueline legte Abigails Kleid vorsichtig auf das Sofa, wölbte die Hand über dem Ohr und bückte sich, als stünde sie vor einem Schlüsselloch. »Seine Lordschaft.« Mit der freien Hand wies sie in die Richtung von Fredericks Räumen. »Ich lausche.« Kerzengerade aufgerichtet, die Hände vor der Brust gefaltet, als sei sie zur Inspektion angetreten, fuhr sie fort: »Stork erzählt Lord Hunterswell, was er tut – getan hat.«

»Du bist schamlos, Jacqueline!« rief Abigail und wandte sich ab, damit Jacqueline nicht ihr Lächeln sah, das sie kaum unterdrücken konnte. Gleich darauf war sie wieder ernst und gab vor, entsetzt zu sein. »Du bist ja eine richtige Abenteurerin!«

Die Augen weit aufgerissen, errötete Jacqueline, unsicher, ob ihre Herrin sie nur aufzog oder mit ihr zufrieden war. »Nun steh nicht so herum, Jacqueline.« Abigail nahm an ihrem Frisiertisch Platz, wies auf die Brennschere und bedeutete ihrer Zofe, mit der Toilette fortzufahren. »Erzähl mir die Einzelheiten.«

Nun, da sie beschäftigt war, hatte Jacqueline keine Schwierigkeiten zu berichten. »Ach, Miss Danforth, Sie werden es nicht glauben.«

»Was?« Abigail zügelte ihre Ungeduld.

»Seine Lordschaft lachte!«

»Tatsächlich?« fragte Abigail, während sie im Spiegel Jacquelines Geschick bewunderte. »Und was hatte Stork nun angestellt?«

»Ach, Miss Danforth, es tut mir so leid. Ich konnte es nicht verstehen. Samuel kommt, und ich verstecke mich. Als ich zur Tür gehe, höre ich Gelächter, dann Seine Lordschaft sagt, er müsse *tout de suite* – wie sagt man, aufbrechen –«

»Sofort?«

»Ja, Miss. So ich renne weg, bevor sie mich finden.«

»Das wird ja immer merkwürdiger.«

»Ich hatte solche Angst, daß Seine Lordschaft ist so zornig und setzt Stork vor die Tür.«

»Ich hoffe, Stork hat ihm endlich die Wahrheit erzählt und nicht nur eine lustige Geschichte.« Abigail runzelte die Stirn. Sie hatte die Anweisungen ihres Vaters befolgt und alle Annäherungsversuche Fredericks unbeachtet gelassen. Es sollte nicht allzu schwierig sein, ihn in ihre Nähe zu locken und ihn dazu zu überreden, die Einzelheiten von Storks Problem zu verraten. Obwohl es im Hinblick auf ihre Zukunft nicht länger von Bedeutung war, nahm sie es nicht ungern zur Kenntnis, daß sich hinter seiner scheuen Förmlichkeit Sinn für Humor verbarg. »Los, los, Jacqueline.« Die Ungeduld darüber, zum fünften Mal am Tag gekämmt zu werden, sprach aus ihrem Ton. »Wir müssen uns beeilen.

Vater wollte mich vor dem Eintreffen der Gäste noch sehen,« sagte sie und suchte gleichzeitig nach einem Anlaß, um Frederick zu fragen, ob er über Max' und Fergus' vorzeitige Abreise Bescheid wußte.

Jacqueline arbeitete so schnell sie konnte, doch dem Ergebnis sah man ihre Eile nicht an. Abigail sah hinreißend aus. Ihr Kleid in sechs verschiedenen Blauschattierungen entsprach der neusten Pariser Mode. Sie hatte die obligatorische Drehung vollführt, um sich zu vergewissern, daß auch nichts in Unordnung geriet, und setzte sich gerade noch einmal vor die Frisierkommode, damit Jacqueline eine kleine Verbesserung vornehmen konnte, als es an der Tür klopfte. Ohne eine Antwort abzuwarten, trat ihr Vater ein.

Abigail wollte sich erheben, um ihn zu begrüßen.

»Nein, nein, Tochter.« Er bedeutete ihr mit einer Geste, sitzenzubleiben. In der Hand trug er eine viereckige, schwarze Juwelenschachtel. »Bleib sitzen.« Er war noch immer nicht gegen den Anblick seiner Tochter gefeit, verstand es jedoch mittlerweile besser, seine Gefühle zu verbergen.

Jacqueline machte einen Schritt auf die Tür zu.

»Sie brauchen nicht zu gehen, Jacqueline.« Mr. Danforth' Stimme klang schroff. In der Vergangenheit hatte es ihm oft großes Vergnügen bereitet, verstohlen die Zofe seiner Frau zu beobachten. Sie pflegte die Augen aufzureißen, beeindruckt von seiner Großzügigkeit und dem prächtigen neuen Schmuckstück ihrer Herrin. Beiläufig hielt er Abigail die Schachtel hin.

»Für mich?« Abigail sah unter ihren Wimpern zu ihm auf, als sie das Kästchen entgegennahm.

Er nickte. »Nur zu.« Mit einer hochmütigen Geste sagte er: »Mach es auf.«

Sie öffnete die Schachtel und hielt entzückt den Atem an. In einem Nest aus schwarzem Samt lag ein Halsband aus diamantenbesetzten Saphiren, in einer fließenden Form, die dem Hals jeder Frau schmeicheln mußte. »Sie sind wunderschön, Vater!«

Als er zustimmend nickte, nahm sie das Halsband heraus und hielt es ihm hin.

Jacqueline schnappte nach Luft, ihr Gesichtsausdruck stellte Mr. Danforth mehr als zufrieden.

Als die passenden Ohrringe majestätisch an Abigails Ohren baumelten, wandte sie sich beifallheischend zu ihrem Vater um. »Vielen Dank, Vater,« sagte sie. »Sie sind wirklich wunderschön.«

»Du bringst sie erst wahrhaft zur Geltung, Tochter,« strahlte er. »Wenn der Abend vorüber ist, brauchst du nur Kinkade zu läuten. Er wird dafür sorgen, daß sie wieder in den Safe gebracht werden.«

»Aber gehören sie nicht mir, Sir?«

»Natürlich gehören sie dir,« sagte er verstimmt. »Da ich sie dir gegeben habe, nehme ich sie dir bestimmt nicht wieder weg. Jacqueline steht noch nicht lange genug in deinen Diensten, so daß wir ihr trauen könnten. Während Kinkade –« er brach mitten im Satz ab und machte eine nachdenkliche Pause, ehe er fortfuhr. »Dabei fällt mir ein, ich wüßte gern von dir, was mit ihm geschehen soll –«

»Verzeihung, Vater,« unterbrach ihn Abigail. »Das meine ich nicht. Gehört das Halsband wirklich mir?« Sie strich mit ihren behandschuhten Fingerspitzen darüber hin. »Könnte ich es verkaufen?«

»Du kannst es selbstverständlich nicht verkaufen!« Andrew Danforth war entsetzt. »Die Juwelen gehörten deiner Mutter.«

»Haben sie ihr wirklich gehört? Oder durfte sie sie nur tragen?«

»Deine lästigen Fragen ärgern mich allmählich, Kind,« sagte er in unheilverkündendem Ton. »Dieses Halsband und alle anderen Juwelen gehörten deiner Mutter. Wenn du jetzt volljährig wirst, gehören sie dir.«

Indem sie sich abwandte, sagte sie leise: »Ich dachte, wenn jemand nicht das Recht hatte, über etwas zu verfügen, es zu verkaufen und das Geld zu behalten, dann hat es ihm auch nicht wirklich gehört.«

»Welch ein Unsinn, Abigail! Ich habe deiner Mutter diese Juwelen gegeben. Sie waren ein Geschenk.« Mit heiserer Stimme fuhr er fort: »Deine Mutter schenkte mir diesen Ring.« Er streckte ihr seine rechte Hand entgegen. »Eher würde ich meinen Arm verkaufen, als mich von ihm zu trennen.«

»Mir scheint, Vater,« sagte Abigail ruhig, »wenn du gesagt hättest, ich dürfe diese Saphire tragen, jedoch nicht behalten, wäre das der Wahrheit nähergekommen.«

»Ich kann da keinen Unterschied erkennen, Tochter,« erwiderte er ungehalten. »Es war mir völlig entfallen, wie du ein Problem zerreden kannst. Komm.« Er bot ihr den Arm. »Laß uns gehen, bevor du mir noch für den ganzen Abend die Laune verdirbst.«

Sie beschloß, bis nach dem Abendessen zu warten, um ihn wegen Fergus und der Fahrkarten zu fragen. Im Musikzimmer, in der ersten Reihe der goldenen Stühle, die dem Konzertflügel gegenüberstanden, saß Fergus; er warf Max einen Blick zu und hätte sich am liebsten die Ohren zugehalten, um den nicht ganz lupenreinen Sopran Miss Isabella Humboldts nicht ertragen zu müssen. Obwohl er überzeugt war, nicht der einzige in dem vollbesetzten Musikzimmer zu sein, der so empfand, drohte jedem, der eine so unbesonnene Handlung beging, die gesellschaftliche Ächtung. Außerdem war die junge Dame reich und starrte ihn jedesmal hingebungsvoll an, wenn der Text das delikate Thema Liebe berührte. Ihr Begleiter – Fergus hatte seinen Namen vergessen – durchbohrte ihn mit Blicken.

Wenn auch zwischen ein Dutzend anderer Gänge gezwängt, waren die flambierte Weihnachtsgans in einer Sauce aus roten Johannisbeeren ein Gedicht und der Portwein nach dem Essen, ein Spitzenjahrgang, vorzüglich gewesen. Fergus gestattete sich ein wenig Schläfrigkeit, in der Hoffnung, Miss Humboldt würde seine schweren Augenlider als sinnlichen Ausdruck werten. Was der Pianist dachte, war ihm gleichgültig.

Abigail stellte amüsiert fest, daß ihr Vater noch im Eßzimmer weilte. Es waren nur zwanzig ihrer engsten Freunde zum Abendessen zugegen gewesen, und da er genau wußte, daß Miss Humbildt singen würde, war er zweifelsohne mit einigen ebenso raffinierten Herren an der Tafel sitzengeblieben. Da sie sah, daß Frederick entschlossen war, sich unbeliebt zu machen, nur um in ihrer Nähe zu sein, gab Abigail mit einem dezenten Schwingen ihres Fächers zu verstehen, daß sie es begrüßte, wenn er sich näher zu ihr setzte. Demzufolge saß er gleich darauf auf dem Stuhl hinter ihr und beugte sich vor.

»Man hat mich gerade in eine sehr heikle Situation gebracht, Miss Danforth,« flüsterte er, hinter ihrem aufgeklappten Fächer verborgen. »Dürfte ich Sie in dieser Angelegenheit wohl um einen Rat bitten?«

»Mit Vergnügen, Euer Lordschaft,« sagte sie und drehte sich leicht zu ihm um, damit sie ihn trotz Miss Humboldts jubelndem Gesang verstehen konnte. Wenn er nicht von sich aus erzählte, daß seine Freunde noch vor ihrem Debüt abreisten, dann würde sie ihn fragen, ob er davon wußte. »Wie kann ich Ihnen helfen?«

»Es geht um Stork.«

Miss Humboldt beendete ihre Arie. Wie die anderen Zuhörer applaudierten Frederick und Abigail höflich, und nach einem züchtigen Knicks in Fergus' Richtung begann Miss Humboldt umgehend ein neues Liedchen.

Besorgt beobachtete Abigail, daß Ben völlig erschöpft den Raum verließ. Oder lag ihm noch immer etwas an Miss Humoldt und er war verletzt, weil sie so großes Interesse an Fredericks Freund zeigte? Ihr Vater hatte darauf bestanden, daß er sich an diesem Abend zum erstenmal wieder in Gesellschaft zeigte, und sie fürchtete, er habe sich vielleicht übernommen. Sie fächelte sich und fragte zerstreut: »Stork? Ist etwas mit Stork?«

»Er hat mir erzählt, daß J.C. und Aref ihn erpreßt haben.« Frederick klang nervös.

»Wirklich?« Sie heuchelte Erstaunen.

»Was soll ich tun? Wie soll ich Max beibringen, daß sein Diener meinen Diener bedroht hat? Oder Abdulsamad?«

»Glauben Sie, Mr. Driscoll oder der Nawab wissen, was vorgefallen ist?«

»Undenkbar!«

»Dann müssen Sie an die Wurzel des Übels gehen,« sagte sie mit fester Stimme. »Wenn J.C. und Aref Stork Schaden zugefügt haben, dann müssen die beiden darauf angesprochen werden.«

»Aber ich verkehre nicht direkt mit anderen Dienstboten!« Frederick wich bei dem Gedanken entsetzt zurück.

»Ich fürchte, in diesem Fall läßt sich das nicht vermeiden, Euer Lordschaft, wenn Stork gerächt werden soll.«

»Aber wie soll ich mit einem Stummen sprechen? Ich würde ihn viel lieber verprügeln,« sagte er zornig. »Sehen sie nur, wie selbstgefällig er da drüben steht.«

Tatsächlich wirkte der schöne Aref selbstversunken und zufrieden mit sich und der Welt, wie er dort einen Schritt hinter dem Nawab stand, der den Vortrag offensichtlich genoß.

»Da kommt Vater,« sagte Abigail und schirmte Frederick mit ihrem Fächer ab. »Sie müssen sich wirklich einen anderen Platz suchen, Euer Lordschaft.«

Da er das langerhoffte persönliche Gespräch mit ihrem Vater am nächsten Tag nicht gefährden wollte, rückte Frederick mit seinem Stuhl näher an die schwarzgekleidete Miss Cunningham heran. Als der Applaus für das Solo des Pianisten abgeebbt war, dankte Maude ihm artig für die mit ihrem Monogramm versehenen Pralinen, die er ihr zu Weihnachten geschenkt hatte.

Er wollte gerade antworten, als sich einer der Gäste näherte. »Miss Cunningham,« sagte der Neuankömmling so laut, daß alle es hören konnten. »Haben Sie noch mehr von den lustigen Rätseln auf Lager, mit denen Sie uns bei den Vandergilts unterhalten haben? Wie das mit dem weißen Bären?«

Diejenigen Gäste, die bei den Vandergilts gewesen waren – und das waren nicht wenige, denn die Danforth' besaßen einen ausgewählten, exklusiven Bekanntenkreis – kicherten oder lachten laut bei der Erinnerung. Man vernahm allgemein zustimmendes, gutgelauntes Gemurmel, und Miss Humboldts Vater sagte: »Stellen Sie uns auf die Probe!«

Maudes Gesichtsausdruck verriet nicht, ob die Aufforderung sie freute oder ärgerte, als sie neben dem Flügel Aufstellung nahm. Als sie das Gefühl hatte, alle, auch Andrew

Danforth, hörten ihr zu, begann sie: »Ich nenne Ihnen eine Reihe von Buchstaben des Alphabets. Sie sollen den Buchstaben ergänzen, der sich zwangsläufig an die Reihe anschließt.« Sie machte eine effektvolle Pause und sagte dann: »Es gibt nur eine richtige Antwort.«

Sie wartete, bis sich das beifällige Gemurmel gelegt hatte, und fuhr fort: »Die Buchstaben sind E, Z, D, V, F, S und noch ein S. Welcher Buchstabe kommt folglich als nächstes?«

Abigail hielt ihren Fächer still. Da sie nicht bei den Vandergilts gewesen war, überraschte sie Maudes Bereitwilligkeit, in der Öffentlichkeit zu reden. Auch Ben mußte ihre Darbietung versäumt haben, denn er hatte nichts von ihrer Begabung erwähnt. Diese Rätsel waren zur Zeit der letzte Schrei, und es brach geradezu ein Wettkampffieber aus. Diejenigen, die keine blasse Ahnung hatten, wie man der Lösung näherkam, täuschten Langeweile vor.

Abigail, die nicht glauben konnte, daß die Lösung des Rätsels so einfach war, erhob sich leise und ging zu Maude. Hinter dem vorgehaltenen Fächer, damit niemand ihre Worte verstehen konnte, teilte sie Maude ihre Lösung mit.

»Das ist richtig,« sagte Maude, überrascht, wie schnell Abigail die Antwort entdeckt hatte. »Aber Sie sind die Gastgeberin. Sie dürfen es nicht sagen. Lassen Sie den anderen ihre Chance.«

Abigail nickte zustimmend und fragte: »Darf ich mich entschuldigen? Ich möchte nach Ben sehen.« Sie warf einen Blick auf Miss Humboldt. »Er sah schrecklich aus, als er vorhin hinausging.«

Maude gab mit einem Kopfnicken ihre Erlaubnis.

Als er sah, daß seine Tochter den Raum verließ, hielt Andrew Danforth sofort nach Lord Hunterswell Ausschau. Zufrieden stellte er fest, daß Frederick in die Lösung des Rätsels vertieft war, und entspannte sich.

Abigail hatte die Haupthalle durchquert und war so darauf konzentriert, zu Ben zu gelangen, daß sie zusammenfuhr, als sie Jacquelines Stimme hörte.

»Oh, Miss, kommen Sie schnell!« rief Jacqueline und preßte ihre Hand aufs Herz, als sie auf sie zu rannte. »Er ist tot! Es ist entsetzlich!« Sobald sie sicher war, daß Abigail sie verstanden hatte, lief sie in umgekehrter Richtung davon.

»Benjamin?« Pfeilschnell hatte Abigail sie eingeholt. »Ist Ben etwas passiert?«

»Nein, Miss,« sagte Jacqueline, während sie ihre Herrin die Hintertreppe hinunter führte, »es ist J.C.«

Abigail schämte sich ihrer Erleichterung darüber, daß es nicht ihr geliebter Bruder war, und fragte: »J.C. ist tot?« Mit raschelnden Röcken rannten die beiden Frauen den Flur entlang zu J.C.'s Quartier.

»*Oui,*« flüsterte Jacqueline. »Master Rodney hat ihn mit seinem Spazierstock erschlagen!«

»Rodney!« Abigail sprach leise, um zu verhindern, daß jemand auf sie aufmerksam wurde. »*Oui!* Ich vergesse den Spazierstock nicht so schnell, mit dem er mich am Kinn verletzt hat.« In der Tür zu J.C.' Zimmer blieb Jacqueline stehen und hob anklagend den Zeigefinger. »Dort auf dem Bett.«

Abigail hielt einen Moment im Türrahmen inne und wappnete sich gegen den Anblick eines weiteren Toten. Dann holte sie tief Luft, ging auf Zehenspitzen zu dem auf dem Boden liegenden Körper und kniete nieder, um ihn zu untersuchen. Die Haare verdeckten zwar einen großen Teil der eigentlichen Wunde, doch nicht die Einbuchtung des Schädels. »Ja, er ist wirklich tot, und nicht nur ohnmächtig, wie ich gehofft hatte.« Sie schauderte, als sie aufstand. »Und du hast recht, Jacqueline. Nach der Größe der Wunde zu urteilen, stammt sie wahrscheinlich von Rodneys Stock.«

»Ach, der arme Mann,« flüsterte Jacqueline unter Tränen. »Oh, Miss Danforth, was tun Sie?«

Abigail hatte sich über das Bett gebeugt und, ohne ihn zu berühren, den silbernen Knauf des Spazierstocks untersucht. »Hier kleben wirklich schwarze Haare.« Sie schnupperte. »Und ich glaube, ich rieche den Duft von J.C.'s Pomade.« Sie richtete sich auf und sah Jacqueline an. »Und wie kommt es, daß du ihn gefunden hast? Weshalb warst du in den Räumen des männlichen Personals?«

Während sie ein Blatt Papier aus ihrer Schürzentasche hervorzog, sagte Jacqueline: »Es ist Weihnachten, Miss. Die Zeit der Vergebung. *Monsieur* J.C. hat mir dies hier geschrieben, aber ich habe es mir erst heute vorlesen lassen.«

Abigail nahm die Nachricht, überflog sie und sah Jacqueline erstaunt an. »Es steht drin, daß er dich heiraten wollte. Daß du reich sein würdest!«

»Ja, Miss,« schluchzte Jacqueline in ihr Taschentuch.

»Glaubst du, er hatte den Rubin des Punjat?«

»Ach, Miss Danforth, ich weiß nicht,« heulte Jacqueline. »Ich finde ihn nicht bei dem Fest, deshalb komme ich her, um ihm zu sagen, daß ich ihn nicht liebe und nicht heiraten will.«

Angst beschlich Abigail, als ihr mit einemmal klar wurde, daß jetzt wirklich nur noch zwei Fahrkarten erforderlich waren.

»Miss Danforth?« sagte Jacqueline schüchtern. Als Abigail sie ansah, fuhr sie fort: »Es gibt noch etwas, was Sie wissen sollten. Master Rodney ist beim Lesen der Nachricht beobachtet worden –«

»Das ist eine Lüge!« Rodney erschien plötzlich in der Tür. »Was sie dir auch erzählt, sie lügt!«

Abigail gab Jacqueline ein Zeichen, hinter sie zu treten und sich aus Rodneys Reichweite zu entfernen. »Bist du gekommen, um deinen Stock zu holen?« fragte sie.

»Meinen Stock?« Er sprach undeutlich. »Was soll das heißen, meinen Stock?«

Er trat zu J.C.'s Leichnam und stieß mit der Fußspitze gegen den schlaffen Körper. »Puh!« Er zog ein Taschentuch hervor und hielt es sich vor Nase und Mund. »Der Mann ist tot.«

Ehe Abigail antworten konnte, erschien Samuel und trat beiseite, als Andrew Danforth' Gestalt in der Tür auftauchte.

»Was hat die ganze Aufregung zu bedeuten?« fragte ihr Vater. »Samuel hat mir berichtet, daß du mit deinem Spazierstock J.C. den Schädel eingeschlagen hast, Rodney.«

»Aber, Sir –« stammelte Rodney.

»Hör auf, dazustehen wie ein Dummkopf und dir wie ein Mädchen die Augen zu wischen!« brüllte Mr. Danforth. »Ich verlange eine Erklärung!«

»Oh, Abigail, hilf mir!« heulte Rodney, warf sich ihr zu Füßen und umklammerte ihren Rocksaum. »Ich schwöre dir, daß ich es nicht getan habe! Ich schwöre es! Hilf mir!«

8. Kapitel

Figuren, die einander decken, sind einander gleich oder »kongruent«. Euklid

Ich verbiete es ein für allemal!« Mit unerbittlicher Miene und taub gegenüber Abigails inständigem Flehen, ging Andrew Danforth, die Hände auf dem Rücken gefaltet, vor dem Kamin in seinem Arbeitszimmer auf und ab. »Ich will nicht, daß du den Detektiv spielst, das ist mein letztes Wort. Es interessiert mich nicht die Spur, daß dein schwachköpfiger Bruder glaubt, du könntest ihn von dem Verdacht des Mordes befreien!« Abigail war dankbar, daß er bereit gewesen war, sie allein zu empfangen, und achtete deshalb darauf, daß ihre Frage nicht streitsüchtig klang: »Was passiert mit Rodney?«

Es hatte ein gehöriges Maß an Diplomatie erfordert, die Gäste zu verabschieden, ohne ihnen zu enthüllen, daß in ihrer Mitte ein Mord geschehen war. Die Polizei war gekommen und wieder gegangen und hatte J.C.'s Leichnam weggeschafft. Max und Fergus hatten sich ehrlich betrübt gezeigt, aber Abigail war jetzt fest überzeugt, daß einer von ihnen, wahrscheinlich Fergus, J.C. ermordet hatte. Hatten sie auch den Rubin gefunden? Sie hatte um beide einen großen Bogen gemacht und niemandem erzählt, daß sie von ihren Plänen, vorzeitig abzureisen, wußte. Sie war sich sehr wohl im klaren, daß eine verfrühte Beschuldigung, die sich nur auf ihren Verdacht stützte, völlig nutzlos wäre. Sie würde irgendwie beweisen müssen, daß Fergus die heimtückische Tat begangen hatte. Die Zeit drängte. Aber zuerst mußte sie ihrem Vater die Erlaubnis dafür abringen. Alles im Haus schlief, bis auf Vater und Tochter.

»Nach den Feiertagen wird der Inspektor jemanden mit der Untersuchung des Falles beauftragen,« erwiderte ihr Vater.

»Nach den Feiertagen!« rief Abigail. »Muß er bis nach den Feiertagen im Gefängnis schmachten?«

»Etwas so Unfeines wird ihm nicht zugemutet, mein Kind,« lächelte er. »Dafür habe ich im Lauf der Jahre zu gut geschmiert. Sagen wir lieber, Rodney steht unter Hausarrest. Er hat sogar die Erlaubnis, deinem Debüt beizuwohnen.«

»Aber das ist Bestechung!« rief Abigail, die ihren Entschluß, ruhig zu bleiben, völlig vergaß.

»Sei nicht so naiv, Abigail,« sagte er gereizt. »So regelt man in New York derartige Angelegenheiten.«

»Ich verstehe,« erwiderte sie. Zutiefst schockiert, unterdrückte sie eine rasche Antwort. Um sich zu beruhigen, und bevor er sie wegschicken konnte, ging sie mit raschelnden Röcken zu einem pompösen Lehnstuhl – seine Armlehnen und Füße endeten in geschnitzten Löwenköpfen beziehungsweise großen Tatzen – der neben seinem Schreibtisch stand, und nahm Platz. »Du willst seine Freiheit also erkaufen,« sagte sie, nachdem sie ihre Röcke so anmutig wie möglich angeordnet hatte. »Interessiert es dich gar nicht, herauszufinden, ob er unschuldig ist oder ob der wahre Schuldige gefaßt wird?«

»Was ändert es schon, ob mich das interessiert? Es ist sehr unwahrscheinlich, daß wir die Wahrheit herausbekommen.«

»Und was, wenn er wirklich schuldig ist?«

»Ich würde jeden Preis bezahlen, um einen meiner Söhne vor dem Gefängnis zu bewahren – selbst für Rodney!« Zögernd ging er zu seinem Schreibtisch. »Sag,« fuhr er fort, ohne sie anzusehen, »hältst du deinen Bruder für schuldig?«

Er ließ sich in dem geschnitzten Schreibtischsessel nieder. »Sagen wir mal, ich halte Rodney eines Mordes für fähig, Sir,« antwortete sie. »Aber ich weiß nicht, ob er Mr. Driscolls Diener umgebracht hat.«

»Glaubst du, daß er es getan hat?« Er lehnte sich vor und sah sie mit durchdringendem Blick an.

Da sie ihren Verdacht in bezug auf die Herren Driscoll und Buchanan für sich behalten wollte, fragte sie ausweichend, den Blick bescheiden auf ihre im Schoß gefalteten Hände gesenkt: »Sagen Sie mir bitte, Sir, was ist, wenn er unschuldig ist?« Ihr Lächeln war ein wenig hinterhältig. »Du würdest dann im Lauf der Jahre eine Menge Geld bezahlen für eine Sache, für die du gar nicht hättest bezahlen müssen.«

»Hmmm.« Er lehnte sich in seinem Sessel zurück. »Nur zu wahr.«

»Was wäre, wenn ich beweisen könnte, daß er unschuldig ist?«

»Ich muß sagen, du hast einen krankhaften Hang zum

Außergewöhnlichen, Tochter,« sagte er. »Glaubst du im Ernst, daß du das kannst?«

»Ich bin ganz sicher, Sir. Das heißt, falls Gregory darauf achtet, daß die Spazierstöcke im Haus jeden Tag poliert werden.«

»Selbstverständlich hält Gregory im Haus auf Ordnung!« sagte er beleidigt.

Sie sah ihn offen an. »Ich kann nicht garantieren, daß es nicht Rodney war, aber ich bin sicher, herauszubekommen, wer es getan hat.«

»Du erstaunst mich, mein Kind.«

»Und wenn Rodney wirklich der Schuldige sein sollte,« lächelte sie, »bekommst du wenigstens, was dir für dein Geld zusteht.«

Er rieb sich nachdenklich das Kinn und sagte: »Du hast recht, es wird teuer, deinem Bruder das Gefängnis zu ersparen.«

»Und sollte ich entdecken, daß Rodney unschuldig ist, brauchtest du überhaupt nichts zu bezahlen.«

»Das könnte von mir stammen!«

Sie lachte. »Wenn ich du wäre, würde ich die gleiche Summe verlangen, die du den Politikern bezahlst, damit er in Freiheit bleibt. Vorausgesetzt, ich finde heraus, daß Rodney nicht der Täter ist.«

Er seufzte resigniert. »Könntest du herausbekommen, wer es war, bevor der Inspektor hier erscheint?«

»Vor meinem Debüt,« versicherte sie ihm. »Aber es ist unbedingt notwendig, daß wir uns alle morgen Mr. Gillettes Stück ansehen und zu seinem Empfang gehen.«

»Aber der Mann ist nur ein Schauspieler, wenn auch zur Zeit der berühmteste im ganzen Land. Ich verstehe nicht –«

»Vertrau mir, Vater.« Sie erhob sich, und ihr Lächeln war

erneut ein wenig boshaft, als sie fragte: »Ich bekäme also das Geld?«

Er sprang sofort auf und starrte sie eine ganze Weile an, bevor er ihr die Hand hinhielt. »Abgemacht,« sagte er und besiegelte ihre Übereinkunft mit einem Händedruck.

Ehe er es sich wieder anders überlegen konnte, ging Abigail zur Tür. Als sie nach der Türklinke griff, rief er: »Miss Abigail!«

Darauf gefaßt, daß er seine Meinung geändert hatte, drehte sie sich um und schaute ihn an. »Ja, Vater?«

Er räusperte sich. »Sei vorsichtig,« sagte er und winkte ihr zu gehen.

Schnurstracks ging Abigail in ihr Zimmer und schrieb eine Nachricht an William Gillette, die Kinkade umgehend überbrachte.

Wie ein Seehund glitt Seine Erlauchte Hoheit Ahanti Khabir Abdulsamad graziös in sein parfümiertes Badewasser, um sich auf einen Abend im Theater vorzubereiten. Ein Teppich aus Schaum deckte ihn zu, und er streckte sich in der wohlriechenden Wärme, mit der zufriedenen Gewißheit aus, daß der Rubin des Punjat bald wieder in seinem Besitz sein würde. Aref hatte es ihm versprochen. Er wurde von einem gewaltigen Gähnen und dann von einer seltsamen Mattigkeit erfaßt.

Nachdem er befriedigt festgestellt hatte, daß der Nawab ohne Bewußtsein war, trat Aref hinter dem Wandschirm hervor, ging rasch zu der tiefen Wanne und leerte sie. Er trocknete den schlaffen Körper mit einem Handtuch ab und legte ihm Kleider an, als beabsichtige der Nawab, eine Schiffsreise zu machen.

Wäre Abigail nicht so sehr von *Sherlock Holmes* begeistert gewesen, hätte das Stück Frederick vielleicht besser gefallen, auch wenn er sich diesen Beweggrund nicht einmal selbst eingestand, als er als einziger eine abweichende Ansicht vertrat. Aber es war ohnehin das rätselhafte Verschwinden des Nawab, das die Unterhaltung beherrschte, als die Gesellschaft zum Hotel Plaza und zu Gillettes Empfang unterwegs war.

Die Eingangshalle duftete nach frisch geschlagenen Tannen und war mit riesigen grünen und goldenen Zweigen geschmückt, die von vielen karminroten Samtbändern zusammengehalten wurden. In jeder Ecke standen Mengen von leuchtend roten Weihnachtssternen.

Als ein Diener in Livree sie zu Gillettes Suite geleitet hatte, entledigten sich die Herren ihrer Handschuhe und legten sie, wie die Etikette es vorschrieb, zusammen mit ihren Zylindern und Spazierstöcken auf kleinen Tischen ab. Diener waren den Damen beim Ablegen der Mäntel behilflich. Der reich dekorierte Raum war eindeutig für den Empfang von Gästen hergerichtet, doch ihr Gastgeber war nicht anwesend.

Abigail und Maude hatten es sich gerade auf dem Sofa bequem gemacht, als die Doppeltür aufgestoßen wurde. Mit wehendem Umhang betrat William Gillette den Raum und ging, nachdem er der theatralischen Wirkung wegen einen Augenblick innegehalten hatte, direkt auf Abigail zu. »Ah, liebe Miss Danforth!« Mit einem verschwörerischen Augenzwinkern, das nur sie sehen konnte, küßte er ihr die Hand, die er auch nicht losließ, als er sich zu den anderen umwandte und in seinem wundervollen Bariton fortfuhr: »Bitte verzeihen Sie, daß ich zu meinem eigenen Empfang zu spät komme. Mein Pferd hat ein Hufeisen verloren und ich mußte aussteigen und das letzte Stück zu Fuß gehen.«

Maude bewegte kokett ihren Fächer.

Gillette gab Abigails Hand mit offensichtlichem Bedauern frei und begrüßte Miss Cunningham.

»Ihre Vorstellung hat mir gefallen,« sagte Maude. Zu Abigails großem Erstaunen errötete Maude, als sie hinzufügte: »Vor allem Ihre neue Methode, am Ende eines Aktes das Licht abzublenden anstatt die Vorhänge herabzulassen.«

»Ja,« setzte Andrew Danforth nach den üblichen Höflichkeitsfloskeln hinzu. »Ein verflixt cleverer Einfall.«

»Vielen Dank, Sir.« Gillette sah Abigail lächelnd an. »Sie haben eine bezaubernde und sehr charmante Tochter.« Mit einem Seitenblick auf Frederick, jedoch immer noch an Mr. Danforth gerichtet, ergänzte er: »Was sind Sie für ein glücklicher Mann.«

Als die Reihe an ihm war, vorgestellt zu werden, entwickelte Frederick gegen den Schauspieler eine spontane Abneigung. Auch im normalen Leben erschien er überlebensgroß, als stünde er noch immer auf der Bühne. Tatsächlich, befand Frederick, war das Theater, das der Mann um sich herum veranstaltete, ausgesprochen tadelnswert. Es überstieg den Rahmen angemessenen Benehmens. Die hektische Betriebsamkeit, die er gerade in diesem Moment an den Tag legte, war Beweis genug dafür.

»Wie schrecklich!« rief Gillette laut, nachdem er mit Rodney, Max und Fergus bekannt gemacht worden war. »Haben Sie noch keine Erfrischung bekommen?« Er warf den Dienern einen mahnenden Blick zu. »Sie müssen am Verhungern sein!« Er knöpfte seinen Umhang auf und ließ ihn mit einer schwungvollen Gebärde von den Schultern in die Arme eines Kellners gleiten. Er ergriff eine Platte, auf der sich eine Menge mundgerechter, honigglänzender Bröckchen stapelten, und reichte sie – die Rolle des Gastgebers übertreibend – eigenhändig herum. »Die müssen Sie probieren, meine Herren.« Anstatt das Tablett so anzubieten, wie es sich gehörte, drängte er es ihnen förmlich auf, so daß sie nicht umhin konnten, einen der Bissen zu nehmen. »Ich habe sie selbst gemacht,« sagte er und fuhr fort, die Herren vor den Damen zu bedienen. »Es sind meine speziellen Weihnachts-Rumkugeln.«

Es war unmöglich abzulehnen. Frederick entledigte sich des Naschwerks, indem er es auf der Stelle in den Mund steckte. Das gleiche taten die anderen, als Gillette die Platte herumreichte. Frederick mußte zugeben, daß es köstlich, wenn auch sehr klebrig war. Bevor er sein Taschentuch hervorziehen konnte, hatte der Bedienstete ihm ein Glas Champagner aufgedrängt. Geschäftig stellte Gillette fest, daß etwas fehlte, aber wieder machte er viel zu viel Wirbel, als er für alle Servietten bestellte und die Gläser durch neue ersetzen ließ.

Abigail schien die Darbietung des Schauspielers zu gefallen. Lächelnd sah sie in Fredericks Richtung, als wolle sie seine Reaktion testen. Frederick erwiderte ihr Lächeln und schluckte seinen Zorn zusammen mit dem Champagner herunter, den alle nach Gillettes blumigem Trinkspruch »Auf die Schönheit der Saison« tranken. Seit ihrer Ankunft in New York hatte er selten Gelegenheit gehabt, mit ihr allein zu sein, nicht einmal mit Miss Cunningham als Anstandsdame. Es wäre ungeschickt, angesichts ihres offensichtlichen Vergnügens sein Mißfallen allzu deutlich zu zeigen.

»Mir hat besonders die Wirklichkeitsnähe des ganzen Stückes gefallen, Mr. Gillette,« sagte Maude.

»Ach, aber Holmes raucht nur eine geradstielige Pfeife aus Ton oder Kirschbaumholz und keine Meerschaumpfeife, wie ich sie auf der Bühne verwende,« erwiderte Gillette und gab ein Zeichen, daß Mr. Danforth' Glas nachgefüllt wurde. »Aber ich habe gemerkt, daß ich mit so einem Ding zwischen den Zähnen nicht sprechen kann.« Er umfaßte seine kleine Zuhörerschaft mit einem verschämten Blick und fragte: »Wollen Sie eine witzige Geschichte über mich hören?«

Während Mr. Danforth ihn ermunterte fortzufahren, und die übrigen Gäste näherrückten, bat Rodney um ein weiteres Glas Champagner.

»Ich rauche äußerst ungern!« sagte Gillette. »Ich verwende noch nicht einmal richtigen Tabak. Der Requisiteur gibt mir immer so ein komisches Kraut, das eine Menge Dampf macht, nur wegen des Effekts.« Während ihn alle ob dieses Umstandes bedauerten, zog er seine Uhr aus der Westentasche. »Wie die Zeit vergangen ist!« rief er. »Ich genieße hier oben die Unterhaltung, und wir kommen zu spät zum Essen nach unten.«

Während die anderen hintereinander in den Korridor traten, blieb Abigail mit Gillette etwas zurück. »Wie war ich?« fragte er mit funkelndem Blick.

»Sie waren großartig, Sir.« Sie blickte mit einem Augenzwinkern zu ihm auf. »Ich bin für immer in Ihrer Schuld.«

»Beim Abendessen werde ich mich weiter bemühen, Ihren Vater zu bezaubern,« sagte er lächelnd.

Mit äußerster Mühe vermied es Frederick sie zu beobachten; er ließ Max und Fergus vorausgehen und sich von Mr. Danforth noch einmal bestätigen, daß das langersehnte Gespräch zwischen ihnen am nächsten Morgen wirklich stattfand.

Abigail klopfte leise an Benjamins Tür und trat ein. Langsam ging sie durch den dunklen Raum auf das Bett zu, aus dem ein leichtes Schnarchen zu vernehmen war, und berührte ihren Bruder vorsichtig an der Schulter.

»Was -?« murmelte er, so plötzlich aus seinen Träumen gerissen. »Ach, du bist es, Abby.« Ben stützte sich auf einen Ellenbogen. »Wie war das Stück? Wie war Gillette?«

»Es tut mir leid, daß ich dich geweckt habe,« flüsterte sie und ließ sich auf der Bettkante nieder. »Es ging alles reibungslos, aber ich brauche deine Hilfe.«

»Was kann ich tun?« fragte er gähnend.

»Du mußt meinen ersten Fall aufzeichnen. Ich bin im Begriff, J.C.'s Mörder zu entlarven. Und vielleicht auch den Mörder der unglücklichen Miss Arrington.«

»Ach, Abby,« seufzte er und bettete seinen Kopf auf das Kissen. »Ich weiß nicht, Liebes. Im Moment bin ich zu müde, um dir eine Antwort zu geben. Ich bin mir nicht sicher, ob es daran liegt, daß du mich aus dem Schlaf geschreckt hast, oder ob das ein Dauerzustand ist.« Er griff nach ihrer Hand.

»Es tut mir leid, Ben. Ich hätte bis morgen früh warten sollen. Ich –«

»Deine Bitte schmeichelt mir mehr, als ich sagen kann.« Er tätschelte ihr die Hand. »Kann ich dir morgen eine Antwort geben?«

»Natürlich, Ben. Natürlich. Jetzt schlaf wieder.«

Auf dem halben Weg zur Tür, blieb sie stehen und rief seinen Namen. Als er keine Antwort gab, kehrte sie an sein Bett zurück. »Du versprichst mir doch, Seiner Lordschaft nichts davon zu erzählen, ja?«

Aber Bens gleichmäßiges Atmen zeugte davon, daß er bereits wieder eingeschlafen war.

»Oh, Miss Danforth!« Jacqueline fuhr schuldbewußt zusammen. »Sie sind zurück.« Sie war steif, weil sie über einer Näharbeit eingeschlafen war, während sie auf die Rückkehr ihrer Herrin wartete; nun stand sie langsam auf, unterdrückte ein Gähnen und versuchte unauffällig, ihre Glieder zu strecken. Als sie Abigail beim Auskleiden half, fragte sie düster: »Wann ist die Beerdigung, Miss?«

»Alle Vorkehrungen sind getroffen,« erwiderte Abigail abwesend, denn ihre Gedanken weilten immer noch bei der Frage, ob Benjamin ihr würde helfen können. Sie brauchte jemanden, der ihr Abenteuer schriftlich festhielt, und sei es nur, damit Dr. Conan Doyle von ihrer erfolgreichen Aufklärung des Mordes, vielleicht auch der Entdeckung des Rubins, wie sie hoffte, erfuhr. Und Frederick war dazu eindeutig nicht in der Lage. »Bringen Sie mir bitte den malvenfarbenen Brokatmorgenrock.«

»Ich hoffe, Sie verzeihen mir,« sagte Jacqueline, als sie das gewünschte Kleidungsstück holte. »Ich will nicht Schwierigkeiten machen für Master Rodney.«

»Du kannst nichts dafür, daß du ihn beobachtet hast,« sagte Abigail, während sie in den Morgenrock schlüpfte, der haargenau zu ihrem rüschenbesetzten Nachthemd paßte.

Jacqueline beobachtete stolz, wie Abigail die Schärpe um ihre zierliche Taille band und lächelte. »Die Juwelen Ihrer Mutter sind wunderschön, Miss. Ihr Vater ist sehr großzügig.«

Während sie sich für das abendliche Ritual des Haarekämmens an ihren Frisiertisch setzte, verdüsterten sich Abigails Augen. »Und ich bin nun anscheinend wirklich kurz davor, das zu werden, was ich immer gefürchtet habe,« sagte sie zu ihrem Spiegelbild und zu Jacqueline. »Ein Objekt, scheinbar ohne eigenen Verstand, das mit teuren Kleidern und Pelzen behängt und, ähnlich wie ein Weihnachtsbaum, mit Edelsteinen dekoriert wird.« Sie seufzte. »Bürste ein wenig schneller, bitte; heute abend genügt ein Einzelzopf.«

Jacqueline war so überrascht, daß sie die Frage nicht länger zurückhalten konnte: »Wollen Sie denn nicht Seine Lordschaft heiraten?«

»Ach,« erwiderte Abigail niedergeschlagen, »heiraten bedeutet doch, auf jede Chance zu verzichten, ich selbst zu sein.« Sie seufzte erneut. »Außerdem erlaubt es mein Vater nicht.«

»Aber es liegt in der Natur der Frau zu heiraten, Miss,« sagte Jacqueline und runzelte verwirrt die Stirn.

»Du wolltest auch J.C. nicht heiraten,« sagte Abigail zu Jacquelines Spiegelbild.

Jacqueline errötete.

»Und nun beeil dich!« sagte Abigail ungeduldig, bevor Jacqueline antworten konnte. »Ich habe noch viel zu tun heute nacht.«

Gerade, als Jacqueline den fertigen Zopf mit einem Band zusammengebunden hatte, wurden die beiden Frauen von einem leisen Klopfen an der Tür überrascht. »Wer kann das zu so später Stunde sein?« fragte Abigail mißbilligend, während Jacqueline zur Tür eilte.

»*Monsieur* Stork!« rief sie, als sie die Tür öffnete. »Was wünschen Sie?«

»Ich muß Miss Danforth in einer dringenden Angelegenheit sprechen!«

»Worum geht es, Stork?« rief Abigail. »Schließ die Tür, Jacqueline.«

»Könnte ich Sie allein sprechen, Miss Danforth?« Er humpelte auf sie zu.

»Wir sind so gut wie allein, Stork.« Abigail bedeutete Jacqueline, sich auf den Stuhl neben ihrem Bett zu setzen. »Jacqueline wird nichts weitererzählen.«

Jacqueline setzte sich, legte zum Zeichen des Schweigens ihren Finger auf die Lippen und die Hand aufs Herz.

Abigail blieb am Frisiertisch sitzen, während Stork in respektvoller Entfernung stehenblieb. »Sie brauchen nicht länger zu suchen, Miss Danforth,« sagte er. »Ich habe J.C. umgebracht.«

Jacqueline schnappte nach Luft.

»Und warum sollten Sie das getan haben?« fragte Abigail.

»Er hat mich erpreßt, deshalb!« antwortete Stork. »Das war ich so leid, daß ich ihn erledigt habe.«

»Ist Aref der nächste?« fragte sie in ausdruckslosem Ton.

»Verzeihung, Miss?«

»Wenn ich mich recht erinnere, waren J.C. und Aref beide Erpresser. Wenn Sie bei dem einen die Geduld verloren haben, kann ich doch nur vermuten, daß es Ihnen mit dem anderen bald genauso geht.«

Stork wurde rot und rieb seinen Knöchel an der Wade, brachte jedoch kein Wort heraus.

»Ich werde Ihr Geständnis gern berücksichtigen, wenn ich mögliche Motive untersuche, Stork, doch ich glaube, ich verfüge über eine weitaus wissenschaftlichere Methode, um den Verbrecher zu überführen.« Sie erhob sich. »Sie können jetzt gehen.«

»Aber Miss –«

»Das ist alles, Stork.«

»Aber, Miss Danforth!« sagte Jacqueline, nachdem sie die Tür hinter Stork geschlossen hatte. »Er hat doch gestanden! Und Sie lassen ihn gehen?«

»Nachdem Stork ihm erzählt hat, daß man ihn erpreßt,

könnte Lord Hunterswell J.C. leicht ins Jenseits befördert haben. Ich hatte den Eindruck, daß Stork nur versucht hat, seinen Herrn zu schützen.«

»Seine Lordschaft!« keuchte Jacqueline. »Aber er ist ein Adliger. Sie glauben doch nicht, daß er etwas Derartiges täte! Oder?«

»Im Augenblick verdächtige ich jeden.«

»Auch Kinkade?«

»Er steht nicht ganz oben auf meiner Liste.« Abigails Blick war durchdringend. »Warum sollte Kinkade J.C. umbringen?«

Jacqueline errötete und senkte den Kopf.

»Alle Achtung, du hast die Männer ja anscheinend reihenweise erobert, Jacqueline,« lachte Abigail. »Hol mir jetzt Rodneys Stock.«

»Ja, Miss.« Jacqueline lief zur Garderobe. »Ich verstecke ihn. Sie sagen, er ist wichtig.«

»Wenn Mr. Clemens' Theorie stimmt,« erwiderte Abigail, »wird dieser Spazierstock uns dabei helfen, einen Mörder zu überführen.«

Jacqueline legte das eingewickelte Paket so vorsichtig in Abigails ausgestreckte Hand, als überreichte sie ihr den Heiligen Gral.

»Und jetzt bring mir die Schachtel, die vom Hotel Plaza hierhergeschickt wurde,« befahl Abigail und begab sich in ihr Wohnzimmer. Vorsichtig wickelte sie Rodneys Stock aus, lehnte ihn gegen den Schreibtisch, knipste die Lampe an und setzte sich, als Jacqueline auch schon zurückkehrte, ein in schlichtes Papier gewickeltes, mit Bindfaden verschnürtes Päckchen in der Hand.

Abigail blickte ihre Zofe forschend an und fragte: »Bist du sicher, daß niemand gesehen hat, wie du die Sendung entgegengenommen hast?«

»Oh, nein, Miss.« Jacqueline legte die Hand aufs Herz und schüttelte feierlich den Kopf. »Und es hat auch niemand gesehen, wie ich es versteckt habe.«

Da sie keine Geduld hatte, den Bindfaden zu lösen, schnitt Abigail ihn kurzerhand mit der Schere durch.

Als Jacqueline das zerknüllte Papier in den Papierkorb steckte, konnte sie die Spannung nicht länger ertragen. »Was ist in der Schachtel, Miss?« fragte sie. »Ein Weihnachtsgeschenk?«

»Etwas viel Besseres, Jacqueline,« erwiderte Abigail lächelnd und öffnete die Schachtel. »Ich bin dabei, einen Mörder zu fassen.«

Jacqueline war verblüfft, als Abigail das Seidenpapier auseinanderfaltete. »Aber das ist ja ein Champagnerglas!«

»Nein, Jacqueline.« Abigail faßte das Glas behutsam am Fuß. »Die Gläser hier sind etwas Besonderes. Siehst du das Schildchen, das am Stiel befestigt ist?«

Neugierig beugte Jacqueline sich vor, um das Stückchen Karton zu begutachten. »Was steht darauf, Miss? Namen?«

Abigail nickte. »Mr. Gillette hat heute abend, als wir ihn besuchten, ein raffiniertes Ablenkungsmanöver veranstaltet; er hat persönlich eine klebrige Süßigkeit herumgereicht, so daß die Herren nicht ablehnen konnten, davon zu probieren.« Abigail kicherte. »Du hättest den Gesichtsausdruck Seiner Lordschaft sehen müssen.«

»Miss?«

»Deshalb hafteten einen kostbaren Augenblick lang der Daumen und ein oder zwei Finger jedes Mannes auf diesen Gläsern.«

Die Falten auf Jacquelines Stirn vertieften sich vor Verwirrung, und sie sagte kopfschüttelnd: »Oh, Miss Danforth, es tut mir so leid. Ich verstehe nicht, was das schmutzige Glas mit der Jagd auf den Mörder zu tun hat.«

»Das wirst du bald sehen,« versicherte Abigail. »Hol mir jetzt ein wenig Ruß.«

»Ruß!« Jacqueline war entsetzt.

»Ja, ganz feinen Ruß, bitte. Im Kamin gibt es jede Menge davon.«

»Aber ich –«

»Ich brauche nicht viel.« Obwohl sie sehr gut wußte, daß sie ihre Zofe mit der Bitte, etwas aus dem Kamin zu holen, zutiefst gekränkt hatte, da es ein Bereich war , der in die Zuständigkeit des niederen Personals fiel, ignorierte Abigail ihre Einwände. »Hier ist ein Briefumschlag,« sagte sie so liebenswürdig, wie ihre wachsende Ungeduld es zuließ. »Du brauchst nur eine winzige Menge hineinzufegen.«

Als Jacqueline zurückkehrte, hatte Abigail alle vier Gläser aus der Schachtel genommen und ausgewickelt. Durch ein Vergrößerungsglas betrachtete sie ganz genau den Schaft des Spazierstocks im Schein der Lampe.

Jacquelines Gesicht war eine einzige Mißbilligung, da sie ihre Neugier jedoch nicht bezwingen konnte, fragte sie: »Bitte, Miss, was suchen Sie?«

»Fingerabdrücke, Jacqueline,« sagte Abigail ohne aufzusehen. »Fingerabdrücke!«

Jacqueline war völlig verblüfft. »Den Abdruck eines Fingers?« fragte sie und untersuchte ihre Fingerspitzen.

»Ja, und ich glaube, es wird eine lange Nacht.«

Mit dem Ausdruck verletzter Würde fragte Jacqueline so förmlich, wie sie sich traute: »Hat Miss Danforth den Wunsch, daß ich einem Mädchen läute, damit das Feuer wieder angefacht wird?«

»Nein,« erwiderte Abigail, vollauf mit ihrem Vergrößerungsglas beschäftigt. »Es ist besser zu frieren, als das ganze Haus aufzuwecken. Streck dich ruhig auf meiner Chaiselongue aus und versuche, ein wenig zu schlafen. Sobald ich fertig bin, mußt du ein paar Nachrichten überbringen.«

Molly stand auf ihrem Aussichtspunkt gegenüber dem Hotel Plaza und rieb sich die Augen, blinzelte und rieb sich erneut die Augen. Konnte es wahr sein, daß zwei kahlköpfige, in gelbe Bettücher gewickelte Riesen soeben aus einer prächtigen Kutsche stiegen? Zu einem Zirkus gehörten sie nicht, denn dann würde ein so überaus vornehmes Hotel wie das Plaza sie nicht hereinlassen, und sie waren hineingegangen, als gehörten sie zur feinen Gesellschaft. Sie hatte genau aufgepaßt, weil sie erwartet hatte, daß sie im Handumdrehen wieder draußen waren, aber sie waren nicht wieder erschienen.

Erst jetzt. Und führten sie nicht den Nawab zwischen sich? Und er schleppte die Füße nach, als ginge er nicht freiwillig mit. Sie blinzelte noch einmal. »Heilige Muttergottes,« flüsterte sie vor sich hin. »Seine Hoheit schläft aber fest.«

Ihr Pfiff war schrill und machte mehr als einen alten Gaul scheu, als sie ihre Schar versammelte und Instruktionen erteilte.

Frederick genoß es, auf einem von Andrew Danforth' eleganten Reitpferden zu sitzen und gönnte sich, als er den Central Park erreicht hatte, einen Spurt. Es war schwierig gewesen, Max und Fergus nach dem Frühstück abzuschütteln, doch die Gelegenheit, Miss Danforth allein zu sehen, war ihm die Anstrengung wert gewesen. Ihre Nachricht hatte ihm nur kurz mitgeteilt, wann und wo er sie treffen würde. Er hoffte zwar, daß ihr Rendezvous mit ihrer wachsenden Zuneigung für ihn zu tun hatte, argwöhnte jedoch, daß sie über die unangenehme Angelegenheit von J.C.'s Tod mit ihm sprechen wollte. Konnte sie so schnell erfahren haben, daß ihr Vater heute vormittag nachgegeben hatte? Noch einmal die Rolle Dr. Watsons zu übernehmen, könnte von Vorteil sein, dachte er, als er sein Pferd an einer Stelle zum Stehen brachte, wo er ihre Ankunft trotz der vielen Bäume schon von weitem beobachten konnte. Es war untypisch für sie, zu spät zu kommen, doch außer einem schnurrbärtigen jungen Mann, der auf ihn zu galoppierte, war niemand zu sehen. Der junge Mann ritt Crosspatches, und als er neben ihm anhielt, rief Frederick ungläubig: »Miss Danforth, sind Sie es?«

Geknickt, daß er sie erkannt hatte, fragte Abigail: »Woran haben Sie gemerkt, daß ich es bin?«

»Das habe ich nicht.« Er berührte zum Gruß seinen Zylinder mit der Peitsche und sagte: »Es lag an Crosspatches. Er würde niemandem außer Ihnen gestatten, ihn auf diese Weise zu reiten.« Als sie ihre Pferde langsam in Bewegung setzten, fragte er: »Warum in aller Welt tragen Sie diese Kleidung?«

»Ich mußte Sie allein sprechen. Und das ist unmöglich, wie Sie wissen –«

»Ich würde Ihnen gern entgegenkommen.« Außerstande, seine Neuigkeit für sich zu behalten, so wie Mr. Danforth ihn gebeten hatte, sprudelte er hervor: »Ihr Vater hat seine Einwilligung gegeben.«

»Ich bitte Sie, Euer Lordschaft,« erwiderte sie. »Ich habe etwas Ernstes mit Ihnen zu besprechen und habe eine Menge auf mich genommen, um dieses Gespräch zustandezubringen.«

»Was könnte wichtiger sein als meine Gefühle für Sie? Und da wir jetzt die Zustimmung Ihres Vaters haben –«

»Ich weiß, wer J.C. umgebracht hat.«

»Tatsächlich? Wie unglaublich!« rief er aus. »Ich meine, wieso sind Sie so sicher?«

»Ich habe seine Fingerabdrücke auf dem Spazierstock gefunden,« antwortete sie. »Oder, um genau zu sein, seinen Daumenabdruck.«

»Fingerabdrücke?« Fredericks Pferd, das gut aufgelegt und nach dem kurzen Spurt nicht ausgelastet und voller Bewegungsdrang war, war nervös, so daß ein Teil von Fredericks Aufmerksamkeit davon in Anspruch genommen wurde, es zu zügeln.

»Es gibt allerdings ein Problem.« Crosspatches begann zu tänzeln, als wolle er Fredericks Reitpferd zu einem Rennen herausfordern. »Fingerabdrücke gelten bei Gericht nicht als Beweis.« Crosspatches zu einer ruhigen Gangart zwingend, sagte sie lächelnd: »Deshalb müssen wir dem Schurken ein Geständnis abringen.«

»Wir?«

»Ja, wenn ich Sie darum bitten dürfte, Euer Lordschaft. Ich brauche Ihre Hilfe. Aus diesem Grund habe ich Sie gebeten, mich hier zu treffen.«

»Und diese Hilfe sollen Sie bekommen!« antwortete er bereitwillig. »Zu Ihren Diensten. Wer hat die feige Tat begangen?«

»Es fällt mir ehrlich schwer, es Ihnen zu sagen.« Sie wartete, bis sie seine ungeteilte Aufmerksamkeit hatte. »Ihr Freund, Mr. Driscoll.«

»Maximilian?« Er riß sein Pferd so heftig herum, daß es vor Abigail stand. »Wollen Sie behaupten, Maximilian habe seinen eigenen Diener umgebracht?« fragte er ungläubig.

Sie nickte.

»Das glaube ich Ihnen nicht!«

»Fingerabdrücke lügen nicht,« sagte sie ruhig und lenkte ihr Pferd wieder neben ihn.

»Fingerabdrücke? Welch ein Quatsch!« Sein unruhiges Pferd scharrte auf dem Boden. »Jeder Mann regt sich von Zeit zu Zeit über seinen Diener auf, aber das geht doch wohl kaum so weit, daß er ihn umbringt.« Er lachte. »Ich selbst hätte mehr Grund, J.C. umzubringen als Max!«

»Ich bin mir ganz und gar nicht sicher, ob alles so war, wie es den Anschein hatte –«

»Was meinen Sie?« Er setzte sich gerade. »Was wollen Sie damit andeuten?«

»Mr. Driscoll ist vielleicht nicht der Mensch, für den er sich ausgibt. Genau wie Mr. Buchanan.«

»Mutter hat sie überprüfen lassen,« sagte er entrüstet. »Max' Großvater –«

»Euer Lordschaft.« Sie hielt inne, als zwei Reiter im Galopp auf sie zu kamen und ihnen im Vorüberreiten einen ungehaltenen Blick zuwarfen, weil sie den Weg versperrten. Dann fuhr sie fort: »Ich hege den Verdacht, daß Mr. Driscoll nicht nur wußte, daß J.C. Stork erpreßte, ich glaube sogar, er hat ihn dazu angestiftet! Ich nehme an, sie steckten alle mit dem Nawab unter einer Decke, um den Rubin des Punjat zu stehlen.«

»Miss Danforth, ich möchte Sie in aller Höflichkeit darauf hinweisen, daß Ihr albernes Detektivspiel zu weit geht, wenn Sie jetzt damit anfangen, die guten Namen meiner besten Freunde in den Schmutz zu ziehen. Max hat mir das Leben gerettet.«

In dem Bemühen, den Schlag etwas abzumildern, sagte sie leise: »Dieser Vorfall war höchstwahrscheinlich inszeniert.«

Er starrte sie eisig an, als wäre sie plötzlich seine ärgste Feindin.

»Wußten Sie, daß Mr. Driscoll und Mr. Buchanan noch heute nachmittag nach Chicago abreisen?«

»Was?«

Seine überraschte Frage bestätigte ihren Verdacht. Bevor er fragen konnte, woher sie das wußte, fuhr sie fort: »Ich habe an Mr. Driscoll einen anonymen Brief geschrieben mit der Bitte, hierherzukommen. Es würde mich nicht überraschen, wenn Mr. Buchanan dann auch nicht lange auf sich warten läßt.«

Frederick wendete sein Pferd und entfernte sich von Abigail, um sich umzusehen. Nachdem es so lange stillgestanden hatte, galoppierte das Pferd freudig los, und gleich darauf entdeckte Frederick in der Ferne Max hoch zu Roß.

»Kommen Sie zurück!« rief Abigail hinter ihm her. »Er ist gefährlich!«

Frederick raste direkt auf Max zu und schenkte ihr keinerlei Beachtung mehr.

Max hob die Hand zum Gruß, als Frederick näherkam.

Als er nahe genug war, ritt Frederick langsamer, sprang aus dem Sattel, packte Max an den Schultern und zog ihn vom Pferd. Als sie auf dem Boden aufkamen, ließ er Max los und rutschte auf einer Baumwurzel aus.

Von seinem eigenen Schwung mitgerissen, landete Max neben ihm auf den Knien und rappelte sich auf. Er hatte bei dem Sturz seinen Hut verloren, und in seinen blonden Locken hatten sich Blätter verfangen. »Was ist los mit Ihnen, alter Junge?« Sein Grinsen war erstaunt und sein Ton heiter, als er sich den Schmutz abwischte und auf Frederick zustolperte. Max beugte sich über ihn und reichte ihm die Hand, um ihm aufzuhelfen.

Mit einem kehligen Knurren richtete Frederick sich auf, packte Max um die Taille und stieß ihn ein Stück zurück, ehe er ihn zu Boden schickte und festhielt. Sei Gesicht war wutverzerrt. »Warum?« keuchte er. »Warum?«

»Warum was, alter Junge?« fragte Max lachend, obwohl er genau wußte, was Frederick meinte. Seine einzige Hoffnung davonzukommen, bestand darin, so zu tun, als nähme er an, Frederick erlaube sich einen Scherz mit ihm. »Sind Sie übergeschnappt?«

»Hör auf zu lügen, Maximilian!« Frederick saß rittlings auf Max' Brust und preßte seine Arme auf den Boden. »Ich weiß jetzt, was für ein hinterhältiger Schuft du bist!«

»Moment mal, ich habe Ihnen das Leben gerettet,« sagte Max, ohne Widerstand zu leisten. »Haben Sie das vergessen? Unter Einsatz meines Lebens.« Er tat beleidigt. »Und Sie nennen mich einen Lügner?«

»Der ganze Vorfall war geschickt arrangiert.« Frederick ließ Max' Arme los und richtete sich etwas auf. »Und Du hast J.C. getötet.«

Während sie näher an die beiden Männer auf dem Boden heranritt, die noch immer die Zügel ihrer Pferde festhielten, rätselte Abigail über das männliche Bedürfnis, Meinungsverschiedenheiten mit den Fäusten auszutragen. Sie war sicher, daß Max auch unter Druck nie etwas zugeben würde, und war deshalb überrascht, ihn sagen zu hören: »Na, wenn schon?« Er stieß Frederick beiseite und sprang auf die Füße. »Und wenn ich ihn umgebracht habe? Das werden Sie nie beweisen können.«

»Oh, doch,« sagte Frederick triumphierend. Er stand auf und warf Abigail einen Blick zu. »Deine Fingerabdrücke sind auf dem Stock!«

Ohne den Fremden, der sein Pferd am Zügel hielt, zu beachten, brach Max in schallendes Gelächter aus. »Hat Miss Danforth wieder einmal Detektivin gespielt?«

»Warum, Max? Warum?« Frederick wischte sich den Schmutz von den Knien.

»Es war alles J.C.s Idee,« seufzte Max mit unschuldigem Gesichtsausdruck. »Ich habe Ihnen doch erzählt, daß ich pleite war. Das ist ja keine Neuigkeit für Sie.« Max hielt inne. »Das ist mein eigentliches Verbrechen, nicht wahr?« Er sah Frederick direkt ins Gesicht. »Es gehört sich nicht, ruiniert zu sein, stimmt's?«

»Aber ihr habt mich benutzt,« sagte Frederick. »Warum mußtet ihr so tun, als wärt ihr meine Freunde? Warum habt ihr nicht einfach –« er machte eine ausladende Geste, die den ganzen Park umfaßte, »mein Geld genommen? Mich beraubt? Warum habt ihr es darauf angelegt, daß ich euch mochte? Du und Fergus?«

»Auch Sie haben uns benutzt,« erwiderte Max. »Wir haben genauso viel für Sie getan wie Sie für uns. Sind Freunde nicht dazu da – einander zu nützen? Wenn Sie im Begriff sind, das Mädchen zu bekommen, das Sie sich wünschen, dann haben Sie das mir zu verdanken!«

»Warum hast du J.C. umgebracht?«

Max holte tief Luft, sah Frederick mit einem hinterhältigen Lächeln an und sagte leise: »Ihretwegen.«

Frederick starrte ihn sprachlos an.

»Er drohte, Ihnen Lügen über mich zu erzählen, Euer Lordschaft. Der Schuft hat auch mich erpreßt.« Max beobachtete genau, wie Frederick reagierte. »Wir sind in Streit geraten. Es war ein Unfall!«

Frederick, der ihm nur zu gern geglaubt hätte, wandte sich ab und machte ein paar Schritte auf den Baum zu.

Max folgte ihm. »Ich wollte Ihnen alles sagen, ehrlich,« sagte er lammfromm. »Ich wollte Ihnen alles erklären und Sie dazu bewegen, mir zu helfen. Aber als es so aussah, als ob Rodney es getan hätte, hoffte ich, Sie würden es nie erfahren.«

»Du hast absichtlich seinen Spazierstock benutzt?« fragte Frederick, ihm noch immer den Rücken zukehrend.

»Mr. Danforth wird ihn schon loskaufen,« sagte Max. »Niemand wird einen Schaden davontragen.«

Während die Gedanken in seinem Kopf durcheinanderwirbelten, lehnte Frederick sich an den Baumstamm.

Verstohlen hob Max einen großen Stein auf und schlich näher.

»Vorsicht, Euer Lordschaft!« schrie Abigail. Sie ließ den Pferden der Männer die Zügel und spornte Crosspatches zu einem Galopp an. Von hinten jagte sie auf Max zu und schlug ihm mit dem Griff ihrer Reitpeitsche auf den Kopf. Sie riß Crosspatches herum, sprang ab, lief zu dem reglosen Körper, beugte sich über ihn und riß ihm das Tuch vom Hals.

Frederick beobachtete sie mit offenem Mund, zu verblüfft, um sich zu bewegen.

Sie drehte Max auf den Bauch und band ihm die Hände auf dem Rücken.

»Was tun Sie da?« protestierte Frederick, als er endlich Worte fand. »Sind Sie verrückt geworden?«

Während sie sich die Hände säuberte, entfernte sie sich von Max und sah Frederick an. »Er hat versucht, Sie umzubringen,« sagte sie, noch außer Atem von der Anstrengung.

»Das glaube ich Ihnen nicht!« Er war starr vor Entsetzen und Überraschung.

Abigail verlor allmählich die Geduld. »Er war im Begriff, Ihnen mit einem Stein den Schädel einzuschlagen!«

Heftig den Kopf schüttelnd, schrie Frederick: »Das ist nicht wahr!«

»Dort liegt der Stein!« schrie sie zurück und zeigte auf einen großen Felsbrocken in Max' Reichweite.

Sehr vorsichtig hob Frederick ihn auf, drehte ihn in der Hand hin und her und starrte verständnislos darauf.

»Warum fällt es Ihnen so schwer, die Heimtücke dieses Mannes zu erkennen?« schrie sie.

Sein Blick war trübe. »Max und Fergus waren meine besten Freunde.«

»Sie waren niemals Ihre Freunde,« sagte sie bestimmt.

Frederick bückte sich und drehte Max vorsichtig auf den Rücken.

Max stöhnte und öffnete die Augen.

»Max?« flüsterte Frederick, während er sich über ihn beugte. »Sag mir, daß das nicht stimmt.«

Max hatte das Gefühl, als platzte ihm der Schädel. Als er merkte, daß seine Hände gefesselt waren und er sie nicht gegen den Kopf pressen konnte, um den Schmerz zu lindern, verlor er die Beherrschung. Er stützte sich auf einen Ellenbogen und rief: »Ach, der arme Lord Hunterswell!« Seine mühsam kultivierte, gepflegte Aussprache ließ ihn im Stich. »Direkt aus dem Mutterschoß auf ein Seidenkissen! Wie entsetzlich tragisch!«

Mit traurigem Gesicht stand Frederick auf.

»Es durfte ihm an nichts fehlen!« fuhr Max gehässig fort. »Jede Laune wurde befriedigt! Ach, der arme, zu kurz gekommene Bursche! Ich soll mit Ihnen Mitleid haben? Sie widern mich an!« Er setzte sich auf und zerrte an seiner Fessel. »Wer wollte schon mit Ihnen und Ihresgleichen befreundet sein? Nichts als Selbstmitleid! Sie sind ein grauenhafter Langweiler.« Nachdem es ihm mit Mühe gelungen war, sich hinzuknien, setzte er hinzu: »Das einzige, was Sie besitzen, ist Geld!«

»Genug!« befahl Abigail.

»Wer ist das?« Max stand auf und schüttelte sich, um einen klaren Kopf zu bekommen.

Bevor Frederick antworten konnte, fiel ihm Abigail mit tiefer Stimme ins Wort: »Ein barmherziger Samariter.«

Max machte eine tiefe Verbeugung und fragte, jetzt wieder mit seiner vornehmen Aussprache: »Reitet der barmherzige Ritter im Park umher und schlägt zum Spaß den Leuten den Schädel ein?«

Abigail erwiderte die Verbeugung und berührte mit ihrer Reitpeitsche den Rand ihres Zylinders.

»Sehr würdelos von mir, ohne Kopfbedeckung dazustehen, nicht wahr?« fuhr Max friedfertig fort. »Wäre der barmherzige Samariter vielleicht so nett, mir meinen Hut zu holen?« Dann wandte er sich an Frederick und sagte: »Lächerlich, mit dieser Fessel hier herumzustehen, alter Junge.« Sein freundliches Benehmen kehrte zurück, als hätte er sich nie zu diesem Ausbruch hinreißen lassen. »Würden Sie mich bitte losbinden?«

Frederick zögerte.

»Nun kommen Sie schon,« sagte Max schmeichelnd und drehte sich so, daß Frederick seine gebundenen Hände leichter erreichen konnte. »Ich verspreche Ihnen, keinen Fluchtversuch zu machen. Er zwinkerte.

»Besser nicht,« sagte Frederick. Mit einem Knurren sprang Max vorwärts und versuchte, Frederick zu Boden zu reißen.

Mit einem Schritt zur Seite wich Frederick ihm mühelos aus.

Max taumelte ein paar Schritte an ihm vorbei, konnte jedoch nicht das Gleichgewicht halten. Da er sich im Fallen drehte, um auf der Schulter aufzukommen, bewirkte seine Schwungkraft, daß er rasch wieder auf die Beine kam.

Max duckte sich wie ein Stier zum Angriff.

»Es ist vorbei, Maximilian.« Frederick stand noch immer reglos da und versuchte, seinen Kummer zu bewältigen, als der barmherzige Samariter mit den Hüten zurückkehrte.

Max schlenderte auf Frederick zu. »Ich nehme an, jetzt werden Sie Miss Danforth heiraten und ihren Dr. Watson spielen?«

Während er mit vielsagendem Blick seinen Hut von Abigail entgegennahm, antwortete Frederick: »Wenn sie mich haben will.«

Ohne seine Bemerkung zu beachten, flüsterte Abigail: »Fragen Sie ihn nach Miss Arrington und Mr. Buchanans Diener.«

»Was ich noch fragen wollte, Max,« Frederick räusperte sich, »die Sache mit Miss Arrington, war das ein Unfall?«

»Da werden Sie Fergie fragen müssen, alter Junge.«

»Und der Unfall in unserem Reitstall. Als Fergus' Diener – ?«

»Der Kerl ist nervös geworden, alter Junge,« sagte Max. »Er war im Begriff, die ganze Sache zu verderben mit seiner –« Max unterbrach sich.

»Du hast auch ihn umgebracht?« fragte Frederick, als Abigail ihn anstieß. »Oder war es Fergus?«

»Ich sage kein Wort mehr, Euer Lordschaft.« Frederick warf einen Blick auf den barmherzigen Samariter.

Abigail wandte sich an Frederick und sagte, ohne daß Max es hören konnte: »Bringen Sie Mr. Driscoll bitte zur Polizei. Ich muß nach Hause, ehe man mich vermißt. Vater kann sich um Mr. Buchanan kümmern, falls er sich nicht bereits aus dem Staub gemacht hat. Daß er Mr. Driscoll im Stich läßt, wenn es brenzlig wird, sollte Ihnen über die wahre Natur seines Charakters die Augen öffnen.«

Frederick ergriff sein Pferd und das von Max am Zügel. »Sieht so aus, als verdankte ich jetzt *Ihnen* mein Leben.«

Darauf bedacht, nach Hause zu kommen, bevor ihr Vater ihre Abwesenheit entdeckte, hatte Abigail bereits das Ende des Parks erreicht, als sich plötzlich Fragen einstellten. Während sie Crosspatches zum Stehen brachte, überlegte sie, warum Frederick Max nicht wegen des verschwundenen Rubins zur Rede gestellt hatte. Hatte er sich zu sehr über den Verrat des Mannes aufgeregt? Und wann hatte er Französisch gelernt?

Doch dann ging ihr ein Licht auf. *Es war Stork, nicht sein Herr, der den Schlüssel zu der Sache in Händen hielt.* Wütend darüber, ihm nicht die entscheidende Frage gestellt zu haben, als sie die Gelegenheit dazu hatte, drückte sie ihren Zylinder fest auf den Kopf, gab Crosspatches die Sporen und ritt in halsbrecherischem Tempo nach Hause.

Fergus hielt sich nicht mit Packen auf. Als er nach dem Frühstück Max nicht in seinen Räumen antraf, wußte er, daß das Schwein abgehauen war und es ihm überlassen wollte, die Sache auszubaden. Er drängte den Kutscher, schneller zu reiten; den einäugigen Bengel, der ihnen auf einem Fahrrad folgte, bemerkte er nicht.

Warm verpackt in Morgenrock und Plaid, ruhte Ben auf dem Sofa vor dem Kamin. Als er das Klopfen hörte, ließ er das Buch, in dem er las, in den Schoß sinken. »Grüß dich, Rodney,« rief er. »Wie nett von dir, zu kommen.«

»Ach, Unsinn,« erwiderte Rodney und blieb in der Tür stehen. »Du hast nach mir geschickt?«

»Habe ich das?« fragte Ben freundlich. »Ich dachte einfach, es wäre schön, wenn wir uns ein wenig unterhielten. Es sollte wirklich nicht wie ein Befehl klingen.«

Rodney schloß die Tür hinter sich und schwankte ins Zimmer. »Hat Vater dich gebeten, mich wegen meiner neuesten Schandtat auszuhorchen?«

»Ich habe nicht die Kraft, mit dir zu streiten, Rodney,« antwortete Ben geduldig. »Vater hat mir keine Anweisungen erteilt. Ich habe gehört, was am Weihnachtsabend geschehen ist, nachdem ich mich zurückgezogen hatte. Ich dachte –«

»Nun, in Anbetracht der Tatsache, daß ich das Haus ohnehin nicht verlassen darf, kann ich auch meinen kränkelnden älteren Bruder besuchen.« Von den Gamaschen bis zu seinem Halstuch war Rodney elegant gekleidet, doch sein verdrießlicher Gesichtsausdruck verdarb den guten Eindruck seiner Erscheinung. »Ich war nicht untätig, seitdem ich zu Hause bin.« Er trat zu Ben und hielt ihm eine Flasche hin. »Möchtest du?«

»Was ist es?«

»Ein kleiner Festtagstrunk,« gab er zur Antwort, reichte Ben die Flasche und angelte in der Innentasche seiner Jacke nach einem Glas.

Ben hob die Augenbrauen und stieß einen Pfiff aus. »Vaters bester Rotwein? Nein, danke.« Er gab Rodney die Flasche zurück. »Dafür ist es mir zu früh am Tag.«

»Wie du willst.« Rodney zog den Korbsessel heran, ließ sich hineinfallen und streckte seine Beine vor dem Kamin aus. Er goß sich eine ordentliche Menge ein, bewunderte einen Augenblick die Farbe des Weines und kippte dann die Hälfte davon hinunter. »Manchmal wünschte ich, ich wäre eine Frau,« seufzte er.

»Das meinst du doch nicht ernst!« rief Ben aus.

»Und ob.« Rodney füllte sein Glas erneut und stellte die Flasche auf den Fußboden. »Ihre einzige Aufgabe im Leben ist es, hübsch auszusehen.«

Ben starrte ihn entgeistert an, zu keiner Antwort fähig.

»Denk mal drüber nach, Ben.« Rodney lachte und leerte sein Glas in einem Zug, bevor er hinzusetzte: »Frauen brauchen nur ein paar Töne auf dem Klavier zu klimpern, falsch zu singen oder ein bißchen zu sticken, und schon sieht jeder in ihnen ein Muster an weiblicher Tugend. Und was haben sie tatsächlich getan, um solches Lob zu verdienen?«

Ben zuckte die Achseln.

Rodney tat so, als bewege er einen Fächer zierlich auf und ab und sagte mit einer künstlichen Falsettstimme: »Nichts.«

»Dennoch hast du Abigail gleich um Hilfe gebeten!«

»Ach,« knurrte Rodney angewidert. »Sie kann nichts beweisen. Vater wird bezahlen.«

In dem Bemühen, ihn nicht zu beleidigen, fragte Ben ihn so freundlich wie möglich: »Hast du es getan?«

»Nein, lieber Bruder. Was bedeutet, daß Vater eine Riesensumme ganz umsonst bezahlt, um seinen zweitgeborenen Sohn vor dem Gefängnis zu retten.« Wieder füllte er sein Glas. »Ich wollte, ich bekäme das Geld, das er meinetwegen ausgibt für etwas, das ich nicht getan habe.« Rodney lachte böse. »Nur, weil er nicht glauben kann, daß ich unschuldig bin.«

»Halt, Rodney,« sagte Ben. »Du kannst Vater keinen Vorwurf machen, weil er dich beschützen will. Wenn er nicht gezahlt hätte, würdest du in eben dieser Minute in einer Gefängniszelle schmoren, anstatt hier bei mir seinen kostbaren Rotwein herunterzukippen!«

»Ja, nimm ihn nur wieder in Schutz.« Rodney erhob sich. »Kapierst du nicht, daß er bezahlt, weil er das Schlimmste von mir annimmt?« schrie er. »Er glaubt, ich hätte einen Menschen umgebracht!« Rodney ging im Zimmer auf und ab; der Wein schwappte aus seinem Glas. »Und du traust es mir auch zu.« Er drehte sich um und zeigte mit dem Finger auf Ben. »Nun, ich habe es nicht getan!« Mit verschlagenem Lächeln fügte er sachlich hinzu: »Warum sollte ich die Kuh schlachten, die ich melken will? Er wollte mir zeigen, wo sich der Rubin des Punjat befand. Das habe ich jedenfalls gedacht.« Mit einem gemeinen Lachen leerte er sein Glas und hielt es in die Höhe. »Ach, aber es hat mir viel Spaß gemacht, Abigail auf eine falsche Fährte zu locken.«

Ben starrte seinen Bruder voll Abscheu an. »Wie kannst du so dreist sein, sie um Hilfe zu bitten, nachdem du sie bewußt lächerlich gemacht hast?«

»Sachte, Bruder, sachte.« Er bückte sich, nahm die Flasche vom Boden auf, füllte erneut sein Glas und hielt sie so, daß nur ja kein Tropfen verlorenging. »Wenn jemand den wirklichen Mörder findet, dann sie. Deshalb.« Als er sich vergewissert hatte, daß kein Tropfen mehr darin war, stand er auf und warf die leere Flasche in den Papierkorb neben dem Sofa. »Aber dann kam mein lieber Vater und legte das Geld auf den Tisch.« Er lächelte bitter. »Das ist es, worauf es ankommt. Geld! Das ist wichtiger als falsch oder richtig. Wen interessiert schon, ob ich es getan habe oder nicht?«

»Mich, Rodney,« sagte Ben schnell.

»Natürlich.« Rodney trank das Glas in einem Schluck aus und leckte sich die Lippen. »Das läßt sich leicht sagen. Worte kosten nichts. Aber ich weiß, daß du mich nicht magst und es dir völlig schnuppe ist, ob ich unschuldig bin oder nicht.« Er rülpste und wischte sich mit der Rückseite seines Ärmels den Mund ab. »Selbst wenn Abigail den Mörder findet, ändert das nichts. Vater hat schon bezahlt und sie damit überflüssig gemacht. Das möchte ich auch sein. Überflüssig. Wie eine Frau. Dann würde niemand etwas von mir erwarten, und Vater wäre nicht ständig enttäuscht von mir.«

Angewidert von der Weinerlichkeit seines betrunkenen Bruders, gelang es Ben nicht, sein Mißfallen zu verbergen. »Du bist sehr schwierig , Rodney,« sagte er. »Keiner kann es dir recht machen. Immer bist du unzufrieden.«

Rodney beugte sich über ihn; sein Atem roch nach Wein. »Das wärst du auch, wenn du nicht das Glück gehabt hättest, der Erstgeborene zu sein!« Er wandte sich ab, ging schwankend und steifbeinig aus dem Zimmer und knallte laut die Tür hinter sich zu.

Ben reckte sich erleichtert und griff mit einem Gähnen nach seinem Buch. Seit ihrer Kindheit hatte jede Begegnung mit seinem Zwillingsbruder damit geendet, daß Rodney wütend auf ihn war, weil er der Erstgeborene war. Er hatte Qualen ausgestanden und immer gehofft, sich mit ihm auszusöhnen. In den dunkelsten Stunden seiner Krankheit, als der Tod eine willkommene Erlösung für ihn gewesen wäre, hatte er endlich begriffen, daß Rodney sich gefreut hätte, wenn er den Kampf aufgegeben hätte und gestorben wäre. Damals hatte er festgestellt, daß er nicht bereit war, seinem Bruder diesen Gefallen zu tun. Und mit dieser Entscheidung war auch das Wissen verknüpft, daß nichts, was er sagte oder tat, jemals Rodneys Eifersucht besänftigen würde. Nachdem er die Wahrheit erkannt hatte, hatte er seine Ruhe wiedergefunden. Ein leichtes Lächeln umspielte seine Mundwinkel, als er zu lesen begann.

Unauffällig bewegte sich Molly in der Allee, die zu der Danforthschen Remise und den Ställen führte, und wartete. Als sie erkannte, daß Abigail als Mann verkleidet davonritt, war es zu ihrer großen Bestürzung zu spät, um sie aufzuhalten. Da sie fest entschlossen war, sie noch am Vormittag zu sprechen, lauerte sie den ganzen Morgen auf ihre Rückkehr. Als

Molly Abigail endlich zurückkommen sah, ließ sie den verabredeten Pfiff los.

Nachdem sie Crosspatches in den Stall gebracht hatte, eilte Abigail zu dem vereinbarten Treffpunkt. Rasch erzählte Molly, was sie mit eigenen Augen vor dem Hotel Plaza beobachtet hatte.

»Bist du dem Nawab und den beiden Riesen gefolgt?« fragte Abigail.

»Oh, ja, Ma'am. Äh, Sir. Äh, Ma'am,« erwiderte Molly. »Ich und der Einäugige Jack sind ihnen zu den Docks gefolgt und haben gesehen, wie sie alle in ein Ruderboot geklettert sind, das fast untergegangen wäre, wo sie doch alle so groß sind. Jack wäre beinahe erwischt worden, als er ein Beiboot klauen wollte, deshalb konnten wir nicht hinter ihnen her. Sie sind so weit rausgerudert, als kämen sie nicht zurück, aber das konnte man nicht so genau sagen, weil es doch dunkel war.«

»War Aref bei ihnen?«

»Oh, ja, Ma'am, Sir.« Molly schürzte nachdenklich die Lippen. »Wenn es recht ist, Ma'am, Sir. So wie er gezerrt und gezogen hat, könnte ich schwören, der kleine Aref hat den beiden anderen geholfen, den Dicken wegzuschleppen.«

»Wer sind Sie?« fragte Ben. »Was machen Sie in meinem Zimmer?« Er stand auf und griff nach der Sprechanlage, um Hilfe herbeizurufen.

»Pscht! Nicht, Ben,« flüsterte der schnurrbärtige Herr. »Ich bin es, Abigail.« Sie schloß die Tür und näherte sich ihm auf Zehenspitzen.

»Abby?« Überrascht ließ Ben sich wieder auf das Sofa sinken und starrte die näherkommende Gestalt an. »Bist du es wirklich?«

»Ja,« sagte sie, erfreut über die Wirkung, die sie bei ihm erzielt hatte. »Lord Hunterswell ist mit Mr. Driscoll auf dem Weg zum Polizeirevier. Ich muß mich umziehen und Vater Bescheid sagen, damit er Mr. Buchanan festnehmen läßt, falls er nicht bereits geflohen ist. Ich weiß, wer den Rubin des Punjat hat. Du mußt unbedingt meinen ersten Fahndungserfolg festhalten.«

»Halt, liebste Abby,« seufzte Ben. »Langsam.« Er runzelte die Stirn. »Ich habe lange über deine schmeichelhafte Bitte nachgedacht.«

»Oh, Ben,« sagte sie, als er nicht sogleich weitersprach. »Du willst doch nicht etwa nein sagen?«

»Ich fürchte, das muß ich, Liebes. Ich habe kaum genug Kraft zum Lesen. Etwas zu schreiben, vor allem wenn ich mit deinen Abenteuern Schritt halten müßte, ginge über meine Kräfte.« Sichtlich bemüht, ihre Enttäuschung zu verbergen, zuckte Abigail die Schultern. »Ich will dich nicht drängen, Ben. Du mußt es am besten wissen.«

»Es tut mir leid,« sagte er, als sie einander die Hand gaben. »Was tu ich da eigentlich?« lachte er, als er seinen Griff lockerte und ihre Hand umdrehte, um sie zu küssen.

»Mir tut es auch leid,« erwiderte sie und entzog ihm ihre Hand. »Mir auch.« Sie trat einen Schritt zurück und ging zur Tür. »Verzeih mir bitte. Aber ich habe viel zu tun. Ich muß mich beeilen.«

Nachdem Bens Weigerung ihre Hoffnungen zunichtegemacht hatte, war Abigail bedrückt, als sie verstohlen die Treppe zu ihren Räumen hinabstieg. Was hatte es für einen Sinn, einen Fall zu lösen, wenn sie niemanden hatte, der darüber schrieb? Sie war gerade in den Flur eingebogen, der zu ihrem Zimmer führte, als sie die unverwechselbare

Stimme ihres Vaters vernahm; er erteilte einem Dienstboten einen Befehl und kam eindeutig näher. Sie würde es nicht mehr schaffen, ihre Räume zu erreichen, die jenseits von Maudes Tür lagen und die Maude während ihrer Abwesenheit stets abschloß. Mit klopfendem Herzen hielt sie den Atem an und flehte zu Gott, daß Maude zu Hause war, denn lieber würde sie die Reaktion ihrer Anstandsdame auf ihre Verkleidung in Kauf nehmen, als die ihres Vaters ertragen zu müssen. Zu ihrer großen Erleichterung sprang die Tür auf, als sie die Klinke herunterdrückte, und sie schlüpfte ohne anzuklopfen ins Zimmer.

9. Kapitel

Ich habe genug erlebt, um zu wissen, daß das Gespür einer Frau manchmal wertvoller ist als die Schlußfolgerungen eines analytisch arbeitenden Geistes.
Dr. Arthur Conan Doyle
Der Mann mit der verzerrten Lippe

Wer ist da?« rief Maude scharf. Sie erschien in der Tür, die einen Alkoven in ihrem Wohnzimmer verbarg, und musterte Abigail so eindringlich, als begutachte sie ein Pferd. »Wer in aller Welt sind Sie?«

Einen Augenblick spielte Abigail mit dem verrückten Gedanken, Maude etwas vorzumachen, doch dann nahm sie ihren Zylinder ab und flüsterte: »Ich bin es, Abigail. Vater ist im Flur. Er darf mich nicht in dieser Verkleidung sehen!«

»Das würde ich auch sagen!« war Maudes prompte Antwort. »Schnell! Sie können sich hier verstecken.« Sie zeigte auf die Tür des Alkovens.

Erstaunt über den Inhalt von Maudes Allerheiligstem, vergaß Abigail vorübergehend ihre Schwierigkeiten. Statt mit dem üblichen weiblichen Schnickschnack war eine Wand von oben bis unten mit gut gefüllten Bücherregalen bedeckt, und weitere Bücherstapel befanden sich auf der Fensterbank und auf dem Fußboden. Vor dem schlichten Schreibtisch stand ein steiflehniger Sessel. Selbst der Lampenschirm war schmucklos. Der zarte Geruch nach Lavendel war mit einer Spur Tabakduft durchsetzt.

»Seien Sie unbesorgt,« sagte Maude. »Hier kommt niemand herein. Nicht einmal die Dienstboten. Ich habe den einzigen Schlüssel.«

»Vielen Dank, Miss Cunningham,« sagte Abigail erleichtert und zog ihre Handschuhe aus. »Was haben Sie in dieser Verkleidung denn angestellt?« fragte Maude beiläufig. »Ich habe Sie wirklich nicht erkannt.«

»Einen Mörder überführt,« antwortete Abigail lächelnd. »Mr. Driscoll hat J.C. umgebracht.«

»Dafür haben Sie sich als Mann verkleidet?«

»Läuten Sie bitte nach Jacqueline, Miss Cunningham,« sagte Abigail, ohne auf ihre Frage einzugehen. »Sie soll mir meine Kleider bringen. Mit Ihrer Erlaubnis ziehe ich mich hier um. Wenn man mich dann aus Ihrem Zimmer kommen sieht, hat es lediglich den Anschein, als hätten wir über mein Debüt gesprochen.«

Ohne zu zögern ging Maude hinaus, um die Sprechanlage in ihrem Schlafzimmer zu betätigen. Abigail hatte auf einem Tisch an der gegenüberliegenden Wand zwei Kristallkaraffen entdeckt. Sie vermutete etwas Alkoholisches darin, aber daß Maude Whiskey in ihrem Zimmer aufbewahrte, war einfach unvorstellbar! Schockiert erkannte sie den Geruch von Bourbon und hielt den Korken noch immer an die Nase, als Maude zurückkehrte.

»Hätten Sie gern einen Schluck?« fragte Maude, die die Tür des Alkovens offen ließ, um zu hören, ob Jacqueline kam. »Sie hatten einen aufregenden Vormittag.«

»Nein, danke,« sagte Abigail in beiläufigem Ton, als sei sie durchaus an harte Getränke gewöhnt und habe nur im Moment keine Lust darauf. Sie verkorkte die Flasche wieder.

»Sie können sich gern in meinen Sessel setzen,« sagte Maude und zeigte auf ihren Schreibtischsessel. Als Abigail ablehnte, nahm sie selbst darin Platz. »Warum also der Anzug?« fragte Maude, und ein kleines Lächeln erschien auf ihrem Gesicht.

»Dr. Conan Doyle läßt seinen Detektiv häufig in Verkleidungen auftreten,« erwiderte Abigail kämpferisch.

»Quatsch!« rief Maude verächtlich aus. »Eine Frau zu sein ist Verkleidung genug.«

»Ich kann Ihnen nicht zustimmen,« sagte Abigail. »Bestimmte Dinge kann ich als Frau einfach nicht tun.«

»Gefasel!« erwiderte Maude. »Sie müssen nur lernen, wie man daraus Kapital schlägt, eine Frau zu sein,« sagte sie und sah zu, wie Abigail Schnurrbart und Perücke abnahm. »Früher habe ich Frauen immer verachtet, die ihre Wehwehchen hatten. Als ich jedoch ernstlich krank war, habe ich entdeckt, wie vorteilhaft weibliche Schwäche sein kann.«

»Schwäche ein Vorteil?« Abigail war entsetzt.

Maude nickte. »Gibt es etwas Unangenehmes zu tun? Sie wollen es nicht tun? Stellen Sie seufzend fest, daß Sie einen Ihrer Migräneanfälle bekommen und ziehen sich in Ihre Räume zurück. Dann erledigt es jemand anderes an Ihrer Stelle. Und Sie werden obendrein noch bemitleidet!«

»Aber das ist Betrug!« rief Abigail empört.

»Sehen Sie sich an!« sagte Maude. »Als was bezeichnen Sie das?«

Abigail sah an sich herunter. »*Touché*,« lachte sie.

»Ich wollte Sie zu der Art und Weise beglückwünschen,

wie Sie mit ihrem Vater umgehen,« sagte Maude, und in ihren Augen lag mehr Wärme als je zuvor, stellte Abigail fest. »Er frißt Ihnen ja aus der Hand. Mit Schmeichelei erreicht man alles, wissen Sie. Besonders bei einem Löwen.«

»Einem Löwen?« Während sie die Bücherregale musterte, fragte Abigail: »Was bedeutet das?«

»Es ist das Tierkreiszeichen Ihres Vaters. Ich befasse mich ein wenig mit Astrologie. Aber darüber wollen wir jetzt nicht reden. Ihr Vater ist ein glänzendes Beispiel für das, was ich gerade angesprochen habe.«

»Aber ich bin ihm gegenüber nicht unaufrichtig,« sagte Abigail gekränkt.

»Er ist wirklich ziemlich blind.« Maude sah Abigail nachdenklich an. »Er sieht nur das, was er möchte. Er hat sich über mich eine Meinung gebildet. Und die wird er niemals mehr in Zweifel ziehen. Nie wird er prüfen, ob ich mich vielleicht verändert habe. Oder er selbst. Ich brauche nur zu seufzen und ihm in allen Einzelheiten Dinge zu erzählen, die ihn langweilen, schon wendet er sich angewidert ab. Können Sie sich vorstellen, wie wir miteinander auskämen, wenn ich sein Verhalten in Frage stellte? Als schwache, hilflose Frau bin ich so gut wie unsichtbar. Ich kann tun, was mir gefällt.«

»Eingesperrt in Ihren Räumen?« Abigail war nicht gerade beeindruckt.

»Ich fühle mich nicht eingeschränkt, wenn ich genau das tun kann, was ich gerne möchte.«

»Und was ist das?«

»Ich schreibe.« Maude wies auf ihren vollgestopften Schreibtisch. »Zwei Abhandlungen von mir sind in einer der eher esoterischen Zeitschriften für Botanik erschienen und würden Sie wahrscheinlich keinen Deut interessieren.

Zur Zeit schreibe ich an meinem zweiten Liebesroman, während mein erster gerade die Runde bei den Verlegern macht, wie man so sagt.«

»Wie aufregend!« rief Abigail. »Ich wünsche Ihnen viel Glück.«

Maude zuckte bescheiden die Schultern.

»Wie schade, daß Sie sich mit diesem Kämmerchen begnügen müssen,« sagte Abigail seufzend, während sie ein paar Bücher neben dem Tisch aufeinanderstapelte, um eine Sitzgelegenheit für sich daraus zu machen. »Warum können wir nur nicht ehrlicher sein?«

»Von anderen unterschätzt zu werden, ist die beste Verkleidung, die es gibt, Miss Danforth,« sagte Maude ruhig. »Es kann einem einen ungeheuren Vorteil verschaffen.«

Während Abigail vorsichtig auf dem Bücherstapel Platz nahm, sagte sie: »Wäre nicht alles viel leichter, wenn man uns die gleichen Rechte wie den Männern einräumte? Dann gäbe es auch nicht dieses Gerangel um Positionen und Standpunkte.«

»Und mit dem ganzen Spaß wäre es auch vorbei!«

Abigail zuckte die Achseln. »Sie haben instinktiv den richtigen Weg gefunden, Ihrem Vater entgegenzukommen. Die taktvolle Art, in der Sie scheinbar einwilligen –«

»Aber das war nicht nur zum Schein!«

»Warum dann die Verkleidung?«

Abigail fand keine Antwort. »Sagen Sie,« fuhr Maude in freundlicherem Ton fort, »haben Sie vor, diesen Lord Hunterswell zu heiraten?«

»Ach, ich weiß nicht,« sagte Abigail mit einem Seufzer. »Ich habe heute morgen erfahren, daß Vater seine Einwilligung gegeben hat, aber ich habe das Gefühl, einen Mann zu lieben, heißt, auf jede Möglichkeit verzichten, das zu tun, was man gern tun möchte. Ich bin nicht sicher, ob ich dazu bereit bin, mich so völlig aufzugeben.«

»Was für ein Kind Sie doch sind,« sagte Maude leicht geringschätzig.

»Ich bin siebzehn!«

»Ich spreche nicht von Ihrem Alter, Miss Danforth.« Sie sah Abigail offen an. »Die Liebe eines Mannes zu erhalten und seine Liebe zu erwidern, kann das Wertvollste im Leben sein.«

Abigail starrte sie sprachlos an und fragte sich, was ausgerechnet eine unförmige Jungfer mit so unkleidsam zurückgekämmtem Haar von der Liebe verstehen sollte.

»Tennyson hat es besser ausgedrückt, als ich es mit meinen bescheidenen Worten je könnte.« Mit heiserer Stimme deklamierte sie:

'Oh Lieb'! Oh Feuer! Einst nahm er mir
Mit einem einz'gen langen Kuß die Seele
Von den Lippen, wie Sonne trinkt den Tau.'*

Unbekannte und kaum zu benennende Gefühle ließen Abigail erschauern.

»Bevor Sie nicht die körperliche Liebe eines Mannes erfahren und sie leidenschaftlich erwidert haben, sind Sie nicht erwachsen.« Sie schlang die Arme um sich und lächelte.

Eingeschüchtert von dem ersten strahlenden Lächeln, das sie bei Maude sah, schluckte Abigail, ohne ein Wort hervorzubringen, und hatte nur den glühenden Wunsch, sie möge weitersprechen.

Mit einem kehligen Lachen sagte Maude: »Ach, welche

---

* Alfred, Lord Tennyson, *Fatima*, III.

Seufzer er mir im Bett entlockte.« Sie sah Abigail mit einem Blick an, der diese erneut erbeben ließ. »Aber ich kann Ihnen sagen, bald hatte ich gelernt, auch ihn in Ekstase zu versetzen.«

Beide Frauen fuhren zusammen, als es an der Tür klopfte. Maude rief. »Wer ist da?«

Jacquelines gedämpfte Stimme war kaum zu verstehen.

Nachdem Jacqueline mit dem Auftrag entlassen worden war, die Kleidungsstücke zu holen, die ihre Herrin beim Abendessen tragen wollte, kehrte Abigail zu Maude zurück und sagte beiläufig: »Ich wußte gar nicht, daß Sie verheiratet waren.«

»Das waren wir auch nicht,« erklärte Maude und wandte Abigail lächelnd den Kopf zu.

Außerstande, den Blick von Maudes verwandeltem Gesicht abzuwenden, durchquerte Abigail das Zimmer und setzte sich wieder auf den Bücherstapel. Der Anblick von Maudes funkelnden Augen und den Grübchen in ihren Wangen war weitaus bestürzender für sie als der Mangel an Tugend, von dem sie jetzt erfuhr.

»Wir lebten in unserer eigenen Welt in San Francisco,« sagte Maude. Plötzlich erlosch der Glanz in ihren Augen, und ihr Lächeln erstarb. Mit ausdrucksloser Stimme, aus der jedes Gefühl gewichen war, sagte sie: »Charlie wurde auf dem Weg zur Kirche getötet. Ermordet.«

»Wie schrecklich für Sie!« stieß Abigail hervor. Sie hatte das Gefühl, daß die Bücher unter ihr nachgaben, während sie zusah, wie Maude nach einer Schachtel auf dem Schreibtisch griff, sie öffnete und ihr eine handgerollte Zigarette entnahm. Abigail sprang auf, um nicht von ihrem unsicheren Turm zu fallen; Maude steckte die Zigarette an.

»Das Schlimmste war, daß ich das Baby verloren habe,« fuhr Maude mit der gleichen monotonen Stimme fort, und eine Rauchwolke hüllte ihren Kopf ein. »Es hieß, ich sei zu zart und meine Trauer zu groß gewesen, deshalb hätte ich es verloren. Ich glaube es nicht. Ich war dazu bestimmt, viele Kinder zu bekommen. Aber ich war zu eng geschnürt. Seitdem habe ich niemals wieder ein Korsett getragen.«

»Weiß Vater das alles?« flüsterte Abigail.

»Natürlich nicht! Glauben Sie, er hätte mich im Haus aufgenommen, wenn er gewußt hätte, daß ich eine gefallene Frau bin?«

»Und Sie vertrauen darauf, daß ich ihm nichts erzähle?«

»Ist das nicht naheliegend?« Maudes Blick war freundlich, doch ihr Lächeln kehrte nicht zurück. »Sie haben mir vertraut. In Anbetracht meiner eigenen Verkleidung haben Sie es riskiert, in Ihrer Maskierung hier hereinzuschneien.«

Diesmal trat Jacqueline ein, ohne anzuklopfen. Sie war über den Anblick der rauchenden Maude so entsetzt, daß sie im Flur vor dem Wohnzimmer wartete, bis Abigail ihr in Maudes Schlafzimmer folgte.

Abigail ließ das Mißfallen unbeachtet, das ihre Zofe an den Tag legte, während sie schnell und geschickt die Toilette ihrer Herrin beendete und dann hinausging; sie verübelte sich vielmehr, es hingenommen zu haben, daß ihr Bruder und ihr Vater ihre eigene Meinung über Maude so stark beeinflußt hatten.

»Wie hübsch!« rief Maude aus, als sie von ihrer Arbeit aufblickte und Abigail endlich in einem kunstvoll mit Bändern geschmückten Nachmittagskleid neben ihr stand.

»Ich danke Ihnen, Miss Cunningham,« sagte sie in dem unbeholfenen Versuch, sich dafür zu entschuldigen, daß sie sich nicht früher darum bemüht hatte, Maude besser kennenzulernen. Sie fand jedoch keine Worte, die ihnen nicht beiden peinlich gewesen wären.

»Lord Hunterswell ist leidenschaftlich in Sie verliebt, das wissen Sie doch, Miss Danforth?« fragte Maude, ohne Abigails Verlegenheit zu bemerken.

»Ja, ich weiß.« Abigail seufzte, die Chance, sich zu entschuldigen, war vorbei. »Ich glaube sogar, nachdem ich Ihnen zugehört habe, daß ich seine Gefühle erwidern könnte.« Sie errötete. »Jedoch gibt es bei ihm einen seltsamen Mangel an Festigkeit, der auch eine Form des Betrugs ist, um Conan Doyle frei zu zitieren. Ich frage mich, ob ich so aufdringlich sein darf, Sie um einen großen Gefallen zu bitten, Miss Cunningham.«

»Natürlich, Miss Danforth. Ist es der plötzliche Meinungsumschwung Ihres Vaters, der Ihnen Sorgen macht?«

»Nein, das ist zweitrangig, liebe Miss Cunningham. Absolut zweitrangig.«

»Was ist es dann?«

»Würden Sie bitte nach Stork läuten? Es ist von entscheidender Bedeutung, daß ich erfahre, welcher Art die Bezahlung war, die J.C. von ihm erpreßt hat.«

Ben stand auf und reckte sich. Er hatte den Diener mit den Überresten von Tee und Teegebäck weggeschickt und überlegte gerade, ob er auf dem Sofa liegenbleiben oder sich ein richtiges Schläfchen im Bett gönnen sollte, als sein Vater eintrat. »Welche Ehre, dich zu sehen,« sagte Ben lächelnd.

Mit einer frischen Rosenknospe im Knopfloch sah Andrew Danforth äußerst elegant aus, und offensichtlich war er auch glänzend gelaunt. »Das ist ein Morgen, ich muß schon sagen!« rief er aus.

»Abigail hat mir die Sache mit Max und Fergus erzählt.

Üble Geschichte für Lord Hunterswell.« Ben wies auf den Korbsessel neben dem Kamin. »Hast du Fergus gefunden?« fragte er, als sein Vater Platz genommen hatte.

»Der Polizeibeamte und ich haben den Halunken geschnappt, als er gerade den Zug nach Chicago besteigen wollte. Für das, was er Seiner Lordschaft angetan hat, wird er nun im Gefängnis brummen. Dafür habe ich gesorgt.«

»War es nicht schlau von Abigail, Mr. Driscolls Fingerabdrücke auf Rodneys Stock zu identifizieren?«

»Fingerabdrücke? Quatsch! Das ist doch nur Spielerei, Sohn. Seine Lordschaft mußte den üblen Kerl erst stellen, um ein Geständnis von ihm zu erzwingen. Fingerabdrücke taugen noch weniger als mein Automobil. Diese neumodische Maschine wird niemals ein Pferd ersetzen können. Wie auch? Es gibt ja keine anständigen Straßen, auf denen man damit fahren kann.« Das Thema brachte ihn in Schwung; während er seinen Schnurrbart glattstrich, fragte er: »Erinnerst du dich noch an das ganze Theater, als die Fahrräder so beliebt wurden? An das teure Pflaster, das überall verlegt wurde, nur damit die Leute ein paar Meilen radeln konnten? Kannst du dir vorstellen, daß man endlose Strecken mit Kopfsteinpflaster versieht, nur damit Autos sich lohnen?«

Ben nahm die unwiderlegbare Logik seines Vaters achselzuckend zur Kenntnis.

»Fingerabdrücke fallen in die gleiche Kategorie.« Er schlug sich aufs Knie, um seinen Worten Nachdruck zu verleihen. »Kein Gerichtshof der Welt wird sie je ernst nehmen.«

Ben seufzte. »Die Stadt würde sauberer, wenn das Automobil mehr Anklang fände. Autos verschmutzen wenigstens nicht die Straßen, so wie Pferde es tun.«

»So ist das Leben, mein Sohn! Pferdeäpfel gehören nun mal dazu. Und was Fingerabdrücke betrifft,« schnaubte er, »wenn sogar ein Mädchen herausbekommt, wie man sie erkennt, dann ist das Ganze zu simpel, um wirklich von Bedeutung zu sein.«

Ben nickte zustimmend.

»Trotzdem,« fuhr sein Vater großmütig fort, »habe ich überschlagen, was es gekostet hätte, Rodney ein Jahr Gefängnis zu ersparen, und habe ihre Mitgift um die entsprechende Summe erhöht.«

»Ihre Mitgift?« erwiderte Ben. »Warum gibst du es ihr nicht sofort? Sie hat es doch verdient.«

»Wozu braucht Abigail Geld?« fragte er verärgert zurück. »Ich bezahle doch für alles, was sie braucht. Und zwar großzügig, wie ich hinzufügen möchte.«

»Das ist nur zu wahr, Vater,« antwortete Ben rasch.

»Außerdem,« Mr. Danforth war in mitteilsamer Stimmung, »wollte ich dich wissen lassen, daß ich nachgegeben habe und Abigail erlauben werde, Lord Hunterswell zu heiraten. Sie soll die Hochzeit des Jahrhunderts bekommen!«

»Oh, das ist prima, Vater!« rief Ben lächelnd. »Was hat dich veranlaßt, deine Meinung zu ändern?«

»Ich hatte endlich eine Besprechung mit dem Herrn und dabei habe ich festgestellt, welch gute Partie er für Abigail wäre,« erwiderte er ein wenig einfältig.

Die bescheidene Haltung seines Vaters erstaunte Ben, aber er ging darüber hinweg, weil es ihm klar war, wie schwer es Danforth gefallen sein mußte, seine Meinung zu ändern.

»Er ist von Adel. Er ist reich,« fuhr sein Vater fort. »Und er hat versprochen, sie würden mindestens die Hälfte des Jahres in New York leben!«

»Abigail muß entzückt sein.« Da er seinen Vater nicht fragen wollte, wie es ihm gelungen war, die Zweifel auszuräumen, die er an Abigails Fähigkeit, Kinder zur Welt zu bringen, gehegt hatte, sagte er: »Es überrascht mich, daß sie noch nicht hier war, um mir die gute Nachricht persönlich zu überbringen.«

»Ich habe es ihr noch nicht gesagt. Seine Lordschaft und ich wollen sie heute abend vor dem Eintreffen der Gäste überraschen.«

»Ich werde nichts verraten,« versprach Ben hoch und heilig. »Rodney wird mit unserer Schwester zufrieden sein.«

»Er hat wie wahnsinnig gelacht, als ich es ihm erzählt habe,« sagte sein Vater verärgert. »Hat mich beschuldigt, ich hielte ihn für einen Mörder!« Er seufzte tief und erhob sich.

Ben versuchte ebenfalls aufzustehen, doch sein Vater bedeutete ihm, sitzenzubleiben und schürte das Kaminfeuer. »Ich habe es aufgegeben, diesen Jungen zu verstehen. Es fällt mir schwer zu glauben, daß ihr Brüder seid, und auch noch Zwillinge. Wenn er dir nur etwas ähnlicher wäre. Ich weiß nicht, was ich mit ihm anfangen soll.« Er steckte den Schürhaken in die Halterung zurück.

»Vielleicht ihn mehr lieben?« wagte Ben vorzuschlagen.

»Es fällt mir schwer, ihn zu lieben.« Sein Vater nahm wieder Platz und sah Ben mit gequältem Gesichtsausdruck an. »Es ist hart, dies von seinem eigenen Fleisch und Blut zu sagen, aber wie kann man jemanden lieben, der ständig derart unzufrieden ist? Was ich auch für ihn tue, er findet etwas daran auszusetzen. Ich schicke ihn nach London, und er kommt zurück und beklagt sich, es sei so mühsam gewesen, Abigail zu beaufsichtigen. Stell dir das vor! Abigail und Schwierigkeiten machen! Sie ist die bravste, gehorsamste Tochter, die ein Vater sich wünschen kann. Das Muster einer tugendhaften jungen Dame.«

Wieder stimmte Ben ihm mit einem Kopfnicken zu. »Ich könnte Rodney eine Zeitlang nach North Carolina schikken. Täte ihm gut, sich ein wenig in der Tabakbranche umzusehen.« Mr. Danforth lächelte. »Ich könnte ihm Kinkade zur Begleitung mitgeben.«

»Ich möchte gern, daß Kinkade bei mir bleibt. Meine Gesundheit bessert sich zusehends, und ich werde bald wieder einen eigenen Diener brauchen.«

»Mir wäre mehr gedient, wenn er auf Rodney aufpaßt.«

»Sollte Kinkade nicht auch ein Wörtchen mitzureden haben?« fragte Ben.

»Weshalb? Er ist nur ein Diener,« erwiderte sein Vater. »Ich bezahle ihn sehr gut dafür, daß er tut, was man ihm sagt!« Er räusperte sich und warf Ben einen verstohlenen Blick zu. »Du bist doch nicht mehr an Miss Humboldt interessiert, Sohn? Sie hat nicht gerade guten Geschmack bewiesen, als sie diesen falschen Freunden deines zukünftigen Schwagers nachlief.«

»Genaugenommen hat mir die Dame einen Gefallen getan, Vater,« erwiderte Ben lächelnd. »Auf diese Weise habe ich erkannt, wie launisch sie ist. Und ihre Stimme! Hat sie immer so ausdruckslos gesungen? Oder war ich blind? Oder taub?« Er lächelte.

Mit einem verlegenen Lachen sagte sein Vater: »Gut! Auf diese Weise verliere ich wenigstens nur zwei meiner Kinder, Benjamin, und während ich froh bin, Rodney von hinten zu sehen, bin ich froh, daß du mich nicht verlassen wirst. Ich könnte es nicht ertragen, dieses Haus allein mit der leblosen Miss Cunningham zu bewohnen.«

»Ich fühle mich jeden Tag kräftiger, Vater.« Ben unterdrückte ein Gähnen. »Alles, was ich möchte, ist, gesund genug zu werden, um dich bei deiner Arbeit zu unterstützen.«

»Dafür danke ich dir, mein Sohn.« Mr. Danforth erhob sich und klopfte ihm auf die Schulter. »Ruh dich jetzt ein wenig aus,« sagte er, während er auf die Tür zuschritt. »Ich möchte, daß du heute abend in der Lage bist, die Verlobung deiner Schwester zu feiern.«

Während der zwei Wochen, die er im Haus der Danforth' zugebracht hatte, war Stork nicht müde geworden, das wundervolle Bad für die Dienstboten zu benutzen. Der außergewöhnliche Luxus einer heißen Dusche, die den Schmerz in seinem Knöchel linderte, vermittelte ihm das Gefühl, selbst von adliger Geburt zu sein und nicht etwa dazu geboren, Adlige zu bedienen. Gestärkt durch diesen täglichen Luxus, hatte er die schrecklichen Ereignisse während der Überfahrt beinahe vergessen, und seine Augen strahlten vor Zufriedenheit, als er vor dem Spiegel in seiner Kammer stand und vor sich hinpfeifend den Knoten seiner Krawatte zurechtrückte.

J.C.'s Erpressung war nur ein Scherz gewesen. Seine Lordschaft hatte ihm von Mr. Driscolls Geständnis erzählt. Das junge Mädchen war nicht nur nicht schwanger, sondern auch ein Flittchen gewesen, das dafür bezahlt worden war, ihn zu verführen. Storks Erleichterung über diese Nachricht überstieg bei weitem seine Verlegenheit darüber, so böse hereingelegt worden zu sein.

Seine Bewunderung für Miss Danforth kannte keine Grenzen, und er hoffte inständig, daß sie heute abend den Antrag Seiner Lordschaft annehmen würde. Es klopfte an der Tür, und da er Kinkade erwartete, rief er laut: »Herein!«

»Worüber freuen Sie sich so?« Kinkades sonore Stimme füllte die winzige Kammer, als er die Tür schloß.

Stork hielt sich mit Mühe zurück, den Mann zu umarmen, drückte ihm dafür kräftig die Hand, dankte ihm wortreich für seine guten Ratschläge und berichtete ihm von den Enthüllungen Seiner Lordschaft.

»Glückwunsch, alter Junge!« Kinkades Freude war echt.

»Ich wollte Ihnen einen Vorschlag machen, Mr. Kinkade,« sagte Stork ernst, legte ihm die Hand auf die Schulter und sah ihm direkt in die Augen. »Kehren Sie mit Seiner Lordschaft und mir nach England zurück. Hier behandelt man Sie doch etwas merkwürdig. Ich bin ganz sicher, daß ich Ihnen eine Stellung besorgen kann. Wahrscheinlich sogar bei einem Herzog.«

»Vielleicht nehme ich Sie noch einmal beim Wort,« erwiderte Kinkade und schüttelte Stork begeistert die Hand. »Wenn es hier nicht besser wird, bin ich imstande und tu das, Mann.«

Mr. Danforth saß in seinem Arbeitszimmer an seinem geschnitzten Schreibtisch und wartete auf Abigail. Frederick rutschte nervös in dem pompösen Sessel hin und her. Jeder bewunderte insgeheim die elegante Abendkleidung des anderen. Das Schweigen wurde langsam unangenehm, als endlich das ersehnte Klopfen erklang.

Beide Männer erhoben sich sofort, als Abigail eintrat und ergingen sich im Lob über ihr blaßblaues Kleid, das mit Silberfäden durchzogen war, die bei jeder ihrer Bewegungen schimmerten. Ihr Fächer aus Reiherfedern, dessen Griff aus Silberfiligran bestand, war im Ton ihres Kleides eingefärbt. Der Saphirschmuck ihrer Mutter funkelte an ihrem Hals und an ihren Ohren.

Frederick, dessen pockennarbiges Gesicht durch sein Glück verwandelt war, rückte einen Stuhl für sie vor dem Schreibtisch ihres Vaters zurecht und wartete, bis sie Platz genommen hatte, bevor auch er sich setzte.

Mr. Danforth räusperte sich vielsagend. »Ich habe eine gute Nachricht für dich, Tochter.«

»Sir?« Sie starrte ihn an, den Fächer zusammengeklappt auf dem Schoß.

»Graf von Hunterswell hat um deine Hand angehalten, und ich habe eingewilligt. Ich denke, er wird dir ein ausgezeichneter Gatte sein.«

Abigail antwortete nicht, sondern wandte Frederick nur in aller Ruhe ihren Blick zu.

Mr. Danforth blinzelte vor Überraschung darüber, daß sie seine frohe Botschaft so gelassen aufnahm.

Außerstande, seine Erregung länger zu unterdrücken, stand Frederick auf. »Sie würden mich zum glücklichsten Mann auf Erden machen, wenn Sie meinen Antrag annehmen, Miss Danforth.«

»Ich verstehe.« Sie lächelte ihn an und zeigte mit ihrem Fächer auf eine noch ungeöffnete Schachtel mit seinen monogrammverzierten Pralinen auf dem Schreibtisch.

»Wollten Sie erst meine Zustimmung abwarten, bevor sie ihn überreichten?«

»Was, um Himmels willen, meinen Sie?« fragte Lord Hunterswell, aus dessen Gesicht alle Farbe gewichen war. Ohne Frederick zu beachten, wandte sie sich erneut an ihren Vater. »Würdest du mir immer noch erlauben, Seine Lordschaft zu heiraten, wenn ich dir sage, daß er den Rubin des Punjat gar nicht mehr besitzt, um ihn gegen mich einzutauschen?«

Frederick langte über den Schreibtisch, griff nach der Pralinenschachtel und riß sie auf.

»Er befindet sich nicht mehr darin, Euer Lordschaft,« sagte sie eisig.

»Was haben Sie getan, Miss Danforth?« schrie Frederick und hielt ihr die offene Schachtel hin.

»Was geht hier vor?« fragte Mr. Danforth verwirrt.

»Der Rubin befindet sich nicht länger in Lord Hunterswells Besitz, Vater.«

»Das mußt du mir erklären, Mistress Abigail!« Ihr Vater war außer sich.

»Ich habe ihn aus seinem Versteck genommen,« antwortete sie und machte eine ganz leichte Bewegung mit ihrem Fächer.

Frederick sackte in seinem Sessel zusammen und sah sie grenzenlos erstaunt an. »Wie haben Sie es erraten?«

»Ich *rate* nicht, Euer Lordschaft.« Aus ihrem Ton sprach Entrüstung, doch mit einem koketten Fächeln täuschte sie über diesen Eindruck hinweg. »Als Sie sich mit Mr. Driscoll stritten, fand ich es merkwürdig, daß Sie ihn überhaupt nicht nach dem verschwundenen Rubin fragten. Ich hatte vor, ihm ein paar Fragen über seine Verbindung zu dem Nawab Abdulsamad zu stellen. Als Sie keinerlei Anstalten machten und beharrlich das Thema vermieden, wurde ich stutzig.«

»Ich hätte Ihnen ja erzählen können, daß Mr. Driscoll ihn gestohlen hat, und Sie wären nie dahinter gekommen,« knurrte er. »Ihr Vater würde bestimmt nichts davon erzählen.«

»Das ist noch nicht alles.« Sie erhob sich.

Sofort standen auch die beiden Männer auf.

Abigail ging zum Kamin, wandte sich zu ihnen um und fuhr fort: »Zufällig hat Jacqueline mitbekommen, wie Stork Ihnen erzählte, daß man ihn erpreßt hat. Nach Ihrer außergewöhnlichen Reaktion – Sie lachten! – meinte sie, gehört zu haben, wie Sie sagten, Sie müßten *tout de suite*, auf der Stelle, aufbrechen. Deshalb ging sie schnell davon. Noch vor dem Ereignis mit Mr. Driscoll habe ich mich gefragt, weshalb Sie plötzlich Französisch gesprochen hatten. Oder was so lustig gewesen war. Schließlich ist Erpressung eine ernste Angelegenheit. Meine Überlegungen führten zu dem Schluß, daß Sie es so spaßig fanden, weil Sie, Euer Lordschaft, den Rubin des Punjat selbst gestohlen hatten, bevor Stork Gelegenheit hatte, das Kästchen an sich zu nehmen.«

»Sie glauben doch nicht etwa, daß ich –« begann Frederick.

Mit einer Handbewegung brachte sie ihn zum Schweigen und sagte mit fester Stimme: »Und daß Sie nicht *tout de suite* aufbrechen wollten, sondern Stork erzählten, Sie hätten den Rubin des Punjat in einer Schachtel Pralinen, *sweets*, versteckt!«

»Nicht zu fassen, Mistress Abigail!« rief Mr. Danforth aus.

»Was haben Sie mit dem Rubin gemacht?« fragte Frederick und fürchtete ihre Antwort.

»Oh, er ist in Sicherheit,« antwortete sie. »Auf dem Weg nach London.«

»Sie sind wirklich sehr schlau, Miss Danforth,« sagte Frederick, mühsam seine Verzweiflung verbergend. »Vermutlich haben Sie auch herausgefunden, wie es geschah?«

»Nachdem ich Storks Rolle in der ganzen Angelegenheit kannte, war es nicht mehr schwer, herauszufinden, wie Sie es angestellt haben,« erwiderte sie, während sie zu ihrem Sessel zurückkehrte und wieder Platz nahm. »Es hing alles vom richtigen Zeitplan ab. Korrigieren Sie mich, wenn ich etwas Falsches sage, Euer Lordschaft. Ihr Vater weiß nichts von der Sache?«

Frederick schüttelte fassungslos den Kopf, als er sich hinsetzte. »Sie sind mir unheimlich,« sagte er.

Mr. Danforth rutschte gebannt noch tiefer in seinen Sessel.

»Als ich alle Ereignisse noch einmal überdachte,« fuhr Abigail fort, »kehrten meine Gedanken immer wieder zu dem Augenblick zurück, als die Marquise in meiner Kabine ohnmächtig wurde. Die Reaktion des Marquis lieferte mir den entscheidenden Hinweis.«

»Wieso das?« fragte Frederick.

»Die erste Reaktion Ihres Vaters war, nach Hilfe zu läuten. Er wäre nicht in der Kabine geblieben, wenn ich nicht das Riechsalz aus meiner Tasche geholt hätte. Daraus zog ich folgenden Schluß: Nachdem sie zu Hause ohnmächtig geworden war, als sie das scheinbare Verschwinden des Rubins bemerkte, hätte Ihr Vater Ihre Mutter wahrscheinlich allein gelassen, während er Hilfe holte. Sie müssen ihr eine Kopie des Schlüssels gegeben haben, mit dem man an den Inhalt des Kästchens herankam, und sie hat ihn in seiner Abwesenheit benutzt und den Rubin in ihrem Kleid versteckt. Als Ihr Vater in sein Schlafzimmer zurückkehrte, um das Kästchen zu holen, gab sie Ihnen den Rubin.«

Frederick schüttelte stumm den Kopf.

»Was du nicht sagst!« rief Mr. Danforth. »Die Marquise persönlich!«

»Es war sehr listig, daß sie mich damit beauftragt hat, ihn wiederzufinden.« Abigail lächelte, und ihre Augen blitzten vor Vergnügen. »Das hat mich zunächst von der richtigen Spur abgebracht.«

»Mutter wird das alles nicht gefallen,« stöhnte Frederick. »Oh, sie wird natürlich Wort halten und Sie bezahlen,« beeilte er sich zu versichern. »Sie wird Sie noch mehr als zuvor bewundern, Miss Danforth. Es kommt nicht oft vor, daß meine Mutter in die Enge getrieben wird.«

»Ich bin in ihrer Schuld, Euer Lordschaft,« antwortete Abigail.

Frederick wandte sich an Mr. Danforth. »Das bedeutet doch nicht etwa, daß unsere Verlobung nicht stattfindet, Sir?«

»Unter den gegebenen Umständen,« sagte Mr. Danforth und stand auf, »kann ich der Heirat leider nicht zustimmen.«

»Und Ihre Gefühle, Miss Danforth?« fragte Frederick drängend.

»Ich werde meinem Vater gehorchen,« antwortete sie sittsam.

»Aber, Mr. Danforth –« Frederick stand erregt auf.

»Es gibt nichts mehr zu sagen, Euer Lordschaft,« sagte Mr. Danforth in hochmütigem Ton. »Die Angelegenheit ist damit erledigt!«

»Nicht ganz, Vater, wenn es recht ist,« sagte Abigail.

»Was sollte noch zu bereden sein?« fragte Mr. Danforth. »Ich habe dir verboten, Lord Hunterswell zu heiraten. Und als die gehorsame Tochter, die du bist, hast du dich gefügt.«

»Wenn du erlaubst, Vater, du hast eine Kleinigkeit vergessen,« widersprach sie sanft.

»Und was sollte das sein?« fragte er.

»Die Bedingungen unserer Wette. Wegen Rodney.«

»Soll das etwa heißen, daß du Geld eintreiben willst?« fragte Mr. Danforth verärgert. »Wofür denn? Eine Mitgift brauchst du im Moment doch nicht.«

»Mit deiner freundlichen Genehmigung würde ich jetzt gerne eine lange Reise machen,« sagte sie und seufzte unglücklich.

»Ach, mein armes, liebes Kind, natürlich. Natürlich!« Er warf Frederick einen mißbilligenden Blick zu. »Wie gedankenlos von mir,« sagte er, während er zu ihr trat und ihr mitfühlend die Hand tätschelte. »Du mußt furchtbar enttäuscht sein über diese schreckliche Wende der Ereignisse. Eine große Reise wird alles wieder ins Lot bringen.« Obwohl er nicht den leisesten Wunsch hatte, sie zu begleiten, wollte er sich seine Unlust nicht anmerken lassen und fragte: »Wohin wollen wir fahren?«

»Ach, Vater, ich würde nicht im Traum daran denken, deinen Terminkalender durcheinanderzubringen und dich um deine Begleitung bitten.« Abigail blickte fragend zu ihm auf. »Könnte nicht Miss Cunningham als meine Anstandsdame mitkommen?«

»Na, Miss Abigail, soll das heißen, du ziehst die Gesellschaft dieser vertrockneten alten Jungfer vor?« fragte Mr. Danforth in scherzhaftem Ton und bemühte sich, seine Erleichterung darüber zu verbergen, daß sie nicht auf seine Begleitung bestand.

Frederick räusperte sich. »Mr. Danforth, gestatten Sie mir, mit Miss Danforth allein zu sprechen?«

Mr. Danforth hob fragend die Augenbrauen und sah Abigail an.

»Ich flehe Sie an, Sir,« fuhr Frederick fort, als Abigail nicht sofort antwortete. »Wenn ich für immer von Ihrer Tochter Abschied nehmen muß, kann ich nicht einfach so aus dem Zimmer gehen. Ich verspreche, Sie nicht zu bedrängen. Oder sie. Nur ein letztes Wort zum Abschied.«

»Abigail?« fragte Mr. Danforth, und seinem Gesichtsausdruck war zu entnehmen, daß er die Entscheidung ihr überließ.

Als sie keinerlei Anstalten machte, die Bitte abzulehnen, zuckte Mr. Danforth die Achseln. »Ich muß mich um unsere Gäste kümmern.« Er wandte sich zum Gehen. »Die Tür bleibt offen,« sagte er schroff und ging.

Sobald ihr Vater verschwunden war, eilte Frederick an

Abigails Seite und fiel vor ihr auf die Knie. »Oh, Miss Danforth,« sagte er unter Tränen und griff nach ihrer Hand. »Ich verstehe das alles nicht. Ich liebe Sie. Ich möchte Sie für mich haben. Wenn auch Sie mich wollen, warum haben Sie dann den Rubin des Punjat genommen? Warum haben Sie nicht mit mir gesprochen, bevor Sie ihn nach London geschickt haben?«

Starr vor Zorn, wich Abigail zurück. Auf dem Weg zum Kamin blieb sie plötzlich stehen und fuhr herum. »Sie haben versucht, mich zu kaufen wie ein ... ein ... ein *Pferd!*« entfuhr es ihr wütend.

»Sie kaufen!« rief er aus. »Oh, nein, Miss Danforth!« Er stand auf. »So war es ganz und gar nicht. Ich wußte nicht, wie ich Sie gewinnen sollte. Deshalb bin ich auf die einzige Weise vorgegangen, die mir vertraut ist.« Die Hände flehentlich erhoben, eilte er auf sie zu. »Ich verstehe nicht, warum das, was ich getan habe, falsch war.«

»Ist es Ihnen nie in den Sinn gekommen, offen zu mir sein?«

»Männer haben immer den Frauen, die sie lieben, schöne Geschenke gemacht,« sagte er, zutiefst bestürzt über ihren Zorn. »Und sie versuchen auch, große Taten zu vollbringen, um ihre Zuneigung zu gewinnen.«

»Wie können Sie es wagen, sich über mich lustig zu machen?«

»Wie bitte?«

Rasch entfernte sich Abigail von ihm und trat hinter den Schreibtisch ihres Vaters. »Wie müssen Sie sich über mich amüsiert haben, als Sie mir den Dr. Watson vorspielten, während ich das Schiff durchsuchte!«

»Ach, Miss Danforth! Das war Rodneys Idee. So konnte ich doch in Ihrer Nähe sein. Ich schwöre Ihnen, ich habe nie über Sie gelacht!«

»Wie könnte ich Ihnen glauben? Ich kann mir lebhaft vorstellen, wie spaßig das gewesen sein muß!«

»Aber ich konnte Ihnen doch nichts erzählen! Mutter wollte nicht, daß Sie in die Sache hineingezogen werden.«

»Wegen der Spielchen, die Sie und Ihre Mutter sich einfallen ließen, sind ein unschuldiges Mädchen und zwei Männer tot. Zwei weitere Männer sitzen im Gefängnis!«

»Sie hätten so oder so ein böses Ende genommen!« Er sah sie über den Schreibtisch hinweg an. »Sie haben mich betrogen. Das ist etwas anderes.«

»Wieso ist das etwas anderes? Sie haben mich doch auch betrogen!«

»Aber ich habe es für Sie getan, Miss Danforth!«

»Und dabei haben Sie dafür gesorgt, daß ich mir wie eine Ihrer Trophäen vorkomme!« Obwohl sie merkte, daß ihre Versuche, ihn zur Einsicht zu bringen, vergeblich waren, ließ sie nicht locker. »Hatten Sie vor, mich im Jagdzimmer neben den Tigerfellen an die Wand zu hängen?«

Entsetzt schnappte er nach Luft. »Wie können Sie so etwas von mir denken?«

»Was müssen Sie von mir denken?« fragte sie mit vor Zorn dunkler Stimme zurück. »Ich bin ein Mensch. Kein Zierat, den Sie kaufen können. Ich habe meine eigenen Vorstellungen.«

»Deshalb bewundere ich Sie ja so.«

Zutiefst enttäuscht warf Abigail ihm einen finsteren Blick zu.

Frederick stützte die Hände auf den Schreibtisch und beugte sich so weit vor, daß er sie beinahe berührte. »Ich liebe Sie so sehr, Miss Danforth,« flüsterte er.

Abigails Zorn schwand. »Ach, lieber Lord Hunterswell,« sagte sie mit einer Stimme, die ihren Kummer verriet, »ich weiß, daß Sie kein Untier sind. Und daß Sie mich nicht verletzen wollten. Und dennoch fühle ich mich durch Ihre Handlungsweise furchtbar gekränkt. Vielleicht sind wir auch in etwas hineingeraten, das ich nicht verstehe, weil ich noch zu jung bin, und das uns auseinandertreibt.«

»Aber Mutter dachte –«

Abigail schüttelte den Kopf. »Richten Sie der Marquise aus, daß ich nicht zu kaufen bin,« sagte sie sanft. »Ich wette, das wird die gute Dame überraschen.«

Während sie sprach, war Frederick langsam um den Schreibtisch herumgegangen, und stand jetzt dicht neben ihr.

Abigail spürte seine Gegenwart und erschauerte; sie stellte sich plötzlich die inzwischen überflüssige Frage, wie es sich anfühlen würde, wenn er sie in die Arme nähme und seine Lippen die ihren berührten.

Mit vor Leidenschaft rauher Stimme fragte Frederick: »Können und wollen Sie mir verzeihen?«

»Es gibt nichts zu verzeihen, Euer Lordschaft.« Ihre Knie zitterten, ihre Stimme klang schwach.

»Ich flehe Sie an.« Er nahm vorsichtig ihre Hand und fragte: »Darf ich Sie zum Abschied küssen?« Sein Blick wanderte sehnsüchtig zu ihrem Mund. »Nur ein kleiner Kuß.« Seine Lippen berührten ihre Hand. »Ein kleiner Kuß, der für ein ganzes Leben reichen muß.«

Abigail verspürte im ganzen Körper ein erregtes Beben, und das Herz schlug ihr bis zum Hals. Völlig entnervt entriß sie ihm ihre Hand und floh.

Zu verblüfft, um hinter ihr herzurufen oder ihr nachzulaufen, starrte Frederick auf die offene Tür. Langsam wandte er sich um, ging zum Kamin und starrte mit leerem Blick ins Feuer. Erst spärlich und dann in Strömen liefen ihm die

Tränen über die Wangen. »Ach, Miss Danforth,« schluchzte er, »was habe ich getan?« Während er mit den Fäusten auf den Kaminsims hämmerte, schluchzte er immer wieder: »Was habe ich getan? Was habe ich getan?« Er rang nach Atem. »Ach, Miss Danforth,« klagte er. »Ich habe Sie verloren!«

Mr. Danforth, der begierig darauf war, seine Tochter in dem neuen Hermelinpelz zu sehen, den er ihr aus Anlaß ihres Debüts gekauft hatte, war entzückt über den frostigen Neujahrstag, als er in der Halle auf Abigail wartete. Er glühte vor Stolz, als er sie in ihrem hinreißenden weißen Kleid die Treppe herunterkommen sah. Als sie zu ihm trat, fragte er: »Ich hoffe, du bist nicht allzu unglücklich darüber, daß der Graf von Hunterswell heute abend nicht hier ist, Liebes.«

»Wie könnte ich traurig sein, da du so großzügig bist, Vater?« Mit einem strahlenden Lächeln ließ sie sich von einem Diener den Pelz um die Schulter legen.

»Er wird nicht der letzte Mann in deinem Leben sein, Mistress Abigail,« prophezeite er ihr. »Sie werden heute abend auf dem Ball Schlange stehen, um dich mir wegzunehmen.«

»Aber, Vater, du weißt, daß ich jetzt nur an meiner bevorstehenden Reise mit Miss Cunningham interessiert bin.«

Mr. Danforth sah sie prüfend an. »Schade, daß du nicht als Mann auf die Welt gekommen bist,« sagte er mit einem Nachdruck, der sie überraschte.

»Ich verstehe nicht, wie du das meinst, Vater.«

Er bot ihr den Arm und sagte: »Nun, du wärst sicher ein großartiger Detektiv geworden!«

Epilog

Das Ganze ist größer als sein Teil.
Euklid

Lieber Leser,

ich bitte um Nachsicht für die Eile, in der ich diese letzten Zeilen niederschreibe. Die Vorbereitungen für unsere bevorstehende Reise haben einen großen Teil meiner Zeit in Anspruch genommen, und ich hatte kaum Zeit, dieses Manuskript zu vollenden.

Die Humboldts haben uns für unsere am nächsten Dienstag beginnende Reise nach San Francisco ihren privaten Wagen geliehen. Ich habe dort noch eine alte Rechnung zu begleichen, und Miss Danforth hat mir ihre Hilfe zugesagt. Kinkade wird uns begleiten, die Reiseformalitäten erledigen, sich um das Gepäck kümmern und die Rolle des Chauffeurs übernehmen. Ich glaube, wir werden mehr reisen, als er ahnt. Miss Danforth hat ohne Wissen ihres Vaters einen großzügigen Scheck von der Marquise erhalten. Diese Frau weiß eben, was fair ist.

Jacqueline wird alle Hände voll zu tun haben, aber so winzig sie ist, sie hat genügend Energie, um über die Runden zu kommen. Wenn sie und Kinkade nur weniger stritten!

Der Nawab und der hübsche Aref sind spurlos verschwunden. Ihr Verbleib ist das einzige Rätsel, das wir nicht gelöst haben. Auf Miss Danforth' Veranlassung werden Molly und ihre Bandenmitglieder Geld für eine anständige Erziehung bekommen. Benjamin, der auf dem Weg der Besserung ist, wird sich um die Einzelheiten kümmern. Rodney war keine Sekunde mehr nüchtern, seit er von den Plänen seines Vaters erfahren hat, ihn nach Durham zu schicken. Vielleicht schaffen sie es dort, ihn vom Trinken abzubringen.

Dr. Conan Doyle hat Miss Danforth telegrafisch seine Glückwünsche übermittelt. Er hat den Rubin des Punjat unversehrt erhalten und will dafür sorgen, daß die Marquise ihn dem Prinzen von Wales zurückgibt, selbstverständlich mit der allergrößten Diskretion.

Obwohl ich überzeugt bin, daß alle mein Rätsel gelöst haben (es ging um die Frage, welcher Buchstabe auf E, Z, D, V, F, S und S folgt), habe ich es nicht gern, wenn etwas unvollständig bleibt. Für alle, die es vielleicht nicht herausbekommen haben: die Antwort lautet A (für acht).

Maude Cunningham
New York City
Im Januar 1900

Econ Taschenbuch

Rankin Davis
Gegen das Gesetz
Thriller
544 Seiten
TB 27375-2
Deutsche Erstausgabe

Seit Monaten beschäftigt sich die Sensationspresse mit dem geheimnisvollen Serienmörder »König Artus«. Jetzt ist der undurchsichtige Trevor Speakman angeklagt, sieben Mädchen grausam getötet zu haben. Alle Indizien sprechen gegen ihn, doch für die junge Anwältin Leone Stern wirkt der Fall zu perfekt. Als sie herausfinden will, wer der Polizei den Tip gegeben hat, der zu Speakmans Verhaftung führte, stößt sie auf eine Mauer des Schweigens. Offenbar hat keiner ein Interesse, die tiefere Wahrheit über »König Artus« zu offenbaren. Ein mörderisches Spiel beginnt – und die Anwältin muß erkennen, daß ihre gefährlichsten Gegner in den eigenen Reihen zu suchen sind.

Ein neuer, packender Thriller von Rankin Davis, der in England als zweiter Grisham gefeiert wird.

003